La Cité d'Or

Didier Dorne

La Cité d'Or

LES ÉDITIONS DU NET
22 rue Édouard Nieuport 92150 Suresnes

À Laurence.

Nouvelle version

ISBN : 978-2-312-01051-9

Octobre 1995

Dans la cour de l'école primaire, les érables avaient endossé leurs jolies parures d'automne. Depuis quelques jours, le vent du nord s'était levé et avait déposé un tapis chatoyant de feuilles sur les pavés humides. Armé d'un balai, un ouvrier municipal s'employait à les regrouper en tas au pied des poteaux du préau.

L'école possédait trois classes situées au rez-de-chaussée dans un vieux bâtiment en brique rouge. Sous la lumière déclinante du jour, l'établissement ressemblait à un vaisseau sombre perdu sur l'océan, dont seules quelques fenêtres éclairées trahissaient l'activité.

La sonnerie annonçant la fin des cours brisa le silence. Un joyeux brouhaha de chaises déplacées, de cris et de bousculades se fit entendre. L'ouvrier municipal se redressa et attendit la sortie des élèves, appuyé sur son balai. Une à une, les trois portes de la façade principale s'ouvrirent. Les maîtresses sortirent et s'écartèrent de quelques mètres pour laisser les élèves se placer en rang deux par deux.

Madame Lamendin, l'institutrice du cours préparatoire était particulièrement appréciée des parents comme des petits. Exigeante mais juste, elle assurait également la fonction de Directrice d'école depuis de nombreuses années. La petite Chloé s'était placée juste à coté d'elle. Madame Lamendin adressa un sourire à la fillette car elle savait que depuis quelques jours, Chloé attendait la sortie de la classe avec une impatience toute particulière. Dès que la petite troupe fut en ordre, la maîtresse donna le signal et les enfants se mirent en marche vers la sortie. Nombreux étaient les petits qui regardaient avec convoitise les gros tas de feuilles placés sous la surveillance de l'agent municipal et dans lequel il aurait été tellement amusant de sauter. Contrairement à ses camarades, toute l'attention de Chloé était fixée sur la foule des parents qui patientaient derrière la grille. Soudain, elle aperçut Annie, sa voisine, et se sentie rassurée. Elle dit poliment au revoir à sa maîtresse et s'élança vers la sortie. La Directrice suivi la fillette du regard pensivement, jusqu'à ce qu'elle rejoigne la dame qui l'attendait.

- Bonsoir Chloé, dit Annie en lui prenant la main, comment s'est passée ta journée ?

- bien, répondit distraitement la fillette. On va voir maman ? ajouta-t-elle aussitôt en levant la tête

- bien sûr ma puce, comme tous les soirs, jusqu'à ce qu'elle revienne à la maison. Regarde je suis garée juste à coté »

La fillette grimpa dans une petite voiture rouge cabossée et ornée d'une aile gauche de couleur dépareillée. Comme sa maman, Annie avait peu de moyen. Ce n'était d'ailleurs pas par hasard si les deux jeunes femmes habitaient dans les grands immeubles gris le long des boulevards à l'entrée de la ville. Depuis sa naissance, Chloé y vivait seule avec sa mère et s'y sentait parfaitement bien, même si parfois, certains de ses camarades disaient que les appartements n'étaient pas des vraies maisons. A six ans à peine, Chloé comprenait confusément que sa maman faisait beaucoup d'efforts pour qu'elle puisse manger chaque jour les céréales qu'elle aimait, avoir un cartable tout neuf à la rentrée, ou encore cette jolie paire de bottes pour passer l'hiver. Une fois elle s'était battue avec un grand du CE2, qui lui avait dit que sa mère était pauvre et que c'est pour cela qu'elle n'avait pas de papa et qu'elle ne partait jamais en vacances. Le garçon avait aussitôt regretté ses paroles. Chloé s'était précipitée sur lui en criant et l'avait tapé de toutes ses forces, sans même réfléchir au fait que le garçon était plus grand et plus fort qu'elle. Ce dernier, surpris par la soudaineté de l'attaque avait été incapable de riposter. Il s'était contenté de lever les bras pour tenter de se protéger de la pluie de coups qui s'était abattue sur lui. Il avait fallu l'intervention de deux maîtresses pour calmer Chloé et sauver le garçon qui était reparti en pleurs et couvert de griffes. Depuis cet épisode, plus personne n'avait osé embêter Chloé et elle restait souvent seule dans la cour de récréation. Il ne fallait pas dire de mal de sa maman. Elle était la plus gentille maman du monde et peu lui importait qu'elle l'emmène ou non en vacances. Ce garçon était méchant et stupide. De toute façon, la mer était toute proche, et avec sa maman elles en profitaient souvent durant les longues journées d'été. Et puis, même si elle ne partait jamais en vacances, Chloé s'évadait souvent bien plus loin que la plupart de ses camarades. Et elle le faisait chaque soir avant d'aller se coucher, lorsque sa maman, passionnée de civilisation Inca, lui racontait de merveilleuses histoires sur les fils du soleil.

Annie alluma les feux de la voiture, et la fit démarrer dans un grondement rauque. Elle roula une dizaine de minutes et se gara sur un parking, à proximité d'une très grande bâtisse blanche. Quelques jours auparavant, sa maman avait annoncé à Chloé qu'elle allait devoir passer quelques jours à l'hôpital. Assise à ses cotés sur le canapé du salon, sa maman l'avait regardée avec douceur en lui tenant les deux mains et lui avait expliqué que des docteurs allaient la soigner. Sur le coup, Chloé n'avait pas compris. Sa maman n'était pas malade, qu'allait-elle faire dans un hôpital ? Sa mère lui avait expliqué qu'elle allait subir une petite opération, oh pas grand chose, elle ne resterait là bas que quelques jours, juste le temps de se faire soigner. Chloé ne devait pas s'inquiéter, de plus elle irait dormir chez Annie leur gentille voisine. Chloé avait été rassurée par les paroles de sa maman. Elle s'était souvenue aussi qu'un de ses camarades de classe était allé à l'hôpital pour se faire opérer de l'appendicite. Il avait loupé l'école pendant plusieurs jours puis était revenu en pleine forme.

Chloé connaissait par cœur le chemin qui menait à sa maman. En sortant de l'ascenseur, elle précéda Annie, et se dirigea en courant vers l'avant dernière chambre du couloir. Doucement, elle entrouvrit la porte. Sa maman semblait dormir. Elle était allongée dans un grand lit tout blanc. Des tuyaux pendus sur une espèce de porte manteau descendaient le long de ses bras. Posé sur une table à coté d'elle, un appareil ronronnait en dessinant des courbes vertes sur un écran. Maman ne devait pas se lever avaient dit les médecins. Chloé s'assit sur le drap, et se pencha vers le visage sa maman. Cette dernière ouvrit les yeux et lui sourit.

- Bonjour… Comment va ma princesse, murmura-t-elle

- Ça va bien maman … Est-ce que tu rentres bientôt à la maison ?

- Pas tout de suite ma chérie… bientôt.

- …

- Comment s'est passé l'école aujourd'hui ?

- Bien, maman.

- Tu ne m'en dis pas plus ?

- La maîtresse nous a fait étudier les feuilles des arbres.

- Oh, c'est une bonne idée, elles sont tellement jolies en automne.

- Elle voudrait que l'on ramasse des feuilles de toutes les couleurs, de toutes les formes et puis qu'on les ramène à l'école !

- Peut être qu'Annie pourra-t-emmener dans le parc ? Souffla la jeune femme faiblement en lançant un regard en direction de son amie.

- Bien sûr, nous irons dès demain, confirma Annie.

Elles furent interrompues par l'entrée d'un médecin qui s'approcha du lit, ébouriffa gentiment les cheveux de Chloé, vérifia les appareils et consulta attentivement la petite fiche accrochée sur l'avant du lit. Il fronça les sourcils et annonça qu'il repasserait un peu plus tard dans la soirée. Il souhaita une bonne soirée à Annie et Chloé et quitta la chambre.

La maman de Chloé jeta un regard vers l'horloge suspendue au mur et se retourna vers sa fille :

- Il est presque dix huit heures ma chérie… Notre émission va bientôt commencer. La télécommande est sur la table de nuit.

Sans perdre un instant, Chloé se leva et saisit la télécommande. D'un geste précis elle alluma l'écran de télévision suspendu au mur, sélectionna le bon canal et revint s'installer près de sa mère. Le récepteur s'alluma au moment où l'émission commençait. Le générique que Chloé fredonnait chaque soir avec sa maman résonna dans la chambre :

«Enfant du soleil
Tu parcours la Terre le ciel
Cherche ton chemin
C'est ta vie, c'est ton destin
Et le jour, la nuit
Avec tes deux meilleurs amis
A bord du Grand Condor
Tu recherches les Cités d'Or…»

Il s'agissait d'un dessin animé racontant l'histoire d'Esteban, un jeune orphelin vivant à Barcelone en 1532, et acceptant l'offre d'un mystérieux marin, lui proposant de partir vers le nouveau monde dans le but de découvrir les légendaires cités d'or. Le jeune garçon entreprenait ce voyage en ayant surtout l'espoir de retrouver son père. Au cours de son périple, il se liait d'amitié avec Zia, une jeune Inca et Tao, le dernier descendant du peuple de Mu, habitants des îles Galápagos. Chaque épisode était suivi d'un court documentaire sur la culture précolombienne, ce qui fascinait Chloé au plus haut point.

"Les cités d'or ont donc vraiment existé ?" demandait-elle. Et sa maman, passionnée par le sujet depuis toujours, n'en finissait pas de répondre à ses questions et de lui raconter comment les Incas avaient étendu leur empire sur une grande partie de la cordillère des Andes, développant les cultures en terrasse à l'aide d'ingénieux systèmes d'aqueducs, construisant des voies royales au travers des montagnes, bâtissant des palais somptueux et des forteresses imprenables.

Lorsque venait le moment de s'endormir, Chloé posait à nouveau des questions, voulant tout connaître à propos de cette civilisation disparue. Durant ces instants d'intime bonheur, sa mère restait près d'elle et Chloé l'écoutait, captivée. Elle imaginait ce peuple qui vénérait les montagnes et s'adonnait au culte du Soleil, bâtissant des temples en or et accumulant des trésors pour l'honorer. Elle aimait surtout voir les yeux de sa mère s'illuminer durant ces moments privilégiés où elle évoquait ce pays magique. Dans ses rêves les plus fous, elle imaginait qu'un jour peut-être, elle aussi, suivrait les traces d'Esteban.

Lorsque sa mère lui racontait comment, moins d'un siècle auparavant, un explorateur avait découvert l'une des plus fabuleuses cités jamais construites par les Incas, elle tournait son regard vers les posters affichés aux murs de sa chambre. Sur l'un d'entre eux se trouvait une photo de cette cité lointaine, protégée par les montagnes, et surplombant les nuages. Bien sûr, sa maman n'était pas riche et n'avait pas les moyens de s'offrir le long voyage qui lui permettrait d'aller jusque là bas. Mais quelque part au fond de son cœur, Chloé avait la certitude que lorsqu'elle serait grande, elle travaillerait et gagnerait suffisamment d'argent pour offrir ce beau cadeau à sa maman.

Pour respecter le rituel, la maman de Chloé avait insisté pour avoir la télévision dans sa chambre d'hôpital. L'émission s'acheva et Chloé éteignit la télévision. La petite fille se sentit fort triste en constatant que sa maman n'avait pas eu la force de garder les yeux ouverts durant le dessin animé. Sans doute avait elle pu suivre les aventures d'Esteban, en écoutant juste les dialogues ? C'est du moins ce que supposa Chloé lorsque sa mère ouvrit à nouveau les yeux et lui sourit. Même ses sourires semblaient lui demander un réel effort.

- C'était chouette hein maman ?

- Oui ma chérie. C'était chouette…

D'habitude, c'est à ce moment que la petite fille assaillait sa maman de mille questions et que cette dernière lui contait de merveilleuses histoires. Mais ce soir, Chloé ne voulait pas fatiguer sa maman. Le médecin lui avait parlé comme à une grande personne et lui avait expliqué que sa maman devait se reposer… Il était bientôt l'heure de repartir, et Chloé ne résista pas à l'envie de poser la question qu'elle posait immanquablement tous les soirs, lorsque sa mère se penchait au dessus de son lit pour l'embrasser :

- Dis maman, est ce que toi aussi tu aimerais aller dans les cités d'or ?

Et comme dans un rituel, la réponse de sa maman suivait, invariable :

- Je crois que c'est le voyage le plus merveilleux que je puisse imaginer faire un jour avec toi, répondait-elle en lui caressant délicatement les cheveux.

Satisfaite, Chloé embrassa sa maman et se redressa, prête à repartir en compagnie de leur voisine. Elle enfila son manteau, prit la main d'Annie, et se dirigea vers la porte de la chambre. Et puis, emportée par un élan soudain et irrésistible, elle courut à nouveau vers sa maman et lui fit cette déclaration qui devait à jamais rester gravée dans sa mémoire et dans son cœur :

- Maman, quand je serai grande, je travaillerai très dur, je gagnerai beaucoup d'argent et puis je t'emmènerai dans les Cité d'Or !

- Vraiment...Tu ferais ça pour moi ?

- Oh oui ma maman, je le ferai… Je te le promets !

Avril 2010

La route départementale longeait la côte et zigzaguait entre les champs avant de grimper vers la falaise. Antoine Boulanger la connaissait par cœur. Dans un virage, il quitta la route pour emprunter une piste sur la gauche, puis roula encore quelques minutes pour atteindre le bout de la voie carrossable. A cet endroit, une barrière interdisait l'accès aux véhicules motorisés et de petits panneaux indiquaient la direction de sentiers de randonnée. Antoine Boulanger se gara sur un petit parking qui ne pouvait accueillir que deux ou trois voitures. Au-delà, un étroit chemin calcaire traversait quelques prairies, puis s'élevait dans la lande herbeuse en direction de la falaise.

Antoine sortit de son véhicule et inspira une profonde bouffée d'air iodé tout en admirant la pointe rocheuse qui s'élançait vers le ciel. Depuis combien de temps n'était-il pas venu ici ? Cela devait bien faire plus de trois ans… En fait, il n'était plus revenu depuis l'accident… Il contempla un instant les falaises blanches dont les contours se détachaient sur l'azur du ciel et le bleu profond de l'océan. Avant, il pouvait y passer des heures… Soigneusement, il referma la portière et glissa les clés de contact dans la poche de sa veste. L'endroit était sauvage, et en dehors des randonneurs du week-end, il était rare d'y croiser quelqu'un.

Il contourna la barrière et s'engagea sur le sentier qui serpentait devant lui. A sa droite, les derniers champs cultivés s'étalaient en un damier coloré de nuances vertes et rousses. A sa gauche, une barrière chétive, constituée de piquets de bois et de fils de fer indiquait aux promeneurs la zone à ne pas franchir par mesure de sécurité. Juste derrière, les herbes folles et les genêts profitaient d'un espace de liberté pour s'épanouir jusqu'au bord de la falaise.

Antoine suivit la piste pendant quelques minutes avant de s'engager sur le flanc de la colline. A partir de là, le sentier se faisait plus étroit et les cultures laissaient place à des zones herbeuses plus sauvages. Au fond des anciens cratères de bombes, témoignage de la dernière guerre, quelques arbustes d'aubépine et de sureau avaient trouvé refuge, à l'abri des vigoureux vents du Nord et d'Ouest. Au bout d'un quart d'heure, Antoine arriva sur la partie sommitale de la colline et obliqua vers la gauche sur un sol pierreux. Le bord de la falaise était tout proche. Il s'arrêta à environ un mètre du vide et ferma les yeux. Des rafales puissantes, chargées d'embrun lui balayaient le visage et les cheveux. Lorsque le vent s'apaisait durant quelques secondes, des bouffées odorantes mêlant le parfum robuste des ajoncs et de l'océan parvenaient jusqu'à ses narines, faisant rejaillir une foule de souvenirs.

Il repensa à la première fois qu'il avait emmené Sophie à cet endroit. Il lui avait expliqué qu'il y venait très souvent lorsqu'il était gamin, et plus tard, à chaque fois qu'il avait eu besoin de réfléchir ou de se ressourcer. C'est là qu'il avait toujours réussi à calmer ses chagrins, à retrouver un peu de force après les moments difficiles. C'est là aussi qu'il était venu célébrer les moments de joie et de bonheur. C'était un peu comme si à cet endroit, la puissance de la nature suffisait à exalter les sentiments humains. Il repensa en souriant au cri que Sophie avait poussé en découvrant la profondeur de l'abîme vertigineux, et à la façon charmante dont elle s'était aussitôt réfugiée dans ses bras. Ensemble, ils venaient souvent observer les choucas des tours, les faucons crécerelles, les mouettes et les goélands argentés qui logeaient dans les cavités inaccessibles de la paroi. Il se revit mentalement avec Sophie, lors de leurs courses effrénées pour rejoindre la voiture et laissa échapper un petit rire sonore qui fut aussitôt emporté dans le tumulte d'une bourrasque. Il resta encore quelques instants les yeux fermés, se remémorant ces merveilleux moments d'une époque révolue.

Lorsqu'il rouvrit les yeux, le soleil commençait déjà à décliner sur l'horizon et jetait sur la lande une couleur jaune mordorée. Une brise plus fraîche se leva.

Alors que la raison lui commandait de reculer, quelque chose le poussa à s'avancer encore. Comme si un intrus avait pris le commandement de son corps, il fit un pas en avant.

Sous ses pieds, la falaise blanche plongeait vertigineusement en direction de la plage cent cinquante mètres plus bas. La marée était presque haute et les vagues venaient se briser sur un étroit banc de sable jalonné de blocs de pierres, puis se retiraient en déposant des traces d'écume blanche. Fasciné, Antoine se laissa absorber par le mouvement du ressac. Vu d'ici, les ondulations de l'eau semblaient se déplacer au ralenti et donnaient l'impression d'un spectacle irréel...Mais après tout, où se trouvait la réalité ? Le vacarme des vagues lui parvenait avec un décalage d'une ou deux secondes, renforçant encore ce sentiment étrange qu'il était la proie d'une illusion. Une mouette qui nichait dans l'une des nombreuses anfractuosités de la falaise prit son envol et utilisa un courant ascendant pour venir planer à quelques mètres devant Antoine. Les ailes déployées, elle resta quelques secondes immobile, comme suspendue dans les airs, à quelques mètres seulement de son visage. A la fois si proche et tellement inaccessible, exactement comme tous les souvenirs qui se bousculaient dans son esprit. Les pupilles d'Antoine croisèrent celles de la mouette... Elle restait là, suspendue dans l'espace et dans le temps, comme si elle attendait qu'Antoine à son tour prenne son envol.

C'est alors que l'idée s'insinua dans son esprit, insidieuse et inattendue : « Et s'il le faisait, ce simple pas qui le séparait de l'oiseau ? » Le premier réflexe d'Antoine fut de repousser cette pensée morbide, mais à peine avait il tenté de fixer son esprit ailleurs que l'idée revenait, sournoise et lancinante : « Un pas, juste un petit pas... » Antoine se sentit hypnotisé par le vide qui s'ouvrait devant lui, trahi par son esprit, possédé par des pensées qui n'avaient jamais été les siennes, ne pouvant s'empêcher d'imaginer la chute vertigineuse qui s'ensuivrait... La vérité était donc là ? Un simple pas, et tout serait fini ?

Au bord du précipice, Antoine vacillait dangereusement au gré des rafales imprévisibles. Un pas... Un simple pas... C'était la différence entre la vie et la mort, juste un tout petit pas... Après tout, qu'est ce que cela changerait ? Et qui souffrirait de son absence ? Le monde continuerait de tourner sans lui. Personne ne l'attendait ce soir. On s'inquièterait juste de ne pas le voir au travail demain matin, et puis un promeneur matinal découvrirait son corps, à moins que celui-ci ne soit emporté par la mer. Dans ce cas, il rejoindrait la longue liste des personnes disparues. La mouette modifia imperceptiblement la position de ses ailes, et se laissa emporter au loin par un courant aérien. Antoine écarquilla les yeux, submergé par le pouvoir attractif et pervers du vide qu'elle venait de laisser, incapable de faire le moindre mouvement en arrière. Ses jambes refusaient de réagir, tout son être était tourné et tendu vers l'abîme, attendant le déclic libérateur.

C'est à cet instant que son téléphone portable sonna. Rassemblant toutes ses forces physiques et mentales, Antoine tituba et se jeta en arrière dans un geste désespéré, hurlant tel un karatéka portant le coup de la victoire. Il trébucha et atterrit sur le derrière dans un bouquet d'épineux dont il s'écarta rapidement. Le cœur battant, il se releva en se frottant vigoureusement les fesses. Le téléphone s'était remis à sonner. Complètement abasourdi, il fouilla un instant dans sa poche et décrocha :

- Oui, allo ?

- Antoine ? Antoine Boulanger ? Dit une voix sophistiquée à l'autre bout de la ligne

- Lui-même, répondit Antoine, en se redressant soudainement.

- Edouard Delabrigode à l'appareil…

- Monsieur le Directeur ? Dit Antoine à la fois surpris et décontenancé. Le patron n'avait pas pour habitude de l'appeler.

- Oui, c'est moi-même. Mais rassurez vous, tout va bien mon jeune ami, ajouta-t'il, percevant l'étonnement d'Antoine. Dites moi, continua-t'il d'une voix précieuse et enjouée, serez-vous présent à la petite réception demain après midi ?

- Bien sûr, Monsieur le Directeur …

- Parfait ! Vous savez que le but de cette manifestation est de célébrer les bons résultats de CREDILIS, n'est-ce pas ?

- Oui… C'est ce que j'ai cru comprendre, Monsieur le Directeur.

- Et bien, voyez vous, j'ai décidé de mettre à l'honneur nos cadres les plus méritants. « Le collaborateur du mois » en quelque sorte, ajouta-t'il en riant… Et, lorsque j'analyse les résultats individuels, Antoine, force est de constater que vous êtes l'un de nos meilleurs éléments !

- Je…Je suis très flatté par vos propos, Monsieur le Directeur.

- En cette période de crise, vos performances sont tout à fait exceptionnelles. J'ai décidé que vous seriez le premier collaborateur à être primé.

- C'est... C'est très généreux de votre part, mais je ne suis pas certain de mériter un tel honneur...

- Détrompez-vous Antoine, vous le méritez amplement, et surtout, ne vous sous-estimez jamais ! Et puis, j'aimerais profiter de cette occasion pour vous entretenir d'un autre sujet ...

- De quoi s'agit-il, Monsieur le Directeur ?

- Ecoutez, c'est assez délicat à expliquer par téléphone, nous en parlerons demain voulez-vous ?

- Bien, si vous le souhaitez, Monsieur le Directeur...

- Parfait ! Je vous dis donc " à demain, Antoine".

Antoine eut à peine le temps de saluer son Directeur que ce dernier avait déjà raccroché. Il considéra son portable, intrigué par les dernières paroles de son patron, puis le rangea dans la poche de sa veste tout en se frottant le fond du pantalon pour dégager quelques épines récalcitrantes.

Il regarda à nouveau la falaise, la jaugeant comme on le ferait pour un adversaire, puis regagna rapidement le sentier, faisant fuir au passage un couple de passereaux. Sur la mer, les derniers flobarts, étaient remontés sur le sable à l'aide de tracteurs et regagnaient les plages voisines. Le regard d'Antoine embrassa l'immensité du paysage troublé ça et là par quelques blockhaus, vestiges d'un passé douloureux. Derrière la barrière, son vieux break Peugeot ressemblait à un jouet. Il le rejoignit bientôt et fut heureux de retrouver son intérieur rassurant. Le soleil était déjà bas sur l'horizon lorsqu'il rejoignit la route départementale. Dans vingt minutes tout au plus il serait chez lui. Il décida de ne plus penser à la falaise. Demain, le Directeur voulait lui parler d'un sujet délicat, mieux valait rester concentré pour l'entretien.

L'employé de l'agence de voyages consulta quelques instants l'écran de son ordinateur en se massant le menton puis s'adressa à la jeune femme, assise de l'autre coté de son bureau :

- Nous avons un vol pour Lima, au départ de Roissy le samedi 19 juin… Un autre, le mardi 22, et…

- Le samedi 19, ce sera parfait, l'interrompit la jeune femme en lui adressant un large sourire.

L'employé hocha la tête, et tapota un instant sur son clavier avant de reprendre :

- Nous proposons d'excellents circuits qui vous permettraient de découvrir le Pérou en toute sécurité et d'accéder aux sites les plus remarquables...

- Sans aucun doute, mais j'ai établi mon propre itinéraire et je tiens à voyager seule, répondit-t'elle d'un ton assuré.

L'agent considéra une nouvelle fois la jeune femme qui lui faisait face. Elle était mince et de taille moyenne. Ses yeux en amande brillaient d'un vert d'une intensité surprenante, son visage était parsemé de légères tâches de rousseur et un anneau noir lui traversait la lèvre. Pas de doute, la demoiselle savait ce qu'elle voulait. Généralement, les personnes de son âge voyageaient à plusieurs, au minimum par deux, et lorsqu'ils étaient seuls, ils préféraient s'intégrer à des groupes constitués par les agences de voyage, en particulier lorsqu'il s'agissait de visiter l'Amérique du sud. Elle devait avoir une vingtaine d'année, tout au plus. Avec ses cheveux auburn coupés très courts, son jean et son blouson d'aviateur, on aurait facilement pu la prendre pour un garçon. L'agent commercial laissa échapper un soupir : « inutile de vouloir l'orienter sur un produit à plus forte valeur ajoutée » pensa-t'il en continuant de pianoter sur son clavier.

- L'avion arrive à Lima à 22h, heure locale. Le premier vol pour Cusco au départ de Lima est programmé le lendemain matin à 8h30 … Vous devrez donc passer au minimum une nuit à Lima, et pour cela… je peux vous réserver une chambre dans un hôtel bon marché, mais correct, du centre ville si cela vous convient…

La jeune femme opina, et l'agent de voyage termina sa réservation.

- Je résume donc votre réservation avant de la valider. Nous avons un vol au départ de Paris, le samedi 19 juin à 15h et une arrivée à Lima à 22h. Compte tenu du décalage horaire, la durée approximative du vol est de 14h. Nous avons également une nuit d'hôtel à Lima pour le 19 juin au soir et un vol Lima/Cusco le 20 juin, départ 8h30 d'une durée d'une heure quinze environ. Nous sommes d'accord ?

- Nous sommes d'accord !

- Bien, passons au retour maintenant, à quelle date souhaitez-vous rentrer ?

- Je n'ai pas encore programmé de retour

- …Bien. Je vais donc valider votre dossier. Pouvez-vous me donner votre nom ?

- Lavallée. Chloé Lavallée, répondit la jeune femme.

L'agent de voyage imprima les titres de transport ainsi que le bon d'échange pour l'hôtel. Chloé régla la prestation et glissa les documents dans son petit sac à dos. Elle salua son interlocuteur, prit son casque et sortit de l'agence.

Sa moto, une Yamaha XT500 qui avait vu le jour avant elle, 21 ans plus tôt, l'attendait juste en face. Elle avait racheté l'engin pour une bouchée de pain à un motard qui ne roulait plus depuis qu'il était devenu père de famille. Il ne s'était résigné que très tardivement à vendre sa machine. Lorsqu'elle l'avait récupéré, l'engin était en piteux état : le cuir de la selle était coupé à deux endroits, le réservoir rayé et cabossé, le circuit électrique était à refaire et il était nécessaire de remplacer un certain nombre de pièces avant d'espérer pouvoir la démarrer.

Un ami mécanicien avait emporté la moto sur une remorque, et avait passé de longues heures à la restaurer. Pour un budget raisonnable, Chloé avait hérité d'une moto qui, certes n'avait pas les performances des engins actuels, mais qui dégageait un charme indéniable.

La jeune femme enfila son sac à dos, enfourcha sa moto et actionna le Kick d'un solide coup de jarret pour la faire démarrer. Le gros monocylindre s'éveilla, faisant résonner un timbre caractéristique dans la rue et transmettant d'agréables vibrations dans les avants bras de Chloé.

Elle s'engagea prestement sur la chaussée et se faufila entre les voitures pour remonter la file jusqu'au feu rouge. Elle suivit ensuite les boulevards jusqu'à la sortie du centre ville, puis s'engagea sur une route qui desservait un quartier périphérique. Elle longea de longs immeubles gris et tristes, avant de s'engager dans une ruelle en impasse qui conduisait à l'entrée principale du grand cimetière de la ville. Elle se gara le long de l'enceinte, posa son antivol et se dirigea vers le portail en fer forgé. A coté de l'entrée se trouvait un fleuriste. Elle acheta un bouquet de fleurs colorées, puis pénétra dans le cimetière. Elle dépassa deux tombeaux en forme de sarcophage et emprunta une allée en direction du mausolée central. Là, elle obliqua sur la gauche et suivit la direction du columbarium.

De l'extérieur, on aurait pu confondre la maison funéraire avec une chapelle gothique. La différence sautait aux yeux dès que l'on en franchissait le seuil. Pas d'autel, ni de chaire comme dans un lieu de culte traditionnel, pas plus de banc que d'ostensoir. L'intérieur était composé d'une salle unique. Au centre, un meuble baroque orné d'une croix en bronze était protégé par des balustres en bois, qui formaient une zone inaccessible. Sous la voûte, les murs, composés de cases d'environ cinquante centimètres de haut faisaient penser à un nid d'abeille. Chaque emplacement était fermé par une porte transparente, seul élément moderne du lieu. Derrière chaque porte, du sol jusqu'au plafond, des urnes funéraires aux formes diverses et variées abritaient les cendres des défunts. Un chemin circulaire avait été aménagé pour permettre aux visiteurs de se déplacer jusqu'à l'urne de leurs chers disparus.

Depuis sa plus tendre enfance, Chloé détestait ce lieu. Elle le trouvait sinistre et morbide. A chaque visite, elle devait se faire violence pour y pénétrer. Mais aujourd'hui, un sourire éclairait son visage.

Elle s'arrêta devant l'une des portes et regarda le petit vase funéraire, qui semblait attendre tristement derrière la vitre. Elle s'approcha et déposa le petit bouquet dans le réceptacle prévu à cet effet :

- Pour toi ma maman chérie…Bon anniversaire… Dit-elle tout bas.

- Ce n'est pas tout... ajouta t-elle, alors qu'une larme perlait le long de sa joue, j'ai une surprise !

Elle jeta un coup d'œil au couple d'une cinquantaine d'année qui se recueillait à quelques mètres de là et se débarrassa de son sac à dos.

- Tu sais, si je pleure aujourd'hui maman, ce n'est pas parce que je suis triste...

Elle sortit les imprimés de son sac et les leva à la hauteur de son visage.

- Cela m'a pris du temps maman, mais cette fois ça y est, j'ai le billet d'avion ! Continua-t-elle avec une joie non dissimulée.

Le couple, visiblement contrarié, tourna la tête et regarda Chloé. La jeune femme leur rendit un sourire d'excuse et se concentra à nouveau sur l'urne. Elle continua plus bas :

- Je vais t'emmener loin d'ici, loin de cet affreux coffre de pierre dans lequel ils t'ont enfermée ma pauvre maman ! » Maintenant, elle riait et sanglotait en même temps, ne savait plus si elle était triste ou joyeuse. Oubliant définitivement le couple, elle s'exclama : « Je te l'avais promis, maman ! Je ne l'ai pas oublié... Bientôt... Très bientôt, je vais t'emmener là où tu as toujours rêvé d'aller, je vais t'emmener dans les cités d'or !

Comme tous les matins, Antoine fut réveillé par la sonnerie stridente de son réveil à 6h. Les yeux encore embrumés de sommeil, il se leva et se dirigea machinalement vers le coin bureau qu'il s'était aménagé dans le salon. Sur un meuble moderne, un ordinateur, connecté vingt quatre heures sur vingt quatre l'informait des principales tendances boursières.

Avant l'ouverture des marchés, Antoine jetait systématiquement un œil sur les clôtures des autres places boursières ; cela lui permettait de connaître les grandes tendances du jour. Alors que dans la cuisine, la cafetière programmable s'était mise à ronronner, Antoine s'attarda sur la clôture de Wall Street et du Nasdaq de la veille au soir. Il repéra les valeurs les plus volatiles. Par expérience, il savait que c'était sur ces valeurs qu'il pourrait réaliser le gain le plus important dans la journée. Il consulta sur Internet les pages économiques, à l'affût de communiqués et de rumeurs concernant la vie des entreprises et se plongea voracement dans les statistiques des analystes financiers tout en prenant quelques notes. Une agréable odeur de café chaud commençait à se diffuser dans la maison. L'horloge indiquait 6h30 lorsqu'il se résigna à aller prendre sa douche. Il s'habilla rapidement et revint dans la cuisine où il brancha simultanément la télé sur CNN et la radio sur France Inter. Dans son activité, il n'y avait pas d'information anodine. Il fit griller quelques tartines tout en écoutant les nouvelles, et avala rapidement son petit déjeuner. Il était bientôt 7h en France, l'heure de la clôture de Tokyo. Il reprit quelques minutes pour consulter l'écran de son ordinateur, tout en terminant son café, puis il mit sa veste et quitta sa maison. Il était l'heure de rejoindre le bureau.

Vingt minutes plus tard, Antoine franchissait l'entrée bien gardée de la société CREDILIS. Il présenta son badge au gardien qui contrôlait individuellement chaque véhicule, puis emprunta une route circulaire jusqu'au parking du bâtiment « Venus ». Chez CREDILIS, chaque bâtiment portait le nom d'une planète. Le fondateur et Directeur de la société, Edouard Delabrigode avait lui-même établi les grandes lignes du projet de construction des nouveaux locaux trois ans auparavant. Il avait exigé que tous les bâtiments soient répartis sur la circonférence d'un cercle parfait, dont le centre serait occupé par une pyramide, siège de la direction générale. Des allées abritées permettaient aux employés de passer d'un bâtiment à l'autre. Vue du ciel, CREDILIS ressemblait à une étoile posée dans la verdure de la périphérie urbaine. La mégalomanie du projet avait alimenté de nombreux commentaires dans les journaux de l'époque.

- Bien le bonjour, Monsieur le roi de la finance !

Antoine, penché sur la portière de sa voiture reconnut immédiatement la voix de baryton qui s'adressait à lui. Il se tourna et saisit la grosse paluche qui lui était tendue.

- Salut Franck, comment ça va ?
- Oh, tu sais, comme un lundi …

Antoine, était visiblement préoccupé par sa portière.

- Qu'est ce que tu trifouilles ? Enchaîna Franck
- C'est ma serrure… Elle résiste. Je n'arrive pas à la fermer.

Franck considéra un instant le vieux break de son ami, coincé entre une Mercedes et le dernier modèle de chez BMW :

- Tu sais, d'après moi, ta voiture mériterait tout simplement une bonne retraite
- C'est bizarre, je n'avais jamais eu de difficulté à la fermer, continua Antoine en s'acharnant sur la serrure.
- Et tu crois que c'est vraiment utile ?
- Qu'est ce qui est utile ?
- Eh bien, de verrouiller cette portière.

Antoine se redressa, et considéra Franck avec curiosité, visiblement surpris par la question.

- Je ne veux pas te vexer, reprit Franck, mais si un voleur passe par ici, ce qui est déjà fort peu probable, je ne pense pas qu'il choisira ta bagnole, soupira Franck en indiquant d'un large geste les voitures toutes plus luxueuses les unes que les autres qui les entouraient.

Antoine réfléchit un instant et déclara :

- Tu as peut être raison, mais par principe, je ferme toujours ma portière lorsque je laisse ma voiture... Un clac se fit entendre, et il se redressa triomphalement :

- Là, tu vois bien, elle était juste un peu coincée !

- Bon OK, mais quand je pense au pognon que tu pourrais gagner et à toutes les bagnoles que tu pourrais t'offrir si tu décidais de jouer un peu avec tes économies...

- On en a déjà parlé Franck, tu sais que ça ne m'intéresse pas... Et puis j'ai tout ce dont j'ai besoin, pourquoi vouloir toujours plus ?

- Enfin bref, se résigna Franck, moi, si j'étais aussi doué que toi je te promets que je ferais péter la banque... Tu as le temps de prendre un café ?

- J'ai deux ou trois ordres urgents à passer ... vers 10 heures peut-être, mais tout dépendra de la bourse ...

- Bon, bon soupira Franck, quand tu commences comme ça, ça veut dire que je prends mon café seul.

Antoine sourit à son ami. Il savait parfaitement que lorsque les séances s'annonçaient mouvementées, il quittait à peine son siège de toute la journée. Cela lui arrivait même de rentrer le soir, sans avoir même pris le temps de déjeuner. Franck qui manageait l'équipe « crédit », n'était pas soumis aux mêmes contraintes. Il devait juste s'assurer que le pool de réception d'appels était en permanence suffisamment dimensionné pour absorber les appels des clients. Pour lui, les périodes de pression étaient davantage liées aux campagnes promotionnelles lancées par CREDILIS.

Alors qu'ils gravissaient un petit escalier blanc menant au bâtiment, Antoine se rappela le coup de fil d'Edouard Delabrigode :

- Au fait, est ce que tu assistes à la petite réception de 16h ? interrogea Antoine

- Le pot du patron ? Je ne suis pas sûr d'en avoir très envie...

- Tu sais que tous les cadres sont invités ?

- Oui, je sais... ça la foutrait mal que j'y sois pas.

- Tu devrais venir, d'autant plus que ton ami ici présent devrait être mis à l'honneur !

- A l'honneur ? Comment ça ?

- A vrai dire je n'en sais trop rien. J'ai reçu un appel du patron hier ...

- Tu veux dire que le vieux t'a appelé directement un dimanche ?

- Oui

- Ben dis donc, ça sent la promotion tout ça !

- Faut rien exagérer...

- Ah, le vieux briscard ne fait jamais rien par hasard, tu peux me croire. S'il a pris la peine de t'appeler, c'est qu'il a une idée derrière la tête !

- Tu crois ?

- Je veux, mon neveu !

Franck et Antoine étaient arrivés à l'embranchement de deux couloirs où leurs chemins se séparaient. Ils se souhaitèrent une bonne journée et regagnèrent chacun leur service respectif. Celui d'Antoine avait été créé cinq ans auparavant. A l'époque, Edouard Delabrigode avait jugé qu'une activité de trading complèterait idéalement l'activité d'origine de la société. Spécialisée dans le crédit revolving, CREDILIS facturait de lourds taux d'intérêt à des clients qui bien souvent n'avaient pas la possibilité d'emprunter ailleurs. Cette activité éminemment rémunératrice avait généré un important cash-flow qu'il convenait de placer au mieux sur les marchés financiers. Un spécialiste avait été recruté, puis un deuxième, et ainsi de suite. L'équipe comportait actuellement une quinzaine de traders et avait été placée sous la Direction du Directeur Commercial, Paul Ezingard, qui chapeautait également le plateau téléphonique dans lequel Franck travaillait.

Parmi tous les traders, Antoine était un cas atypique. De même qu'il était le seul à rouler dans une voiture d'un autre âge, il était le seul de l'équipe à ne pas profiter personnellement de son savoir-faire dans le monde de la bourse. Cela était d'autant plus irritant pour ses collègues, qu'Antoine avait la fâcheuse habitude de pulvériser ses objectifs et d'obtenir de loin, les meilleurs résultats de l'équipe. Cette constance dans la réussite, et en même temps cet incroyable détachement par rapport à l'argent et aux sommes colossales qu'il maniait étaient incompréhensibles pour les autres traders. Ils raillaient l'étrange comportement d'Antoine entre eux, et le jalousaient en silence.

Chez CREDILIS, seul Franck, l'ami de toujours, connaissait suffisamment Antoine pour comprendre et respecter ses choix. C'était d'ailleurs grâce à lui qu'Antoine avait obtenu ce poste trois ans auparavant, quelques temps après les évènements qui avaient marqué la fin de l'année 2007.

La salle de trading était un large open space à l'ambiance gris bleuté. Des bureaux modernes, équipés de systèmes informatiques dernier cri étaient répartis régulièrement dans l'espace. Les stores métalliques en position fermée et la lumière artificielle contribuaient à donner à ce lieu un aspect intemporel. Chaque position de travail comptait quatre écrans et deux téléphones. Accroché en hauteur dans l'angle de la pièce, un haut parleur branché en permanence permettait de mettre rapidement toute la salle au courant des informations financières lorsque celles ci étaient déterminantes. Antoine salua rapidement ses collègues et s'installa sur son siège. D'un geste précis, il appliqua son index sur le système de biométrie pour s'identifier. Aussitôt, l'unité centrale de son ordinateur se mit à ronronner tandis que les écrans s'allumaient les uns après les autres. Le voisin d'Antoine, un grand blond d'environ trente cinq ans, s'adressa à lui :

- Dis donc, Boulanger, tu la sens comment l'ouverture ?

- Assez chaude, répondit Antoine

- C'est-à-dire ?

- Je pense qu'on va avoir droit à une grosse déferlante d'ordres dans les premières minutes.

- Faudra pas se rater, commenta le grand blond… Je crois que Danilex va dévisser…

- Hum, faut voir... » Répondit Antoine évasivement.

Il ne connaissait que trop bien ses collègues, toujours prompts à soutirer une bonne information, jamais prêts à partager les leurs.

- Je vais miser sur une chute de 20%... continua le grand blond

- C'est une tactique… Répondit Antoine.

- Qu'est ce que tu en penses, toi ? Insista l'autre. Antoine leva les yeux vers son collègue et lui livra malgré tout le fond de sa pensée :

- C'est bidon. Beaucoup trop de monde s'intéresse à Danilex. C'est gros comme le nez au milieu de la figure. Ils font courir le bruit sur un risque de pertes au deuxième semestre, l'action va effectivement chuter, et là, ils en profitent pour lancer l'OPA. Il faut conserver Danilex, d'ici quelques semaines ça vaudra de l'or

L'autre l'avait écouté attentivement et fronçait les sourcils, visiblement en proie à un dilemme. Il répéta les mots d'Antoine :

- De l'or dans quelques semaines. Combien d'après toi, 30, 40% ?

- 60% minimum coupa Antoine

- 60% ! Tu en es sûr ? interrogea le grand blond, dont le regard s'était mis à briller.

- Non, absolument pas, conclut Antoine.

Sans un mot, le grand blond regagna sa place et regarda pensivement ses écrans en se rongeant les ongles. Il restait quelques minutes avant l'ouverture du grand marché. D'ici là, il lui faudrait prendre une décision. Antoine était serein. Il avait déjà pris la sienne. Il conserverait le titre, exactement comme il venait de le dire à son collègue.

La villa comportait un étage. Elle était nichée au milieu d'un havre de paix et de verdure, au milieu d'autres propriétés huppées. Un promeneur n'aurait pas pu se douter que cette villa abritait un centre de réinsertion sociale. Neuf jeunes filles âgées de 18 à 25 ans, toutes des « fracassées de la vie » selon le directeur de l'établissement, y vivaient en permanence. Même si elles n'aimaient pas l'évoquer, chacune avait un passé agité, et toutes avaient vécu dans la rue, connu l'abandon, la misère et la solitude. Certaines avaient touché à la drogue ou même passé un temps en prison, mais toutes avaient en commun la farouche volonté de s'en sortir.

Chloé aimait cet endroit. Elle y avait été accueillie six mois auparavant. L'éducateur spécialisé lui avait expliqué le contrat qu'elle devait accepter en habitant dans ce centre : en échange de la main qui lui était tendue, elle devait s'engager à rechercher un toit et du travail pour se réinsérer, tout en participant à l'entretien du bâtiment.

Pour un euro par jour, les jeunes filles disposaient d'une chambre individuelle, étaient nourries et prises en charge au quotidien par trois éducateurs spécialisés qui assuraient une permanence. Dans la villa, elles avaient également à disposition un lave linge, une cuisine et un espace détente dans lequel elles pouvaient lire, regarder la télé ou jouer au ping-pong. L'ambiance était conviviale, parfois même c'était la franche rigolade. Parmi toutes les pensionnaires, Chloé s'était fait une vraie amie : Julie. Comme elle, Julie n'avait pratiquement pas connu ses parents et avait erré durant des années de familles d'accueil en familles d'accueil avant d'atterrir dans cet endroit.

Chloé releva la tête pour contempler un instant le spectacle de sa chambre. « Un vrai champ de bataille » pensa-t'elle. Il y en avait partout : sur le lit, sur la table, sur les chaises et même par terre sur la moquette. Pas le moindre centimètre carré qui n'ait échappé au grand déballage. Elle se dirigea vers le placard de l'entrée et ouvrit en grand les portes qui montaient jusqu'au plafond.

Elle ne put s'empêcher de grimacer en voyant la pile de vêtements qui trônait dans un équilibre précaire sur les étagères. Son chandail irlandais devait se trouver sur la dernière étagère, avec les vêtements d'hiver. Pas question de partir sans le chandail fétiche qui l'accompagnait dans tous ses voyages.

Elle grimpa sur un tabouret pour le dénicher. Hissée sur la pointe des pieds, elle examina l'amoncellement de vêtements qui la dominait, les soulevant un à un à la recherche de la laine écrue. La construction instable ne résista pas longtemps à son assaut. Elle eut juste le temps de se rattraper à la paroi pour ne pas être emportée par l'avalanche qui s'ensuivit. Du haut de son tabouret, Chloé poussa une exclamation. Comment avait-elle pu entasser autant de choses en si peu d'espace ? Au moins, elle venait de retrouver le pull irlandais, et cette mésaventure allait l'obliger à faire un peu de rangement.

Satisfaite, elle retourna près du canapé et se demanda si elle allait être en mesure de tout emporter. Vraisemblablement pas. Il lui faudrait faire des choix et c'est bien la raison pour laquelle elle voulait tester la contenance de son sac à dos, même s'il lui restait près de deux mois avant le grand départ.

Elle déposa le chandail près de sa polaire, puis fit l'inventaire de ce qu'elle avait déjà rassemblé : un short, deux pantalons, une veste gore tex, des chaussettes de randonnée, un poncho... Tout en entassant les objets dans son sac, elle continua d'énumérer la liste des accessoires indispensables : « une gourde, un Camel back, un couteau suisse, des lunettes de soleil, une lampe frontale, une couverture de survie et une boussole ». Il lui faudrait également penser au mini réchaud, ainsi qu'au nécessaire de toilette. Son duvet de montagne prenait déjà beaucoup de place dans le sac, mais elle ne pouvait pas se permettre de lésiner sur ce sujet, car il lui faudrait affronter des nuits très froides en montagne.

Parfait, pensa Chloé, en considérant son sac chargé à bloc. La tente ultra légère que devait lui prêter l'une des locataires du centre trouverait sa place au sommet, des sangles de fixation étaient prévues à cet effet. Comme elle porterait en permanence une partie des vêtements sur elle, cela libérerait juste la place nécessaire pour quelques repas lyophilisés, des barres de céréales et la trousse de secours. Il lui faudrait d'ailleurs passer en pharmacie pour reconstituer le stock de médicaments conseillés pour son voyage. De même, elle profiterait des beaux jours du mois de mai pour aller marcher sur les sentiers côtiers, et se réhabituer au port des chaussures de montagne.

Ravie à l'idée de ces prochaines balades, Chloé se mit à ranger un peu sa chambre. Elle avait bien dû déplacer l'équivalent de cinq fois le contenu de son sac pour rassembler les objets dont elle avait besoin. Le rangement n'avait jamais été son fort et elle garnissait généralement les placards au gré de l'apparition des objets, sans suivre de logique particulière.

Le cœur léger, elle commença par remettre en place les casseroles et les ustensiles de cuisine, puis s'attaqua aux vêtements en prenant soin de mettre de coté ceux qu'elle ne porterait plus. Elle irait les déposer dès le lendemain à la croix rouge. Pourquoi conserver indéfiniment des objets sans les utiliser alors que d'autres en avaient tant besoin ?

Lorsqu'elle eut fini, elle consulta sa montre. Il lui restait un peu de temps avant de prendre son service au Rapido-pizz. Elle se dirigea vers la table installée prés de la fenêtre, ouvrit une boîte contenant des perles, des fils de cuivre et de laiton, ainsi que des cordons de cuir et se mit au travail. Confortablement installée sur sa chaise, Chloé se mit à façonner un collier aux formes originales, tordant le fil métallique jusqu'à lui donner l'aspect d'un papillon. Un tube de mousse noire serait parfait pour former le collier et lui donner un aspect moderne. Chloé adorait depuis toujours travailler et assembler les matières jusqu'à leur donner une existence propre, une âme… D'ailleurs, lorsqu'on y réfléchissait, de nombreuses civilisations accordaient une âme aux objets.

Au départ, Chloé avait confectionné des bijoux pour elle même, par plaisir surtout, et puis aussi parce qu'elle n'avait pas les moyens de s'en acheter dans le commerce. Un jour, alors qu'elle se trouvait chez le coiffeur, une jeune femme, très chic s'était approchée d'elle et lui avait demandé où elle avait trouvé un si joli collier. La dame avait paru si déçue lorsque Chloé avait répondu qu'il s'agissait d'un exemplaire unique, qu'elle lui avait proposé dans la foulée de lui en réaliser un, si elle le souhaitait. La dame avait accepté en lui demandant le prix d'un tel collier. La question avait pris Chloé au dépourvu. Elle pouvait donc vendre ses créations ?

La dame avait récupéré son collier le surlendemain, dans un bar où elles s'étaient donné rendez-vous. Elle avait tenu à dédommager largement Chloé, d'un montant qui dépassait largement le coût des matières utilisées pour fabriquer le collier.

La dame avait pris les coordonnées de Chloé et avait parlé de ses créations à quelques unes de ses amies. C'est ainsi que de fil en aiguille, Chloé avait commencé à recevoir des commandes de façon régulière de la part de ses premières clientes, mais également de la part d'inconnues qui l'appelaient après avoir admiré l'une de ses créations élégamment portée par l'une de leurs amies.

Le revenu lié à cette activité n'était pas encore suffisant pour que Chloé puisse en vivre mais elle ne doutait pas un instant qu'un jour il le serait. Il lui fallait économiser suffisamment pour ouvrir une boutique. En ayant pignon sur rue, les choses seraient beaucoup plus faciles, elle pourrait multiplier sa clientèle en profitant du flux touristique l'été, et puis elle pourrait démarcher les comités d'entreprise ainsi que des revendeurs, et tout cela lui permettrait d'abandonner définitivement les petits boulots, aujourd'hui indispensables pour compléter son revenu.

Oui, ce projet était bien clair dans la tête de Chloé. Mais elle y penserait plus tard. Pour l'instant, toutes ses pensées, toute son énergie étaient consacrées à l'autre projet : son expédition jusqu'à la Cité d'Or. Ces deux dernières années, toutes ses économies avaient été consacrées à l'organisation de ce voyage.

Dix huit heures déjà. A regret, Chloé jeta un coup d'œil au bocal empli de perles multicolores et à ses pinces. Sur un coin de la table, un ours brun en peluche semblait surveiller le bon déroulement des opérations. Elle aurait volontiers pris un moment supplémentaire pour terminer le collier qu'elle venait d'entreprendre, mais il était temps pour elle de rejoindre le restaurant.

- Désolée Nounours, mais là, il faut vraiment que j'y aille. Je te laisse, sois bien sage !

Sur le palier, Chloé toqua à la porte de la chambre de Julie. Pas de réponse, comme elle devait se rendre en ville l'après midi pour quelques courses, sans doute était-elle directement allée au restaurant sans repasser par le centre.

Julie travaillait depuis environ un an au Rapido-Pizz, lorsque Chloé était arrivée au centre. Le restaurant était à la recherche d'une deuxième serveuse et elle en avait aussitôt parlé à Chloé. Le fait de travailler ensemble avait largement contribué au rapprochement des deux jeunes filles. A présent, une étroite complicité les liait, un peu comme si elles s'étaient connues depuis leur plus tendre enfance.

Chloé dévala jusqu'au rez-de-chaussée du bâtiment et traversa la salle commune qui leur servait de salle à manger. Judith et Virginie étaient en train d'y éplucher des légumes.

- Salut les filles, je file au Rapido-Pizz. Personne n'a besoin du vélo ce soir ?

- Non, tu peux le prendre, répondit Virginie en lançant une pomme de terre épluchée dans une casserole emplie d'eau.

Depuis plusieurs semaines, Chloé avait décidé d'utiliser le plus souvent possible le vélo acheté en commun par la communauté sur une braderie. Outre le fait qu'il s'agissait d'un moyen de transport écologique, le fait de pédaler lui permettait d'économiser le carburant de sa moto, et contribuait à son entrainement au quotidien. Elle savait pertinemment que le voyage qu'elle allait entreprendre nécessitait une bonne condition physique, et elle ne voulait rien laisser au hasard.

Dans les entreprises traditionnelles, le bureau du Directeur est souvent placé au niveau le plus élevé du bâtiment, dans le prolongement d'un long couloir à l'atmosphère feutrée, flanqué de nombreuses portes, derrière lesquelles s'élaborent, dans le plus grand secret, la stratégie de la société et l'avenir des employés.

Celui d'Édouard Delabrigode, Directeur Général de CREDILIS ne faisait pas exception. Situé en angle au septième et dernier étage du bâtiment « soleil », son bureau offrait à ses rares visiteurs, une vue plongeante et panoramique sur la vaste étendue verdoyante du site de CREDILIS. Parmi les employés, seuls quelques cadres supérieurs jouissaient du privilège de pouvoir pénétrer dans l'antre du grand patron. Édouard Delabrigode était un homme fort occupé, qui travaillait sans relâche à la prospérité de son entreprise, et par conséquent – c'est en tout cas ce qu'il aimait à répéter – au bien être du personnel. Il écoutait vo lontiers les bonnes idées que d'aucun pouvait lui suggérer, mais au final, il gouvernait seul son entreprise avec une autorité que personne n'aurait songé lui contester.

Héritier d'une grande famille du textile, il s'était tout d'abord investi avec succès dans l'entreprise familiale, la développant considérablement en France comme à l'étranger. Lorsque quelques années plus tard, les prémices de la mondialisation s'étaient faites sentir, il n'avait pas hésité une seconde à changer complètement d'activité. En quelques jours, il avait vendu à un prix d'or son entreprise et s'était retrouvé à la tête d'un énorme capital qui lui avait permis de se lancer dans une nouvelle activité : le crédit à la consommation.

En utilisant tous les canaux possibles de contact, de la télévision au marketing direct en passant par les annonces presse, la téléphonie mobile et bien sûr internet, Edouard Delabrigode avait fait de CREDILIS l'un des leaders du crédit à distance. A 16h précises, le grand patron fit son entrée dans la salle de réception. Les discussions qui allaient bon train cessèrent immédiatement et tous les regards se dirigèrent vers lui. La salle n'était pas très grande, aussi avait-on décidé que la centaine de cadres présents assisterait debout au discours du patron. Dans le fond de la salle, un buffet avait été dressé, composé de petits fours appétissants, de jus de fruits et de boissons diverses et variées. La crise n'était pas de mise chez Credilis.

Dans le discours, il fut question de la crise économique et du besoin vital pour la société française de reprendre le chemin de la consommation, qui seule garantissait le retour d'une croissance solide. Dans ce contexte, CREDILIS allait contribuer à la relance en offrant aux concitoyens le moyen de consommer davantage. Pour cela, les outils ne manquaient pas : crédit permanent, prêt personnel, leasing...

Edouard Delabrigode expliqua qu'il était nécessaire de proposer une gamme de produits variés et simples, d'installer une qualité relationnelle très forte avec les clients, à la fois dans l'écoute et la compréhension de leurs besoins mais aussi dans la rapidité de la réponse apportée. Dans le même temps, il devenait impératif, plus que jamais, d'évaluer les capacités de remboursement des emprunteurs, et de limiter au maximum le risque d'impayés.

Antoine avait retrouvé son ami Franck. Tous deux s'étaient placés dans le fond de la salle, à proximité du buffet et des serveurs qui attendaient silencieusement la fin du discours pour commencer le service. Près de l'estrade, les plus fidèles lieutenants du patron se tenaient, bras croisés aux premières loges et l'écoutaient attentivement tout en marquant leur approbation par d'incessants hochements de tête. Parmi eux, Paul Ezingard le patron actuel du département dans lequel travaillaient Franck et Antoine avait bousculé quelques personnes pour se placer à la meilleure place, juste dans l'axe de vision de son patron.

Lorsqu'il eut terminé son discours de politique générale, Edouard Delabrigode indiqua que les objectifs n'étaient atteignables que dans la mesure où les hommes se mobilisaient pour les atteindre. Il souhaitait à cet effet récompenser les plus méritants de ses collaborateurs. Il déclara que dorénavant, CREDILIS, nommerait le « collaborateur du mois », et que ce dernier se verrait décerner le trophée Credilis, ainsi qu'une prime exceptionnelle de 1000 euros. Pour la première nomination, il avait décidé de mettre en valeur un jeune cadre promis à un bel avenir dans l'entreprise. Il demanda à la salle d'applaudir ce jeune cadre et invita Antoine Boulanger à le rejoindre sur l'estrade. Près de lui, une jeune femme tenait à la main une sculpture dorée, gravée au logo de Credilis, et qui de loin, ressemblait à s'y méprendre à un César.

Un peu mal à l'aise, Antoine se fraya un chemin dans l'assistance pour rejoindre Edouard Delabrigode sur l'estrade. Les deux hommes se serrèrent la main, et Antoine reçut son trophée sous une salve d'applaudissements polis. Antoine balbutia quelques remerciements tout en se félicitant que le patron ne lui demande pas de dire quelques mots au micro. Au lieu de cela, Edouard Delabrigode invita l'assistance à fêter les bons résultats de CREDILIS et à profiter du buffet.

Alors que l'assistance migrait vers le buffet, Edouard Delabrigode posa la main sur l'épaule d'Antoine, et l'entraîna un peu à l'écart de la foule.

- Alors mon jeune ami, que pensez-vous de tout ceci ?

- Ma foi, je suis flatté, Monsieur le Directeur, mais je ne mérite pas tant d'honneur, je fais juste mon travail.

- Détrompez-vous Antoine, comme je vous le disais hier au téléphone, j'observe attentivement les résultats de la cellule trading depuis sa création, et il fait nul doute que vous êtes de loin le plus talentueux de l'équipe. Je dois dire que votre perspicacité et votre capacité à tirer parti de la situation économique sont tout à fait remarquables.

- Merci monsieur le Directeur…

- CREDILIS a besoin de visionnaires tels que vous… Dites-moi mon cher Antoine, depuis combien de temps travaillez-vous chez nous ?

- Cela fait bientôt trois ans monsieur le Directeur

- Et quel âge avez-vous ? Environ trente ans ?

- Trente et un. En fait, je viens d'entrer dans ma trente deuxième année, Monsieur le Directeur.

- Ah ! Trente ans ! S'exclama le patron, l'âge où tout est encore possible… Savez-vous que c'est lorsque j'avais votre âge, que mon père - Paix à son âme - m'a confié les rênes de son entreprise ? A l'époque nous comptions seulement une vingtaine d'employés. Ah, quels projets ne pourrais-je encore conduire si j'avais trente ans…

A cet instant, un serveur s'approcha avec un plateau garni de coupes de champagne. Edouard Delabrigode saisit deux coupes et en tendit une à Antoine. A quelques mètres de là, les cadres s'étaient rassemblés en petits groupes et trinquaient tout en surveillant l'instant où à leur tour, ils pourraient attirer l'attention du patron. Mais ce dernier accordait décidément beaucoup de temps à Antoine Boulanger.

- Mais revenons à vous mon jeune ami. Vous plaisez-vous dans notre entreprise ?

- Fort bien monsieur le Directeur …

- Comment envisagez-vous votre avenir ?

- Et bien, je dois vous avouer que je n'y ai pas encore trop réfléchi...

- Bien, bien, je vous comprends, vous vivez dans l'action, votre métier vous oblige à rester en permanence plongé dans les chiffres de la bourse… Il n'est pas facile dans ces conditions de prendre du recul. Le directeur but une gorgée de champagne avant de reprendre son propos :

- Savez-vous, Antoine, que je songe à agrandir notre cellule trading ?

- C'est une bonne nouvelle répondit poliment Antoine.

- Voyez vous, au moment où la planète financière s'affole et où les marchés décrochent, je pense qu'il faut se montrer encore plus offensif, ce sera la raison d'être du département trading.

- Si je peux me permettre ce commentaire, c'est une excellente tactique, Monsieur le Directeur…

- J'étais certain que vous apprécieriez cette stratégie. Pour piloter ce département, j'ai besoin d'un expert, Antoine, j'ai besoin d'un cadre talentueux qui sache diffuser son énergie et sa passion à l'ensemble de son équipe

Antoine commençait à comprendre où Edouard Delabrigode voulait en venir. Il attendit en silence que son patron ait fini d'ingurgiter une nouvelle gorgée de champagne

- J'ai pensé que vous feriez un excellent directeur du futur département Trading, Antoine, qu'en dites-vous ?

- Moi ? Directeur ? Et bien… Ma foi, c'est fort aimable à vous, Monsieur le Directeur, mais c'est si soudain que je…

- Bien entendu, votre salaire sera substantiellement augmenté et, au titre de responsable de ce nouveau département, vous siègerez au conseil d'administration, continua le directeur.

- C'est-à-dire que je n'ai aucune expérience en management…

- Ne vous inquiétez pas Antoine, vous apprendrez cela sur le tas, et puis il faut bien une première fois, non ?

- Oui, effectivement.

- Je ne vous demande pas de réponse immédiatement, prenez le temps de réfléchir à ma proposition.

Pour digérer cette nouvelle, Antoine engloutit la fin de sa coupe. Autour d'eux, une ribambelle de cadres impatients continuait de guetter l'instant fatidique où Edouard Delabrigode s'écarterait enfin de lui. Paul Ezingard se tenait prêt. Le temps passait et le patron n'allait certainement pas s'éterniser dans la salle de réception. Que pouvait-il raconter à Boulanger ? Bien sûr, Boulanger était un élément moteur qui contribuait largement aux bons résultats de l'équipe Trading, mais cela ne justifiait pas une si longue discussion. Paul Ezingard se promit de veiller à l'avenir à ce que Boulanger ne tire pas trop la couverture à lui. Sans doute Edouard Delabrigode avait-il des projets concernant l'entreprise et son évolution. Il s'agissait d'être présent au moment où les grandes décisions seraient prises. Paul Ezingard, écoutait d'une oreille distraite les conversations autour de lui, portant machinalement sa coupe à la bouche, trop préoccupé par ces questions pour écouter d'inconsistants collègues.

De leur coté, Antoine et Edouard Delabrigode étaient restés silencieux quelques instants, ce qui avait provoqué un rapprochement imperceptible de la foule autour deux. Néanmoins, chacun respectait la distance minimale qui garantissait la confidentialité des propos échangés par le patron. Selon toute apparence, celui-ci n'en avait d'ailleurs pas terminé avec Antoine Boulanger, car après être resté songeur quelques instants, il s'adressa à nouveau à Antoine :

- Dites moi, mon cher Antoine, reprit Edouard Delabrigode, comment se fait-il qu'un grand gaillard comme vous, bien bâti, intelligent et pourvu d'une bonne situation, soit encore célibataire ? Vous avez bien une petite amie ?

Antoine resta un instant interdit, surpris par la tournure que prenait tout à coup la conversation. Une petite amie, cela faisait une éternité qu'il n'en avait pas eue. Alors qu'il se concentrait sur cette idée, le visage de Sophie, le seul véritable amour qu'il n'ait jamais eu, lui apparut subrepticement. Une boule douloureuse vint lui étreindre la poitrine. Il se racla légèrement la gorge en lorgnant sa coupe vide, puis répondit

- A vrai dire, Monsieur le Directeur, et bien non… Je n'ai pas de petite amie.

- Pas de petite amie. Parfait, parfait, sembla se réjouir Edouard Delabrigode. Sans se soucier de l'étonnement grandissant d'Antoine, il continua :

- Vous avez tout de même, j'imagine, une liaison passagère de temps à autre ?

Embarrassé, Antoine se demandait où son Directeur voulait en venir. En même temps, la réponse était facile. Du point de vue sentimental, sa vie avait été un véritable désert durant les trois dernières années. Non pas qu'il eût un physique ingrat, ou que sa compagnie importuna les dames. Le souvenir de Sophie était sans doute encore trop douloureux dans son esprit pour qu'il leur prête attention. Lorsqu'une jeune femme le sollicitait, Antoine l'éconduisait poliment, sachant qu'elle ne pourrait de toute façon jamais remplacer son amour perdu. Les choses étaient ainsi, tout simplement. Après un instant de réflexion, Antoine tourna les yeux vers son Directeur et lui répondit sur un ton presque fautif

- Non, je n'ai personne dans ma vie, monsieur le Directeur.

- Ah je comprends. Tous, à un moment ou un autre de notre vie, nous traversons des périodes de solitude. Tenez, moi par exemple, j'avais largement dépassé l'âge de trente ans avant de rencontrer celle qui devait devenir mon épouse… Le regard de Monsieur Delabrigode se fit songeur, comme s'il évoquait quelques heureux souvenirs. Et il continua.

- Et pourtant, j'avais à l'époque, croyez-moi, un certain succès auprès des représentantes du sexe faible... Édouard Delabrigode suspendit soudain ses paroles comme si une idée venait brusquement de lui traverser l'esprit. Il fixa Antoine en fronçant les sourcils, et se pencha vers lui.

- Mais dites-moi mon jeune ami… Vous n'êtes pas au moins…vous ne faites pas partie de ces gens qui, entre eux se … enfin vous voyez ce que je veux dire ?

Antoine sentit son visage s'empourprer.

- Non, je ne vois pas ce que vous voulez dire, Monsieur le Directeur.

- Enfin Antoine ! Vous m'avez parfaitement compris reprit celui-ci en se penchant encore un peu plus. Rassurez-moi, vous ne préférez pas … Enfin, dites moi, vous n'êtes tout de même pas de la jaquette ?

Affolé par la question de son patron, Antoine lança un coup d'œil circulaire pour s'assurer que personne n'avait entendu l'allusion de Directeur :

- Enfin non, Monsieur le Directeur, bien sûr que non ! Lâcha Antoine sur un ton légèrement outré mais enfin, pourquoi me posez-vous toutes ces questions ?

- Ah ! Parfait ! Et bien voyez vous, je préfère cela, lança le directeur en se redressant, visiblement satisfait. Il fit signe à un serveur qui passait à proximité, et saisit deux nouvelles coupes de champagne.

La tête d'Antoine commençait à lui tourner. Il but d'un trait la moitié de sa coupe, tandis que son directeur continuait sur un ton confidentiel :

- Voyez-vous Antoine, j'approche lentement mais sûrement de l'âge auquel je devrai songer à confier les rênes de l'entreprise à mon successeur. Je tiens beaucoup à perpétuer la tradition familiale qui consiste à transmettre le flambeau de père en fils...Comme vous le savez, je n'ai pas de fils... Juste une fille, soupira-t-il. Vous la connaissez d'ailleurs ?

- Euh... Oui, votre fille Eugénie ? Nous avons eu l'occasion de faire connaissance au repas de Noël, répondit Antoine en se remémorant le grand repas de fin d'année qu'Edouard Delabrigode organisait traditionnellement pour tous ses employés et leur famille.

- Savez vous que vous l'avez beaucoup impressionnée ?

- Ah bon ?

- Ah oui, affirmatif ! Elle me demande d'ailleurs souvent de vos nouvelles.

- Vraiment ?

- Assurément et je dois vous avouer que c'est Eugénie qui la première s'est étonnée de voir que vous n'étiez pas accompagné à notre repas de Noël... Je crois que vous lui plaisez beaucoup.

- Euh, vous croyez ?

- J'en suis certain. Croyez moi, je connais bien les femmes ! Ajouta Edouard Delabrigode en riant. Mais revenons à ce que j'évoquais tout à l'heure. Comme je vous le disais, l'heure de passer le relais approche pour moi, et CREDILIS a besoin d'un patron. La vocation d'une femme est d'élever ses enfants et d'être au côté de son mari, pas de diriger. Vous ne me contredirez pas sur ce point j'imagine ? interrogea Edouard Delabrigode. Pris au dépourvu, Antoine ravala sa salive.

- Et bien, d'une certaine façon, effectivement je...

- Parfait ! Continua le Directeur sans attendre la fin de la réponse d'Antoine. J'étais certain que nous serions en phase sur ce point. D'ailleurs, pour reparler d'Eugénie, il ne fait nul doute qu'elle fera une excellente maîtresse de maison… Mais voyez-vous, je m'inquiète un peu pour elle.

- A quel sujet ? demanda Antoine poliment.

- Et bien, voyez-vous, répondit Edouard Delabrigode en affichant un air soucieux, Eugénie est quelqu'un d'assez solitaire, elle sort peu et rencontre peu de jeunes gens de son âge. Avec Geneviève, mon épouse, nous nous étions imaginé qu'Eugénie fonderait un foyer, sur le modèle de celui qui nous lui avons donné…

- Je comprends

- Et force est de constater qu'à l'aube de ses quarante ans, elle habite toujours chez nous...

- Je vois.

- En même temps, nous tenons absolument à contrôler les relations d'Eugénie. La jeunesse actuelle est tellement dépravée que j'ai parfois l'impression que le monde court à sa perte. Le rôle des parents est de protéger les enfants, quel que soit leur âge n'est ce pas ? C'est la raison pour laquelle, lorsqu'Eugénie m'a reparlé de vous récemment, j'ai pensé qu'il serait bon que vous n'attendiez pas Noël pour vous revoir… Qu'en pensez-vous ?

- Et bien, ma foi, je …

- Tenez qu'avez vous prévu de faire samedi soir ?

- Euh... Rien... Enfin, pour le moment.

- Que diriez-vous de venir dîner à la maison ? Nous y serons plus tranquilles pour discuter de votre avenir chez Credilis et cela fera un très grand plaisir à Eugénie.

- Et bien, écoutez, je … J'accepte avec plaisir Monsieur le Directeur, répondit Antoine qui n'aurait su dire si son patron lui laissait réellement le choix.

- Et bien c'est parfait, conclut Edouard Delabrigode. Disons Samedi vers 19h, je vous ferai communiquer un plan pour que vous parveniez jusqu'à mon domicile.

Sur ces mots Edouard Delabrigode tapota l'épaule d'Antoine et quitta la salle de réception aussi vite qu'il y était apparu, au grand dam de Paul Ezingard et de ses congénères.

- Combien de fois je t'ai dit de te mettre en jupe ! Tu crois que les clients viennent ici pour se faire servir par une nana habillée comme un sac de patates ?

Chloé ignora complètement l'invective de l'homme d'une cinquantaine d'années qui se tenait face à elle, près du four et saisit rapidement les deux assiettes qu'il venait de déposer sur le comptoir. Elle poussa les portes battantes qui séparaient la cuisine de la salle de réception et lança un regard entendu à Julie avant de s'approcher des premiers clients.

- Une forestière et une complète, annonça-t-elle avec un large sourire au jeune couple qui était attablé. Je vous apporte le vin tout de suite.

Au bar, Julie était en train de déboucher une bouteille de Lacrima Christie rosé. Lorsqu'elle vit Chloé s'approcher, elle s'assura que la patronne était suffisamment éloignée et chuchota :

- Quel vieux porc, j'ai entendu ce qu'il t'a dit. Je te jure, je me demande comment on fait pour tenir ici !

- On a tout simplement besoin de fric, répondit Chloé en déposant la bouteille ainsi qu'une corbeille emplie de pain sur son plateau. Elle apporta le vin au jeune couple et rejoignit Julie derrière le bar.

Il était tôt et le restaurant encore calme. Chloé et Julie profitaient généralement de ces moments pour bavarder un peu, tout en nettoyant quelques verres. Julie avait approximativement le même âge que Chloé. Elle avait rejoint le centre quelques mois avant Chloé, après avoir connu pas mal de galères. Contrairement à Chloé, ses parents vivaient toujours, mais elle avait perdu tout contact avec eux depuis des années, lorsque la garde des enfants leur avait été retirée. Pauvreté, alcool, maltraitance... Julie avait à peine neuf ans lorsque le juge avait ordonné son placement en famille d'accueil. Aujourd'hui encore, le visage blond de Julie semblait en permanence empreint d'une vague tristesse. Même lors des fêtes que les jeunes filles organisaient parfois au centre, Julie semblait souvent ailleurs, absorbée par de sombres souvenirs. Elle avait toutefois eu la chance de grandir dans une fratrie unie par les difficultés. Cadette de la famille, elle avait pendant un temps été recueillie par sa sœur aînée. Ses trois frères et sa sœur étaient déjà mariés et Julie avait déjà de nombreux petits neveux et nièces qui animaient bruyamment les fêtes de famille. Comme ses frères et sœurs, elle avait abandonné très tôt ses études. Depuis deux ans, elle avait pris son indépendance et vivait de petits boulots. Aujourd'hui, elle ne rêvait que d'une seule chose : se marier, avoir des enfants et vivre dans une jolie maison.

- Dire que c'est moi qui t'ai proposé de venir bosser ici, continua Julie, boudeuse. J'espère que tu ne m'en veux pas trop. Chloé regarda son amie en souriant :

- Mais tu es folle, tu ne penses pas ce que tu dis ? De toute façon, tu sais bien qu'on ne va pas passer toute notre vie ici, chuchota-t-elle. Le visage de Julie s'éclaira soudain

- C'est vrai, tu as raison, et d'ailleurs il devrait y avoir un grand changement dans ma vie prochainement.

- Un changement, comment ça ?

- Tu sais, je suis allée me balader sur la fête foraine cet après midi. Dans un coin de l'esplanade, il y avait une petite baraque avec une diseuse de bonne aventure…

- Oh non, ne me dis pas que tu y es entrée ! dit Chloé en prenant volontairement un ton désespéré.

- Si, bien sûr que j'y suis entrée et tu sais quoi ? Oui, je sais que ça paraît dingue, mais je t'assure que cette bonne femme avait vraiment un don !

- Oh non, continua de se lamenter Chloé.

- Je t'assure… Elle avait vraiment quelque chose de différent par rapport à tous ces charlatans.

- Tu ne vas pas me dire que tu crois aux boules de cristal lui reprocha gentiment Chloé.

- Et pourquoi pas ? S'emporta Julie. Cette bonne femme m'a dit des choses sur moi et ma famille qu'elle ne pouvait pas savoir et qui étaient parfaitement exactes ! Chloé étudia le visage de son amie, un peu surprise par sa réaction vive.

- Je t'assure, reprit Julie plus doucement, elle connaissait le nombre de mes frères et sœurs, elle savait que j'avais eu un accident de scooter l'an passé, et que je m'étais cassé le poignet gauche…

- Effectivement c'est assez surprenant, admit Chloé. Il devait forcément exister une explication à tout cela, mais en tout cas, elle ne pouvait pas douter de la bonne foi de son amie.

- Et tu sais ce qu'elle m'a dit ? Reprit Julie qui avait retrouvé son entrain

A ce moment, un groupe de clients ouvrit la porte d'entrée, interrompant leur conversation. A l'autre bout du comptoir, la patronne jeta un coup d'œil en direction de Julie et de Chloé pour s'assurer qu'elles s'en étaient aperçues. Chloé était chargée de l'accueil en première partie de soirée et commença à se diriger vers eux. Emportée par son enthousiasme et oubliant complètement de chuchoter, Julie lui lança :

- Elle m'a dit qu'avant la fin de l'année j'aurai rencontré l'homme de ma vie !

- Formidable répondit Chloé, un peu gênée car toute la salle venait d'entendre la dernière phrase de Julie.

- Oups, désolée… S'excusa cette dernière, provoquant le sourire du jeune couple attablé ainsi qu'un regard de reproche de la part de la patronne.

Chloé traversa la salle voûtée aux murs de crépi blanc pour accueillir le groupe de clients qui venaient d'entrer. Ils étaient cinq et avaient réservé l'unique table ronde du restaurant. Elle les aida à s'installer et fit passer les menus par dessus la nappe rouge et les serviettes en papier vert bouteille. Ils semblaient tous heureux à la perspective de passer une soirée ensemble, et les exclamations commencèrent à fuser rompant le silence qui régnait jusqu'alors. Attendant patiemment qu'ils choisissent leur commande, Chloé balaya la salle des yeux. Le Rapido-Pizz était un restaurant sans prétention qui existait depuis une quinzaine d'années, et qui fonctionnait plutôt bien. Près de la caisse, Paulette, la patronne faisait les comptes. Elle surprit le regard de Chloé et lui rendit son sourire. C'était une brave femme tout en rondeur et en douceur. Sa gentillesse et son amabilité tranchaient singulièrement avec le caractère odieux de son mari. Ce gros porc ne respectait absolument rien, à commencer par son épouse. Cette dernière tentait de maintenir une certaine convivialité dans son commerce. Ses joues roses et rebondies, sa jovialité apparente et les petits mots qu'elle ne manquait jamais d'adresser à ses clients la rendaient profondément sympathique. Elle était pour beaucoup dans le succès du restaurant. Chloé eut un pincement au cœur. Elle soupçonnait que sous cette gaieté de façade, Paulette ne devait pas être très heureuse. Par moment, elle surprenait une tristesse dans son regard qui en disait plus que de longs discours. Coincée six jours par semaine dans une pizzeria, aux cotés d'un mari abject dans un quotidien qu'aucun enfant n'était venu égayer. Etait-ce là la vie dont elle avait rêvé lorsqu'elle avait vingt ans ? Sans doute que non... Mais dans quelle mesure avait-on réellement le choix de notre vie ?

Chloé fut interrompue dans ses pensées par ses clients qui venaient de finaliser leur commande. Elle nota rapidement sur un carnet à souche les menus choisis et retourna en cuisine pour les communiquer au patron. Celui-ci préparait en, les roulant sur une table, des boules de pâte de diamètre équivalent. Le mégot humide d'une cigarette roulée terminait de se consumer au coin de sa bouche. Sans prendre la peine de le retirer, il s'adressa à Chloé :

- Tu pourrais au moins me répondre quand je te parle

- Vous m'avez parlé ? Demanda Chloé sans se démonter

- Ne cherche pas à faire la maligne avec moi, tu sais très bien ce que je veux dire

- On aura deux complètes, une trois fromages et deux Calzone pour la table cinq continua Chloé en se dirigeant vers la salle de restauration.

- Ça suffit, s'énerva l'homme en la saisissant par l'épaule. Maintenant tu vas m'écouter ! Et regarde-moi quand je te parle espèce de petite garce !

Chloé s'arrêta et fit face à son patron rouge de colère. Pendant un instant, elle crut qu'il allait la frapper tellement la fureur animait son regard globuleux. Et puis instantanément, il sembla s'apaiser un peu. Il s'essuya les mains sur son tee-shirt graisseux duquel dépassait un bourrelé de chair libidineux et continua :

- C'est simple dit il, ou tu m'obéis ou tu dégages... Il y a plein de gamines dans ton genre qui cherchent du boulot. Il se redressa, laissant tomber un peu de cendre sur la table juste à coté des boules de pâte, marqua une pause et continua en savourant visiblement les mots qu'il prononçait : « Est ce que tu te rends compte que je peux te virer quand je veux ? »

- Est ce que vous vous rendez compte que je peux appeler les services de contrôle sanitaire quand je veux ? Répondit Chloé du tac au tac en jetant un coup d'œil au mégot nauséabond.

- Tu me menaces maintenant ?

- On ne faisait qu'évoquer certaines possibilités, non ?

- … Allons, allons, on ne va tout de même pas se fâcher pour si peu, reprit-il sur un ton plus amical tout en écrasant son mégot dans un cendrier plein à ras bord. Je voulais juste que tu te rendes compte à quel point tu as de la chance de travailler ici… Est-ce que tu en es seulement consciente ? Ajouta t-il sur un ton doucereux

- …

- Et puis tu sais… Il sembla chercher ses mots et puis un sourire écœurant s'afficha au milieu de son visage porcin, découvrant une rangée de dents jaunies. Tu pourrais gagner encore bien plus d'argent si tu voulais …

- Ah oui, de quelle façon ? demanda froidement Chloé.

L'homme lança un coup d'œil inquiet en direction de la salle, et constatant qu'il n'y avait personne près de la porte, il lança un regard lubrique à Chloé et ajouta en chuchotant :

- Et bien, je veux dire que si tu savais te montrer gentille avec moi, je pourrais être très généreux en retour…

Contenant difficilement la rage qu'elle sentait monter en elle, Chloé inspira un grand coup :

- Bien, je peux y aller maintenant ?

- Vas-y. Et pense à ce que je viens de te dire, termina son patron.

Ne voyant pas Chloé revenir, la patronne s'était approchée et la croisa au moment où elle franchissait la porte.

- Tout va bien Chloé ? S'inquiéta t-elle

- Oui Paulette, tout va bien, mentit Chloé en se forçant à sourire, sans parvenir à rassurer totalement sa patronne.

La cloche de la porte d'entrée tinta, annonçant l'arrivée de nouveaux clients. Retenant difficilement ses larmes, Chloé en profita pour s'éloigner de sa patronne. En longeant le bar, elle put presque sentir le regard soucieux de Julie peser sur ses épaules. Une dame et un monsieur d'un certain âge se tenaient dans le vestibule, affichant un sourire bienveillant. Ils avaient réservé et étaient pile à l'heure. Chloé leur proposa de les débarrasser de leurs manteaux.

C'est au moment où Chloé aidait la dame à retirer le sien qu'une douleur fulgurante et imprévisible lui transperça la tête. Pendant quelques secondes, elle resta aveuglée comme si elle avait reçu l'éclat d'un flash puissant dans les yeux. Le souffle coupé, elle chancela et tendit les bras vers l'avant, à la recherche d'un appui.

- Ça va, mademoiselle ? demande le vieux monsieur en la retenant de justesse.

La douleur avait disparu aussi rapidement qu'elle était venue. Peu à peu, les objets autour d'elle lui réapparurent dans un gris indéfini, puis reprirent leurs couleurs normales. Chloé réalisa que la dame et le monsieur âgés la soutenaient et affichaient un visage inquiet :

- Ça va mademoiselle ? répéta le vieux monsieur

- Oui … oui, excusez moi, je crois que j'ai eu un léger étourdissement.

- Vous êtes sûre que ça va ? Mon dieu, vous nous avez fait peur, ajouta sa femme

- Oui, oui ça va, merci, répéta Chloé

- Vous avez sans doute fait une hypoglycémie… J'en faisais souvent à votre âge. Vous n'êtes pas enceinte au moins ? Continua la femme

- Non. Ne vous inquiétez pas, ça n'est rien, cela m'arrive parfois répondit Chloé en se forçant à sourire. Elle jeta un coup d'œil rapide vers la salle. Les clients bavardaient tranquillement et la patronne était plongée dans son cahier de comptes. Julie lui tournait le dos. Elle porta les manteaux de ses clients au vestiaire et revint près d'eux en affichant une mine plus détendue. Son visage avait retrouvé un peu de couleur.

- Cela va beaucoup mieux maintenant, je vous remercie pour votre aide. Venez, je vais vous conduire à votre table.

Pendant que ses nouveaux clients choisissaient leur menu, Chloé s'écarta légèrement. Son malaise avait été suffisamment bref pour que personne dans la salle ne le remarque. Que s'était-il passé ? Comme tout le monde, elle avait déjà souffert de maux de crâne, mais la douleur fulgurante qu'elle avait ressenti ne ressemblait en rien à ce qu'elle avait déjà connu par le passé.

- Mademoiselle ?

Chloé fut tirée de ses pensées par l'appel du vieux monsieur qui venait de refermer le menu. Sa femme la regardait avec bienveillance. Chloé prit une profonde inspiration pour balayer ses préoccupations. Elle sortit un petit carnet ainsi qu'un crayon et s'approcha du charmant petit couple en arborant un large sourire.

Antoine rangea sa voiture devant la porte du garage qui jouxtait sa maison. Le rideau de la maison voisine s'agita. Madame Trotin avait sans doute entendu le bruit de sa voiture. Veuve et retraitée depuis de nombreuses années, elle occupait son temps libre à observer ce qui se passait dans la rue et connaissait par cœur les habitudes des habitants du quartier. Antoine jeta un coup d'œil aux maisons voisines. Les lueurs aux fenêtres ainsi que les nombreuses voitures garées sur les trottoirs attestaient que la plupart des habitants avaient réintégré leur foyer. Traditionnellement, les gens veillaient plus tard avec l'arrivée des beaux jours. En traversant l'allée, Antoine entendit l'écho lointain de conversations animées et d'éclats de rire, qui s'échappaient par les fenêtres entrouvertes et ponctuaient sans doute des apéritifs tardifs pris entre amis.

Antoine eut un pincement au cœur : lui aussi avait connu cette joyeuse période où le moindre évènement était prétexte à une fête. Sophie adorait recevoir. Il se souvenait de ces repas animés, au cours desquels plus la soirée avançait, et plus les visages devenaient rouges, les yeux brillants et les voix sonores. A l'époque, ils habitaient ensemble un petit appartement en plein centre ville et avaient de nombreux amis. Ils venaient de commencer à travailler et profitaient de l'argent qu'ils gagnaient en aménageant leur logement, achetant des meubles, en sortant et en voyageant. Avec un projet de mariage et la perspective de fonder une famille, leur chemin semblait tout tracé. Leur bonheur avait duré cinq ans avant que tout bascule un soir d'hiver sur une route départementale. Il avait gelé très fort ce soir là. Sophie, qui était partie en déplacement plusieurs jours pour son travail, était pressée de le rejoindre…Trop pressée sans doute.

Un soir qui devait être un soir de retrouvailles. L'horloge de la cuisine qui indique un retard, un portable qui ne décroche pas, l'inquiétude qui s'installe, et puis l'appel de la gendarmerie et l'annonce de l'accident…L'incrédulité d'abord, le refus de croire, et puis cette détresse incommensurable teintée d'incompréhension qui vous envahit. Un avenir entier de promesses qui s'effondre et dans la cuisine, les aiguilles de l'horloge qui continuent de tourner - tic tac -tic tac - dans un silence désespérant.

Dans les semaines qui avaient suivi l'accident, Antoine avait traversé une période de grave dépression dont il se serait difficilement sorti sans l'aide de Franck, son fidèle ami. Au bout de quelques mois, l'abattement avait peu à peu laissé place à une apathie générale. Il lui semblait que la vie avait perdu tout son piquant, les aliments leur goût, les fleurs leurs couleurs. Il ne se projetait plus dans l'avenir, ne concevait plus aucun projet, n'avait plus l'envie de sortir ou le désir de rencontrer des jeunes gens de son âge. A trente ans à peine, sa vie lui semblait brisée à jamais.

La plupart de ses amis avaient tenté de l'aider et puis s'étaient lentement découragés, voyant le peu de résultat qu'ils obtenaient. Leurs coups de fil s'étaient fait plus rares, leurs visites s'étaient espacées, et peu à peu, Antoine avait perdu le contact avec chacun d'entre eux. Tous sauf un : Franck ne s'était jamais découragé et n'avait jamais accepté de laisser Antoine de côté. A l'origine, Franck était le meilleur ami de Sophie et c'est grâce à lui qu'Antoine et elle s'était rencontrés. Peut-être était ce pour cela que Franck montrait tant d'acharnement à remonter le moral de son copain ; peut être se sentait t-il, lui aussi, un peu coupable.

Antoine accrocha sa veste au portemanteau et déposa les clés de sa voiture dans une petite coupelle, sur le guéridon du couloir. Il se dirigea ensuite dans la cuisine pour examiner le contenu du réfrigérateur. Il déposa sur un plateau un paquet entamé de jambon de parme, quelques restes de fromages dont un camembert qui embaumait particulièrement, un pot de moutarde, quelques toasts, un yaourt à la vanille et une clémentine. Certes, ce n'était pas Byzance mais il n'avait absolument aucune envie de cuisiner. Demain, il serait toujours temps de faire quelques courses pour approvisionner le frigo. Tout en se promettant de faire un sort au camembert, Antoine se dirigea vers le salon et déposa son plateau sur la table basse qui faisait face au canapé. Comme presque tous les soirs, il mangerait en regardant une émission, puis irait se coucher et bouquinerait un peu avant de s'endormir. En allumant la télé, il s'aperçut que le voyant du répondeur clignotait. Il déclencha l'écoute du message tout en désactivant le son de la télé à l'aide de la télécommande.

C'était Franck.

- Allo ? Allo, c'est moi… Tu n'es pas encore rentré ? Réponds si tu es là… Bon, alors, c'est juste pour te dire que j'ai un plan pour demain soir… Allo ? T'es là ? … Non ? Bon, OK. Annick va garder les gosses et je t'emmène à un spectacle organisé par un de mes potes. Un type génial, on va s'éclater tu vas voir. Bon, je suppose qu'on aura du mal à se croiser au taf demain, alors note que je passerai te prendre à 20h. Ne passe pas la nuit au boulot ! A demain !

Antoine ne put s'empêcher de sourire en effaçant le message. Franck était décidément incorrigible et Annick, sa compagne, adorable. Elle ne protestait jamais lorsque son mari la laissait pour aller faire une virée « entre potes » comme il disait. Antoine avait beau protester et expliquer à Franck qu'il ne tenait pas spécialement à sortir et qu'il préférait qu'ils passent simplement un moment à la maison à discuter en savourant une bonne bière, cela n'y faisait rien. Immanquablement, cela se terminait de la même façon : tout en ne laissant aucune chance à son ami de placer une parole, Franck poussait Antoine vers la sortie, puis vers une destination que lui seul connaissait. Ces escapades se prolongeaient parfois jusque tard dans la nuit, au grand dam d'Antoine.

Il s'installa dans le canapé. Il était fourbu. La journée avait été riche en évènements. L'invitation d'Edouard Delabrigode et les allusions qu'il avait faites à propos de sa fille lui trottaient trop dans la tête pour qu'il puisse se concentrer sur les marchés. Machinalement il jeta un petit coup d'œil à l'actualité sur CNBC et changea de chaîne.

Douze heures de boulot non-stop, c'était le meilleur moyen qu'Antoine avait trouvé pour oublier. Pas besoin de pilule pour trouver un sommeil peuplé de chiffres.

En attendant les clôtures des marchés new yorkais, Antoine zappa à nouveau, passant en revue les dizaines de programmes proposés par les chaînes. L'une d'entre elles annonçait la diffusion prochaine d'une émission très connue de télé-réalité. Des images montrèrent de jeunes gens souriants. Les garçons étaient tous bronzés et particulièrement bien bâtis. Les filles étaient plus séduisantes les unes que les autres. Il s'agissait de couples, décidés à mettre leur fidélité à l'épreuve dans un jeu où les tentations seraient nombreuses.

Comment pouvaient-ils risquer de perdre le bonheur si précieux qu'ils affichaient dans un jeu aussi stupide ? C'était incompréhensible pour Antoine. La seule explication plausible était qu'ils n'étaient les uns et les autres pas réellement ce qu'ils prétendaient être. Si l'appât du gain était suffisant pour les attirer dans un tel guet-apens, c'est qu'ils n'étaient pas vraiment amoureux, décida Antoine en zappant sur la chaîne suivante.

Tandis qu'il écoutait d'une oreille distraite un débat entre deux hommes politiques, Antoine se confectionna un sandwich au jambon sur lequel il ajouta une généreuse couche de moutarde. Il y croqua à pleines dents et sentit aussitôt la moutarde lui piquer le nez. Sur l'écran un homme au complet gris s'évertuait à expliquer les bienfaits de la flexibilité. L'entreprise devait s'adapter aux nouvelles donnes de la mondialisation. Dans ce contexte, les travailleurs devaient selon lui accepter de faire des efforts et cesser de considérer comme anormal le fait de remettre en cause certains acquis.

Antoine ne put s'empêcher de sourire en pensant que l'homme qui exhortait les travailleurs aux sacrifices avait vu son salaire de PDG décupler en l'espace de quelques années. Les yeux larmoyant à cause de la moutarde, il décida d'écouter la fin de la brillante élocution. La loi sur les trente cinq heures, continua l'homme politique, avait été un non sens et une erreur dramatique qui avait failli conduire le pays tout droit à la faillite. Cela était désormais un fait avéré, il était nécessaire et urgent de permettre aux gens de travailler plus.

« Travailler plus ? S'interrogea Antoine. Alors que des milliers de gens ne parvenaient pas à accéder à un emploi, on demandait à ceux qui en avaient un de travailler plus longtemps et de repousser leur départ en retraite...Ou était la logique dans tout cela ? Le monde était-il condamné à fonctionner dans ce schéma extrémiste : d'un côté, les élus du système, soit disant privilégiés mais obligés de sacrifier santé et vie familiale sur l'autel de la rentabilité, et de l'autre coté, une masse croissante de personnes sans emploi et installée durablement dans la précarité ?

Tout cela est réjouissant se dit Antoine. En caricaturant on nous donne le choix entre le surmenage et la déprime, entre l'infarctus et la pauvreté.

Renonçant finalement au camembert qu'il jugea un peu trop avancé, Antoine s'attaqua au yaourt à la vanille et changea à nouveau de chaîne. C'était un documentaire. Le reporter s'intéressait au mode de vie ancestral de paysans vivants dans des contrées lointaines et montagneuses. A en juger par les paysages et les vêtements portés par les autochtones, il s'agissait sans doute de l'Amérique latine.

Antoine posa le pot de yaourt vide sur la table basse et se laissa absorber par les images apaisantes. Bien qu'il n'ait jamais eu réellement l'occasion de voyager, il était fasciné par ces reportages qui montraient des endroits du monde où la vie semblait s'écouler loin du tumulte et de l'agitation du monde moderne. Des endroits où le soleil et les saisons rythmaient encore l'activité humaine, des lieux où les gens menaient une vie dure et se contentaient de peu pour vivre, mais semblaient heureux malgré tout. Bercé au son des flûtes de pan, Antoine se laissa glisser dans le canapé. Sur l'écran, une paysanne habillée d'un costume traditionnel aux couleurs chatoyantes et coiffée d'un chapeau noir gardait un troupeau de lamas tout en filant une pelote de laine. Dans le lointain, des sommets dominant des terres pauvres et arides, érigeaient leurs neiges éternelles vers un ciel sans nuage. C'est sur cette vision qu'Antoine sombra définitivement dans le sommeil.

Chloé avait dormi d'un sommeil profond et peuplé de rêves. Elle s'était levée tôt pour profiter de la matinée et s'avancer dans la fabrication de deux colliers commandés la veille par l'une de ses clientes.

Le premier collier était terminé. Elle l'observa attentivement, le frotta à l'aide d'un tissu doux pour enlever les traces de doigt et le déposa délicatement sur une feuille blanche. Satisfaite du résultat, elle saisit son appareil photo et prit plusieurs clichés. C'était devenu une habitude. Chloé photographiait systématiquement ses créations pour en conserver l'image après les avoir remises à ses clientes. Cela lui avait permis de fabriquer un catalogue que ses clientes pouvaient consulter. Chloé pouvait ainsi les guider dans le choix des formes et des matériaux. Généralement elles choisissaient un modèle de base sur lequel Chloé proposait des modifications en fonction des goûts et de la personnalité de sa cliente.

De façon inattendue, au fur à mesure que son catalogue s'était étoffé, il était devenu pour Chloé une véritable source d'inspiration.

Vers 13h, Chloé déjeuna rapidement avec Julie, d'un simple plat de pâtes et d'un yaourt nature. Puis les deux jeunes femmes se rendirent à moto sur la grande esplanade qui longeait le parc urbain. Depuis qu'elle avait rendu visite à la voyante, Julie avait une idée fixe : faire en sorte que Chloé aille également la consulter, quitte à lui payer la consultation.

Chloé gara sa moto à coté d'un abri bus. Coincée entre le parc urbain et un grand boulevard, l'esplanade était couverte d'une multitude de stands et d'attractions qui brillaient de mille flashs. En ce début d'après midi, les promeneurs commençaient à affluer sur la fête foraine. Chloé et Julie longèrent une première allée où se concentraient les stands de tir, puis accédèrent à la zone des attractions à sensation. Dans l'une d'entre elles, les passagers solidement harnachés sur quatre fauteuils alignés, étaient envoyés tout en haut d'un immense pylône avant d'être lâchés en chute libre. Elles s'arrêtèrent quelques instants pour regarder la tête des personnes qui en descendaient. Après avoir bien ri, elles se dirigèrent vers le fond de l'esplanade. A proximité immédiate de la première haie d'arbres du parc urbain se tenait une petite cabane isolée, dont l'entrée était cachée par un double rideau pourpre qui tombait lourdement de part et d'autre de la porte. En lettres rouges et noires dessinant de belles arabesques, une simple mention indiquait : « Adelia, diseuse de bonne aventure »

- Tu veux vraiment que je rentre dans ce truc ? demanda Chloé

- Oui, tu vas voir, elle est géniale, tu ne vas pas le regretter !

- Bon, soupira Chloé, c'est bien parce que c'est toi. On se retrouve où ?

Julie jeta un coup d'œil circulaire et repéra une buvette installée un peu plus loin, qui proposait des cocktails de jus de fruit. Elle décida d'aller y attendre son amie le temps de la consultation.

Chloé s'avança dans l'entrée de la cabane et souleva légèrement le rideau. Aussitôt, la voix d'une vieille dame l'invita à entrer et à s'asseoir. L'intérieur était plongé dans une quasi obscurité, seules deux bougies disposées de part et d'autre d'une petite table de bois ronde dispensaient une lumière vacillante. Chloé s'installa sur une chaise rudimentaire et tenta de distinguer les traits de la vieille femme assise de l'autre coté de la table. Celle-ci était vêtue d'une robe noire de gitane. Son visage était buriné, et ridé comme celui des paysannes qui ont passé leur vie dans les champs. De longs cheveux noirs s'échappaient d'un foulard noué sur sa tête, et se répandaient abondamment sur ses épaules. Ses yeux étaient clos. Elle semblait concentrée sur la boule de cristal déposée au milieu de la table.

- C'est quinze euros la consultation, annonça t'elle.

- Très bien répondit Chloé, décidée malgré elle à pousser l'expérience jusqu'au bout.

Il s'ensuivit de longs instants de silence au cours desquels Chloé observa la voyante. Ses mains décrivaient un mouvement lent et incessant autour de la boule qu'elle effleurait du bout des doigts. A aucun moment, elle ne redressa la tête pour regarder Chloé, tout son être semblait absorbé par l'objet de cristal dans lequel se reflétaient à l'infini les flammes dansantes des bougies. Peu à peu gagnée par l'ambiance surréaliste, Chloé retenait sa respiration, attendant les révélations. Elle ressentit presque un soulagement lorsque la voyante rompit le silence :

- Les images sont encore un peu confuses… Mais je vois beaucoup de changements à venir pour vous… Des évènements vont bientôt survenir dans votre vie et vont vous entraîner sur un chemin nouveau – « Et voilà, il fallait s'y attendre, pensa Chloé, c'est le genre de banalité qu'on peut dire à n'importe qui sans prendre le risque de se tromper » – Le front de la voyante se plissa à nouveau sous l'effort de la concentration.

- C'est un long chemin qui vous attend… Un chemin difficile qui n'est pas sans danger – « Bon sang, dire que je vais payer 15 euros pour entendre ces inepties, se dit Chloé, Julie va m'entendre ! »

- Je vois … Un voyage… Oui, vous allez entreprendre un long voyage, continua la voyante. Chloé tendit l'oreille soudain intéressée.

- C'est un voyage qui va vous entrainer loin… Très loin, de l'autre coté de la terre…

- Vous pouvez être plus précise ? Demanda Chloé. Son intervention sembla perturber la voyante qui fronça les sourcils et resta à nouveau quelques minutes sans parler.

- Je vois des montagnes très hautes, beaucoup plus hautes que nos montagnes d'Europe. Et puis, il y a … Il y a un village, ou une ville … Je ne la distingue pas très bien… Elle semble… Elle semble flotter au dessus des nuages – « La Cité d'Or ! pensa Chloé, abasourdie. »

- Ce voyage, vous le faites pour vous… mais vous le faites surtout pour l'un de vos proches, pour une personne qui vous est chère…

Chloé n'en revenait pas, comment cette inconnue pouvait elle lui parler de choses aussi intimes dont elle n'avait parlé à quasiment personne ? Se pouvait-il que Julie ait monté un coup pareil ? Non, impossible, même si Julie connaissait parfaitement son projet de voyage ce n'était pas du tout son style de faire ce genre de blague. De plus, Chloé était restée très discrète sur ses motivations. Seuls Papy et mamy étaient au courant. La vieille femme parlait maintenant sans discontinuer.

- C'est, je crois, une personne disparue… Une personne dont vous voulez honorer la mémoire…

C'en était trop pour Chloé dont le visage commença à se couvrir de larmes. Comment cette femme pouvait-elle savoir tout cela ? C'était proprement incroyable !

- C'est un projet admirable, mais difficile…

Les yeux de la voyante se plissèrent un peu plus, comme si elle cherchait à percer le secret d'une image qui se dérobait à elle

- Le voyage est long et difficile, et je vois… Oh, non …

- Qu'y a-t-il ? interrogea Chloé alertée

- C'est un …un danger qui vous guette … Un mal que vous allez devoir combattre, continua la voyante de plus en plus agitée.

Chloé essuya ses larmes d'un revers de la main et fixa la vieille femme, cherchant à deviner la signification de ses mots. En proie à un malaise grandissant, elle regarda le visage ridé et torturé de la voyante. Elle jetait manifestement toute son énergie dans l'interprétation des images qui défilaient sur son écran mental.

- Vous ne devez pas partir seule, affirma la voyante

- Comment cela ?

- Le mal … Le mal est en vous…

- Que voulez vous dire ? demanda Chloé, effrayée par la tournure que prenait la séance de voyance

- Seule, vous n'aurez pas la force d'aller jusqu'au bout…Mais je vois (Le visage de la voyante se détendit soudainement) Oui heureusement, je vois …

- Que voyez-vous ? Reprit Chloé impatiente.

- Je vois l'intervention d'une personne. Une personne qui sera d'une très grande importance dans votre voyage…

- Julie ? Tenta Chloé, pressée d'en savoir plus

- Un homme va vous venir en aide …

- Un homme ? Répéta Chloé passant mentalement en revue tous ceux qu'elle côtoyait. Son dernier petit ami en date ? Probablement pas, ils ne se voyaient plus depuis six mois. L'un des éducateurs sociaux ? Mais pourquoi feraient-ils cela ?

- C'est un homme que vous aller rencontrer bientôt …

- Un homme que je ne connais pas ?

- Oui, bientôt … répéta la vieille femme, sans écouter Chloé

- Mais comment vais-je le reconnaître ?

- Bientôt, la rencontre … Conclut la voyante, manifestement éreintée par la séance.

Elle se redressa et fixa Chloé dans les yeux pour la première fois.

- Mais cet homme, pouvez vous me le décrire ? Continua Chloé
- Cela fait quinze euros mademoiselle.

La vieille femme avait mis fin à la séance, Chloé comprit qu'il était inutile de chercher à en savoir plus. Elle fouilla dans la poche de son blouson et sortit en vrac un billet de dix euros chiffonné et de la monnaie. Elle régla la gitane et sortit de la cabane un peu déroutée. Le fait de se retrouver à l'air libre lui fit du bien. Elle aperçut Julie qui lui faisait signe depuis la terrasse de la buvette et se dirigea vers elle en proie à des dizaines de questions. Comment cette femme avait elle pu lui parler de son projet de façon aussi précise ? Était-il possible que Julie ait manigancé toute cette mise en scène ? Mais dans quel but ? Pour le plaisir de lui jouer un tour ? Non, cela ne lui ressemblait pas. De plus, Julie était certes au courant de son projet de voyage au Pérou, mais bien que ce soit son amie la plus intime, jamais elle n'avait évoqué avec elle la promesse faite à sa mère...

Le décor était plutôt sommaire : un simple drap suspendu au centre de la scène et fendu en son milieu simulait une porte par laquelle les acteurs allaient et venaient. A chaque extrémité de l'estrade, deux larges écrans plasma avaient été accrochés en hauteur pour garantir une bonne visibilité aux spectateurs. Une cinquantaine de personnes, peut être soixante tout au plus s'étaient agglutinées dans le petit amphithéâtre. Il était impossible pour elles de perdre ne serait ce qu'une miette du spectacle tout proche.

En fonction du jeu des acteurs, les écrans s'éteignaient puis s'allumaient pour diffuser des images enregistrées ou prises à l'aide d'une minuscule caméra que les comédiens baladaient d'un point à l'autre du podium. Les gros plans en direct alternaient avec des séquences en boucle d'anciens films en noir et blanc, dont le thème récurrent était le meurtre à l'arme blanche. Une chaleur et une atmosphère lourdes imprégnaient la salle de spectacle. En face de Franck et d'Antoine, la scène était rouge de sang.

Ils s'étaient rejoints un peu plus tôt en ville car Franck avait dû faire quelques courses de dernière minute « Rupture de stock en couches culottes pour le petit dernier, le genre d'achat qu'on pouvait difficilement différer ! » Après la journée de travail, ils avaient à peine eu le temps d'échanger quelques mots avant que le rideau se lève.

Antoine s'essuya le front moite de sueur et regarda discrètement sa montre. Le spectacle avait commencé depuis trente minutes environ, mais il n'en pouvait déjà plus. Durant le premier quart d'heure, il s'était accroché, tentant vainement de trouver un sens aux scènes qui se succédaient devant ses yeux. Il avait rapidement renoncé. La mise en scène semblait évoquer les relations perturbées et les troubles hallucinatoires de jeunes adultes en perdition. Une femme, un homme et un acteur au sexe indéterminé étaient entrés sur scène, s'étaient bousculés sans ménagement, en hurlant, et en se jetant à terre sans qu'Antoine ne soit parvenu à saisir leurs motivations. Tout juste avait il compris en voyant l'actrice se faire un garrot puis se piquer à l'aide d'une seringue qu'il était question de drogue.

A nouveau, les écrans s'allumèrent pour passer une séquence de film enregistrée. C'était bien la cinquième fois qu'elle passait. Le décor et les costumes évoquaient les films muets du début du siècle. On y voyait un homme au teint blanchâtre et menaçant s'approcher d'une jeune femme, sortir un long couteau de son manteau, puis poursuivre la malheureuse dans le salon d'une maison avant de la poignarder sans pitié. Sur les planches, les acteurs reproduisaient la scène, n'hésitant pas à épandre des litres de faux sang au moment fatal. La jeune femme s'écroula pour la cinquième fois et roula dans son sang, souillant encore davantage sa longue tunique blanche. Antoine commençait à avoir la nausée. Sur la scène, le meurtrier avait saisi la mini caméra et la déplaçait sous les narines de sa victime, faisant apparaître en gros plan l'image tressautant du visage agonisant. Antoine se tourna vers Franck, qui manifestement n'était plus très à son aise non plus. Ce dernier perçut son regard et eut un sourire crispé. Des grosses gouttes de transpiration perlaient à son front. Comme pour se justifier, il se pencha vers Antoine, et lui chuchota à l'oreille « C'est un peu spécial, mais c'est normal, c'est du théâtre expérimental »

Dans la salle, les écrans s'étaient éteints, et la jeune femme avait repris vie, pourchassant à son tour l'acteur asexué en dérapant dans la matière gluante. Lorsqu'elle fut rattrapée, la créature sombra dans un désespoir et une rage soudaine, qu'elle manifesta en tortillant son tee-shirt inconsidérément, levant le doute qu'Antoine et Franck entretenaient quant à son sexe : il s'agissait bien d'une fille.

Lorsque le spectacle s'acheva au bout d'une heure très exactement, les deux amis eurent un instant de doute. Ils regardèrent autour d'eux, guettant la réaction des autres spectateurs. Ils éprouvèrent un immense soulagement lorsque les premiers applaudissements rompirent le silence de la salle. Sur les planches, les acteurs essoufflés et transpirants, s'alignèrent en souriant, visiblement satisfaits de leur prouesse. Alors qu'Antoine et Franck se joignaient aux applaudissements généraux, trop contents d'en finir, des « bravo » enflammés fusèrent dans la salle conquise. Autour d'eux, des discussions enthousiastes commençaient à s'élever tandis que l'intensité des applaudissements redoublait. Dès qu'ils le purent, les deux amis se dirigèrent vers la sortie du petit amphithéâtre et débouchèrent dans un espace aménagé d'un bar, où les gens aimaient s'attarder pour discuter après les représentations.

Antoine observa son ami. Franck, d'habitude si prolixe, était muet comme une carpe et blanc comme un linge.

- ça va ? S'inquiéta Antoine
- Hum… Oui oui, ça va, répondit-il, peu convaincant
- Dis donc, c'est toujours comme ça le théâtre expérimental ?
- Tu sais... Je ne suis pas vraiment un spécialiste…

Franck qui était un joyeux vivant semblait anormalement crispé. Il avait le teint excessivement pâle et tendait le cou, cherchant visiblement quelque chose au-delà de la foule qui s'amassait dans la pièce.

- Tu es sûr que ça va ? Insista Antoine
- Oui, je te dis ! Ça va...
- Bon, qu'est ce qu'on fait alors ? On va se faire une pizza comme prévu ? »

A la simple idée de manger, un haut-le-cœur souleva la grande carcasse de Franck, qui se précipita vers les toilettes en bousculant au passage plusieurs groupes de personnes qui discutaient avec animation.

Dans ses rêves, elle cavalait souvent sur des sentiers vertigineux, accrochés sur les contreforts d'une montagne escarpée. Elle traversait des tunnels creusés dans la roche par les habitants de la vallée sacrée, franchissait des rivières tumultueuses en marchant sur d'étroits ponts de bois et franchissait des cols entourés de cimes enneigées. Étourdie par la beauté époustouflante du paysage, elle suivait des chemins qui plongeaient parfois dans la végétation exubérante d'une forêt tropicale. A d'autres moments, elle atteignait une jolie cité Inca et se perdait dans un dédale de ruelles, au milieu de terrasses, de maisons et de fontaines.

Très souvent, elle était accompagnée d'Esteban. Parfois elle était Zia et parfois Zia était l'amie qui la guidait sur le chemin des mystérieuses cités d'or. Ils étaient tantôt des enfants émerveillés, tantôt de jeunes adultes en quête d'aventure. Dans le visage mûri de Zia, elle reconnaissait le sien, et à d'autres moments celui de sa mère. Le visage d'Esteban oscillait entre l'image du dessin animé et celle d'un homme qu'elle ne connaissait pas, qui pourtant partageait son aventure, et était son ami. Ils avançaient côte à côte, échangeant des sourires complices et poursuivant un même objectif, grisés par le même rêve : celui de rejoindre la Cité d'Or. Ils parcouraient ainsi des espaces immenses sans jamais parvenir au but du voyage.

Dans le demi-sommeil qui précédait le réveil, le souvenir fuyant de ces courses effrénées la laissait en proie à des sensations mitigées. Tout d'abord, c'était le sentiment d'urgence qui prédominait. Dans ces moments brumeux où l'esprit hésite encore entre le rêve et la réalité, elle sentait confusément que le temps lui était compté et que la légendaire cité lui avait encore échappé. Lorsque les bruits et les lumières de la réalité se faisaient plus pressants, repoussant inexorablement la magie des images oniriques, une vague de tristesse l'envahissait. Elle réalisait que tout ce qu'elle venait de vivre n'était qu'un rêve, alors que l'écho affaibli des voix de Zia et d'Esteban résonnait encore dans ses oreilles.

Lorsqu'elle était complètement réveillée, elle maintenait les yeux fermés et restait immobile de longues minutes sur son lit, essayant de se remémorer l'escapade imaginaire pour prolonger la magie. Parfois, après quelques secondes d'effort, une image réapparaissait subitement derrière ses paupières clauses, ultime souvenir de son aventure nocturne.

Cette fois Chloé rêvait qu'elle était seule sur le sentier. Comme d'habitude, elle avait franchi des cols, des forêts et des rivières. Elle arriva pourtant dans un endroit qu'elle n'avait jamais vu auparavant. Face à elle, une série de pics majestueux émergeaient d'une végétation luxuriante. Leurs pointes dressées fièrement vers le ciel décrivaient la courbe d'un cercle presque parfait, et constituaient une redoutable muraille naturelle. Alors, elle fut submergée par une certitude : la Cité d'Or se trouvait derrière cette muraille, à l'abri des intrus, protégée par les gigantesques sommets. Au comble de l'excitation et de l'émerveillement, Chloé se lança à l'assaut du flanc de la montagne sacrée. Le sentier zigzaguait entre les parois escarpées de la roche. La pente était raide, mais elle progressait rapidement sans ressentir la moindre fatigue. Ses longues recherches allaient enfin aboutir. Il ne lui restait plus que six cent mètres à parcourir, plus que cinq cents, plus que quatre cents…

Alors qu'elle touchait presque au but, de gros nuages noirs se déployèrent dans le ciel, assombrissant le paysage de façon spectaculaire et faisant soudain planer un sentiment d'insécurité. Une brise froide se leva et une lourdeur inexplicable envahit subitement les jambes de Chloé, l'obligeant à ralentir. Elle lutta contre ce mal mystérieux, tentant de reprendre sa foulée normale, en vain. Plus elle s'approchait de la cité, plus ses jambes la trahissaient, ralentissant inexorablement sa progression. Elle avait l'impression de se déplacer dans une matière dense et gluante et le simple fait de lever un genou lui demandait une énergie considérable. Frustrée, Chloé lâcha un cri de rage et redoubla d'effort pour s'approcher encore un peu de la mystérieuse Cité d'Or. Mais en quelques secondes, elle se retrouva complètement paralysée, incapable d'avancer plus loin.

Tandis que le crépuscule jetait des ombres menaçantes sur les alentours, elle lança un regard, angoissé vers ce dernier col qu'il lui restait à franchir. Que lui arrivait-il ? Pourquoi ce mal mystérieux s'abattait-il sur elle, juste à ce moment là ? Au-delà de la crête, la nuée dorée de la cité se reflétait sur l'étoffe noire des nuages. Battue, Chloé se laissa tomber sur le sol et pensa à sa maman, sa pauvre maman qui aurait été si fière et si heureuse de la voir rejoindre la Cité d'Or.

Non ! C'était trop injuste ! Cela ne pouvait pas se terminer comme ça !

Le visage noyé de larmes, elle voulut appeler à l'aide, crier son désespoir et hurler cette injustice à la face du monde, mais même sa voix se mit à la trahir. Tandis que la clameur des chants Incas s'élevait dans le lointain, aucun son ne put sortir de sa bouche. Anéantie, Chloé s'affaissa un peu plus, perdue, complètement seule dans un monde devenu soudain hostile.

Et puis, au bout de quelques minutes, un évènement se produisit. Ce fut tout d'abord un mouvement presque imperceptible derrière elle, un peu plus bas. Et puis des bruits de pas provenant du sentier qu'elle avait emprunté. Intriguée, elle écarquilla les yeux pour tenter d'apercevoir le visiteur, mais les ténèbres avaient tout englouti, y compris les pierres et la végétation qui l'environnaient. Elle se sentait comme dans une bulle impénétrable, perdue au milieu de nulle part. Ce n'est qu'au moment où il se pencha vers elle, qu'elle vit son visage. Sans prononcer un mot, il déposa son sac à dos à ses pieds, et l'aida à se relever. Son sourire bienveillant la réconforta immédiatement. Toujours en silence, il remit son sac sur ses épaules, scruta la nuit en direction de la Cité d'Or puis se retourna vers elle. Son regard était franc, rassurant et semblait dire : « Alors, on y va ? ». Mystérieusement, l'extrême lassitude de ses jambes se dissipa aussi rapidement qu'elle était apparue. Alors, Chloé se releva et reprit la marche aux côtés de cet homme dont elle ne connaissait ni le nom, ni l'histoire, mais qui la rejoignait sans cesse dans ses rêves.

Chloé s'éveilla en sursaut, haletante. Son cœur battait la chamade comme après un effort intense. Elle se sentait épuisée, totalement vidée. Jamais encore dans ses rêves elle ne s'était approchée si près du but. Mais jamais non plus elle ne s'était réveillée si brutalement et dans un tel état de stress.

Elle repoussa ses draps trempés de sueur et se tourna vers les chiffres lumineux de son réveil. Ceux-ci indiquaient 2h30. Les souvenirs de la veille au soir refluèrent dans son esprit. La voyante, et ses révélations étranges.

Elle repensa au rêve qu'elle venait de faire. Par de nombreux aspects, il était similaire à tous ceux qu'elle avait l'habitude de faire, mais il était aussi fondamentalement différent… Pourquoi ? Le malaise d'abord. Que pouvait signifier cette paralysie angoissante dont elle avait été victime ? Se pouvait il que ce soit un signe, un avertissement comme celui que la gitane lui avait lancé ? Ou bien s'agissait-il simplement de la manifestation d'un doute sur ses chances de réussir ? Et puis il y avait cet homme, cet inconnu mystérieux qui lui était apparu au moment où tout semblait perdu… La gitane lui avait également parlé d'un homme qui devait l'aider.

Chloé savait parfaitement que les évènements de la journée influencent fortement les rêves. D'un point de vue purement cartésien, les simples paroles de la gitane avaient pu provoquer l'apparition de cet homme dans son rêve. Seulement, il y avait un obstacle majeur à cette simple explication. Un obstacle que Chloé tournait et retournait dans tous les sens dan sa tête mais qui résistait à la logique la plus élémentaire : ce n'était pas la première fois qu'elle rêvait de cet inconnu. Et cela avait commencé bien avant qu'elle ne rencontre la voyante.

- Ouf ça va mieux ! Souffla Franck du haut de son tabouret, après avoir ingurgité sa première gorgée de bière.

Après être sorti du théâtre, Antoine et Franck avaient renoncé à la pizzeria. Le spectacle auquel ils venaient d'assister leur avait ôté toute envie de manger. Par courtoisie, Franck avait appelé le Rapido-Pizz, le restaurant dans lequel il avait pensé emmener Antoine pour annuler leur réservation. Les deux compères décidèrent d'aller prendre un verre dans un bar irlandais proche du théâtre. Franck avait immédiatement commandé deux pintes de Guinness.

- J'ai du avaler quelque chose qui n'est pas passé ce midi, continua-t'il.

Effectivement, et le spectacle auquel on vient d'assister n'a pas dû arranger les choses.

- Le spectacle ? Rien à voir... Enfin, c'est vrai qu'il faisait vraiment trop chaud dans cette salle !

Antoine sourit silencieusement. Franck n'était pas du genre à avouer une quelconque faiblesse. Il préférait souffrir le martyre plutôt que d'admettre la moindre douleur physique ou morale. Ce soir, il lui avait été plus facile de se rendre malade plutôt que de quitter la salle et d'accepter que la vue du sang ou sa simple évocation puisse le mettre mal à l'aise. Il était comme ça, macho au possible, mais entier. Pour sauver son image, il savait parfois faire preuve d'une immense mauvaise foi, mais on lui pardonnait vite, tant il avait le cœur sur la main. Malgré sa carrure imposante et son aplomb en toute circonstance, il était doté d'une sensibilité exacerbée qu'il employait le plus clair de son temps à dissimuler. Malgré sa force herculéenne, il était incapable de faire le moindre mal à une mouche et se transformait en véritable nounours dès qu'il était en présence d'Annick, sa compagne. C'est pour toutes ces raisons, et bien d'autres qu'Antoine l'aimait.

- Ton ami, celui qui organisait le spectacle ne risque pas de te chercher ?

- Lui ? Euh... Je l'appellerai demain pour le remercier. Je n'avais pas envie de rester sur place. Tu comprends, ils sont entre gens de théâtre, c'est un peu spécial comme milieu, on est mieux ici, se justifia Franck

- Tu as raison. En tout cas, s'il a encore des places pour d'autres spectacles de ce type, n'hésite pas à m'appeler. Ça me fera plaisir. »

Franck s'interrompit alors qu'il portait sa chope à la bouche.

- Tu es sérieux ?

- D'après toi ? Et ils éclatèrent de rire.

- Bon, dis moi alors, c'est quoi cette histoire avec le boss ? Reprit Franck qui avait retrouvé sa bonne humeur habituelle.

En quelques mots, Antoine résuma à son ami la discussion qu'il avait eue avec Edouard Delabrigode la veille. Franck l'écoutait tout en sirotant sa bière et en hochant la tête. Il faillit s'étrangler lorsqu'Antoine parla d'Eugénie, la fille du patron.

- Attends ! Attends ! Si je te comprends bien, le vieux t'a invité chez lui pour te brancher avec sa fille ?

- Oh, attends, faut pas exagérer non plus !

- Ce n'est pas possible, tu m'as caché quelque chose ! reprit Franck, hilare

- Qu'est ce que tu dis ? demanda Antoine en haussant la voix pour couvrir un morceau de musique irlandaise qui venait juste de débuter

- Je dis qu'il a dû se passer quelque chose entre toi et cette fille le soir du repas de Noël, répéta plus fort Franck

- Qu'est ce que tu racontes, on a simplement parlé un peu. Forcément, on était pratiquement les seuls célibataires de la soirée. Comme moi, elle déteste danser. Alors, pendant que tu t'éclatais comme un fou sur la piste avec Annick, on a échangé quelques banalités.

- Tout le monde était un peu éméché ce soir là, si ça tombe, tu lui as fait une déclaration sans t'en rendre compte, pouffa Franck

- On ne peut pas discuter sérieusement avec toi !

- En tout cas, félicitations ! C'est un bon parti ! Répliqua le colosse en lui tapant sur l'épaule et en éclatant franchement de rire. Attends moi une minute, je reviens »

Antoine observa son ami s'approcher du bar pour commander deux autres pintes de Guinness. Il était clair que Franck encaissait nettement mieux l'alcool que lui. Se pouvait il que Franck ait raison ? Avait t'il été jusqu'à faire des avances à Eugénie Delabrigode ? Non, franchement, ce n'était pas possible, il n'était pas ivre à ce point. Ses idées n'étaient certes plus très claires, mais tout de même ! Franck était revenu et avait posé avec satisfaction deux nouveaux verres emplis de la célèbre boisson noire. Il semblait radieux et avait sans doute déjà complètement oublié l'épisode du théâtre. Il considéra son ami avec un sourire taquin : « Et alors, comment tu la trouves, toi, la petite Delabrigode ? » Antoine, imaginant très bien le terrain sur lequel son ami voulait l'entraîner leva les mains en signe de protestation

- N'y pense même pas ! Ce n'est vraiment pas du tout mon genre, et même si elle l'était, je n'ai absolument pas l'envie de m'embarquer dans une aventure…

- Dommage, fit Frank sur un ton songeur.

Il porta son verre à hauteur de ses yeux, et prit le temps de scruter le breuvage opaque silencieusement.

- Oui, dommage … répéta-t-il

- Quoi ? demanda Antoine titillé, qu'est ce qui est dommage ?

- Eh bien dommage que tu considères les choses d'une manière aussi négative, dit il. Une fille s'intéresse à toi, qui plus est, il s'agit de la fille d'un magnat de la banque, prêt à te confier une promotion en or, et tout ce que tu trouves à dire, c'est que tu n'as pas envie de t'embarquer dans cette histoire !

- Exactement.

- Tu te rends compte que tu es sur le point de devenir le protégé du père Delabrigode, le roi du crédit facile ? Il te propose à demi-mot d'hériter de son empire, de ses millions et de sa fille en prime ? J'en connais plein qui seraient prêts à se damner pour ça !

- C'est un énorme malentendu. Dès qu'Edouard Delabrigode aura compris que je n'ai pas l'intention de devenir le petit ami de sa fille, il remballera ses promesses et me virera.

- Tu es trop bon professionnellement pour qu'il te vire.

- Je n'ai aucun point commun avec cette fille

- Tu m'as dit ça à propos de toutes les filles qui ont tourné autour de toi ces dernières années !

- Tu te rends compte, à quarante balais, elle habite toujours chez papa maman

- Et alors ? Est ce que c'est mieux d'habiter seul ?

- Ecoute, n'insiste pas, tu sais que je déteste parler de ça.

- Peut-être, mais je pense que tu es seul depuis trop longtemps, tu ne profites pas assez de la vie, s'emporta Franck. Tu vis constamment dans le passé avec l'image de Sophie suspendue devant les yeux. Cela fait cinq ans, Antoine. Tu aurais dû faire ton deuil depuis longtemps !

Franck s'interrompit, regrettant aussitôt les mots qu'il venait de prononcer. Il venait de transpercer son ami en plein cœur et pouvait lire la douleur et la colère dans son regard. Celui-ci prit une profonde inspiration comme pour mieux évacuer ses émotions et reprit la parole, regardant Franck droit dans les yeux.

- Ecoute, je sais parfaitement ce que tu penses, mais il se trouve que ma vie me convient fort bien ! Rien ni personne ne changera cela, pas même toi. » Conclut Antoine, en repoussant son verre vers le centre de la table.

Franck se pinça les lèvres et se tût. Quel idiot il faisait ! Lui qui voulait passer une bonne soirée avec Antoine, histoire de lui changer un peu les idées, c'était réussi ! D'abord ce spectacle à vomir - c'était le cas de le dire - qui les avait privés d'une bonne pizza et ensuite cette discussion qui partait en vrille à cause de sa maladresse habituelle. Il regarda Antoine. Celui ci s'était replié dans une attitude défensive, un peu en retrait, les yeux baissés vers son verre qu'il tripotait machinalement, sans doute plongé dans de sombres pensées. Autour d'eux, les discussions étaient animées et ce fut Antoine qui interrompit le silence pesant qui régnait à leur table. Après avoir jeté un coup d'œil à sa montre, il releva les yeux vers Franck.

- Il commence à se faire tard, je vais y aller car j'ai du boulot qui m'attend demain.

Franck acquiesça d'un hochement de tête et suivit son ami dans la rue. La voiture d'Antoine n'était pas garée très loin et ils s'y dirigèrent en silence. Ce n'est qu'au moment de se séparer que Franck, penaud, s'adressa à Antoine :

- Ecoute, excuse-moi mon vieux, je me suis laissé emporter. Je ne voulais pas te faire de la peine.

Enregistrant les paroles de son ami, Antoine leva la tête en direction d'une barre d'immeuble, comme pour puiser l'inspiration et trouver les mots qu'il convenait de dire. Tout en haut, une fenêtre s'éclaira. Il y attarda son regard quelques instants, puis considéra son ami en lui adressant enfin le sourire que ce dernier attendait.

- N'y pensons plus, je sais que tu n'avais pas de mauvaises intentions... Maintenant, il faut vraiment que j'y aille, j'ai une réunion importante demain matin. Allez, à plus tard.

Ils se serrèrent la main et Franck resta un instant sur le trottoir pour regarder le vieux break s'éloigner.

Chloé ouvrit son portefeuille et regarda ce qui lui restait comme argent avant d'entrer dans la confiserie. « Une vingtaine d'euros, ce serait suffisant pour acheter une boîte de chocolat et terminer la semaine » pensa Chloé.

Dans un peu plus d'un mois, il lui faudrait régler le solde de son voyage, et le moindre euro était compté. Seulement, s'il y avait bien une chose sur laquelle elle ne transigerait jamais, c'était les petites friandises qu'elle apportait chaque semaine à Mamie Jeanne et Papy Léon. Ils avaient beau protester et lui répéter que seule sa présence leur importait, Chloé ne dérogeait jamais à cette tradition. Une boite de chocolat était un présent bien modeste au regard de ce que Papy Léon et Mamie Jeanne lui avaient donné. Et de plus, ils adoraient les friandises.

La personne qui était juste devant elle termina de régler ses achats. Chloé hésita un instant, puis opta pour de délicieuses petites truffes au chocolat noir dont Papy et Mamie raffolaient, plus un petit sachet de bonbons à la violette qui étaient le péché mignon de Mamie. Pendant que la commerçante empaquetait le cadeau, Chloé ne put s'empêcher de sourire en pensant à la gourmandise du gentil petit couple.

Même si Papy Léon et Mamie Jeanne n'étaient pas ses grands parents naturels, elle les considérait comme tels. Si elle s'en était sortie, c'était vraiment grâce à eux.

Lorsqu'elle s'était retrouvée seule au monde, elle avait été recueillie pendant quelques temps par Annie, la voisine, avant d'être prise en charge par le Service de l'Aide Sociale à l'Enfance. Trop petite pour mener sa propre vie et trop grande pour être adoptée, elle avait vécu dans des foyers et des familles d'accueil, obligée de grandir au milieu de personnes qui n'étaient pas sa vraie famille et qui menaient leur propre existence. Confrontée trop tôt à la fragilité de la vie, elle avait vécu repliée sur elle-même, se protégeant des autres, se méfiant de ce qu'ils pouvaient lui offrir, refusant de s'attacher à eux de peur de les perdre aussi. Durant toutes ses années, elle avait beaucoup pensé à sa mère, elle la voyait dans ses rêves, lui parlait quelquefois avant de s'endormir. Adolescente, elle avait tenté de rechercher ses grands parents maternels. Elle avait hésité longtemps avant de composer leur numéro, puis avait finalement appelé, sans se présenter. Une voix aigrie avait répondu et elle avait compris immédiatement. « Leur fille ? Une traînée qui s'était laissée engrosser à l'âge de dix-sept ans par un vaurien qui s'était volatilisé !" A cause d'elle, l'opprobre s'était abattu sur la famille et ils l'avaient chassée, refusant définitivement tout contact avec elle. « Que se passait-il, elle avait des ennuis ? Et bien qu'elle se débrouille, ils n'en avaient que faire et n'avaient pas de compte à lui rendre ». C'en était assez. Chloé avait raccroché, sans dire qui elle était, alors que la voix continuait de déverser des propos haineux et malfaisants à l'autre bout de la ligne.

A partir de ce moment là, Chloé en avait voulu à la terre entière. Ses résultats scolaires avaient rapidement chuté, et elle s'était laissée aller à de mauvaises fréquentations, recherchant la compagnie des voyous du quartier. Cela aurait pu mal se terminer et elle aurait sans doute sombré dans la délinquance si elle n'avait pas rencontré Mamie Jeanne et Papy Léon.

Elle avait quatorze ans alors, et partait pour une énième fois dans une famille d'accueil. Lorsqu'elle était arrivée à la ferme avec son baluchon, elle les avait trouvé ringards tous les deux. Des vieux chnoques de soixante-dix ans passés qui se chauffaient encore au bois, élevaient des poules et des cochons, cultivaient leurs légumes, se réveillaient aux aurores et se couchaient avant neuf heures ! Elle n'avait que faire des sourires de la grand-mère et de la sempiternelle bonne humeur que le grand-père croyait devoir afficher en toute circonstance.

Dans la maison tout était démodé : les vieux meubles en bois massif, patinés et usés par le temps, la vieille horloge qui sonnait chaque heure du jour et de la nuit, la vaisselle qui respirait le passé et l'argenterie de famille qu'on sortait le dimanche, et puis aussi la vieille deux-chevaux qu'ils utilisaient pour leurs rares déplacements. Chloé avait eu l'impression d'arriver dans un endroit sur lequel le temps s'était arrêté à une époque où l'on n'avait jamais entendu parler des groupes à la mode, des bonnes séries télé, et des jeux vidéo. Ils lui avaient aménagé une chambre à l'étage, à laquelle on accédait après avoir emprunté un escalier grinçant et traversé un grenier encombré de mille vieilleries, de conserves et de pots de confiture maison. En arrivant dans cet endroit, c'est tout juste si elle n'avait pas fait demi-tour immédiatement. Finalement, elle avait décidé de rester au moins quelques temps, juste pour éviter les ennuis avec les éducateurs du service d'aide sociale à l'enfance. Les vieux finiraient par se lasser comme les autres et elle partirait ailleurs.

Il avait fallu toute la patience et l'amour de Papy Léon et Mamie Jeanne pour que peu à peu, à force de petits gestes d'amour sans cesse répétés, elle se laisse apprivoiser. Aujourd'hui, Mamie Jeanne et Papy Léon étaient les personnes qu'elle aimait le plus au monde.

Munie de son casque dans une main et de ses sachets de friandises dans l'autre, Chloé sortit de la confiserie. Dehors, la luminosité contrastait avec l'ambiance feutrée dans laquelle étaient exposées les gourmandises. Elle se dirigea vers la boulangerie toute proche. Près de l'entrée du commerce, un homme assis par terre tendait la main vers les passants.

- Une petite pièce mademoiselle ? S'il vous plait...

Chloé considéra l'homme qui s'adressait à elle. Environ cinquante ans. Habillé de haillons, il était assis sur un vieux carton, près d'une bouteille à l'aspect douteux et contenant vraisemblablement un rouge de mauvaise qualité. La totalité de ses biens étaient rassemblés dans un sac imprimé au logo d'un grand distributeur. Il avait l'âge d'être son père. Chloé avait croisé pas mal de personnes en galère ces dernières années. Il s'agissait la plupart du temps de jeunes à la dérive, comme elle l'avait été durant un temps. Cela lui faisait toujours mal au cœur de voir des adultes plongés dans la détresse. Dans ce milieu, l'espoir de remonter la pente était en général inversement proportionnel à l'âge.

- Est ce que vous auriez une petite pièce, Mademoiselle ? Répéta l'homme avec espoir.

Encombrée par ses achats, Chloé posa son casque à terre et fouilla l'intérieur de sa poche. Il devait lui rester une petite dizaine d'euros en monnaie éparse. Elle en renversa le contenu dans le creux de sa main, prit deux pièces d'un euro, hésita, puis tendit finalement la totalité de sa monnaie à l'homme. Celui ci regarda avec étonnement les pièces dans le creux de sa main. Les gens ne lui donnaient en général qu'un ou deux euros, pas plus.

- Merci pour votre générosité mademoiselle. C'est une véritable aubaine pour moi.

Sous son aspect hirsute, l'homme parlait avec courtoisie et semblait cultivé. Chloé hésita un instant, mais ne résista pas à l'envie d'en savoir plus sur lui :

- Dites moi, je sais que cela ne me regarde pas, mais comment en êtes vous arrivé là ?

- Dans la rue vous voulez dire ? Demanda l'homme tout en comptant les pièces que Chloé venait de lui donner.

- Oui, qu'est ce qui vous a mis dans cette galère ?

- Et bien, une histoire banale je suppose. Tout marchait bien pour moi à une époque. J'étais cadre dans une PME régionale. Le boulot me plaisait plutôt bien, on fabriquait des accessoires automobiles pour les grands constructeurs nationaux.

- La crise est passée par là j'imagine ?

- Vous imaginez bien. Il y a deux ans, les constructeurs ont vu leurs carnets de commandes diminuer de façon drastique. Ils ont commencé à vivre sur leur stock et à mettre leur personnel en chômage technique. Très rapidement, la crise a gagné les sous traitants… Enfin, l'effet boule de neige, vous voyez…

- Je vois...

- Après, c'est le scénario classique. Après avoir été viré, j'ai dû revendre la villa qu'on n'avait pas terminé de payer. Pas facile lorsqu'on a une femme et deux ados à la maison. Je n'ai pas accepté la situation et tout s'est enchaîné très vite : un gros coup de déprime, ma femme m'a quitté et je me suis retrouvé à la rue. Voyez-vous, il y a encore deux ans de cela, je n'aurais jamais imaginé devenir un jour un SDF. Mais pourquoi voulez-vous savoir tout ça ? Chloé était pensive.

- Peut être simplement parce que vous m'avez adressé la parole.

- Ah ?

- Et avec ça, vous en êtes où ? demanda Chloé en désignant la bouteille.

- Oh ça … ça réchauffe le cœur... Enfin, c'est l'excuse que j'aime me donner. En fait, pour dire la vérité, je n'aurais jamais imaginé plonger si rapidement. J'ai conscience d'être devenu une caricature de clodo avec ma couverture miteuse et mon litre de rouge. Mais que voulez vous, c'est comme ça, expliqua l'homme un peu gêné.

- Je n'avais pas l'intention de vous mettre mal à l'aise, s'empressa de préciser Chloé.

- Ne craignez rien mademoiselle, cela me fait tellement plaisir d'avoir une conversation normale... Vous connaissez la chanson : « Jolie bouteille, sacrée bouteille, veux-tu me laisser tranquille … »

- « Je veux te quitter, je veux m'en aller, je veux recommencer ma vie … » continua Chloé.

- Et bien, c'est exactement ça. Malheureusement, la bouteille ne laisse pas tranquille aussi facilement qu'on le voudrait…

- Je comprends, répondit Chloé en jetant un coup d'œil à sa montre. Dites moi, je vais devoir vous laisser, mais avant j'ai un petit service à vous demander.

- Un service ? répéta l'homme étonné

- Oui, est ce que vous pourriez me prêter 80 centimes s'il vous plait ?

L'homme regarda l'étrange jeune femme qui se trouvait devant lui. Avec ses piercing, ses cheveux en bataille et son accoutrement de Hell's Angels, elle semblait tout droit sortie du film « Mad Max ». Sa question semblait incongrue, mais elle ne semblait pas plaisanter.

- C'est sérieux, vous voulez que je vous donne 80 centimes ?

- J'en ai besoin pour acheter une baguette, répondit Chloé

L'homme fouilla dans la casquette posée devant lui et tendit 80 centimes à Chloé.

- Voilà mademoiselle

- Merci

- Avec grand plaisir.

L'homme regarda Chloé ramasser son casque, entrer dans la boulangerie, puis ressortir une baguette sous le bras.

- Portez-vous bien monsieur, dit Chloé, et si vous le pouvez, faites attention à ça, ajouta-t-elle en montrant la bouteille.

- Je vous promets d'essayer ! Au revoir mademoiselle.

Il la regarda s'éloigner et l'interpela :

- Mademoiselle ! Chloé se retourna
- Au fait, je voulais vous dire…Je m'appelle Jean-Pierre
- Et bien, peut être à un de ces jours Jean-Pierre, lui lança Chloé
- Oui, avec plaisir, n'oubliez pas que vous avez une dette envers moi !
- Une dette ? S'étonna Chloé
- Oui, vous me devez 80 centimes ! Répondit l'homme
- J'essaierai d'y penser, lança Chloé en riant.

Chloé enfourcha sa moto et Jean-Pierre la suivit du regard jusqu'à ce qu'elle disparaisse au coin de la rue. Presque aussitôt, il pesta contre cette maudite gerçure à la lèvre qui venait de s'ouvrir. C'est alors qu'il prit conscience qu'il était en train de sourire. Diable, depuis combien de temps cela ne lui était il pas arrivé ?

- Madame, Messieurs, nous devons absolument prendre en compte les préoccupations du marché. L'avenir de notre entreprise doit s'élaborer en adéquation avec les attentes de nos clients potentiels !

L'homme qui venait de s'exprimer ainsi était Paul Ezingard, le Directeur Commercial. Il se tenait debout, les deux mains en appui sur la grande table, le corps penché en avant comme un sprinter avant le départ d'un cent mètres. Il avait parlé lentement, prenant soin d'articuler chaque mot et de fixer les uns après les autres l'ensemble des participants au Comité de Direction, plus communément appelé « CODIR ».

La cinquantaine, l'œil perçant, la coupe de cheveux et le costume toujours impeccables, Paul Ezingard était l'archétype du cadre influent, dont l'avis compte dans une entreprise. Il fit une courte pause, puis alluma le rétroprojecteur à l'aide d'une télécommande. Des diagrammes et des histogrammes colorés apparurent sur l'écran placé dans son dos. Toujours face à son auditoire, Paul Ezingard continua son exposé :

- Comme vous pouvez le constater sur ces slides, les pays européens ont suivi le chemin des Etats Unis sur la récession. Le niveau des crédits bancaires accordés n'a jamais été aussi bas depuis vingt ans… Face à un tel aplatissement du marché traditionnel, c'est avec une conviction appuyée, que je déclare l'absolue nécessité d'aller chercher ailleurs des relais de croissance…

A l'extrémité opposée de la table, installé au fond de son siège de Président Directeur Général, Edouard Delabrigode avait écouté attentivement son Directeur Commercial. Il fut le premier à rompre le silence religieux qui avait suivi sa déclaration. Les têtes des six autres Directeurs se tournèrent vers lui simultanément.

- Si je vous comprends bien Paul, vous craignez une diminution de notre activité dans les mois à venir ?

- C'est exactement cela Edouard. Vous avez parfaitement résumé la situation. Regardez ces chiffres, ils sont éloquents !

Edouard Delabrigode examina une nouvelle fois les graphiques projetés sur l'écran, puis se tourna vers un petit homme rondouillet au crâne chauve, assis à sa gauche :

- Quelle est votre analyse, d'un point de vue financier, Robert ?

- Et bien, effectivement... Si nous considérons l'évolution comparée de notre chiffre d'affaires avec celui du secteur banque-assurance, il semblerait que nous puissions être amenés à connaître certaines difficultés dans les mois à venir ...

- Il semblerait ? L'interrompit Paul Ezingard, ne soyez donc pas si timoré Robert ! Nous allons au devant d'une véritable catastrophe si nous n'admettons pas l'urgente nécessité d'adapter notre stratégie !

Quelques gouttes de transpiration apparurent sur le front du petit homme engoncé dans un costume trop épais pour la saison.

- C'est-à-dire, tenta-t-il d'expliquer, que le maintien d'un équilibre financier passe nécessairement par la maîtrise opérationnelle de nos marges et de nos dépenses. Si nous parvenons à ...

- Foutaise que tout cela ! Le coupa sans ménagement Paul Ezingard. Dans un contexte de décroissance, nous ne pourrons pas maintenir nos marges. Avez-vous seulement étudié l'impact marketing de la fusion récente de nos deux principaux concurrents ?

- ...

- Vous êtes vous seulement intéressé à l'évolution du comportement de nos clients et à l'impact que cela aura sur nos placements à venir ?

- Et bien, pas exactement, je ...

- "Pas exactement", c'est effectivement bien ce qu'il me semblait... Et bien, moi je l'ai fait ! S'exclama Paul Ezingard, triomphant assez facilement d'un Directeur financier qui n'avait ni la carrure ni la verve suffisante pour s'opposer à lui. Car, voyez-vous, si nous avons la volonté de nous lancer dans la bataille qui s'annonce, la seule façon d'en sortir victorieux tient en un mot : AN-TI-CI-PER. »

Mal à l'aise, le Directeur financier se tassa un peu plus sur son siège et sortit un minuscule mouchoir à carreaux pour s'éponger le front, tandis que l'assistance retenait son souffle. Une nouvelle fois, le Directeur commercial avait éliminé dans l'œuf toute contradiction possible. Ce fut donc Edouard Delabrigode qui continua :

- Bien Paul, reprit Edouard Delabrigode, nous ne doutons nullement des chiffres que vous nous présentez, et encore moins de votre conviction… Mais que proposez-vous concrètement ?

Les six têtes pivotèrent dans un synchronisme parfait, guettant la réponse. Pour la première fois, un léger sourire apparut sur les lèvres du Directeur Commercial. Enfin, il allait pouvoir exposer son plan et prouver une nouvelle fois aux yeux de tous qu'il était le plus compétent.

- Ce que je propose ? Et bien c'est de prendre notre destin en main… Répondit-il, cherchant manifestement à entretenir le suspens. Tous les regards étaient braqués sur lui, et il savourait visiblement l'effet produit.

- Allons mon ami, détaillez, je vous prie, s'irrita le Président.

- Voyez vous, Madame, Messieurs, les études que j'ai fait mener par mon service montrent, sans l'ombre d'un doute, que l'Europe de l'Est et la Chine représentent un nouveau marché à développer dans les années à venir. Comme je le disais précédemment, notre avenir dépend de notre capacité à nous exporter sur ces nouveaux territoires. En un mot, nous devons être « Time To Market »

- Pardon ? Interrogea la Directrice des Ressources Humaines qui était la seule femme admise au CODIR. Comment avez-vous dit ? »

Paul Ezingard sourit, ravi d'avoir l'occasion de s'étendre sur le concept qu'il venait d'introduire :

- “TIME - TO - MARKET", précisa-t-il. Cela signifie que nous devons être les premiers à proposer à ces nouveaux consommateurs les produits qu'ils attendent au moment où ils le souhaitent et là où ils se trouvent !

- Si je vous comprends bien, vous envisagez l'implantation d'agences ou de filiales dans les pays que vous avez cités ? demanda Edouard Delabrigode.

- C'est tout à fait cela

- La mise en place de nouveaux réseaux de distribution et de nouvelles campagnes de communication risque de se révéler fort coûteuse, rebondit Edouard Delabrigode. Si j'en juge par nos indicateurs financiers, je crains que nous ne soyons pas en mesure de mettre en œuvre un telle politique.

Quelques acquiescements furent murmurés dans la salle de réunion. Le Directeur Commercial ne se démonta pas pour autant et dévoila à nouveau largement l'émail blanchi de ses dents, qui contrastait sur le fond de sa peau bronzée.

- Voyez-vous, je m'attendais à cette remarque. Et croyez bien que je ne vous aurais pas fait une telle proposition sans avoir la certitude que nous serions en mesure de la financer. L'opération est possible. Moyennant certains sacrifices…

- Vous m'intriguez, rétorqua Edouard Delabrigode. Continuez, je vous prie.

- Notre capacité à financer dépend largement du cash-flow que nous sommes en mesure de dégager, vous en convenez ?

- C'est une évidence, répondit le Directeur Financier, encore sous l'effet d'une terrible vexation, et soulagé de revenir sur un terrain qu'il connaissait mieux.

- Continuez, encouragea le Président, continuez…

- Et bien à chiffre d'affaires constant, voire légèrement décroissant, notre seul moyen de dégager du cash-flow est de réduire nos coûts.

- C'est élémentaire. La vraie question est : « comment y parvenez-vous ? » S'enhardit Robert Pilu

- De plusieurs façons. Tout d'abord, grâce à des gains de productivité. Comparée à d'autres sociétés de service, notre entreprise est loin du compte. A chiffre d'affaires équivalent, nous employons une fois et demi plus de personnel que certains concurrents. Ai-je besoin de rappeler le poids exorbitant de la masse salariale dans nos coûts de structure Robert ?

- Et bien… C'est un fait…

- Très bien. Selon moi, nous pouvons très rapidement optimiser le personnel présent sur ce site

- Soyez plus précis. Suggérez-vous un plan social ? Demanda la Directrice des ressources humaines.

- Ce n'est pas aussi simple, intervint Edouard Delabrigode, si vous réduisez notre personnel vous diminuez notre surface de contacts avec nos prospects et donc le nombre de crédits placés. En faisant cela, vous accentuez notre baisse de chiffre d'affaires.

Paul Ezingard arpentait la pièce d'un pas lent, ménageant autant que possible son effet.

- Edouard, vous avez tout à fait raison, nous allons diminuer la quantité… Mais ce que je vous propose, de façon tout à fait simultanée à cette baisse de quantité, c'est d'améliorer la qualité de nos placements, donc notre rentabilité.

- Expliquez-vous...

- L'idée est très simple, reprit Paul Ezingard. Comme vous le savez, des milliers de ménages qui ont eu recours aux crédits révolving sont actuellement dans la difficulté et peinent à rembourser l'argent qu'ils ont emprunté.

- C'est bien là notre problème commenta, amer, le Directeur financier

- Oui, mais là où vous vous contentez de voir un problème, et bien moi je vois une formidable opportunité de développement pour notre entreprise. Laissez-moi vous présenter le slide suivant…

Paul Ezingard actionna la télécommande du vidéoprojecteur, et aussitôt, un chiffre isolé apparut dans une police démesurée sur l'écran : 100 %. Paul Ezingard savoura l'effet produit sur son auditoire quelques instants et enchaîna sa présentation avant qu'Edouard Delabrigode ne s'impatiente.

- 100% ! Regardez bien ce chiffre extraordinaire messieurs, et retenez le : 100% ! C'est ce que 80% des ménages en difficulté sont prêts à payer en plus pour peu qu'on leur propose une baisse de leur mensualité ! S'exclama Paul Ezingard.

- Vous voulez dire que 8 ménages sur 10 accepteraient de payer deux fois plus d'intérêts à condition que ce paiement soit étalé dans le temps ? Commenta le patron. D'où sortez-vous ce chiffre ?

- J'ai fait faire une étude sur ce sujet.

- Vous proposez donc une renégociation générale des prêts accordés ?

- Exactement ! Les gens sont étranglés financièrement, ils ont besoin de liquidité. Il suffit de leur proposer le rachat de l'ensemble de leurs crédits revolving couplé à un allongement de la durée de remboursement. D'un point de vue mécanique, l'allongement de la durée leur permettra de diminuer les mensualités, mais en fin de compte, au terme du remboursement total, nous aurons doublé le montant des intérêts perçus !

- C'est diabolique, commenta le Directeur financier.

- C'est imparable ! Répondit Paul Ezingard. Nous travaillerons en priorité sur nos fichiers clients tout en menant une campagne de communication bien adaptée, de façon à capter une partie de la clientèle de nos concurrents

La table des directeurs resta un instant silencieuse, jaugeant le plan d'action proposé par Paul Ezingard. Ce fut à nouveau Edouard Delabrigode qui brisa le silence :

- Paul, vous évoquiez tout à l'heure la nécessité de réduire les charges. Je ne vois pas cela apparaître dans votre plan d'action…

Un sourire s'afficha sur le visage de Paul Ezingard. A nouveau il fit quelques pas, avant de continuer :

- Vous avez tout à fait raison Edouard. La réduction de nos charges est impérative si nous souhaitons déployer de nouvelles agences dans les pays émergents. Mais cela est tout à fait compatible avec le projet que je viens de vous exposer. En effet, les salariés de nos centres d'appel passent le plus clair de leur temps à prospecter de nouveaux clients. Cela est long, coûteux et peu rentable dans le contexte économique actuel. Avec une campagne de communication habile, ce sont les clients les plus rémunérateurs qui nous appelleront spontanément. A partir de là, j'estime que nous pouvons réduire nos effectifs de 30 % tout en maintenant le chiffre d'affaires actuel. Le gain de productivité ainsi réalisé sera entièrement affecté à la création de nouveaux centres d'appels à l'étranger.

- En fait, vous nous proposez de délocaliser une partie de notre activité pour virer 30 % du personnel attaqua la directrice des ressources humaines.

- Non, j'optimise notre effectif en France pour nous permettre de conquérir de nouveaux marchés à l'étranger

- C'est très risqué dans le contexte social actuel ajouta le Directeur financier

Contrarié par l'intervention de ses collègues, Paul Ezingard préféra les ignorer et s'adressa au président lui-même.

- Edouard, c'est justement cet excès de prudence qui va nous perdre !

- Comment peut-on dire une chose aussi… aussi… aberrante ? répliqua le Directeur financier. Paul Ezingard fit quelques pas pour venir se placer à la hauteur de ce dernier et le toisa.

- Ecoutez Robert, vous avez sans doute beaucoup de qualités pour que notre président vous ait nommé au poste de Directeur financier. Mais dites-vous bien qu'en matière de marketing, vous êtes loin de connaître encore toutes les subtilités du métier. Il se tourna à nouveau vers le Président. « Edouard, c'est justement un scénario de rupture que je vous propose. Prenons la crise à contre pied !

Le président était dubitatif et soupesait visiblement l'option décrite par son Directeur commercial. L'ensemble du comité de Direction comprenait que des décisions cruciales étaient sur le point d'être prises et les chuchotements furent interrompus à nouveau par Edouard Delabrigode :

- Admettons Paul. Admettons que nous adoptions votre scénario. En combien de temps pensez vous pouvoir réorganiser le département « crédit » qui serait sans nul doute le secteur le plus largement impacté ?

- Donnez-moi un mois.

- Un mois… Parfait, répondit Edouard Delabrigode en refermant son carnet de notes. Je pense que tout ceci mérite réflexion. Je demande donc à chacun et chacune d'entre vous d'étudier les impacts possibles et prévisibles du scénario évoqué par Paul pour vos départements respectifs. Nous prendrons une décision lors de notre prochain comité de Direction. Nous évoquerons également un sujet dont j'aimerais vous entretenir et qui concerne l'évolution de la cellule trading... Bien entendu, d'ici là je vous recommande la plus grande discrétion. Messieurs, Madame, je vous remercie. La séance est levée.

Tandis qu'Edouard Delabrigode quittait rapidement la salle de réunion, un sourire carnassier se dessinait sur la bouche de Paul Ezingard. Il sentait que les derniers freins au projet qu'il concevait étaient en train de tomber. La plupart des membres du CODIR avaient été inexistants durant la séance et cet imbécile de Directeur financier n'avait pas tenu un round. Bientôt, CREDILIS abandonnerait cette façon arriérée de commercialiser du crédit. On était au vingt et unième siècle, que diable ! Quoiqu'en pensent certains, ils venaient de pénétrer dans le siècle de la mondialisation et lui, Paul Ezingard, comptait bien entrer dans la grande bagarre capitaliste et en tirer un maximum de profit. Nul doute qu'après la restructuration, il serait le mieux placé pour succéder au vieux.

Pour l'instant, la seule chose à faire était de garder le silence. Parler davantage aurait été une erreur. Il avait parfaitement déroulé sa démonstration et il en récolterait les fruits le moment venu. Il savait parfaitement que la prochaine fois que le vieux ouvrirait la bouche, ce serait pour donner le feu vert à son projet. Sa technique était réglée comme une horloge.

Il y avait un point cependant qui le chagrinait. Edouard Delabrigode avait évoqué une "évolution de la cellule trading". Cela le concernait directement. Certes, cette cellule ne comptait actuellement qu'une quinzaine de salariés, et c'était peu par rapport à la centaine de personnes qu'il dirigeait dans le département commercial. Cela dit, la vocation de cette cellule était sans doute de croître à l'avenir, et ce n'était donc pas un sujet à mésestimer. Pourquoi le vieux n'avait il pas pris le temps de lui en parler directement ? Paul Ezingard se promit de lui en toucher un mot dès que possible.

Tout en enchaînant les virages, Chloé contemplait le paysage à travers la visière de son casque. Elle emprunta une route départementale sinueuse qui sentait bon les pâturages, traversa plusieurs villages, puis gravit une route au sommet de laquelle perçait l'éclat lumineux et changeant de la mer. Chloé aimait cet endroit car il marquait une frontière imaginaire entre le monde de la ville et celui de la campagne. A cet instant, elle sentait immanquablement une boule de joie lui réchauffer le ventre. Bientôt, elle serait à la ferme.

A un croisement, elle piqua vers la gauche, en direction de la mer jusqu'à l'entrée d'un village. De là, même si on ne pouvait pas la voir, on devinait la mer rien qu'à l'odeur de l'air. Chloé releva sa visière et en inspira une bouffée revigorante. Au bout d'une ruelle étroite se trouvait une grande bâtisse entourée d'un muret de pierre. Elle franchit un grand portail qu'elle referma avec soin et fut accueillie par une tornade rousse et deux grosses pattes sur les épaules.

- Eh, mon vieux Ben ! Doucement ! Dis Donc, tu as l'air particulièrement en forme aujourd'hui ! Oui, c'est ça, tu es un bon chien ! Affirma Chloé en caressant l'animal envahissant.

Ben était un setter irlandais, « Son chien fou » comme elle aimait à le dire. Papy Léon l'avait ramené un jour à Mamie Jeanne. « Pour garder la maison » avait-il précisé. En fait de gardien, Ben était surtout un animal joyeux et fort démonstratif qui aurait été incapable de faire du mal à une mouche. Au demeurant, sa taille pouvait impressionner ceux qui ne le connaissaient pas.

Ben était également un spécialiste dans le domaine des bêtises. Alors qu'il était encore un chiot et qu'il passait sa première nuit à la ferme, il avait consciencieusement croqué toutes les fleurs soigneusement disposées par Mamie pour décorer la maison. Ses belles orchidées n'y avaient pas résisté. Quelques jours après, il avait testé ses jeunes crocs sur les pieds de la table de la salle à manger puis volé un poulet rôti, qu'il était allé déguster au fond du jardin. Plus tard, il avait renversé un gros pot de lait puis dévoré les factures d'électricité. Lorsqu'il avait atteint l'âge d'un an, il s'était mis en tête d'explorer le monde et toutes les punitions qu'il avait reçues n'avaient pas réussi à calmer son ardeur dès qu'il s'agissait de fuguer. C'était plus fort que lui. Il partait une, deux, parfois trois heures et revenait généralement couvert de boue, avec l'air penaud de celui qui sait fort bien qu'il a fait une bêtise. Quand vous le disputiez, il vous regardait avec de grands yeux tellement tristes que vous vous retrouviez assailli de mille scrupules, incapable de confirmer la punition planifiée sous le coup de la colère.

Il obéissait très bien aux ordres de ses maîtres mais n'en faisait qu'à sa tête dès que ceux-ci avaient le dos tourné. Il avait sectionné le grillage pour s'enfuir, creusé un tunnel pour rejoindre la chienne du voisin et aurait sans doute gagné une médaille olympique si un concours de saut en hauteur pour chiens avait existé, tant il avait de facilités à escalader le portail.

« Tu verras, disait Papy, c'est parce qu'il est encore jeune, il va se calmer » Les mois et les années étaient passés, Papy avait renforcé le grillage et rehaussé le portail puis s'était résigné : le grand chien roux resterait toujours aussi fou. Malgré tout cela, Ben était chouchouté et faisait partie intégrante de la famille.

Papy Léon était apparu dans la cour, vêtu de sa traditionnelle chemise à carreaux.

- Allez Ben, pousse-toi un peu ! Cria-t-elle pour pouvoir embrasser le vieil homme. Ce n'est pas possible d'être aussi collant !

En général, lorsque Chloé arrivait, Ben ne commençait à la laisser tranquille qu'au bout d'un quart d'heure. Avant ça, il était quasi impossible pour quiconque de l'approcher.

- Mamie t'attend dans la cuisine, je crois qu'elle te prépare quelque chose, déclara en souriant Papy Léon. Vas-y, je retiens Ben ! »

Chloé lui redéposa un bisou sur la joue et s'élança en courant à travers la cour. Elle s'engouffra dans la maison en prenant soin de bien refermer la porte. Le couloir menait droit à la cuisine. Mamie Jeanne était occupée à pétrir la pâte. Elle se retourna, les yeux pétillants et un sourire radieux sur le visage.

- Eh, ma petite fille, comment vas-tu ma chérie ?

- Fort bien, Mamie. Et toi, est ce que tu vas bien depuis la semaine dernière ?

- Tu oublies que tu m'as téléphoné hier ma petite, répondit la vieille dame espiègle. Rassure-toi, je vais aussi bien qu'il est possible d'aller.

- Tant mieux Mamie, tant mieux. Oh Mamie, ne me dis pas que tu prépares une tourte ? demanda Chloé en posant des yeux gourmands sur le plan de travail

- Et bien si, répondit la grand-mère sans se départir de son large sourire

- Tu sais que je l'adore, elle est trop bonne ! Vraiment tu me gâtes Mamie…

- Rien n'est trop bon pour ma petite Chloé, déclara t'elle en regardant la jeune femme. Soudain elle fronça les sourcils :

- Mais dis moi, est ce qu'au moins tu te nourris bien durant la semaine ? S'alarma la vieille dame.

- Oui Mamie, je ne suis pas du genre à me laisser dépérir, tu le sais !

- En tout cas je trouve, moi, que tu as une mine pâlotte, ma petite. Est-ce que ton travail se passe bien ? S'enquit Mamie Jeanne en gardant les sourcils froncés.

- Oui Mamie, tout va bien, ne t'inquiète pas.

- Je m'inquiète si j'ai envie de m'inquiéter, répondit Mamie Jeanne sur un ton de défi. Et soudain, un sourire illumina de nouveau son visage. « Viens ma chérie, il faut laisser reposer cette pâte, allons dans le salon »

Près du poêle à bois se trouvait une banquette sur laquelle elles aimaient s'asseoir et discuter. Telle une petite fille, Chloé s'assit sur les genoux de Mamie Jeanne et posa sa tête contre son épaule.

- Allez, dis moi ma petite, comment va ton amie Julie ?

- Oh tu sais, elle ne change pas. Elle s'est mise en tête qu'elle rencontrerait son futur mari cet été. Figure-toi qu'elle a consulté une voyante pour cela.

- Ces gens nous apprennent parfois des vérités sur nous-mêmes.

- Tu as déjà consulté ? S'étonna Chloé

- Non ! Protesta la vieille dame, bien sûr que non ! Je ne suis pas pressée de connaître l'avenir. Mais tu sais que nous avons aussi des personnes qui ont le troisième œil dans nos campagnes. Ce ne sont pas des voyants, mais ils savent certaines choses

Chloé regarda Mamie Jeanne. Elle savait plaisanter mais était tout ce qu'il y a de plus sérieux en évoquant ce sujet. Sur l'instant, elle se rappela être allée plusieurs fois chez un rebouteux avec Papy Léon. Effectivement, ce monsieur était reconnu pour ses pouvoirs de guérisseur par les paysans de la région. La science n'expliquait pas tout. Julie avait peut-être raison après tout…

- Mais parlons d'autre chose, continua Mamie Jeanne, tout se passe toujours comme tu veux au foyer ?

- Oui, je t'assure que nous y sommes vraiment très bien installés. D'ailleurs, j'attends toujours votre visite…

- Oh tu sais ma petite Chloé, dès qu'il s'agit de sortir du village, ton grand père n'est pas très motivé, répondit la vieille dame en riant.

- Je sais…

- Mais la vie en communauté, ça ne doit pas être facile tous les jours ?

- Détrompe-toi, les filles qui sont là sont extras, les éducateurs très compréhensifs. Bien sûr, ce n'est pas comme ici …

- Tu sais que tu as toujours ta place avec nous ?

- Je sais Mamie. Merci.

- Je crois qu'on n'a jamais réussi à accepter complètement ton départ l'an passé…

- Tu sais que c'était important pour moi Mamie. J'avais besoin de me prouver que je pouvais m'en sortir seule, et c'est ce que j'ai fait …

- Je comprends Chloé. Mais tu es encore si jeune, tu aurais pu attendre encore un peu…

- Mamie, tu es incorrigible ! La gronda gentiment Chloé

- Est ce qu'au moins tu restes là ce soir ?

- Ce n'est pas trop abuser ?

- Ce que tu peux être idiote parfois à poser de telles questions !

- Merci Mamie, s'exclama Chloé en embrassant à nouveau la vieille dame.

Mamie Jeanne fit une pause et regarda Chloé droit dans les yeux avant de poser la question suivante.

- Et après… Ton fameux projet. Il tient toujours ?

- Tu sais bien que oui Mamie, tu sais à quel point c'est important pour moi.

- Je sais ma petite fille, je sais… Mais tu comprends, t'imaginer toute seule, si loin, cela m'effraie tout de même un peu…

- C'est la seule promesse que je lui ai faite et que je ne lui ferai jamais. Je veux la tenir, répondit doucement mais fermement Chloé.

Mamie Jeanne savait que sa petite fille était déterminée et que rien ne saurait la faire reculer. Elle plongea ses doigts dans les boucles de cheveux châtains et retrouva son sourire habituel.

- Et si nous allions nous occuper de la tourte, qu'en dis-tu ?

- Génial ! Répondit Chloé, en se redressant

Comme à chacune de ses visites, Mamie Jeanne et Papy Léon se faisaient une joie de lui préparer un succulent et copieux déjeuner. Souvent Chloé se remémorait son arrivée à la ferme. Elle avait quatorze ans à peine.

Elle avait passé les premiers moments allongée sur son lit, écoutant son walkman à longueur de journée, sans prêter la moindre attention à ses hôtes. Les repas se déroulaient dans un silence complet, juste interrompu par les chuintements de Léon lorsqu'il mangeait sa soupe et les questions de Jeanne qui s'inquiétait toujours : avait-elle suffisamment mangé ? Aimerait-elle assister à la naissance d'un veau ?

Lorsqu'elle prenait la peine de répondre, les répliques de Chloé étaient cinglantes. Plusieurs fois, elle les avait plantés en plein milieu du repas en leur demandant de "lui lâcher un peu les baskets". Souvent, Manu venait la chercher en moto le soir, et elle rentrait tard dans la nuit, se réjouissant de les entendre chuchoter dans leur chambre, sachant que l'inquiétude les avait empêchés de dormir jusqu'à ce qu'elle soit rentrée. Le matin, elle râlait lorsqu'il fallait se lever pour aller prendre le bus qui la conduirait de ce trou jusqu'au lycée de la ville voisine.

Un samedi soir, elle était partie faire la fête avec toute la bande dans la maison de campagne des parents de Manu. Ils avaient picolé et fumé toute la nuit. Manu l'avait ramenée en moto vers sept heures du matin puis était reparti sur sa machine pétaradante dans le silence du dimanche matin. C'était la première fois qu'elle passait une nuit complète dehors. Jeanne et Léon étaient immédiatement apparus sur le perron, elle en chemise de nuit, lui en pyjama démodé, leurs visages étaient marqués après une nuit blanche de contrariété. Pour la première fois, Jeanne n'avait pas souri en lui adressant la parole : « Vraiment Chloé, tu exagères, cette fois tu as vraiment dépassé les bornes. Est-ce que tu te rends compte à quel point nous nous sommes inquiétés pour toi ? Si tu nous avais prévenus au moins… » Le visage soucieux, Léon s'était contenté de hocher la tête pour marquer son approbation. La réponse de Chloé avait été brutale « Elle ne leur avait rien demandé et elle n'avait pas à subir leurs reproches. Si ça ne leur plaisait pas, ils n'avaient qu'à demander au service d'aide sociale à l'enfance de la placer ailleurs. Après tout, ils n'étaient pas ses parents et elle n'avait aucun compte à leur rendre ».

Jeanne et Léon étaient restés bouche bée devant la violence de sa réaction. Elle les avait plantés sur le seuil de la maison et s'était réfugiée, furieuse dans sa chambre. Dans un accès de colère, elle avait jeté par terre l'affreuse petite poupée de porcelaine qu'ils lui avaient offerte pour noël et avait jeté sa valise sur son lit, bien décidée à quitter cet endroit coûte que coûte.

C'est à ce moment précis, alors qu'elle plaçait ses vêtements dans le fond de sa valise et que sa respiration reprenait un rythme normal que cela s'était produit. Elle avait interrompu son geste, s'était assise sur son lit et avait brusquement pris conscience de la situation. La révélation qu'elle avait eue à ce moment là avait été aussi aigue qu'imprévisible. « Misérable ! Voilà ce qu'elle était : une misérable fille égoïste ! ». Pour la première fois depuis des années, des êtres s'inquiétaient réellement pour elle, et elle ne trouvait rien de mieux que de se montrer exécrable avec eux.

Elle avait tendu l'oreille pour écouter. Au rez-de-chaussée, le bruit atténué des ustensiles de cuisine indiquait que Jeanne était retournée préparer le repas du dimanche. Chloé s'était rendu compte à quel point tous ces petits bruits ainsi que les bonnes odeurs qui montaient du fourneau de la vieille dame lui étaient devenus familiers. Léon, à son habitude, devait être dans la grange, à s'occuper des bêtes.

Etait-elle réellement prête à quitter tout cela ? A l'âge où la plupart des gens profitaient d'une retraite bien méritée, Jeanne et Léon travaillaient encore dur tous les jours, y compris le dimanche. Elle avait réalisé à quel point son attitude avait été injuste envers eux et à quel point elle avait dû leur faire de la peine.

Un sanglot venu des profondeurs de son cœur avait soulevé sa poitrine. Malgré son attitude infecte, Jeanne et Léon avaient toujours été patients avec elle, n'élevant jamais la voix, cédant à ses moindres caprices, répondant par le silence à ses provocations. Oui, ils avaient fait tout ce qu'ils pouvaient pour la rendre heureuse. Ils étaient bons, tout simplement. En retour, elle ne leur avait témoigné que de l'hostilité ou de l'indifférence. Qui était-elle pour se permettre cela ? Qu'aurait pensé sa mère si elle l'avait vue ? Aurait-elle seulement reconnu sa petite fille ?

Son regard s'était alors porté vers la poupée qui gisait, brisée sur le parquet. Malgré leurs faibles moyens, Jeanne et Léon avaient tenu à lui faire ce cadeau dans l'unique intention de lui faire plaisir. Elle s'était accroupie pour ramasser les restes de la poupée et son cœur avait chaviré à la vue du minuscule visage de porcelaine fendu. Des sanglots violents et libérateurs l'avaient assaillie, secouant son corps de la tête aux pieds et pour la première fois depuis longtemps, elle avait laissé exploser son chagrin.

Le visage baigné par les larmes, elle avait dévalé quatre à quatre le vieil escalier de bois, avait foncé vers la cuisine, et s'était jetée dans les bras de Jeanne. Médusée, cette dernière avait juste eu le temps de lâcher ce qu'elle tenait dans les mains pour se préparer au choc. Trois grosses pommes de terre et deux carottes avaient roulé sur le carrelage tandis qu'elle recevait Chloé dans les bras. Elle l'avait serrée très fort et consolée en silence, comme on console un enfant, en lui caressant les cheveux. Elles étaient restées comme cela toutes les deux, longtemps, très longtemps.

Chloé repensait souvent à cet instant où elle avait définitivement baissé la garde pour laisser parler ses sentiments. Il lui avait semblé renaître tant les choses lui étaient apparues sous un jour nouveau. Alors qu'elle pensait détenir la vérité, elle avait compris que c'était Jeanne et Léon qui étaient dans le vrai. Leur générosité naturelle, leur façon de vivre au rythme des saisons, leur capacité à apprécier les petits bonheurs simples de la vie, tout cela était un véritable trésor qu'elle avait été incapable de percevoir jusqu'alors. Sa vie d'avant lui était apparue subitement artificielle et ses amis d'alors totalement superficiels. Ce jour là, elle avait décidé de changer radicalement ses habitudes.

Au lycée, elle avait redoublé d'efforts pour rattraper son retard et obtenu d'excellents résultats dans toutes les disciplines. Elle s'était intéressée aux travaux de la ferme en aidant Léon et Jeanne dans leurs tâches quotidiennes. Ces derniers, ravis de partager tous ces moments avec Chloé, n'avaient manifesté aucun étonnement suite à la mutation stupéfiante de Chloé. Ils n'avaient posé aucune question, n'avaient jamais évoqué l'incident et avaient accueilli ce changement avec une simplicité et un bonheur pudique. Chloé leur en était éternellement reconnaissante. A leur coté, elle avait réappris à aimer la nature, la vie et ses semblables. Jeanne et Léon qui n'avaient pas pu avoir d'enfant, étaient devenus ses grands parents de cœur.

Bien qu'il eut été réveillé depuis l'aube, Antoine se leva à contre cœur alors que l'horloge venait de sonner dix heures. Comme chaque fois depuis cinq ans, son congé avait été posé depuis longtemps. Certaines dates étaient tout simplement incompatibles avec le fait d'aller au travail, de sortir ou de voir du monde. La conversation la veille au soir avec Franck n'avait fait qu'accentuer les choses.

Il prit soin de laisser les volets baissés débrancha le téléphone. Il ne voulait être importuné par aucun appel et ne répondrait pas si quelqu'un venait sonner à la porte. A cette pensée, un pauvre sourire s'afficha sur son visage : le risque d'être dérangé était faible. En règle générale, qui à part Franck était susceptible de venir sonner chez lui ? Des représentants de commerce ? Les volets clos les décourageraient rapidement, et en ce qui concerne Franck, ce dernier savait fort bien qu'il ne fallait pas déranger Antoine un 16 avril.

Il est en effet des jours où l'absence de nos chers disparus se fait sentir plus cruellement que d'autres. C'est le cas lorsque reviennent certaines dates d'anniversaire, étroitement associées dans nos esprits à des évènements vécus, heureux ou malheureux.

Dans la mémoire et le cœur d'Antoine, une date revêtait plus d'importance que toutes les autres : celle de sa rencontre avec Sophie. Pendant toutes les années qu'ils avaient vécus ensemble, le 16 avril avait été synonyme de fête et de bonheur partagés. Ce jour là, ils s'évadaient souvent le temps d'une journée dans un endroit romantique puis dînaient en amoureux dans un restaurant qu'ils découvraient ensemble pour la première fois. Durant ces moments privilégiés, ils se remémoraient leur première rencontre, savourant chaque seconde de ce moment magique, répétant chaque parole échangée, évoquant sans jamais se lasser les images et les émotions d'un moment qui n'appartenait qu'à eux.

Depuis la disparition de Sophie, la date du 16 avril continuait de charrier un flot de souvenirs qu'Antoine ne pouvait plus partager avec personne. La date s'inscrivait dans un calendrier qui se répétait inexorablement, rappelant cruellement à Antoine que Sophie n'était plus là. Malgré la tristesse qui l'envahissait à chaque fois, il continuait fidèlement de dédier ce jour à la mémoire de son amour défunt.

Au fil des années, les images de ces instants heureux se faisaient toutefois plus pâles, le contour des visages imprécis et le timbre des voix moins clair. Antoine devait dorénavant se concentrer pour rappeler à lui tous ces souvenirs et pour éviter qu'ils ne s'échappent à tout jamais. Parfois, il lui arrivait même de douter que tout cela n'ait jamais existé. Mais lorsqu'une image particulièrement nette surgissait brutalement du néant, une vague d'émotion le submergeait et le faisait suffoquer, le laissant KO comme un boxeur en déroute.

Comme dans un rituel, Antoine habilla la table ronde de la salle à manger de sa plus belle nappe, une étoffe colorée qu'ils avaient achetée lors d'un voyage au pays basque où ils avaient passé leurs premières vacances. Ensuite, il y installa deux assiettes, des couverts, une corbeille à pain, une bouteille de champagne et deux coupes. La veille, il était passé chez le traiteur pour acheter un plat cuisiné : des lasagnes artisanales qu'il mit à réchauffer au four. Sophie en raffolait. Avant de s'asseoir, Antoine alla chercher le cadre placé sur le buffet, et l'installa sur la table, devant la chaise qui lui faisait face. Sur la photo, Sophie avait le visage éclairé par le soleil, ses cheveux blonds flottaient légèrement dans le vent, elle lui souriait... Antoine fit sauter le bouchon de la bouteille de champagne et emplit son verre. Il tendit la coupe en direction de Sophie et la but d'un trait. Le liquide pétilla dans son gosier et répandit une onde de chaleur dans son estomac vide. Satisfait, il remplit à nouveau sa coupe, et la but en une série de petites gorgées voluptueuses. Il n'était pas habitué à boire de l'alcool et la tête commença à lui tourner immédiatement.

Bientôt, une odeur alléchante se manifesta en provenance de la cuisine. Il se leva en titubant et se dirigea avec son assiette dans la cuisine où il se servit une portion de lasagne. De retour dans la salle à manger, il se reversa une coupe de champagne et commença à manger sans appétit les pâtes préparées par le traiteur.

Alors que l'effet de l'alcool se faisait de plus en plus perceptible, il se sentit soudain seul et misérable. Des larmes lui montèrent aux yeux et dans sa vision brouillée, Sophie continuait de lui sourire. Il tacha d'oublier son envie de vomir, repoussa son assiette et engloutit un autre verre. Bientôt il pourrait s'assoupir et oublier un peu, oublier au moins pour quelques heures ...

- Je m'inquiète pour Antoine, fit Franck, en couvrant à moitié le combiné de sa main gauche.

De l'autre coté de la ligne, sa femme, Annick tentait de le rassurer :

- Tu sais bien que cette période est toujours difficile pour lui…

Franck parlait à voix basse. Face à lui, les téléconseillers de son équipe s'escrimaient à placer leurs offres de crédit. Le système informatique était programmé pour composer automatiquement le numéro des clients tout en affichant leur dossier sur les écrans des vendeurs. L'openspace comportait une centaine de téléconseillers répartis dans huit équipes. Franck était l'un des chefs d'équipe.

- Je sais, reprit-il, mais j'espérais que depuis le temps…

- Tu espérais que les choses s'amélioreraient ? Continua Annick

- Oui.

- Il lui faut sans doute davantage de temps.

- Je ne sais pas pourquoi, mais je ne me sens pas tranquille. Il faut dire que… Hier soir, j'ai un peu gaffé …

- Qu'est ce que tu as fait ?

- Et bien je lui ai suggéré que… Enfin je lui ai dit qu'il était temps pour lui de tourner la page et aussi qu'il ne pouvait pas vivre indéfiniment dans le passé …

- Oh non, tu ne lui as pas dit cela ?

- Si.

- C'est à lui de décider le moment de tourner la page ! A personne d'autre.

- Je sais… Je sais que tu as raison. Mais en même temps j'aimerais tant retrouver l'Antoine qu'on connaissait à l'époque de Sophie.

- Ecoute, je comprends… Mais, il faut être patient. Tiens, pourquoi ne l'inviterais tu pas à passer à la maison ? Tu devrais l'appeler et lui proposer de venir dîner avec nous demain par exemple ?

- C'est une excellente idée... Mais tu sais qu'on est le 16 avril et qu'il n'aime pas être dérangé ce jour là.

- Il ne t'en voudra pas si tu lui laisses un message. D'ailleurs, il a probablement éteint son portable aujourd'hui.

- Tu as raison, je vais l'appeler. A ce soir ma petite caille, je t'embrasse.

- A ce soir mon gros nounours. Ne rentre pas trop tard, lui répondit affectueusement Annick

Penché sur son téléphone, Franck allait composer le numéro d'Antoine lorsqu'il sentit une présence dans son dos. Paul Ezingard s'était approché sans bruit. Il attendait manifestement qu'il raccroche pour lui adresser la parole. Depuis combien de temps était-il là et qu'avait il entendu de la conversation ? Franck n'aurait su le dire.

- Alors Franck, vous vous accordez une pause ? Lança Paul Ezingard d'un ton acerbe.

- Une pause ? Pas exactement, Paul. Je passais un coup de fil. Juste un coup de fil.

- Vous trouvez sans doute que nos chiffres sont suffisamment bons pour vaquer à vos occupations.

Franck préféra ne pas répondre à la provocation et fit mine de se plonger dans un dossier.

- Dites moi, continua Paul Ezingard, je constate que la moyenne des conversations est de trois minutes trente…

- C'est exact, répondit Franck, en jetant un coup d'œil aux statistiques affichées sur son écran.

- C'est beaucoup trop. Vous savez parfaitement que si nous voulons augmenter le nombre de clients contactés par conseiller, nous devons veiller à ce que les conversations ne s'éternisent pas !

- Je le sais, répondit Franck en soupirant. Je sais aussi que l'objectif est d'augmenter notre taux de transformation par contact. Pour cela nos vendeurs ont besoin de passer plus de temps à argumenter. Les deux objectifs sont contradictoires.

- Mettez vous en cause notre stratégie commerciale ?

- Absolument pas. Admettez tout de même qu'il est difficile de poursuivre simultanément ces deux objectifs.

- Je n'ai jamais dit que ce serait facile. C'est juste nécessaire. Débrouillez vous comme vous le voulez. Vous êtes payés pour piloter votre équipe et atteindre les objectifs que je vous fixe. Est ce clair ?

- Très clair, Paul.

Paul Ezingard observa Franck un instant, surpris que ce dernier, pourtant réputé pour être une "forte tête", se soumette si facilement à son autorité. Il continua sur un ton plus doux :

- A propos de stratégie, nous allons réorienter nos efforts vers les ménages en difficulté. Nous allons lancer une campagne de communication sur ce sujet, mais j'aimerais tester le marché sur la base de nos fichiers.

- Très bien, quelles sont vos consignes ?

- Appelez tous les clients qui ont eu au moins deux incidents de paiement au cours de l'année écoulée. Proposez leur un étalement des mensualités.

- Très bien. Dans quelle limite ?

- Etalez les remboursements de façon à pouvoir diviser par deux les mensualités

- Par deux… C'est inédit. Mais sur quels taux allons-nous baser les tableaux d'amortissement ? Un sourire de requin passa sur le visage de Paul Ezingard.

- Pour le test, pas besoin de tableau, répondit-il. Nous utiliserons un taux unique de Vingt pour cent

- Vingt pour cent ! Mais les gens vont y laisser leur chemise !

- Vous avez trop d'état d'âme et ce n'est pas bon pour l'entreprise. Contentez-vous d'appliquer mes consignes. Choisissez un échantillon représentatif et apportez-moi les premiers résultats d'ici demain. Est ce que c'est clair ?

- C'est clair, Paul. Vous aurez vos chiffres demain.

Antoine siégeait sur un trône aux cotés d'Eugénie Delabrigode. La salle dans laquelle ils se trouvaient ressemblait à un immense bureau dont on n'apercevait pas la fin. Face à eux, une table de réunion démesurée traversait la pièce jusqu'à l'infini. Posé devant chaque siège vide, un téléphone noir et impeccable, modèle d'une époque révolue était posé. Une sonnerie stridente rompit le silence et résonna dans la salle. « Chéri, je crois que c'est pour vous » souffla Eugénie à Antoine. Ce dernier se leva et se dirigea vers le téléphone qui s'était mis à sonner. Il décrocha et s'aperçut avec surprise que la sonnerie grinçante persistait. Il jeta un regard à la ronde en direction des centaines de téléphones qui ornaient la table dans un alignement parfait. Ils étaient tous strictement identiques. Une seconde sonnerie avec un timbre légèrement différent se déclencha. Antoine souleva un combiné, puis un autre, et encore un autre sans succès. Bientôt, une troisième sonnerie, puis une quatrième retentirent comme en écho aux deux premières. Eugénie s'était mise à rire à gorge déployée tandis qu'Antoine, affolé, faisait de son mieux pour faire cesser le tintamarre. Ce fut bientôt un concert de centaines de sonneries discordantes, et plus Antoine courait, plus cela sonnait, et plus cela sonnait, plus Eugénie riait.

Antoine se réveilla en sursaut et réalisa qu'il se trouvait chez lui, dans son canapé. Il s'était tout simplement endormi. La bouche pâteuse et l'esprit embrumé, il tenta péniblement de relever la tête de l'accoudoir et grimaça lorsqu'une douleur aigue lui traversa le cou. Bon sang, il avait même réussi à se faire un torticolis ! La lumière qui filtrait au travers des stores attestait que dehors il faisait jour. En se redressant, il aperçut la table avec le bougeoir recouvert de cire fondue, la bouteille de champagne et le reste de lasagne. Tout lui revint en bloc : on était le seize avril et comme chaque fois que revenait cette date depuis cinq ans, il avait voulu noyer son chagrin dans l'alcool. Mais quelle était l'utilité de tout ceci ? Sombrer pour quelques heures dans l'inconscience, mais après ? Reprendre le travail de façon acharnée pour éviter de penser à ce qu'il avait perdu … Combien de temps tout cela allait il encore durer ?

En même temps qu'il se relevait péniblement, une image inattendue s'imposa soudain dans son esprit. La falaise ! A nouveau il repensa à l'étrange expérience qu'il avait vécue lorsqu'il s'y était rendu la dernière fois. Il se remémora ce qu'il avait ressenti au bord du gouffre. Sur le coup, cette envie irrésistible de se laisser aspirer par le vide lui était apparue comme une pensée morbide, une idée qu'il fallait combattre à tout prix. Mais à bien y réfléchir, n'était ce pas simplement l'évocation d'une solution ? De LA solution ? D'ailleurs depuis cinq ans, quel sens pouvait il donner à sa vie ? Après tout, il avait eu sa part de bonheur, mais maintenant, que pouvait il attendre de plus ?

Un sentiment de révolte s'empara brutalement de lui. Ce n'était pas aux circonstances de décider de sa vie, mais à lui et à lui seul. Gauchement, il tituba vers le portemanteau et saisit son blouson d'été qu'il enfila avec difficulté tant son cou était raide. Déterminé, il ouvrit grand la porte de sa maison et fut ébloui par la luminosité. De gros nuages en provenance de la côte se regroupaient à l'ouest, mais c'était tout de même une belle journée. Il sortit rapidement le vieux break du garage et rabattit avec vigueur la porte qui trembla sous l'effet du choc. Madame Trotin sortit immédiatement sur le pas de sa porte et lança un œil irrité à son voisin. Il n'était visiblement pas dans son état normal ! Antoine s'en aperçut alors qu'il remontait péniblement à bord du break :

- Ah bonjour madame Trotin ! Quelle belle journée n'est ce pas ? » Lança-t-il sur un ton faussement enjoué, tout en tournant un buste raide dans sa direction.

- Vous ne travaillez pas aujourd'hui ? Demanda-t-elle sèchement

- Et non madame Trotin, aujourd'hui je prends congé. Je dirais même plus, je prends un congé définitif ! Ajouta Antoine avec une emphase qui ne lui ressemblait pas.

- Mais, vous avez bu !

- Saluez bien vos plantes et vos canaris pour moi !

- Mon Dieu !

- Au plaisir, Madame Trotin !

Plantant sa voisine, Antoine démarra sur les chapeaux de roue, faisant sursauter au passage le chat qui somnolait sur la pelouse de sa voisine. Il tourna au coin de la rue en klaxonnant une dernière fois à son attention ainsi qu'à celle de tous les habitants du quartier qu'il n'aurait peut être plus jamais l'occasion de revoir. « La solution ? Le plus simple pour savoir, c'est d'y retourner ! » Se dit Antoine en mettant le cap sur l'ouest.

Une plage immense s'étendait à perte de vue devant Chloé. En se retirant, la mer avait découvert une large zone sauvage, qui s'étirait entre dunes et vagues. Des vasques aux eaux sombres, vestiges de la dernière marée, s'écoulaient en doux ruisseaux vers le rivage. De gros nuages noirs s'amoncelaient dans le ciel, laissant percer quelques rayons de soleil qui faisaient étinceler les grains de sable humide.

Chloé enfila son petit sac à dos et se tourna vers le grand chien roux qui fixait l'horizon en haletant. « Allez Ben, c'est parti ! » D'un bond, le setter s'élança sur la vaste étendue, précédant sa jeune maîtresse d'une vingtaine de mètres. A petites foulées, Chloé traversa la bande de sable sec et atteignit la zone où le sable plus dur permettait de courir plus facilement.

Dès que son emploi du temps le lui permettait, elle quittait la ville pour se rendre chez Mamie Jeanne et Papy Léon. Là, elle profitait de la douceur de la ferme. Elle aidait ses grands parents dans leurs travaux et s'évadait souvent en compagnie de Ben sur les sentiers côtiers. Ces séances de course à pied faisaient partie de l'entraînement auquel elle s'astreignait depuis plusieurs mois. Le voyage vers la Cité d'Or allait être éprouvant et nécessitait une bonne condition physique.

Bien sûr, la région ne lui permettait pas de se tester en conditions réelles, c'est-à-dire en montagne à des altitudes élevées. Toujours est-il qu'en courant régulièrement, chargée de quelques kilos, elle avait fortement développé sa résistance et sa capacité pulmonaire. Son circuit était bien établi : elle empruntait d'abord une petite départementale qui déroulait une bande de bitume le long de la côte sur plusieurs kilomètres. Selon le temps dont elle disposait et la durée de l'exercice qu'elle s'était fixé, elle bifurquait vers la plage après l'un ou l'autre des villages qu'elle traversait.

Le retour, bien que physiquement plus éprouvant, était le moment qu'elle préférait. Perdue en compagnie de Ben sur les immensités désertiques, elle s'élançait le nez au vent, grisée par les rafales marines et la beauté sauvage de l'endroit. Elle zigzaguait et faisait des sauts entre les flaques, bousculée par les bourrasques et n'hésitant pas à mouiller ses baskets pour s'approcher un peu plus des vagues. Ben était au comble du bonheur, il galopait à droite et à gauche, bondissant et pourchassant les mouettes, éternuant aux embruns, se retournant régulièrement pour encourager Chloé. Ses aboiements joyeux étaient à peine perceptibles dans le vacarme assourdissant du vent et de la mer. Après ces séances, ils rentraient exténués mais heureux, tandis que Mamie Jeanne éclatait de rire, se demandant ce qui pouvait bien pousser Chloé et le chien à se mettre dans un état pareil.

La grande falaise blanche était maintenant toute proche. Chloé contempla la gigantesque muraille qui apparaissait comme une fortification extraordinaire sur l'horizon. Paradoxalement, elle paraissait toujours proche, mais semblait se reculer au fur et à mesure qu'on tentait de la rejoindre. Les personnes qui la découvraient pour la première fois et qui en faisaient un objectif de balade étaient souvent surprises par ce phénomène. Ben connaissait le circuit par cœur et ne paraissait guère s'en étonner. A un moment précis, il quitta le bord du rivage et trotta, la langue pendante, en direction d'un petit parking qui jouxtait le rivage et faisait le lien entre la zone dunaire et le début des terres. En période estivale, l'endroit était empli de voitures, mais aujourd'hui il était complètement vide. Ben s'immobilisa et s'assit sur son arrière train, attendant patiemment que Chloé le rejoigne. Celle-ci s'arrêta près de lui en soufflant et posa son sac à dos par terre. Pour les deux compères, il s'agissait d'une pause traditionnelle avant d'attaquer la grande côte qui les amenait au sommet de la falaise. Chloé sortit une écuelle pour Ben, ainsi qu'une bouteille d'eau et deux barres de céréales. Elle partagea équitablement la collation, tout en observant avec satisfaction le chemin parcouru. Ils étaient partis depuis une heure et demie. Au total cela ferait une séance de deux heures lorsqu'ils auraient rejoint la ferme. Comme Papy et Mamie dînaient tôt le soir et qu'il était déjà dix huit heures passées, Chloé ne tarda pas à recharger le sac sur ses épaules. « Tu es prêt Ben ? … Allez, on y va ! »

Ils s'engagèrent sur l'étroit chemin calcaire qui s'enfuyait à travers champs, et suivait la courbe ascendante de la colline. Ben s'amusait à courir dans la lande et les herbes folles, espérant débusquer un lièvre ou tout autre animal. Cela lui donnerait le loisir de piquer un sprint avant que Chloé ne le rappelle à l'ordre pour le gronder. Tandis que la pente s'accentuait, Chloé raccourcit sa foulée en prenant garde de conserver la même fréquence. Sous l'effet du dénivelé et du poids de son sac, son rythme cardiaque s'accélérait et pour elle, tout l'exercice consistait à grimper la falaise jusqu'au bout sans jamais pénétrer dans la « zone rouge ». Ils arrivèrent à l'endroit où une barrière empêchait les véhicules de poursuivre plus loin leur chemin. Une voiture vide était garée à moitié dans la broussaille. Chloé y jeta un coup d'œil en contournant la barrière.

C'était un vieux break Peugeot dont le nez pointait en direction du sommet de la falaise. La portière du conducteur était restée entrouverte, comme si le véhicule avait été abandonné par son propriétaire.

« C'est curieux, tu ne trouves pas Ben ? » dit-t-elle en reprenant sa course.

L'abîme semblait encore plus profond que l'autre jour. Fasciné, Antoine regardait le spectacle des vagues qui s'écrasaient à grand renfort d'écume contre le pied de la falaise. Réaliser le grand plongeon demandait plus de concentration qu'il ne l'avait imaginé. De prime abord, cela semblait excessivement simple : un petit pas en avant et puis c'est tout. Juste un petit pas... Oui mais pas n'importe lequel. Pour Antoine, ce serait le dernier… Comment allait-il imprimer son dernier pas sur cette terre qu'il foulait depuis trente et un ans ? Allait-il s'élancer du pied droit ou du pied gauche ? Fallait-il prendre de l'élan ? Mais dans ce cas, comment savoir si le dernier pas serait le droit ou le gauche ? Antoine n'avait jamais réalisé à quel point la façon de faire un simple pas pouvait être aussi importante. Mais en y réfléchissant, son dernier pas sur la terre valait bien le premier pas d'Armstrong sur la lune. Enfin, peut être pas pour l'humanité, mais pour lui, oui ! Serait-ce un pas léger ou un pas lourd ? Un petit pas comme lorsqu'on monte une marche, ou une impulsion comme quand on saute au dessus d'une haie ? Qu'est ce qui aurait le plus de classe ? Antoine était prêt à dire adieu à la vie, mais pas n'importe comment. Le pire serait d'avoir l'air ridicule lors de cet instant fatal. Bien sûr personne n'était là pour l'observer mais il était certain qu'avant de s'écraser, il aurait le temps de savoir qu'il avait été ridicule et cette simple idée lui était tout bonnement insupportable. Il se décida pour une impulsion avec le pied droit, car son appui était meilleur que sur le gauche. Et puis ce serait un pas classique ni trop grand ni trop petit, un peu comme quand on marche dans la rue. Du naturel, voila ce qu'il fallait : du naturel. De cette façon, il ne penserait pas avoir été ridicule durant ses derniers instants. D'ailleurs, à quoi allait-il penser durant la chute ?

Antoine regarda à nouveau le fond mouvant du trou béant qui, tel un organisme vivant, semblait l'attendre pour le digérer. Cela lui prendrait bien cinq ou six secondes avant de toucher le fond… Cinq ou six secondes c'est peu et long à la fois. Il parait que dans ce type de situation, on est capable de repasser tout le film de sa vie en un laps de temps excessivement court. Si c'était le cas, il allait revoir tous les bons moments lorsqu'il était gamin avec ses parents, et puis sa bande de copains au collège, et puis plus tard la fac, son copain Franck et puis Sophie … Mais pour qui serait sa toute dernière pensée ? Antoine ne croyait pas à l'existence d'un au-delà, mais il lui semblait qu'il était important de finir sur une pensée agréable ou avec une belle image en tête, un peu comme si cela devait déterminer la qualité de la mort et de toute l'éternité qui s'en suivrait. Tout à coup, une idée angoissante s'insinua dans son esprit : s'il devait revivre toute sa vie jusqu'à aujourd'hui, alors l'une de ses dernières pensées risquait d'être pour madame Trotin. Mon dieu, pensa Antoine, le visage de madame Trotin en guise d'adieu à la vie, juste avant l'éternité, ce n'est pas possible ! Il secoua la tête pour chasser cette idée et décida de faire le vide dans son esprit. C'était la seule solution. Regarder le bas de la falaise, ne plus penser à rien et avancer le pied droit. Antoine prit une profonde inspiration et tenta de calmer le tumulte de son esprit. En respirant plus lentement il parvint peu à peu à retrouver une sorte de paix intérieure. Sans s'en rendre compte, il prit l'allure d'un sportif qui se concentre avant la compétition et visualise les gestes qu'il doit accomplir, chassant de son esprit toute pensée parasite et se concentrant sur son objectif. Au bout de quelques instants, il fut envahi par une étrange sérénité. Antoine communiait totalement avec la lande, les pierres, le vent et la mer. Il sentait confusément qu'il faisait déjà partie d'un tout et que son petit pas ne ferait que rétablir l'ordre naturel des choses.

Totalement apaisé et serein, il ferma les paupières et décolla lentement le pied gauche du sol. C'est alors qu'il perçut une présence à sa gauche. Contrarié, il reposa son pied et ouvrit les yeux pour constater qu'à trois mètres de lui, un grand chien roux s'était assis sur son arrière-train et l'observait avec curiosité.

- Qu'est ce que tu fiches ici toi ? Tu as perdu tes maîtres ? Allez, va-t-en ! fit Antoine en direction du grand chien, décidé à le chasser.

L'animal, visiblement peu farouche, accueillit ce signe comme une invitation au jeu. Il allongea les pattes avant sur la terre et commença à aboyer en direction d'Antoine. Sa queue se balançait joyeusement au bout de son arrière-train, qu'il avait maintenu en position haute.

- Bon sang, veux-tu t'en aller ! Insista Antoine, je n'ai pas envie de jouer avec toi !

Cette fois, le chien sembla comprendre et se redressa sur ses quatre pattes. La racine des oreilles légèrement soulevée, il regarda alternativement le vide, puis Antoine, comme s'il avait senti que ce dernier s'apprêtait à sauter.

- Qu'est ce que tu veux ? Je n'ai pas de friandise à t'offrir, continua Antoine.

- Je crois qu'il s'inquiète pour vous, tout simplement, commenta une voix féminine à sa droite.

Handicapé par le torticolis, Antoine tourna maladroitement son buste pour apercevoir la personne qui lui parlait. C'était une jeune femme, vêtue d'un jogging blanc immaculé. Sous de courtes boucles de cheveux châtains, une frimousse enfantine, picorée de tâches de rousseur lui fit penser à un ange. D'ailleurs peut être était-ce un Ange ? Il regarda un instant le bord de la falaise sans comprendre. Il n'avait pourtant pas sauté… Il se tourna à nouveau vers la créature. Elle n'avait pas bougé et semblait l'attendre. Antoine fronça les sourcils et tenta d'ajuster sa vue encore déformée par les effets de l'alcool.

- Etes vous un ange ? demanda t'il

- Un ange ? Répondit la créature en affichant un ravissant sourire, peut être ?…Vous croyez aux anges ?

- Euh… Non, répondit Antoine en la dévisageant à nouveau, le regard trouble. « En tout cas, je n'en ai jamais rencontré »

Deux yeux verts noisette en amande, rehaussés par des sourcils finement dessinés se plongèrent dans ceux d'Antoine. Il constata que la peau de la créature était rose, comme elle l'est généralement après un effort intense. Il remarqua également que son tee-shirt était trempé.

- D'ailleurs, je ne crois pas que les anges transpirent…

- Je vous trouvais plus charmant au début de la conversation, répondit la créature.

Il l'observa à nouveau et aperçut l'anneau qui traversait la lèvre de la créature.

- Et puis, les anges ne se mettent pas de piercing.

- Comment pouvez-vous en être sûr puisque vous n'en avez jamais rencontré ?

Antoine réfléchit un instant. Cela semblait lui demander beaucoup d'effort.

- Non, je crois que vous êtes une … joggeuse répondit Antoine, sans quitter sa position, le buste tourné vers la mer, au bord de la falaise.

La jeune femme s'approcha prudemment du bord, risqua un œil vers le vide, puis se retourna à nouveau vers Antoine :

- Comment vous appelez vous ?
- Antoine… Antoine Boulanger.
- Vous avez vraiment l'intention de sauter, Antoine ?
- Que... Que dites-vous ?
- Je vous demandais si vous aviez vraiment l'intention de sauter.
- Écoutez, je… Cela ne vous regarde pas, d'ailleurs je ne sais même pas qui vous êtes…
- Je suis Chloé, répondit-elle en s'approchant encore un peu d'Antoine.
- N'avancez plus ! Sinon je ….
- Sinon vous sautez ? Demanda-t-elle en stoppant prudemment sa progression.
- Et bien… Chloé, sachez que je n'ai pas l'intention de répondre à vos questions.
- Très bien... Mais permettez-moi de vous dire que ce n'est pas une bonne idée.
- Qu'est ce qui n'est pas une bonne idée ?
- De sauter.
- Qu'en savez-vous d'abord ? Et puis je ne vous demande pas votre avis.
- Admettons... Dites moi, Antoine, y a-t-il une chose que je puisse faire pour vous ?
- Oui, passer votre chemin et me laisser tranquille ! Répondit-il d'un ton bourru en titubant dangereusement.
- Très bien, très bien, …Je vous laisse tranquille.

Comme la jeune femme se taisait mais ne bougeait pas d'un pouce, Antoine précisa :

- Vous seriez vraiment très gentille de vous éloigner un peu s'il vous plait.

- Comme vous voudrez… Hésita Chloé. Allez Ben, viens, laissons ce monsieur faire ce qu'il a à faire, ajouta-t-elle en s'écartant.

Antoine attendit que la jeune femme et le chien sortent de son champ de vision, patienta encore quelques instants, puis ferma à nouveau les yeux. L'appel du vide était plus fort les yeux fermés. Il s'efforça de visualiser la falaise blanche qui plongeait vertigineusement vers la mer, à quelques centimètres de ses pieds. Le nez et les mains ouvertes au vent, il focalisa son attention sur le grondement sourd et rythmé des vagues, cherchant à se laisser bercer par la mélodie marine. Il resta ainsi quelques secondes, puis rouvrit les yeux. Il ne parvenait plus à retrouver l'impression de plénitude qu'il avait ressentie quelques minutes auparavant. Se sentant observé, il se retourna et aperçut Chloé assise sur un rocher à une dizaine de mètres. Le chien, assis à ses cotés, le regardait également, en haletant.

- Que faites-vous là ? demanda Antoine

- Moi ? Répondit innocemment Chloé en posant la main sur sa poitrine. Et bien comme vous voyez, je profite un peu du paysage avec Ben.

- Et vous ne connaissez pas d'autre endroit pour faire cela ?

- Il n'y en a pas de meilleur que celui ci ! Nous adorons nous poser sur ce rocher, n'est ce pas Ben ? Le grand chien se releva aussitôt en balançant la queue et lança un aboiement affirmatif. Vous savez, nous y venons très régulièrement, ajouta Chloé.

- C'est bien ma veine, commenta Antoine. Et vous avez l'intention d'y rester longtemps ?

- Le temps de récupérer un peu, la montée est assez rude vous savez…

- Bon, Bon fit Antoine, impatient. Est-ce qu'au moins vous pourriez regarder dans une autre direction et vous taire ?

- OK, OK fit Chloé en se tournant d'un quart de tour.

Agacé, Antoine soupira et reprit la pause face à la mer. A nouveau, il tenta de se concentrer, guettant l'instant précis où dans une ultime conviction, il trouverait le courage de faire le pas décisif. Mais au bout de quelques minutes, il dû se rendre à l'évidence, c'était peine perdue. Il s'adressa à nouveau à Chloé :

- Vous me déconcentrez ! Fit-il

- Moi ? Protesta Chloé, mais je n'ai rien dit !

- C'est le simple fait de votre présence ! Pesta Antoine

- Vous êtes décidemment de plus en plus aimable...

- Très drôle ! Non mais vraiment, est ce que cela vous ennuierait d'aller récupérer un peu plus loin... Et d'emmener ce chien ?

- Oui, cela m'ennuie parce que vous vous apprêtez à commettre une énorme bêtise.

- Je suis assez grand pour savoir s'il s'agit d'une bêtise. Alors partez maintenant.

- Très bien, très bien, répondit Chloé, je vais vous laisser puisque vous insistez mais vous allez vous rendre coupable d'un crime et vous en porterez l'entière responsabilité.

- Un crime, comme vous y allez ! Ricana Antoine, c'est quand même de ma vie dont il est question. Je ne tue personne.

- Vous tuez la nature et l'humanité qui est en vous ! Vous êtes un criminel ! S'emporta Chloé.

- Vous dites vraiment n'importe quoi, répondit Antoine un peu déstabilisé par le changement de ton de Chloé.

- N'importe quoi ? S'écria Chloé, regardez vos mains, vos bras, vos jambes, vous pensez qu'ils vous appartiennent ? Et bien non, ils sont le résultat de millions d'années d'évolution, la nature vous les prête pour votre séjour sur terre et vous n'avez pas le droit de les détruire !

- C'est une curieuse façon de voir les choses

- Avez-vous pensé à ces milliards de petites cellules qui vous constituent ? Êtes-vous conscient de la complexité qui vous habite ? N'avez vous jamais pensé à la façon dont vos yeux s'y prennent pour voir ? Ou vos oreilles pour entendre ? Sans parler de votre foie, de vos poumons, ou encore de votre cerveau plus puissant que le plus puissant des ordinateurs ?

- Euh, là je ne suis pas d'accord. Les ordinateurs calculent bien plus vite que moi.

- Est-ce que l'ordinateur a conscience de lui-même ? Est-ce que l'ordinateur rêve ?

- Euh ...

- Là, vous voyez ? Antoine, vous êtes l'un des représentants de l'espèce la plus aboutie de l'évolution. Une création de la nature, plus performante que la plus sophistiquée de toutes les machines, et vous voulez vraiment détruire tout ça ?

Antoine attendit quelques instants, le temps d'analyser les paroles de Chloé.

- A vrai dire, je ne m'étais jamais considéré sous cet angle... Répondit-il.

- Et bien vous devriez essayer un instant. Cela vous aiderait à prendre conscience du fait que vous êtes unique et qu'à ce titre, vous avez le devoir d'être doux avec vous-même.

- Oui, bof...

- Vous devez respecter la vie qui vous a été donnée.

- J'ai plutôt l'impression d'être venu au monde par erreur ...

- Regardez-vous ! Regardez cette immensité ! Fit Chloé en balayant l'horizon de la main. Comment pouvez-vous parler d'erreur ? Quoique vous pensiez, vous êtes un enfant de l'univers, pas moins que les arbres et les étoiles. Vous avez le droit d'être ici !

Antoine regarda l'horizon, songeur. Les paroles de Chloé venaient de faire vibrer quelque chose au fond de lui, une corde sensible, celle du genre qui fait venir la larme à l'œil. Cependant, il n'était pas encore prêt à s'avouer vaincu. Il secoua la tête et répliqua :

- Y a-t-il seulement une raison à notre présence ici bas ? Tout cela me semble parfois tellement dérisoire...

- Dérisoire ? Mais au contraire nous avons une chance inouïe ! Riposta Chloé. Ne voyez-vous pas tout ce qu'il y a de merveilleux à être ici ? Ne voyez-vous pas la somme infinie de hasards et de conditions qui ont conduit un jour à votre naissance ? Pourquoi vouloir trouver une explication à cela ?

- Le monde est parfois cruel, soupira Antoine. Chloé se leva et s'approcha lentement de lui.

- Antoine, si vous êtes au bord de cette falaise, c'est sans doute parce que vous vous sentez très malheureux... Mais quelles que soient vos peines, quels que soient vos rêves brisés, le monde est beau, je vous l'assure.

Chloé s'était mise à parler plus doucement, et Antoine semblait retrouver un peu de calme. Il écoutait la jeune femme, en fixant un point vers l'horizon. Ses paupières étaient gonflées sous l'effet des larmes accumulées. Il les contenait avec difficulté. Chloé lui tendit prudemment la main :

- Allez Antoine, venez, je vous en prie...

- De toute façon, personne ne m'attend, reprit Antoine sur un ton boudeur.

- Bien sûr que si, dit Chloé, tout le monde à quelqu'un qui l'attend quelque part.

- Pas moi. Je n'ai plus de famille...

- Vous avez un boulot, des collègues ?

- Oui, mais ce que je veux dire, c'est que personne n'a besoin de moi, je suis inutile ici.

- C'est faux ! Vous vous sentez inutile, cela ne signifie pas que vous l'êtes... Et puis, vous êtes jeune, vous avez sans doute des projets, des choses que vous aimeriez réaliser dans votre vie ?

- Non

- Un rêve alors ?

- Je n'en ai pas.

- Voyons, tout le monde a au moins un rêve, Antoine ...

- Pas moi.

- Et lorsque vous étiez enfant, vous n'aviez aucun rêve ? Insista Chloé.

Antoine, réfléchit quelques instants, et une petite lueur s'alluma dans ses yeux lorsque son regard croisa des mouettes qui planaient à proximité de l'endroit où ils se trouvaient.

- Mon rêve, quand j'étais gamin, c'était ça, dit il en indiquant les oiseaux. C'était de pouvoir voler comme un oiseau. Un grand sourire s'afficha sur le visage de Chloé :

- C'est un rêve magnifique, Antoine

- Oui mais irréalisable…

- C'est pourquoi ce n'est vraiment pas une bonne idée de sauter, vous vous écraseriez lamentablement sur ces rochers, rétorqua-t-elle aussitôt.

Malgré lui, Antoine laissa échapper un petit rire immédiatement suivi d'un sanglot qui le fit hoqueter. Des larmes s'agglutinèrent au bord de ses paupières.

- S'il vous plait Antoine, venez… Dit doucement Chloé en lui tendant à nouveau la main. Elle se tenait à environ deux mètres de lui et continuait à s'avancer lentement.

Le cerveau d'Antoine était en ébullition. Les mots de cette fille avaient un accent de vérité qui le troublait plus qu'il ne voulait se l'avouer. La bataille faisait rage entre son envie de sauter et celle d'accepter la main tendue. Cette hésitation n'était t'elle pas le signe qu'il lui fallait se donner encore un peu de temps ? Les sanglots qu'il tentait de réprimer l'empêchaient de parler. Il prit conscience du caractère insolite de la situation : lui sur le bord d'une falaise, cherchant le courage de sauter et une inconnue qui tentait de l'aider sous le regard captivé d'un setter irlandais. Il ne savait pas si sa vie irait mieux un jour, mais avait-il pour autant envie de mourir aujourd'hui ? Il prit une profonde inspiration et leva la tête vers le ciel. Autour de lui, le paysage avait disparu dans l'épais brouillard de ses larmes et de son émotion.

C'est à l'instant précis où il voulut se retourner vers Chloé et accepter la main qu'elle lui tendait que son pied glissa. Ils laissèrent tous deux échapper un cri d'effroi, et le chien se redressa, en alerte. Dos au vide, Antoine chancela dangereusement et fit des moulins désespérés avec les bras pour reprendre son équilibre. Alors que son centre de gravité l'entraînait irrémédiablement vers le gouffre, il sentit une poigne ferme agripper son blouson et le tirer avec une énergie surprenante en arrière. Dans un même mouvement, ils basculèrent en direction de la lande, se cognant et s'emmêlant les jambes sous le regard ahuri de Ben.

Les humains étaient décidemment parfois très bizarres. Ils finirent tant bien que mal leur course sur le derrière, assis côte à côte à quelques mètres du bord de la falaise. Antoine et Chloé se regardèrent bouche bée ; ils venaient d'éviter le drame de justesse.

- Me… Merci, parvint à dire Antoine, encore sur le coup de la frayeur. Vous venez de me sauver la vie…

- Il n'y a pas de quoi, répondit Chloé qui se remettait tout juste de son effroi. Elle s'apprêta à ajouter une phrase, mais quelque chose sur le sol attira son attention. Le mot qu'elle avait l'intention de dire resta suspendu à ces lèvres quelques instants, puis elle explosa de rire.

Sur le coup, Antoine ne comprit pas la réaction de Chloé. Il l'observa quelques secondes, pensant qu'il s'agissait d'un rire nerveux, manifestation compréhensible d'un soulagement suite à une tension extrême. Mais c'est en baissant les yeux vers le sol qu'il saisit la raison de son hilarité.

Dans sa chute, il avait réussi à atterrir pile poil sur une énorme bouse de vache. La texture de la fiente confirmait que la vache en question était passée à cet endroit peu de temps auparavant. Cela lui ressemblait bien ! Cet excrément de vache devait être le seul à des kilomètres à la ronde mais il lui suffisait d'un seul gadin dans cet immense territoire pour s'affaler précisément sur les quelques centimètres carrés souillés par le ruminant. Antoine se releva désabusé. Chloé était restée clouée au sol par son fou rire et plus elle tentait de s'excuser, plus elle riait. Antoine se tourna pour constater l'étendue des dégâts. Pas un centimètre carré de l'arrière de son pantalon qui n'ait été épargné.

- Ce n'est pas possible ! Un pantalon presque neuf !

- Rassurez-vous Antoine, après une bonne nuit de trempage et deux ou trois machines, vous devriez pouvoir le récupérer, répondit Chloé en essuyant les larmes de rire qui avaient coulé le long de ses joues. Elle se releva et fixa alors Antoine avec une telle intensité que celui-ci en fut surpris :

- Et bien quoi ? Qu'y a-t-il, demanda t'il en se touchant le visage, j'ai quelque chose sur le nez ?

- Non… ce n'est pas cela, mais c'est juste que…

- Et bien, quoi, dites-moi, de toute façon au point où j'en suis.

- Non, c'est juste que votre visage … J'ai l'impression que… Est-il possible que nous nous soyons déjà rencontrés, Antoine ?

Antoine scruta à son tour le visage de la jeune femme. Certes, il croisait beaucoup de monde en ville, mais il n'aurait sans doute pas oublié un minois si particulier. Avec son regard perçant, ses tâches de rousseur et ses cheveux en bataille, il se dégageait quelque chose d'animal chez cette jeune femme. C'était certain, il la voyait pour la première fois.

- Je ne crois pas, répondit-il tout en continuant de l'observer…Non, c'est certain, je ne vous ai jamais vu.

- Alors, c'est sans doute quelqu'un qui vous ressemble, répondit-elle un brin déçue.

- Sans doute, fit Antoine.

Quelques nuages s'étaient agglutinés et faisaient barrage aux rayons du soleil, La température avait sensiblement diminué et Chloé était transie de froid. Elle se tenait les bras et grelottait dans son jogging trempé. Antoine le remarqua :

- Je suis désolé, à cause de moi vous avez interrompu votre footing et vous êtes gelée maintenant.

- Ce n'est pas grave à coté de ce qui aurait pu vous arriver, répondit-elle avec un joli sourire.

- Je voudrais… Je voudrais encore vous remercier

- N'en parlons plus. Comment vous sentez vous ?

- Ça va… Oui, je me sens mieux, répondit Antoine complètement dégrisé. Ecoutez, ma voiture est en bas. Je peux peut être vous ramener chez vous ? Cela vous évitera de vous transformer en glaçon.

Chloé accepta l'offre d'Antoine et ils regagnèrent ensemble le vieux break d'un pas rapide. Antoine débarrassa le siège passager et invita Chloé à s'assoir. Il se débarrassa ensuite de son pantalon et le roula en boule dans le coffre. Le setter Irlandais avait trouvé une place confortable à l'arrière. Chloé claquait des dents.

- Décidemment, il n'y a qu'à moi que ce genre de chose arrive ! Maugréa Antoine en démarrant.

Chloé, jeta un coup d'œil à son voisin, obligé de conduire en caleçon et réprima son envie de pouffer.

- Rendez-vous compte, un costume tout neuf que j'avais acheté au printemps ! Continua Antoine, je me demande si je vais pouvoir le nettoyer fit-il en songeant au pantalon roulé en boule au fond du coffre.

Chloé n'osait pas répondre, l'idée du pantalon la conduisait irrémédiablement à une crise de fou rire, et elle ne tenait pas à accentuer la mauvaise humeur d'Antoine. A l'arrière, Ben s'était assis sagement au centre de la banquette et observait le paysage défiler entre les têtes d'Antoine et de Chloé, son crâne frôlait presque le plafond de l'habitacle. Toujours content, dès qu'il se trouvait en compagnie de sa jeune maîtresse, il haletait, la langue pendante, visiblement très satisfait de la situation. Ce manque total de compassion en de pareilles circonstances n'échappa pas à Antoine :

- Et puis, est-ce que vous pourriez demander à votre chien d'arrêter de me souffler sur la nuque ? C'est très désagréable, dit-il pour marquer sa désapprobation avec l'attitude désinvolte de l'animal.

Chloé profita de ce changement de sujet de conversation pour tenter de retrouver son sérieux. Elle se retourna, et prit un air faussement sévère :

- Ben, veux-tu arrêter de souffler dans le cou d'Antoine ! Le grand chien, heureux qu'on s'intéressât à nouveau à lui se dandina en haletant encore plus fort.
- Ben, si tu n'es pas sage, Antoine va se fâcher ! » Prévint Chloé.

Mais il n'était pas dans l'intention de Ben de contrarier leur nouvel ami, et pour leur prouver, il se pencha vers la tête d'Antoine et se mit à lui lécher goulûment l'oreille droite. La voiture fit une embardée sur le bas-côté et grimpa un petit talus, déclenchant une envolée de moineaux paniqués et un cri à l'unisson des voyageurs. Lorsqu'ils eurent repris une position plus classique sur la chaussée, Chloé se retourna vivement :

- Bon sang ! Ben ! Tu as failli nous faire avoir un accident ! Le setter, encore surpris par le remue ménage qu'il avait provoqué baissa les oreilles et pris un air penaud.

- Comment veux tu qu'Antoine t'apprécie si tu fais de telles bêtises ! Continua Chloé encore sur le coup de la frayeur.

Dans le rétroviseur, Antoine observa les deux grands yeux marron soudain teintés de tristesse. Il fût surpris d'en éprouver de la peine.

- Ecoutez, dit-il, ne le grondez pas trop, c'est ma faute. Avec toutes ces émotions, je suis un peu à cran vous savez …

Chloé lança encore un regard sévère à Ben qui baissa à nouveau imperceptiblement la tête. La ferme n'était plus très loin. Chloé indiqua le chemin à Antoine et ils terminèrent la route en silence. A l'extérieur, la campagne commençait doucement à se transformer sous l'effet du soleil déclinant. La lumière rasante faisait ressortir le teint bleuté des bruyères qui bordaient le bitume, et dans les prairies, on devinait qu'une faune nocturne se préparait à l'arrivée de la nuit.

Lorsqu'ils se garèrent dans la cour de la ferme, Ben se précipita en aboyant vers le bâtiment d'habitation pour annoncer leur arrivée à ses maîtres. Sur la route, Antoine avait mis le chauffage à fond et Chloé s'était un peu réchauffée.

- Vous voulez entrer une minute ? Proposa-t-elle à Antoine

- C'est très gentil à vous, mais, je ne vais tout de même pas me présenter dans cette tenue chez vous. Amusée, Chloé considéra un instant Antoine, affublé d'une veste de costume et d'un caleçon joliment décoré dc marguerites.

- Je vous trouve plutôt élégant …

- Vous vous moquez de moi !

- Non, je vous assure ! Fit-elle, espiègle

- Ecoutez, reprit Antoine, je suis ravi de vous avoir croisé aujourd'hui… Je ne sais vraiment pas comment vous remercier …

- Et bien, en me promettant de ne plus faire ce genre de bêtise par exemple…

- C'est promis.

- Alors tout est pour le mieux. Prenez soin de vous Antoine, fit Chloé en sortant de la voiture.

Un peu plus loin, Papy L éon était sorti du corps de ferme accompagné de Ben pour accueillir ses visiteurs. Antoine fit demi-tour et regagna la route en faisant un dernier signe à Chloé.

La jeune femme, songeuse, regarda la voiture disparaître. Parfois la vie tenait vraiment à peu de chose. Que se serait-il passé si elle n'était pas allée courir aujourd'hui ? Ou même si elle était simplement partie un quart d'heure plus tard ? Antoine aurait-il sauté ? Personne ne le saurait jamais. A chaque moment de notre vie, nous faisons des choix qui déterminent notre avenir, qui nous ouvrent des chemins et en ferment d'autres, parfois de façon définitive… Ce qui est sûr, c'est qu'on ne peut jamais revenir en arrière, jamais. Elle eut une pensée pour sa mère et aux quelques années de bonheur qu'elle avait passées à ses cotés. Des années qui s'étaient enfuies dans la folle course du temps, des années disparues à tout jamais mais des années qui continuaient d'inspirer sa vie aujourd'hui.

Chloé fronça les sourcils. Tout en méditant ces pensées, une idée venait juste de lui échapper, et lui laissait l'impression frustrante d'avoir loupé une chose importante. Elle avait toujours la vague impression d'avoir déjà rencontré Antoine. Où avait elle pu déjà le croiser ? Peut être s'agissait-il d'une simple ressemblance avec une personne de son entourage. Elle se creusa la tête un instant mais cessa vite d'y penser. Papy venait de la rejoindre.

Assis à son bureau, Franck étudiait sur un listing les premiers résultats du test lancé depuis la fin de la matinée. La stratégie de Paul Ezingard semblait fonctionner à merveille. Comme convenu, il avait extrait du fichier les clients présentant plusieurs incidents de paiements lors de l'année écoulée. Généralement, il s'agissait de personnes tout à fait honnêtes, mais ayant connu ce que l'on appelle pudiquement un « accident de la vie ». Les divorces, les décès d'un conjoint au sein du ménage et les licenciements constituaient le terreau sur lequel Paul Ezingard comptait bâtir la future croissance de CREDILIS. Suite à la visite de Paul Ezingard, Franck avait réuni son équipe pour leur expliquer la nature du test à réaliser, puis avait distribué l'échantillon de clients sélectionnés à ses conseillers financiers.

Franck étudia de plus prés la fiche d'un client ayant accepté la transaction un peu plus tôt dans la journée. Le vendeur avait pris soin de rédiger une synthèse de sa situation : Il s'agissait d'une femme de 35 ans, mère de 3 enfants, qui avait divorcé dans l'année. Elle disposait d'un découvert total de 20000 euros à rembourser sur deux ans. Le taux d'intérêt moyen de remboursement était de 10%, ce qui la conduisait à rembourser un environ 923 euros chaque mois.

923 euros de crédit plus 600 euros de loyer avec un revenu de 1800 euros par mois, pension alimentaire comprise. Il restait à cette jeune femme 277 euros pour payer l'eau, l'électricité, les assurances, la nourriture, les vêtements des enfants et tout le toutim… Autant dire mission impossible, songea Franck.

Il regarda en détail la proposition commerciale de CREDILIS. Respectant les consignes émises le matin même, le vendeur avait proposé à cette jeune femme de diviser par deux le montant de ses mensualités. L'offre consistait à passer sur un crédit en taux fixe à 20% sur une durée de 6 ans. Résultat : 479 euros de remboursement mensuel. Cette fois, la jeune femme pouvait s'en sortir.

Franck regarda le dernier pavé du document, intitulé « bilan de l'opération ». Le coût était passé de 2152 euros à 20141 euros. Franck prit une calculette et fit un calcul rapide : 841% d'augmentation ! Et la cliente avait accepté. Tous les clients dans cette situation allaient en faire de même. Ils n'avaient pas le choix. Et Paul Ezingard le savait.

Antoine avança sa voiture sur son entrée jusqu'à pratiquement mettre en contact le pare choc et la porte du garage. Le break était long et la place limitée l'obligeait à faire ainsi pour éviter que sa voiture ne déborde sur la chaussée.

Comme sa maison se situait à la droite du garage, cela signifiait qu'il devait contourner le break par l'arrière pour pouvoir regagner la porte d'entrée de sa maison. Antoine fouilla un instant dans ses poches et trouva son trousseau de clés. Pas question de s'éterniser sur le paillasson qui donnait directement sur les appartements d'en face. Que penseraient ses voisins s'ils le voyaient dans cette tenue ? Il s'agissait de sortir rapidement et discrètement. Antoine se pencha à droite et à gauche et constata que la voie était libre. Il jeta un coup d'œil dans son rétroviseur pour vérifier qu'aucune silhouette n'apparaissait aux fenêtres voisines. Tout était calme, c'était le moment d'y aller.

Il sortit rapidement de sa voiture et glissa sa clé dans la serrure du break pour la verrouiller. Cette dernière tourna paresseusement en émettant un grincement sinistre puis refusa tout simplement de restituer la clé au moment où Antoine voulut la retirer.

« Bon sang de bonsoir ! C'est ma journée ! Et je ne peux tout de même pas laisser ma clé de contact sur cette satanée portière» Pensa-t-il tout en actionnant nerveusement la clé dans la serrure. C'est à cet instant précis que la porte voisine s'ouvrit. Les maisons du lotissement étaient strictement identiques. Groupées par lot de deux, elles avaient été construites symétriquement, de sorte que le garage d'Antoine était adossé au garage de sa voisine, à proximité immédiate de sa porte d'entrée. Bien entendu, madame Trotin ne conduisait pas, si bien que son allée était parfaitement dégagée lorsqu'elle sortit de chez elle et tomba nez à nez avec Antoine.

Ce dernier se retourna, confus, et bafouilla une vague explication qui ne sembla pas convaincre Madame Trotin. Celle ci le dévisagea pendant quelques secondes de la tête aux pieds sans chercher à cacher sa stupeur, ni son horreur devant un tel accoutrement, puis elle tourna les talons et rentra précipitamment chez elle. Antoine l'entendit verrouiller sa porte d'entrée à double tour tout en prenant Dieu à témoin. Madame Trotin ne le portait déjà pas en odeur de sainteté, mais cette fois elle allait vraiment le prendre pour un détraqué. En moins d'une semaine, tout le voisinage serait au courant et sa réputation de psychopathe serait établie !

Résigné, Antoine parvint enfin à dégager la clé de la serrure et rentra chez lui. Sur la table de la salle à manger, le plat de lasagne avait refroidi, la bouteille de champagne était vide. Toutes les émotions de la journée l'avaient harassé, il n'était pas encore 20 heures, mais il avait une furieuse envie de dormir. Heureusement, on était vendredi, il aurait tout le week-end pour se reposer puisqu'il n'avait rien de prévu, mis à part l'invitation demain chez Edouard Delabrigode. Il posa sa veste, et sans prendre le temps d'enfiler un pantalon, débarrassa la table. Il lança le lave-vaisselle et retourna dans le salon muni d'une éponge pour nettoyer la table. Il souleva la photo de Sophie et alla la replacer sur le buffet, à sa place habituelle. En faisant ce geste, il ne put s'empêcher de repenser à ce que son vieil ami Franck lui disait sans cesse « Le passé est le passé et tu ne pourras pas le changer… Regarde un peu devant toi » et puis il songea aussi aux mots que cette fille, Chloé, lui avait dits sur la falaise, et à la façon dont ils l'avaient apaisé. « …Quelles que soient vos peines, quels que soient vos rêves brisés, le monde est beau… » Sans doute avaient ils tous les deux raison, il était temps qu'il ouvre un peu les yeux et accepte enfin sa situation.

Le Rapido-Pizz était généralement bondé le vendredi soir. La veille de week-end, nombreux étaient ceux qui aimaient décompresser après une semaine de boulot en s'offrant une pizza. Chloé gara sa moto à proximité du restaurant. Après s'être changée et avoir embrassé Papy Léon et Mamie Jeanne, elle avait pris la route avec un peu d'avance pour être certaine d'arriver à l'heure pour son service.

Elle évita soigneusement de croiser le patron, occupé en cuisine, et se dirigea vers le vestiaire pour y déposer son casque et son blouson. Elle constata que Julie n'était pas encore arrivée, puis se dirigea vers la salle de restaurant pour saluer Paulette, la patronne. Celle-ci se tenait derrière le bar, et nettoyait machinalement quelques verres en reniflant. En s'approchant, Chloé s'aperçut que la patronne avait les yeux rouges, et qu'elle contenait difficilement ses larmes.

- Bonsoir Paulette…

- Bonsoir Chloé, répondit-elle, en relevant à peine la tête.

- Est-ce que vous avez des soucis ?

- Oh, tu sais bien les soucis que j'ai, répondit elle en indiquant de la tête la cuisine d'où parvenait le bruit caractéristique de la pâte de pizza qu'on malaxe et qu'on aplatit sur une table. Chloé regarda sa patronne avec compréhension, mais préféra ne faire aucun commentaire. Ce fut Paulette qui reprit la parole :

- Il demande le divorce, sanglota-t-elle

- Excusez-moi de vous poser cette question…Vous l'aimez ?

- L'aimer ? Oh non, il boit, ne m'adresse la parole que pour me faire des reproches, il me trompe sans vergogne, et je vois bien les œillades qu'il vous lance à vous et Julie... C'est un pervers… Je ne le supporte plus, alors l'amour, il y a bien longtemps qu'il n'y en a plus, si jamais il y en a eu un jour… Ajouta-t-elle pensivement.

- Mais, alors, pourquoi êtes-vous triste ? demanda doucement Chloé.

- Je pleure parce je vais tout perdre. Ce restaurant est à son nom, la maison est à son nom, la voiture, tous nos meubles, toutes les factures sont à son nom…

- Mais enfin, en cas de divorce, on partage tout de même ce qu'on a acheté ou construit ensemble durant le mariage, insista Chloé.

- Non, se lamenta la patronne, pas lorsqu'un contrat de mariage précise le contraire…

- Et c'est votre cas ?

- Oui

- Zut… Alors c'est ce gros… Excusez-moi, c'est lui qui va tout récupérer alors ?

- Ne vous excusez pas… Oui, je me suis fait bien avoir. Je n'ai jamais prêté aucune attention à la paperasserie et voilà qu'après avoir travaillé dur toute ma vie, je vais me retrouver à la rue, sans rien ni personne pour m'aider… Dire que je n'ai même pas un enfant sur qui compter… Chloé posa une main sur l'épaule de sa patronne pour la réconforter, tout en éprouvant un double sentiment de rage et d'injustice. De la cuisine, on entendait maintenant le patron qui sifflotait allègrement.

- Moi, je vais vous aider, décida Chloé en regardant sa patronne dans les yeux. Celle-ci releva la tête. Une lueur d'espoir éclairait son regard.

- Tu vas m'aider ?

- Bien sûr répondit Chloé

- Mais comment ? Tu es vraiment une chic fille, mais comment pourrais-tu m'aider ?

- Ecoutez, je n'en sais encore rien, mais je vous promets qu'on trouvera une solution.

- Tu es sûre ?

- Certaine.

Paulette fixa encore un instant Chloé, comme pour s'assurer qu'elle ne plaisantait pas, mais elle était tout à fait sérieuse. Le ton affirmatif qu'elle avait employé, et son regard franc et limpide ne laissaient aucun doute sur sa détermination. Paulette se sentit rassérénée. Elle respira un grand coup, remercia Chloé, et réussit même à sourire lorsque le premier client entra dans le restaurant.

Le manoir des Delabrigode se trouvait au bout d'une belle allée bordée de chênes centenaires, connue pour la beauté de ses constructions. Des architectes du début du siècle précédent y avaient déployé des trésors d'ingéniosité et de créativité pour combler les prétentions de leurs clients. Pour ces derniers, de riches familles d'industriels, il s'agissait presque d'un concours et c'était à qui posséderait la plus belle villa. Chacune disposait de sa personnalité propre, les styles baroques côtoyaient sans façon les styles rococo ou post moderne dans un ensemble qui, bien que d'une extrême diversité, imposait une impression de profonde harmonie. Au moment de son ascension fulgurante, Edouard Delabrigode avait payé une fortune pour acquérir la plus immense et la plus somptueuse d'entre elles. Antoine se gara sur le trottoir, à proximité d'un grand portail.

Armé d'un bouquet de fleurs, il s'avança vers l'interphone équipé d'une caméra et sonna. Presque aussitôt, la voix d'Edouard Delabrigode l'invita à entrer et le grand portail s'ouvrit sur une allée rectiligne qui coupait un jardin soigneusement entretenu. Edouard Delabrigode attendait Antoine sur le perron.

- Ah, Antoine, entrez mon ami, nous vous attendions déclara le patron en ouvrant les bras dans un geste d'accueil.

- Bonjour Monsieur Delabrigode, comment allez vous ?

- Appelez moi « Edouard » mon garçon, après tout, nous sommes appelés à nous voir plus fréquemment, ajouta-t-il avec un petit clin d'œil. Puis, cédant le passage à son invité, il continua : Vous avez déjà rencontré Geneviève, mon épouse, n'est-ce-pas ?

- Tout à fait, répondit Antoine en saluant l'hôtesse de l'illustre demeure.

- Vous avez une bien jolie maison, ajouta t-il poliment à l'attention de Geneviève Delabrigode.

- Il faut dire que nous avons beaucoup investi, justifia-t-elle. Mais, ne restez pas dans l'entrée, Antoine. Sachez que nous sommes ravis de votre visite, ajouta-t-elle tout en le débarrassant de son bouquet. "Vous avez fait des folies Antoine, il ne fallait pas. Eugénie, veux tu trouver un vase pour ce bouquet ?"

Eugénie, qui n'avait pas encore ouvert la bouche, s'empara du bouquet et disparut précipitamment dans un couloir. Moins d'une minute s'était écoulée lorsqu'elle revint munie d'un magnifique vase, très haut, dans lequel le bouquet d'Antoine semblait minuscule. Eugénie n'avait d'yeux que pour Antoine et ne voulait manifestement louper aucun instant de la soirée.

- Antoine, vous ne pouvez pas vous imaginer à quel point je suis heureuse de vous revoir ! S'exclama-t-elle.

- Euh, et bien, je suis ravi également, répondit Antoine en rougissant légèrement.

- Savez-vous que notre dernière rencontre remonte à quatre mois, jour pour jour ?

- Vraiment ? Oui, vous devez avoir raison, c'était à l'occasion de la fête de fin d'année chez CREDILIS, crut bon de préciser Antoine.

- Oui, quelle fête merveilleuse ! Papa ne sait vraiment que faire pour. gâter ses employés

Geneviève et Edouard Delabrigode échangèrent un regard entendu en souriant, puis invitèrent les jeunes gens à les suivre dans la salle à manger. Ils se rendirent dans une pièce qui avait la taille d'une véritable salle de réception. Il s'agissait d'une pièce traversante, décorée avec élégance. Des tableaux classiques, soigneusement disposés, ainsi qu'un ensemble de meubles en merisier de style Louis XV, conféraient à la pièce un raffinement intimidant. De larges baies vitrées sur un grand parc arboré à l'arrière de la maison. On invita Antoine à prendre place sur une chaise habillée d'un tissu de velours bordeaux accordé à la décoration. Ce dernier prit place face à la maîtresse de maison, aux cotés d'Eugénie.

Les cheveux tirés en arrière et assemblés en un chignon strict donnaient à Eugénie Delabrigode l'aspect sévère d'une institutrice du début du siècle. Le tailleur sombre et le chemisier austère qu'elle portait contrastaient avec le maquillage marqué dont elle s'était parée pour la venue d'Antoine. Des pommettes saillantes, relevées par un fond de teint surabondant, des paupières exagérément bleuies, ainsi que des lèvres excessivement fines contribuaient à lui donner une apparence austère. Néanmoins, ses yeux pétillaient et elle trépignait silencieusement devant Antoine, telle une petite fille à qui l'on va offrir son cadeau.

- Comment allez-vous depuis notre dernière rencontre ? Demanda aimablement Antoine à Eugénie.

- Très bien, je vous remercie... En fait, je suis très occupée, j'ai beaucoup à faire avec les bonnes œuvres que gère maman

- Eugénie est très appréciée dans ces différentes associations caritatives, précisa Geneviève Delabrigode. Elle s'avère être une gestionnaire efficace. Elle a de qui tenir, ajouta-t-elle en lançant un regard vers son mari.

- Bien sûr ma chérie, commenta Edouard, mais il serait bon qu'Eugénie prenne aussi un peu de temps pour elle. Ces bonnes œuvres représentent une activité tout à fait louable, mais les jeunes gens ont besoin de sortir entre eux, de se divertir... D'ailleurs j'en parlais tantôt à Antoine qui est tout à fait d'accord pour accompagner Eugénie.

- C'est vrai Antoine ? Bondit Eugénie

- Euh… Oui, bien sûr. J'en serais ravi, répondit ce dernier pris un peu de court.

- C'est formidable, j'en suis très heureuse. Nous pourrions, par exemple … Aller au cinéma ? Ou aller aux champs de courses … Oh oui, j'adore la façon dont les dames s'habillent pour aller assister aux courses !

- Et pourquoi pas tout simplement un restaurant en tête à tête, la coupa son père. J'en connais d'excellents. Et puis, c'est le meilleur moyen de faire connaissance sans que vous ayez à supporter notre présence parfois envahissante, il faut bien le dire, n'est ce pas Geneviève ?

- Et bien … Si tu le penses, Edouard.

- Mais bien sûr, continua le maître de maison, souviens toi lorsque nous avions leur âge ! Les jeunes gens ont parfois besoin qu'on les laisse un peu en paix. Ils ont des choses à se dire que nous n'avons pas besoin d'entendre… Mais tenez, vous en discuterez tous les deux tout à l'heure, déclara-t-il à l'attention d'Antoine et d'Eugénie. Cette dernière, radieuse, acquiesça d'une série de hochements de tête rapides et Antoine se sentit obligé de faire de même.

Une servante vêtue de noir et d'un tablier blanc apparut, munie d'un large plateau d'argent sur lequel des tranches de foie gras poêlées avaient minutieusement été disposées, en alternance avec des tranches de pain d'épice. Elle servit en silence chacun des convives, versa un vin blanc liquoreux dans leurs verres et disparut aussi discrètement qu'elle était arrivée. Toute la famille Delabrigode adopta une attitude de profond recueillement et Edouard prit la parole :

« Seigneur, nous voici rassemblés autour de cette table
Pour partager le pain que nous donne ta main.
Bénis-nous Seigneur
Bénis ce repas
Et procure du pain
À ceux qui en n'ont pas
Au nom du Père et du Fils et du Saint-Esprit.
Amen »

Antoine se signa simultanément avec la famille Delabrigode, comme s'il s'agissait d'un geste naturel qu'il accomplissait quotidiennement. Le grand patron invita les convives à débuter le repas et un cliquetis d'argenterie et de porcelaine se fit entendre. Geneviève fut la première à briser le silence :

- Tout de même, cette crise, cela fait peur ! Il y a fort à parier qu'aujourd'hui personne ne soit à l'abri … Qu'en pensez-vous Antoine ?

- Eh bien, je …

- Et puis tous ces pauvres gens qui perdent leur travail, et n'ont plus de ressources pour vivre, c'est dramatique... Nous allons tous devoir apprendre à consommer différemment… Appréciez-vous le confit de figues sauvages, cher Antoine ? C'est un accompagnement délicieux pour le foie gras poêlé, n'est ce pas ?

- Absolument…C'est absolument délicieux, répondit Antoine

- C'est une épreuve que nous envoie le Seigneur continua la maîtresse de maison. Un mal nécessaire et rédempteur pour tous ceux qui ont commis des excès…

- Il ne faut rien exagérer ma chère, répondit Edouard Delabrigode en se resservant une lampée de Sauternes 1977.

- Et vous, qu'en pensez-vous ? Demanda Antoine à Eugénie pour tenter d'engager la conversation.

- Et bien, comme le dit maman, cette crise est une sanction qui nous est imposée par la volonté de Dieu. Cela va obliger la société à assainir sa conduite, répondit Eugénie avec animation.

Tout le repas se déroula dans une alternance de silences et d'échanges sur la situation économique, financière et sociale de la France. Les mêts qui défilèrent dans l'assiette d'Antoine étaient d'une finesse peu commune. Ils terminèrent de manger vers 16h30. Edouard Delabrigode invita Antoine à marcher un peu dans le parc pendant que les dames préparaient un café au salon. La température était fraîche et de gros cumulus cachaient le soleil, donnant au parc un aspect presque automnal.

Sur le perron, l'imposant patron ouvrit sa veste et sortit de sa poche une petite boîte en bois. Il en délogea deux cigares et en tendit un à Antoine.

- Un havane que je fais venir spécialement de Cuba, vous allez voir, une pure merveille, déclara-t-il avec satisfaction.

Antoine qui ne fumait pas hésita un instant, mais se dit qu'il valait mieux calquer son comportement sur celui de l'homme qui avait manifestement choisi de le prendre sous son aile. Il le remercia et observa un brin inquiet l'énorme cigare qu'Edouard Delabrigode venait de lui offrir. Ce dernier avait placé le sien sous ses narines et le humait les yeux fermés, au comble du bonheur.

- Ah Antoine, hum … Sentez moi ça, hum…Dites moi, n'êtes vous pas déjà en train de voyager ?

Antoine approcha avec prudence le barreau de son nez et risqua une reniflette. Effectivement, il fut surpris de constater que cela sentait plutôt bon. Rien à voir avec le souvenir qu'il gardait de la gitane offerte par un copain en cinquième, et qu'il avait fumée pour impressionner les filles à la sortie du collège. Edouard Delabrigode s'approcha de lui, et lui tendit la flamme d'un briquet en or :

- Tenez Antoine, scellons notre amitié en tirant ensemble quelques bonnes bouffées de ces joyaux

Antoine enfourna l'extrémité de son havane dans sa bouche et se tint aussi immobile que possible pendant qu'Edouard Delabrigode s'appliquait à l'allumer.

- Tirez Antoine, tirez !

L'ordre était impérieux. Ne sentant rien venir, Antoine serra les lèvres et pompa aussi fort qu'il le put. Une fumée compacte envahit soudain sa gorge et enflamma ses poumons. Il la recracha aussitôt dans une violente quinte de toux, les yeux exorbités.

- Je vous avais prévenu, dit Edouard Delabrigode occupé à allumer le sien, ce ne sont pas de vulgaires cigarillos…

Antoine essuya les larmes qui lui coulaient le long du nez et tenta de reprendre une respiration normale « Oui », réussit-il tout juste à dire d'une voix rauque. De crainte de contrarier le Directeur, il porta à nouveau son cigare à la bouche, simulant du mieux qu'il pouvait le plaisir qu'il eut été normal de prendre en de telles circonstances. De son côté, Edouard Delabrigode était aux anges, il tirait des bouffées régulières sur son cigare, faisant naître un épais brouillard devant lui, alors qu'ils marchaient sur l'allée du parc.

- Alors, dites moi Antoine, avez-vous réfléchi à ma proposition ?

- Et bien, je dois dire que c'est une proposition très généreuse…

- Ne vous trompez pas Antoine, si je vous propose de prendre la direction du futur département « trading », c'est que j'y trouve un intérêt pour l'entreprise. Je sais que vous hésitez encore, mais croyez moi, Antoine, une chance comme celle-ci ne se présente pas deux fois dans une carrière.

- J'en suis tout à fait conscient, Edouard.

Le directeur s'arrêta, et balaya d'un large geste l'horizon :

- Regardez Antoine, tout ce que vous voyez je l'ai gagné à la sueur de mon front. Quoiqu'on en dise, le monde se divise en deux : le monde de ceux qui se lèvent tôt, travaillent, et réussissent, et puis les autres : les saltimbanques.

- Les saltimbanques ?

- Oui, je les appelle comme ça : les artistes, les philosophes, les idéalistes, ceux qui passent leur temps à rêver ou à réfléchir plutôt qu'à agir. Tous ceux qui pensent qu'on peut réussir sans se fixer de solides objectifs dans la vie. Croyez-moi Antoine, il y aura toujours dans ce monde des riches et des pauvres, des puissants et des faibles. Les uns ne peuvent pas exister sans les autres, c'est inévitable et c'est une illusion de croire que l'on peut changer cela.

- Vous croyez ?

- J'en suis convaincu et tous ceux qui prétendent le contraire se fourvoient lamentablement, il suffit de regarder l'histoire du siècle écoulé pour s'en persuader. Il n'y a pas de pire politique que l'égalitarisme.

Edouard Delabrigode fixa Antoine dans les yeux avant de reprendre :

- Mon cher Antoine, je vous le dis, vous ne devez avoir aucun scrupule à accepter l'offre que je vous fais. Mettez votre talent au service de notre entreprise, vous verrez, vous ne serez pas déçu.

Antoine avait écouté avec une grande attention les propos d'Edouard Delabrigode. Il sentait qu'il pouvait difficilement retarder l'instant de sa réponse. Le tabac lui tournait un peu la tête et il avait la sensation que depuis quelques jours, les choses s'enchaînaient et s'accéléraient autour de lui. Sa vie était sur le point de prendre un nouveau départ, et c'était un sentiment plutôt agréable, qu'il n'avait pas ressenti depuis de longues années. Il n'aurait su dire si cela était une bonne chose ou non, mais au moins, il s'agissait peut être de changements providentiels qui lui permettraient de sortir de l'ornière. Son ami Franck l'encourageait sans cesse à « saisir sa chance » et Edouard Delabrigode lui faisait une offre en or. Cela ne pouvait pas se refuser. Alors, il décida de se laisser porter par les évènements.

- Bien, je vous ai écouté attentivement et …Je dois dire que vous m'avez convaincu. J'accepte votre offre, Edouard.

- Formidable mon garçon ! Je n'en attendais pas moins de vous ! S'exclama le patron en tapotant le dos d'Antoine à l'aide de sa main libre. Venez, rentrons annoncer la bonne nouvelle à ces dames. Eugénie attendait votre décision avec impatience… Il faut dire qu'en acceptant ce poste, vous faîtes un pas de plus dans notre famille, ajouta t'il en lançant un clin d'œil à Antoine.

Les deux hommes rebroussèrent chemin et remontèrent l'allée jusqu'à la maison d'un pas plus rapide, le cigare à la main. Edouard Delabrigode semblait maintenant totalement décontracté, à mille lieux des tracas de son entreprise. Il pointa du doigt un rayon de soleil qui, perçant un nuage, venait déposer une lumière dorée sur la pelouse. « Voyez Antoine, c'est un signe ».

Chloé se réveilla en sursaut, le cœur tambourinant dans sa poitrine. Elle avait encore fait le même rêve ! Comme d'habitude, cela avait débuté de façon agréable. Elle sillonnait de merveilleux sentiers et traversait des paysages fantastiques en direction de la Cité d'Or. Et puis tout à coup, c'était revenu. De façon aussi soudaine que cruelle, une paralysie angoissante l'avait frappée au bord du chemin. Un engourdissement implacable et diabolique qui la clouait au sol, à deux doigts de son but. Une paralysie monstrueuse qui ressemblait terriblement à la mort…

Et puis, à nouveau, il était arrivé. L'homme s'était approché d'elle et lui avait souri. Et aussi brusquement qu'elle était venue, la paralysie avait disparue. L'horizon s'était éclairci, et ils avaient repris la marche ensemble. C'est à ce moment que Chloé s'était réveillée.

Elle se redressa dans son lit et alluma la lampe de chevet. Il était deux heures du matin. Le bâtiment était plongé dans un profond silence. Seul, de temps à autre, le bruit d'une voiture sur la rocade voisine venait le troubler. Chloé se frotta les yeux, car quelque chose clochait. Plus exactement, il lui semblait qu'un détail important de son rêve lui avait échappé… Elle tenta de se concentrer. C'était un détail à propos de ce mystérieux inconnu. Qui était cet homme ? Et pourquoi apparaissait-il immanquablement dans ses rêves pour lui porter secours ?

Plus elle y pensait et plus elle avait l'impression de le connaître. Elle fit un effort pour se rappeler son visage, mais comme toujours, les brumes du sommeil disparaissaient, happant au passage le détail des images de son rêve. Bon sang, maintenant elle était certaine de l'avoir déjà vu mais incapable de se rappeler en quelle circonstance. Où avait-elle bien pu voir ce visage auparavant ? Elle avait l'impression d'être sur le point de faire une découverte fondamentale, mais d'être aveuglée par l'évidence, comme ces personnes qui ne parviennent pas à retrouver un objet pourtant placé juste sous leurs yeux.

Troublée, Chloé se leva et rejoignit la cuisine où elle se fit couler un verre d'eau. De son appartement situé au troisième étage, elle avait une vue dégagée sur la ville et les toits des maisons voisines. Ça et là, des fenêtres et des lucarnes éclairées attestaient de l'activité des noctambules et insomniaques. Elle prit conscience du nombre incroyable de vies et d'histoires qui se déroulaient à la portée de son regard, protégées par l'intimité des murs et des toitures. Combien de personnes étaient-elles en train de s'aimer ou de se déchirer, de s'amuser ou de souffrir dans l'espace que ses yeux pouvaient embrasser ? Combien de personnes ne se réveilleraient-elles pas et combien d'enfants l'aube de ce jour verrait-elle naître ? Chloé se demanda si inversement, au milieu de cette immense forêt urbaine, quelqu'un avait aperçu le petit rectangle de sa fenêtre s'allumer.

C'est au moment où elle allait refermer la lumière de la cuisine et retourner se coucher que la vérité lui apparut avec la fulgurance d'un éclair. Elle comprit du même coup pourquoi son rêve lui avait semblé tellement différent des précédents. La raison en était tellement incroyable, que l'évidence avait failli lui échapper une nouvelle fois. Bon sang, mais bien sûr ! C'était à la fois surprenant et excessivement étrange, mais pour la première fois elle savait que l'homme de son rêve n'était pas un être imaginaire. Il existait ! Et le plus incroyable, c'est qu'elle le connaissait…

Le village dans lequel Franck, Annick et leurs enfants habitaient se trouvait à environ un quart d'heure de la ville, en direction de la côte. Leur maison était une ancienne ferme qu'ils avaient acquise cinq ans auparavant pour une modique somme dans l'intention de la restaurer. Ni Franck ni Annick n'avaient compté les heures de travail pour faire de l'aile ouest de la ferme une très agréable habitation. Les deux autres ailes du bâtiment étaient dans un état de délabrement avancé. Leur remise en état nécessitaient à la fois du temps et de l'argent.

Antoine entra dans le corps de ferme et se gara le long d'une grange dans laquelle Franck entreposait un matériel hétéroclite qu'il récupérait au gré des brocantes, et dont lui seul pouvait imaginer l'usage qu'il en ferait un jour. Franck avait toujours une demi douzaine de projets dans ses cartons, au grand dam d'Annick, qui aspirait à une vie tranquille en compagnie de son mari et de ses trois enfants.

Le colosse apparut sur le seuil de sa porte, entouré de trois têtes blondes, au moment où Antoine se dégageait laborieusement de son véhicule par la portière passager.

- L'ouverture de la portière conducteur est en option ? Lança Franck, taquin.

- Je crois qu'elle est définitivement coincée, expliqua Antoine en se dirigeant vers son ami une bouteille à la main, tout en évitant les nombreuses flaques laissées par les dernières pluies.

- On essaiera de la débloquer tout à l'heure, proposa son ami en lui serrant la main et en prenant la bouteille. « Allez poussez vous les grumeaux » ajouta-t-il à l'attention de Clara, Louis et Marie-Charlotte, respectivement 6, 4 et 2 ans. « Humm, un Châteauneuf du Pape, t'es vraiment un bon copain Antoine »

Annick abandonna un instant sa cuisine pour venir embrasser Antoine. Elle expliqua qu'il lui fallait encore un petit quart d'heure pour terminer la préparation de son repas et qu'elle les rejoindrait pour l'apéro. Les deux amis s'installèrent au salon dans de vieux fauteuils en cuir râpé, une des dernières trouvailles de Franck. La pièce principale était chichement meublée, essentiellement par des meubles de récupération que Franck et Annick aimaient restaurer. Adossé au mur, un poêle à bois fournissait l'essentiel du chauffage de la grande pièce durant les froides journées d'hiver. Sur le sol, aux pieds des deux hommes, une cohorte de dinosaures en plastique avait pris possession du carrelage gris usé par le temps. Le troupeau d'animaux préhistoriques se dirigeait vers d'innocentes poupées occupées à faire la dînette. Louis arriva en trombe sur son tracteur à pédales.

- Dis 'toine, tu me pousses ? Tu veux bien ?

- Tout à l'heure, mon grand, Antoine vient juste d'arriver répondit son père. Le petit bonhomme fit demi-tour et repartit à toute allure à la poursuite de la petite Marie-Charlotte qui s'enfuit en lançant des cris perçants.

- Dis, pourquoi t'es pas marié Antoine ? C'était Clara. Elle était venue se lover sur son père et regardait Antoine de ses grands yeux candides.

- Bon sang ! Pas moyen de discuter tranquille, commenta son père. Tu sais ma princesse, peut-être qu'Antoine n'a pas envie de répondre à cette question...

- Pourquoi ? Demanda-t-elle innocemment

- Et bien, répondit Antoine, disons que je n'ai pas encore rencontré une dame avec qui j'aimerais me marier.

- Pourquoi ? Insista la petite fille

- Dis donc ma grenouille, comment veux tu qu'Antoine réponde à ce genre de question ? Tu ne voudrais pas aller jouer avec ta petite sœur ? Tenta Franck

- Ma maîtresse, elle est très jolie et elle pourrait se marier avec toi, proposa-t-elle.

- Ah bon ?

- Tu la connais ma maîtresse ?

- Non, mais je suppose que si je viens à ton école, tu me la présenteras ?

- Oui.

Satisfaite, la petite fille bondit du canapé et courut faire la loi auprès du petit Louis qui était lancé dans une course infernale autour de la table, faisant valser sur son passage les poupées et les dinosaures. Il termina sa course dans un grand fracas sur la cuisinière miniature de Clara qui protesta et prit un air boudeur avant d'aller se plaindre à sa mère. De son coté, Marie-Charlotte, visiblement gagnée par la fatigue, avait pris son pouce dans la bouche et s'était allongée sur un coussin près de son doudou. Par peur des réprimandes, le petit Louis quitta son tracteur et se plongea, l'air de rien, dans la lecture des aventures du lapin bleu.

- Ouf ! Fit Franck. Nous avons un moment de répit. Par moment je crois qu'ils vont me rendre fou !

- Et tu en voudrais un quatrième ? Ironisa Annick qui venait de les rejoindre.

- Euh, peut être, mais pas tout de suite. Il faut d'abord terminer nos travaux continua Franck.

- Où en êtes-vous ? demanda Antoine.

- J'ai rendez vous avec la banque pour un prêt dans deux jours. J'espère qu'il sera accepté, répondit Franck. Tu sais que nous envisageons l'ouverture d'un gîte ?

- Un gîte ? S'étonna Antoine.

- Et oui, c'est la dernière lubie de ton copain, commenta Annick. Après le potager, l'élevage des poules, des canards et du cochon, l'étape suivante, c'est l'ouverture d'un gîte pour les touristes.

- Mais vous allez devoir y consacrer beaucoup de temps, dit Antoine.

- Je crois que Franck n'en est pas complètement conscient…

- Mais si ma chérie, rétorqua Franck, en lui déposant un baiser sur le front. Tu verras, nous accueillerons les nombreux touristes qui visitent la région ou séjournent sur la côte l'été. Et en plus, nous pourrons leur vendre les produits de la ferme.

- Les confitures, les magrets et le saucisson ajouta Annick pour compléter la description.

- Sans oublier les liqueurs maison, continua Franck. Tiens, d'ailleurs je vais te faire goûter le vin de noix que j'ai fabriqué l'hiver dernier. Tu vas voir, il est fameux.

Il s'absenta, laissant quelques minutes Antoine et Annick. Cette dernière en profita pour interroger Antoine :

- Franck m'inquiète un peu en ce moment, expliqua-t-elle. J'ai l'impression qu'il ne se plait plus au travail. Mais jamais il ne voudra me l'avouer… Qu'en penses-tu Antoine ?

- Ma foi…Il ne m'en parle pas trop non plus. Mais je crois que les orientations prises par notre direction ne lui plaisent pas tellement.

- Tu sais, cette histoire de gîte, il n'arrête pas de m'en parler… Il me répète sans cesse qu'il voudrait nous consacrer plus de temps, à moi et aux petits, qu'il n'est pas assez présent pour les enfants.

- C'est vrai qu'on nous en demande toujours plus au boulot, admit Antoine, dont l'absence de vie de famille rendait sans doute plus corvéable que son ami.

Son camarade revint en brandissant triomphalement la bouteille de sa production. Tout en prenant l'apéritif, Antoine leur raconta en détail la soirée qu'il avait passée chez les Delabrigode. Ses deux amis l'écoutèrent attentivement, et marquèrent un silence en terminant les cacahuètes. Ce fut Annick qui lui posa la question :

- Et cette femme, Eugénie, elle te plait ?

- C'est-à-dire, que je la connais très peu, répondit Antoine

- Mais ma chérie, c'est la fille du patron. Est-ce que tu te rends compte que si Antoine l'épouse, il devient le gendre du vieux briscard et hérite de son empire ?

- Et toi tu serais prêt à vivre avec une femme, qui ne te plait pas, simplement parce qu'elle t'assure des revenus confortables ? Riposta Annick

- Mais non mon chou, tu sais bien… Mais tout de même, Antoine ne risque rien à sortir un peu avec cette fille.

- Sauf que si elle ne lui plaît pas, il aura des soucis ensuite au travail.

- Tu rigoles, Antoine leur est trop indispensable, tu oublies qu'il a été élu meilleur collaborateur du mois !

- N'empêche que cette nomination à un poste important est plus ou moins conditionnée au fait que tu acceptes de sortir avec la fille du patron, insista Annick, tu devrais te méfier Antoine.

- Allons, allons, ne sois pas oiseau de mauvais augure ! conclut Franck en reversant une tournée de son vin de noix.

Julie avait rarement vu son amie dans un tel état d'excitation. Chloé arpentait nerveusement la pièce de long en large pendant que son amie mettait l'eau à bouillir et disposait sur la table les tasses ainsi que la boîte à thés. Chloé avait cogné à sa porte de bon matin, alors qu'elle se prélassait encore au lit. La grasse matinée du dimanche matin était fichue pour cette fois-ci.

- Mais tu es sûre d'avoir vu son visage en rêve avant de le rencontrer ? Insista Julie, les yeux encore tout endormis.

- Oui, tout à fait sûre, c'était lui !

- Tu as peut être fait une association dans ton rêve après l'épisode sur la falaise. Tu sais c'est très courant, les choses qu'on a vécues dans la journée viennent souvent se mêler à nos rêves…

- Non, impossible, je te promets. D'ailleurs, j'ai vraiment eu l'impression de l'avoir déjà rencontré lorsque je l'ai aperçu sur la falaise. Lui par contre ne se rappelait pas m'avoir déjà vu, et pour cause ! C'est dans mes rêves qu'on s'était croisé !

- C'est vrai, c'est troublant, admit Julie en baillant.

- Et puis ça colle complètement avec la prédiction de la voyante

- Ah tu vois que tu commences à y croire toi aussi ! Triompha Julie

- Forcément. Lorsqu'une parfaite inconnue te décrit des choses tout à fait exactes de ton passé ou évoque des projets dont tu n'as parlé à pratiquement personne, cela te fait réfléchir. Et lorsque cette même personne te prédit que tu vas rencontrer bientôt un homme et que cela se produit par le plus pur des hasards quelques jours plus tard, tu ne peux pas t'empêcher de t'interroger…

Chloé regarda distraitement son amie verser l'eau brûlante dans les tasses, et vint s'asseoir prés d'elle. Pendant qu'elles buvaient leur thé en silence et que Julie s'éveillait doucement, le cerveau de Chloé était en pleine effervescence. Elle ne pouvait s'empêcher de s'interroger sur le sens de son rêve.

Que signifiait cette paralysie brutale qui la gagnait à chaque fois qu'elle parvenait au seuil de la Cité d'Or ? Cela ressemblait à un sombre présage… Fallait-t-il l'interpréter comme un signal d'une menace pouvant compromettre son projet ? En frissonnant, elle repensa aux paroles de la diseuse de bonne aventure : « un danger vous guette… Un mal que vous allez devoir combattre». Le sens de ces paroles restait flou, mais était terriblement cohérent avec son rêve…Qu'avait-elle dit encore ? « Seule, vous n'aurez pas la force d'aller jusqu'au bout… Je vois l'intervention d'une personne. Une personne qui sera d'une importance capitale dans votre voyage… »

Une conviction s'imposa alors dans l'esprit de Chloé : le rêve récurrent qu'elle faisait était un rêve prémonitoire. Le chemin des cités d'or serait semé d'embûches, mais un homme allait l'aider, d'une façon ou d'une autre. Et maintenant, elle savait que cet homme, c'était celui qu'elle avait rencontré sur la falaise. Pourquoi lui ? Elle avait beau tourner et retourner la question dans tous les sens, elle n'en savait fichtre rien.

La question était de savoir sous quelle forme se manifesterait cette aide. Si la réalité respectait le cours de son rêve, alors cela signifiait que cet homme allait l'accompagner là bas. Mais pourquoi diable ferait-il une chose pareille ?

Il n'y avait pas trente six solutions, il fallait absolument qu'elle lui parle !

Julie se leva et alla tirer le rideau de velours bordeaux qui obstruait la fenêtre de sa chambre. Aussitôt une lumière éblouissante envahit la pièce. La boisson chaude lui avait permis de se réveiller complètement. Elle interrompit le cours des réflexions de Chloé en reprenant la parole

- Alors, quand tu l'as rencontré, il était prêt à se jeter dans le vide ?

- Oui

- Et c'est cet homme qui est censé t'aider ?

- Oui, je suis consciente que ça peut paraitre bizarre et pourtant j'en suis certaine, répondit Chloé sans hésiter.

- Dans ce cas, il n'y a pas à hésiter, il faut que tu ailles lui parler.

- C'est bien là le problème…

- Quel problème ?

- Je ne connais que son prénom …

- Et tu ne connais pas son nom ? Merde alors, je sens que ça va être compliqué ton histoire ! Est-ce que tu sais où il habite au moins ?

- Pas exactement, mais j'imagine que ce doit être dans la région.

- Bon, ce n'est pas gagné… Et c'est quoi son prénom ?

- Antoine.

- Antoine ? On pourrait essayer de trouver tous les « Antoine » qui existent dans la région. Avec l'annuaire électronique, on doit pouvoir goupiller quelque chose. Je sais qu'il existe un moyen d'interroger les pages blanches en remplaçant certains caractères du nom par une étoile lorsqu'on n'est pas sûr de l'orthographe…

- C'est une bonne idée. Mais tu me vois appeler tous les Antoine de la région, et leur demander si le 16 avril dernier, ils n'étaient pas au bord d'une falaise, en train de tenter de se suicider ?

Les deux amies pouffèrent de rire à cette idée. La recherche allait s'avérer très difficile, si ce n'est impossible. Chloé soupira, c'était vraiment trop frustrant. Elle décida d'aller chercher du pain frais à la boulangerie voisine pour le petit déjeuner. Le fait de marcher un peu lui ferait le plus grand bien et au moins, Julie pourrait en profiter de ce moment pour retourner un peu au lit. Après tout, on était dimanche et l'horloge n'affichait que 7h30.

En chemin, elle rencontra Jean-Pierre le « sans domicile fixe », assis dans la rue au même endroit que la dernière fois. Chloé le salua et fouilla sa poche pour trouver de quoi lui rembourser les 80 centimes qu'elle lui avait empruntés l'autre jour. Dans la boulangerie, elle acheta deux baguettes et trois croissants. En repassant devant Jean-Pierre, elle lui en proposa un, qu'il accepta avec une joie non dissimulée. Le pauvre, cela devait faire bien longtemps qu'il n'avait pas goûté à ce genre de douceur. Chloé se rappela aussi que Paulette lui avait donné un bon « pour deux repas » au Rapido-Pizz. Sa gentille patronne proposait ce genre de lots à l'occasion des animations organisées par l'association des commerçants du quartier. Sans que son mari le sache, elle avait glissé discrètement un bon à Julie et un autre à Chloé, pour les remercier du travail qu'elles accomplissaient dans le restaurant, et aussi sans doute pour compenser la grossièreté de son mari. Chloé tendit le bon à Jean-Pierre qui l'étudia avec attention.

- Un bon pour deux repas dans un restaurant, mais c'est beaucoup trop, mademoiselle Chloé !

- Cela vous fait plaisir Jean-Pierre ?

- Oui, bien sûr… Mais je ne veux pas vous priver, vous pourriez vous y rendre avec votre amoureux.

- Je n'ai pas d'amoureux, répondit Chloé

- Ah bon ? S'étonna Jean-Pierre, dans ce cas, je vous invite mademoiselle Chloé. En tout bien tout honneur bien sûr, car je suis beaucoup trop vieux pour vous ! Précisa t-il.

- Cela m'aurait fait plaisir, dit Chloé en riant, mais ce n'est pas possible car je travaille dans ce restaurant, et je ne suis pas sensée bénéficier de ce type de bon.

- Je comprends fit Jean-Pierre, déçu

- Par contre, j'aurai à cœur de vous servir moi-même, ajouta Chloé pour le consoler.

- Dans ce cas, je vous rendrai une petite visite en milieu de semaine… Disons mercredi. Vous travaillez mercredi soir ?

- J'y serai. Mercredi soir, ce sera parfait, c'est un soir particulièrement calme dans la semaine.

- Ah, ça me rappelle la bonne époque, celle où j'avais un travail, où je dînais régulièrement dans des restaurants… Oh, pas des restaurants gastronomiques bien sûr, mais des restaurants tout de même ! Mon entreprise distribuait des cadeaux à ses clients et nous en faisait profiter. Vous voyez cette casquette par exemple, c'est …

- Qu'avez-vous dit ? demanda brusquement Chloé, interrompant Jean-Pierre. Ce dernier un peu surpris, reprit :

- Et bien, je disais que mon entreprise distribuait des cadeaux à ses clients et …

- Des cadeaux d'entreprise ! Oui, bon sang mais c'est bien sûr ! S'exclama Chloé, intensifiant la surprise de son interlocuteur. Excusez-moi Jean-Pierre, mais il faut que je file. Je vous reverrai bientôt, bon dimanche !

Médusé, Jean-Pierre vit Chloé s'élancer au pas de course. Quelle mouche l'avait piquée ? Chic fille cette Chloé, mais un peu bizarre parfois, se dit-il en mordant à pleines dents dans son croissant.

La conversation avec Jean-Pierre venait de rappeler un détail essentiel à Chloé, un détail qui lui permettrait peut être de retrouver la piste d'Antoine. Lorsque Jean-Pierre avait évoqué les cadeaux d'entreprise, cela avait fait ressurgir un souvenir dans l'esprit de Chloé : celui de toutes les malettes et porte-document qu'elle avait dû pousser pour s'installer à l'avant de la voiture d'Antoine. Tous ces objets portaient un même logo : CREDILIS. Oui ! Antoine devait travailler dans cette société, elle en était presque certaine. Cette société n'était pas très loin du foyer, elle pourrait s'y rendre dès le lendemain. Il suffirait alors de s'adresser à l'accueil et de dire qu'elle avait rendez-vous avec un certain Antoine, dont elle avait malencontreusement oublié le nom. Avec un peu de chance il n'y aurait pas trop d'Antoine dans le répertoire, et au pire, ils disposeraient d'un trombinoscope sur leur intranet qui lui permettrait de trouver le bon. Oui, demain, à la première heure elle se rendrait chez CREDILIS !

Antoine Boulanger sortit de chez lui un peu avant 8h. Il renonça à ouvrir la portière conducteur du vieux break et se faufila jusqu'au volant en passant par la portière passager. La température était douce. La deuxième quinzaine du mois d'avril avait jeté un air printanier sur la ville entière. En l'espace de quelques jours, les arbres avaient revêtu une parure vert tendre, picorée ça et là par d'adorables fleurs blanches et roses.

« Allez ma vieille, au boulot » dit il en tournant la clé de contact. La voiture s'ébroua, lâchant au passage un nuage grisâtre, puis s'engagea sur la chaussée. Sur les trottoirs, les passants arboraient des tenues plus légères et plus claires. Les sombres manteaux d'hiver avaient été relégués au fond du placard et chacun espérait que les caprices de la météo ne les obligeraient pas à les ressortir plus rapidement que prévu.

La petite maison qu'habitait Antoine se situait à l'extrémité ouest de la ville, c'est-à-dire dans la direction opposée à celle de CREDILIS. Lorsqu'il avait investi dans cette petite demeure, il avait privilégié le coté « nature », ou du moins la partie la moins urbanisée de la ville. De là, il pouvait gagner facilement la campagne environnante et surtout, la côte qui se situait à une vingtaine de kilomètres seulement. La contrepartie de ce choix était qu'il devait subir les inévitables embouteillages quotidiens qui se produisaient aux heures de pointe, lorsqu'il s'agissait de traverser la ville de part et d'autre. En général, il en profitait pour mettre la radio, écouter les informations économiques ou écouter les nouvelles du monde.

Machinalement, il vérifia que son portable n'était pas en mode réunion. Il s'était abonné à un service qui lui envoyait par SMS les principales informations boursières, ce qui lui permettait de rester connecté en permanence au monde de la finance, y compris durant ses déplacements. Il franchit un rond point, traversa un pont et rejoignit la voie rapide tout en pensant à l'après midi qu'il avait passé chez les Delabrigode et au nouvel horizon qui s'ouvrait devant lui. « Patron du département Trading ! » C'était une sacrée promotion, il allait accéder à un rang équivalent à celui de Paul Ezingard…

Il accéléra vigoureusement pour combler l'espace qui venait de se libérer devant lui, et prendre sa place dans la circulation dense du matin. Aussi loin qu'il pouvait voir devant et derrière lui, une file ininterrompue de voitures progressait à une allure d'escargot sur trois voies. « Bon sang, ça ne s'améliore pas », maugréa-t-il. Il tourna le bouton de sa radio à la recherche d'information trafic et dû freiner brutalement lorsqu'il releva la tête, évitant de justesse de rentrer dans le pare choc de la voiture qui le précédait. La moindre inattention pouvait se payer très cher sur le périphérique. Les voitures étaient maintenant complètement arrêtées et seules les motos continuaient de progresser prudemment entre les deux files de gauche.

Un grand laps de temps s'écoula avant qu'Antoine ne puisse réenclencher la première. L'embrayage de sa voiture émit un grincement inquiétant, tandis que l'aiguille du niveau de température commençait à se rapprocher dangereusement de la zone rouge. Il jeta un coup d'œil à l'horloge du tableau de bord et se sentit gagner par l'énervement. A cette allure, il risquait de louper l'ouverture de la bourse. Pour parer à cette éventualité, il décida de couper par le centre ville. Il donna un brusque coup de volant pour rejoindre la file de droite et se placer en bonne position pour la sortie suivante. Les voitures voisines manifestèrent leur mécontentement en klaxonnant. « Oh ça va, ça va ! », râla-t-il, conscient qu'il adoptait le même comportement que celui qu'il reprochait souvent aux autres. « Tant pis, c'est injuste, mais je dois absolument arriver avant l'ouverture » se justifia-t-il en accélérant franchement sur la sortie dégagée. Avec le brusque changement d'orientation, le soleil qui descendait sur l'horizon vint subitement l'éblouir. Tout en maintenant sa vitesse, il pénétra sur le boulevard central du centre ville et tenta maladroitement de rabattre le cache soleil d'une main. Les rues étaient relativement dégagées, il serait au bureau dans moins de dix minutes. Cette pensée lui mit un peu de baume au cœur. Quelques minutes plus tard, il pénétra effectivement dans la zone d'activité Est de la ville et traversa un dédale d'avenues rectilignes qui desservaient les entreprises.

C'est alors que son portable se mit à sonner. « Où l'ai-je donc fourré ce diable de téléphone", se demanda-t-il en retournant les revues qui encombraient le siège passager. Tout en jetant des coups d'œil furtifs sur la route, il trouva l'appareil coincé entre deux magazines. Alors que la troisième sonnerie retentissait, il le brandit triomphalement en se redressant et décrocha.

- Allo ?

- Oui, Antoine, c'est Franck. Tu es sur la route ?

- Oui, il y a des embouteillages. Que se passe-t-il ?

- Tu attendais une visite au bureau ce matin ?

- Une visite ? Non, pas que je sache…

- Bon… C'est bizarre alors.

- Et bien, explique toi, qu'est-ce qui se passe ? S'impatienta Antoine tout en restant concentré sur la route.

- Et bien, à l'accueil, je viens de croiser une jeune femme qui déclare avoir rendez-vous avec toi. Il parait que c'est très important.

- Une jeune femme ?

- Oui, tu ne te rappelles pas de ce rendez-vous ?

- Non. Comment s'appelle-t-elle ?

- Mademoiselle Lavallée. Vingt ans environ, plutôt mignonne, mais comment dire … Pas vraiment dans le style de la maison. Sans doute une admiratrice inconnue, ajouta Franck, manifestement amusé par la situation.

- Lavallée ? Je ne connais personne de ce nom, répondit Antoine en fronçant les sourcils. Ecoute Franck, de toute façon j'arrive au poste de garde, je suis là dans une minute.

- Parfait alors, on t'attend mon canard.

Comme Chloé l'avait prévu, il n'avait pas été difficile de retrouver la trace d'Antoine. Le gardien à qui elle s'était adressée l'avait tout d'abord regardée d'un air soupçonneux, mais elle avait su se montrer suffisamment sûre d'elle et assez évasive pour que ce dernier décide de coopérer. Chez CREDILIS, trois collaborateurs répondaient au prénom d'Antoine. Le premier était proche de la retraite, et les deux autres pouvaient correspondre à la description de Chloé. Le gardien avait ouvert l'annuaire interne de l'entreprise sur son micro-ordinateur et tourné l'écran vers Chloé. Immédiatement, elle avait reconnu l'homme de la falaise.

Méfiant, le gardien avait tenté de joindre Antoine Boulanger tandis que Chloé patientait sagement devant lui. L'assistante du service « Trading » sur laquelle l'appel avait été redirigé, avait indiqué qu'Antoine Boulanger n'était pas encore arrivé mais qu'il ne devrait plus tarder. Le gardien avait établi un badge au nom de Chloé puis lui avait confié un petit plan indiquant le chemin à suivre pour se rendre à pied jusqu'au bâtiment VENUS. Les véhicules des visiteurs devaient rester garer sur le parking extérieur. Casque à la main, Chloé s'était dirigée vers le bâtiment en question, impressionnée par l'architecture ultra moderne de CREDILIS. Dans le hall d'entrée du bâtiment, un agréable espace avait été aménagé pour accueillir les visiteurs. De confortables fauteuils avaient été disposés autour d'une table basse ainsi qu'une fontaine d'eau et un distributeur de boissons. Des dépliants vantant les produits financiers de CREDILIS étaient à disposition du public sur un meuble en colonne, et pour couronner le tout, un aquarium, impressionnant par sa taille, était incrusté dans le mur principal, en face des couloirs d'accès aux différents services. Chloé s'était demandée en le voyant, si une personne avait été spécialement recrutée pour son entretien

Alors qu'elle attendait l'arrivée d'Antoine en observant les poissons exotiques, un type costaud était passé, une cafetière vide à la main. Après l'avoir empli d'eau dans le bloc sanitaire, il lui avait demandé si la personne avec qui elle avait rendez vous avait été prévenue. En entendant le nom d'Antoine Boulanger, le visage du colosse s'était éclairé : cela tombait bien, il connaissait Antoine et s'était proposé de l'appeler sur son portable.

Lorsqu'Antoine pénétra à son tour dans le bâtiment VENUS, Franck était revenu auprès de Chloé pour lui annoncer l'arrivée imminente de son rendez vous. Leurs regards se croisèrent et Antoine reconnut immédiatement la fille au blouson noir. Un sourire lumineux s'afficha sur le visage de la jeune femme tandis que la perplexité submergeait Antoine : « La fille rencontrée sur la falaise ! Pourquoi était-elle ici ? Comment l'avait elle trouvé ? Et surtout, que voulait elle en venant le rencontrer ?

Alors qu'ils faisaient chacun un pas dans la direction de l'autre, un évènement inattendu et soudain interrompit le cours des pensées d'Antoine. Sans signe avant-coureur, la jeune femme s'effondra aux pieds de Franck. Pris de court, les deux hommes, se précipitèrent sur elle dans un geste réflexe mais n'eurent pas le temps de la rattraper. La tête de Chloé heurta violemment le bord de la table basse.

Inquiets, Antoine et Franck s'accroupirent pour lui venir en aide. Antoine glissa délicatement la main sous sa tête pour lui éviter le contact froid du carrelage, mais déjà la jeune femme semblait revenir à elle. Elle fronça les sourcils et jeta un coup d'œil à droite et à gauche avant que son regard ne se pose sur le visage d'Antoine, tout proche du sien. A nouveau, un sourire éclatant éclaira sa frimousse picorée de tâches de rousseur :

- Antoine... Comme je suis heureuse de vous voir, murmura-t-elle.

Franck lorgna Antoine, accroupi à ses côtés. Il ne lui avait jamais parlé de cette fille auparavant… Antoine gardait le silence, tout à la fois soucieux et décontenancé. Il ne savait pas comment interpréter la joie manifeste de la jeune femme.

- Dites donc, vous pouvez vous vanter de nous avoir fait peur, vous vous êtes fait mal ? demanda Franck

- Non, je… Je ne crois pas.

- Vous avez fait un malaise. Comment vous sentez-vous maintenant ? Ajouta-t-il.

- Ça va mieux, merci, répondit Chloé sans quitter Antoine des yeux, comme si elle voulait vérifier qu'elle n'était pas en proie à une hallucination.

Un peu gêné par le regard insistant de la jeune femme, Antoine jeta une œillade à Franck qui manifestement s'interrogeait sur cette situation.

- C'est vrai que vous nous avez fait peur... Cela vous arrive souvent de vous évanouir de cette façon ? dit Antoine pour rompre la tension.

- Parfois... Mais cela ne dure jamais très longtemps, répondit Chloé en se redressant.

- Attention, ne vous relevez pas trop rapidement, intervint Antoine.

- Voulez vous que j'aille vous chercher un verre d'eau ? demanda Franck

La jeune femme accepta et se releva. Des employés de CREDILIS, attirés par le vacarme s'étaient approchés pour rendre service ou par curiosité. Ils se firent gentiment mais fermement éconduire par Franck qui déclara que tout allait bien et qu'il était nécessaire de laisser un peu d'air à la jeune femme. Une fois debout, Chloé s'inspecta rapidement tout en frottant ses vêtements. Sa silhouette était fine et gracieuse, son jean était légèrement éraflé sur la cuisse, mais ce n'était pas dû à sa chute.

Antoine scruta à nouveau le visage de Chloé et se sentit happé par le regard vert et pénétrant, rehaussé par des sourcils finement dessinés. Un lien invisible le reliait à cette jeune femme. En lui sauvant la vie, elle avait changé de façon décisive le cours de son destin et cela, ils étaient les seuls à le savoir. Franck était un être suffisamment sensible pour percevoir ce genre de chose ; embarrassé il rompit à nouveau le silence pesant :

- Vous auriez pu vous blesser... Vous êtes certaine que tout va bien ?

- Oui, merci. Ne vous inquiétez pas, j'en serai sans doute quitte pour quelques bleus, déclara t'elle.

C'est à ce moment qu'Antoine remarqua un mince filet de sang qui s'écoulait sur le front de la jeune femme, sous les boucles de cheveux auburn.

- Mais vous saignez à la tête ! Laissez-moi regarder, dit Antoine. Il écarta délicatement les mèches et découvrit une plaie d'environ deux centimètres à la racine des cheveux.

- Vous avez raison répondit la jeune femme, tâtonnant son front.

- C'est sans doute lorsque vous avez heurté cette table, expliqua Franck en pointant de son gros doigt l'objet incriminé. Vous devriez faire examiner cette blessure.

- Venez, je vais vous emmener aux urgences, il faut vous faire recoudre cette plaie, poursuivit Antoine.

- Aux urgences ? N'y comptez pas, répondit-elle en se rembrunissant, je déteste les hôpitaux.

- Écoutez-moi, coupa Antoine retrouvant un peu d'assurance, la plaie est suffisamment profonde pour que vous soyez examinée par un médecin.

- Vous devez bien avoir une pharmacie, avec un peu de désinfectant et un pansement…

- Pas question, cette blessure nécessite des points de suture, c'est certain… Et puis l'hôpital est à cinq minutes en voiture.

- Il a raison, ajouta Franck, d'ailleurs, on ne vous laissera pas repartir dans cet état, on pourrait être accusés de non assistance à personne en danger !

La mine boudeuse, Chloé médita un instant la proposition. Avec son blouson noir, son jean percé, et le sang qui avait coulé sur son front elle avait l'air d'une vraie sauvageonne. Elle observa les deux hommes. Ils semblaient déterminés et en parfait accord. Après tout, pourquoi pas ? Si Antoine l'emmenait à l'hôpital, cela lui donnerait l'occasion de discuter avec lui. Son visage s'éclaira à nouveau :

- OK, je suis d'accord pour que vous m'emmeniez à l'hôpital

- Nous allons prendre ma voiture, dit Antoine. Tu peux expliquer au chef que j'ai eu une urgence, Franck ?

- Compte sur moi, mon vieux. Et… euh, tu m'appelles, hein ? Ajouta Franck alors qu'Antoine et Chloé franchissaient déjà le sas d'entrée.

Le CHR se trouvait à l'extérieur de la ville, non loin de la zone d'activité économique dans laquelle était implanté CREDILIS. Ils y seraient en une dizaine de minutes tout au plus. Antoine, passa la troisième, accéléra, et jeta un coup d'œil à sa passagère.

- Regardez dans la boite à gants, il doit y avoir des mouchoirs en papier.

Sans un mot, la jeune femme ouvrit la boite à gants et épongea le sang qui avait coulé sur sa joue tout en regardant défiler le paysage. Ils quittèrent le centre ville et gagnèrent la voie rapide. Antoine montra du regard un panneau indiquant le CHR deux sorties plus loin. « Nous y serons dans cinq minutes dit-il en poussant la quatrième et en se faufilant entre les voitures." Sa passagère l'observa un instant puis s'adressa à lui :

- Antoine, je suis désolée de perturber ainsi votre matinée.

Il l'examina. Elle était tournée vers lui et semblait l'observer attentivement. Il fut confondu par le charmant sourire qui s'affichait sur son visage.

- Ne vous en faites pas, dit il en levant un peu le pied, après tout, je vous dois bien ça après ce que vous avez fait pour moi l'autre jour. Il lui rendit son sourire et ralentit franchement. Il laissa passer quelques secondes et continua : « Dites moi Chloé, comment se fait il que vous vous soyez trouvée chez CREDILIS ce matin ? »
- Je voulais vous voir…
- Me voir, mais pour quelle raison ?
- Et bien, à vrai dire, c'est un peu compliqué à expliquer.
- Ah bon ?
- Si je vous explique, vous me promettez de ne pas me traiter de folle ?
- Là, vous m'intriguez franchement …

La jeune femme le jaugea un instant, puis se réinstalla confortablement dans le siège, face à la route. A un moment où à un autre, il faudrait de toute façon qu'elle aborde le sujet.

- Est-ce que vous croyez au surnaturel, Antoine ?

- Au surnaturel ? Heu… Quel genre de surnaturel ?

- Et bien des trucs comme la voyance, ou les rêves prémonitoires par exemple.

- Je suis plutôt du genre rationnel, voyez vous, répondit Antoine en lui jetant un coup d'œil.

- J'en étais sûre, dit Chloé avec une pointe de déception.

- Mais je suis aussi quelqu'un d'assez ouvert, et je suis prêt à vous écouter si vous voulez bien m'en dire plus, ajouta t'il, en se concentrant sur la direction à prendre.

Chloé fit une pause car ils venaient de pénétrer dans l'enceinte du Centre Hospitalier Régional. Celui-ci avait la taille d'une véritable petite ville, semblable à un immense campus universitaire. D'imposants bâtiments aux façades grises se succédaient avec monotonie, abritant un concentré de la détresse humaine. Un panneau annonça les urgences gynécologiques.

- Ce n'est pas là, crût bon de préciser Antoine à Chloé.

- Vous en êtes sûr ? Lui demanda-t-elle sur un ton moqueur.

Ils dépassèrent les urgences cardiologiques et débouchèrent enfin sur un édifice blanc qui assurait l'admission des urgences. Le parking adjacent était bondé de voitures et Antoine décida de se garer sur le bas coté, laissant le vieux break déborder de moitié sur la chaussée.

Ils traversèrent un sas et pénétrèrent dans une salle austère dans laquelle déambulait une foule bigarrée composée de jeunes, de vieux, de femmes et d'hommes. Certains étaient seuls alors que d'autres étaient entourés de leurs proches. Antoine dépassa un homme en tenue de course à pied, assis sur une chaise roulante et s'approcha du comptoir d'accueil.

- c'est pour une urgence, expliqua-t-il

- remplissez ce questionnaire, répondit la dame de l'accueil en lui tendant une fiche sans même le regarder.

Antoine considéra le formulaire, on y demandait des renseignements concernant la personne à prendre en charge. Il se demanda si dans le cas d'urgences graves, ces formalités administratives étaient également exigées ; dans l'affirmative, cela devait parfois réduire considérablement les chances de survie ! Il espéra en son for intérieur qu'il n'aurait jamais besoin de recourir aux services d'urgences pour un cas gravissime, surtout s'il était inconscient et emmené par un inconnu ignorant tout de son identité. Dans de telles conditions, peut être le laisserait-on mourir misérablement sur une chaise, à moins que dans un dernier accès de conscience, il ne parvienne à épeler son nom. Antoine chassa ces idées lugubres de son esprit et s'écarta du comptoir d'accueil. Ils repérèrent deux chaises inoccupées le long des murs et s'y installèrent. Antoine sortit un stylo de sa veste :

- Je vais être indiscret et vous demander votre nom, adresse, profession, et antécédents médicaux…

- Vous savez, il y a des moyens plus simples pour rencontrer les jeunes filles plaisanta Chloé en lui adressant un ravissant sourire.

Chloé Lavallée avait vingt et un ans, travaillait depuis un an dans une pizzeria et habitait le centre ville. Elle ne déclara aucun antécédent médical et précisa qu'elle se rendait aux urgences pour soigner une plaie au front. Satisfait, Antoine rendit le questionnaire à la dame de l'accueil et retourna s'asseoir près de Chloé. Celle-ci observait le manège des urgentistes en silence.

Il n'y avait plus qu'à attendre qu'un médecin vienne les chercher. Autour d'eux, les autres visiteurs involontaires du service d'urgence faisaient de même. Une infirmière vint s'adresser à un jeune homme en costume cravate, qui était assis seul dans le coin de la salle. Son pied gauche était complètement découvert et semblait douloureux.

- Voilà ce qui arrive lorsque l'on veut partir trop vite en week-end, le sermonna-t-elle.

Elle lui proposa qu'on l'emmène sur une chaise roulante. Le jeune homme refusa dans un premier temps, mais se ravisa après avoir tenté quelques pas à cloche pied en suivant l'infirmière.

Une femme vêtue de blanc passa dans le couloir en poussant un brancard. Après l'avoir placé à proximité de la porte qui donnait sur la salle d'attente, elle repartit dans la direction par laquelle elle était venue. Le brancard était occupé par une personne dont on ne voyait dépasser que les pieds, et qui commença bientôt à appeler d'une voix faible et plaintive : « Madaammme ... Madaamme »

Chloé releva la tête. Elle n'aurait pas su dire s'il s'agissait d'un homme ou d'une dame. Il s'agissait par contre à coup sûr d'une personne âgée qui souffrait. Une autre infirmière passa furtivement par l'entrebâillement de la porte et repartit sans même jeter un coup d'œil au brancard. Les plaintes qui s'étaient tues un instant, reprirent de plus belle : « Maaadammme... Maadammme ... » La personne semblait appeler à l'aide. Une nouvelle infirmière entra dans la salle d'attente, ignorant également les appels, et se dirigea tout droit vers une dame coiffée d'un pansement qui lui faisait comme un turban sur la tête. C'en était trop pour Chloé qui se leva et l'interpella :

- Mais à la fin, allez-vous vous occuper de cette personne dans le couloir ! Dans la salle, tous les regards se levèrent vers Chloé.

- Calmez-vous, mademoiselle, répondit l'infirmière, calmez-vous. Nous savons parfaitement ce que nous devons faire. Antoine s'était levé et tentait de tempérer Chloé, qui attaqua de plus belle :

- Vous savez peut-être ce que vous avez à faire, mais ce que je sais, moi, c'est qu'une personne à besoin d'aide dans le couloir et que personne n'y prête attention !

Une seconde infirmière attirée par le chahut arriva à la rescousse de sa collègue. Elle était plus âgée et parlait d'une voix douce.

- Rassurez-vous mademoiselle, nous allons prendre en charge cette dame. Elle s'adressa à sa collègue « Rachel, veux tu t'occuper d'elle tout de suite s'il te plait ». Vexée, cette dernière tourna les talons et repartit en poussant le brancard vers une destination inconnue. La seconde infirmière se retourna vers Chloé et Antoine : Je vais vous demander de bien vouloir m'accompagner chez le docteur Coste, s'il-vous-plait.

Ils lui emboîtèrent le pas sous le regard morne de l'assemblée pansée et claudicante.

Chloé était assise sur un tabouret. Un médecin en blouse blanche et aux tempes grisonnantes l'examinait, écartant délicatement les mèches de cheveux agglomérées par le sang séché.

- Ce n'est pas bien méchant, expliqua-t-il, mais cela nécessite tout de même deux ou trois points de suture. Comment vous êtes vous fait cette blessure ?

- Une chute, se contenta de répondre Chloé. Antoine, debout sur le coté, toussota légèrement.

- Comment est-ce arrivé ?

- J'ai eu un étourdissement. Le médecin se redressa et regarda Chloé :

- Vous voulez dire que vous vous êtes évanouie ?

- Oui, on peut dire ça.

- Et combien de temps êtes-vous restée inconsciente ?

- Juste quelques secondes je crois, répondit Chloé en lançant un regard vers Antoine qui acquiesça.

- Cela vous arrive souvent ?

- Non, pas très souvent… Mais j'ai parfois des douleurs assez violentes dans la tête.

- Et vous avez consulté un médecin ?

- Pas encore, précisa Chloé en suivant du regard les gestes du médecin. Celui-ci roula sur son tabouret en direction d'une tablette jonchée d'ustensiles médicaux et de flacons.

- En tout cas, vous avez eu de la chance, déclara-t-il, La plaie se situe à la racine des cheveux, la cicatrice ne sera pas apparente.

Chloé observa en silence le médecin enfiler des gants stériles et s'emparer d'un flacon de Bétadine. Antoine déboutonna un bouton du col de sa chemise, en proie à une soudaine bouffée de chaleur. En pratiquant par tamponnements réguliers, le médecin désinfecta la blessure et diminua les petites hémorragies qui étaient apparues entre les berges de la plaie. Antoine fronça les sourcils et fit la grimace en souvenir des désinfections à l'alcool qu'il subissait lorsqu'il était gamin. Le médecin saisit ensuite une petite seringue équipée d'une aiguille fine. « Je vais vous faire des petites injection de Xylocaïne. C'est un anesthésiant local, vous ne sentirez pas les points de suture » précisa t'il en se penchant sur le front de Chloé. Antoine, hypnotisé par le spectacle, était devenu très blanc. Des fourmillements lui chatouillaient les jambes et des petits points noirs apparurent dans son champ de vision. Le médecin monta ensuite un fil sur une aiguille et s'appliqua à refermer la plaie.

Chloé, parfaitement immobile suivait avec attention les gestes précis du médecin, émerveillée de constater à quelle vitesse l'anesthésiant avait fait effet. Antoine, livide tenta de bredouiller un mot puis s'écroula dans un grand fracas, entraînant dans sa chute tous les instruments posés sur la tablette.

- Allons bon, dit le médecin en interrompant son geste, vous auriez dû me prévenir que votre ami ne supportait pas la vue du sang.

Atterrée, Chloé regarda alternativement Antoine gisant par terre, puis le médecin qui venait de reposer précipitamment son matériel.

- A vrai dire, je ne le savais pas, s'excusa Chloé

On emmena Antoine dans une autre pièce pour qu'il reprenne peu à peu ses esprits et le médecin termina de recoudre la plaie de Chloé.

- Voila, c'est terminé, commenta-t-il. J'ai utilisé un fil résorbable qui se désagrègera spontanément d'ici quelques jours. Dans vingt quatre heures, vous pourrez nettoyer la plaie avec un produit que je vais vous prescrire. Il s'agit de prévenir l'infection, expliqua-t-il en retournant vers son bureau. Il griffonna une ordonnance qu'il tendit à Chloé et lui proposa de passer une radio de la tête.

- Une radio de la tête ? Mais je me sens tout à fait bien protesta Chloé

- Sans doute, mais vous avez eu un sérieux choc, et nous devons nous assurer que vous n'avez aucun traumatisme crânien. Ne vous inquiétez pas, ce ne sera pas long, répondit-il sur un ton qui ne laissait place à aucune objection.

Chloé soupira et fut conduite vers la salle de radiologie. Les clichés furent pris et on l'invita à retourner patienter en salle d'attente, le temps pour le médecin d'interpréter les radiographies. Elle balaya du regard l'ensemble de la pièce, cherchant à repérer Antoine. De nouveaux arrivants avaient déjà pris place sur les chaises, observant le bal incessant des infirmières et attendant impatiemment le moment où on allait enfin s'occuper d'eux. Une jeune femme complètement ivre donnait du fil à retordre au personnel de l'hôpital. Refusant absolument de s'asseoir, elle faisait le tour de l'assistance, s'arrêtait devant chaque personne et la dévisageait longuement avant de tenter une conversation. Chloé avait une envie grandissante de quitter ce lieu. Depuis son enfance, elle ne supportait plus les hôpitaux. Antoine n'était pas revenu.

« Tant pis, se dit Chloé, mais je ne reste pas une minute de plus dans cet endroit » Elle consulta sa montre. Elle allait être en retard pour sa prise de service au restaurant et le patron serait encore de mauvais poil ! Par chance, le réseau de bus de l'agglomération desservait le CHR ; heureusement car celui-ci était relativement éloigné du centre ville et à pied, cela faisait un sacré bout de chemin. Elle se leva, franchit le couloir d'admission des urgences et sortit du bâtiment au moment où un camion de pompiers arrivait en trombe.

Quelques minutes plus tard, Antoine pénétra à son tour dans la salle d'admission des urgences. Selon l'infirmière qui venait de lui prendre la tension, Chloé y attendait les résultats de ses radios. Après quelques minutes, il dut se rendre à l'évidence : Chloé ne l'avait pas attendu. Il fut surpris d'en éprouver une déception assez vive. Il regagna le parking. Dans le lointain, des sirènes continuaient de troubler la rumeur incessante de la circulation du périphérique. L'activité des urgences n'allait malheureusement pas faire de pause. Après les accidents de bricolage du week-end, ceux de la circulation dans la nuit du samedi au dimanche, au retour des discothèques, puis les suicides vers 3 ou 4 heures du matin au moment où l'être humain semble plus fragile psychologiquement, et enfin les malaises cardio-vasculaires que l'on découvre au réveil, les professionnels de l'urgence ne chômaient pas. Ils étaient rompus à ce genre de situation et connaissaient parfaitement le rythme cyclique des drames quotidiens.

Antoine s'approcha de son véhicule et remarqua une feuille de papier pliée et coincée sous son rétroviseur. Il la prit et la déplia :

Cher Antoine,

Je ne vous ai pas attendu, mais comme je vous l'ai dit, j'ai horreur des hôpitaux. J'espère que vous ne m'en voudrez pas trop... En tout cas, merci pour votre gentillesse,

Chloé

PS : J'ai quelque chose de très important à vous dire. Je vous contacte très bientôt.

Un sourire aux lèvres, Antoine glissa la mince feuille de papier dans la poche de sa veste et s'installa aux commandes du break. Sur le tableau de bord, la pendule indiquait qu'il était bientôt onze heures. Il avait très largement loupé l'ouverture de la bourse de Paris et Paul Ezingard devait être vert de rage. En même temps que tout le stress accumulé durant ce début de matinée s'évacuait, il se sentit soudain terriblement fatigué. La journée allait encore être longue. Un gargouillis dans son estomac rappela à Antoine qu'il n'avait rien avalé depuis 7 heures. « Encore une journée qui démarre fort » songea-t-il en démarrant le moteur.

Installé face à son écran, le docteur Coste cliqua sur une icône pour accéder au dossier de Chloé Lavallée. Depuis son ordinateur relié au réseau, il pouvait examiner directement les clichés obtenus grâce au faisceau de rayons X en salle de radiologie.

Sur une première image, il étudia les structures osseuses du crâne ; ces dernières, beaucoup plus denses que le cerveau apparaissaient également nettement plus blanches à l'écran. « Parfait, se dit-il, nous avons évité une pathologie traumatique » Il allait passer au second cliché, lorsque son attention fut attirée par un détail dans la zone plus sombre de l'image. Il s'approcha un peu plus de l'écran et plissa les yeux pour mieux distinguer les différents niveaux de gris. La radiologie standard était peu adaptée à l'exploration des parties molles du corps telles que les muscles, les tendons, les organes abdominaux ou le cerveau. Cependant, avec une certaine habitude, la lecture de ce type de clichés pouvait soulever certaines suspicions qu'il était ensuite nécessaire de confirmer par d'autres moyens, comme le scanner ou l'imagerie par résonance magnétique. Le docteur Coste prit une profonde inspiration et fit défiler lentement les cinq autres clichés disponibles sur le dossier. Il se redressa un instant, en fronçant les sourcils, puis décrocha son téléphone pour joindre une infirmière : « ici le Docteur Coste, pouvez-vous faire venir Mademoiselle Lavallée s'il vous plait ? Elle a été admise aux urgences en début de matinée ». Il raccrocha et demeura pensif, attendant qu'on lui amène la jeune patiente. Le téléphone sonna.

- Docteur Coste ?

- Oui

- Mademoiselle Lavallée est repartie sans attendre les résultats… Mais nous avons ses coordonnées sur la fiche de renseignement. Voulez-vous que nous l'appelions ?

- Oui, s'il vous plait. Donnez-lui mes coordonnées et dites lui de me rappeler, j'aimerais procéder à un examen complémentaire. Précisa le médecin avant de raccrocher.

A nouveau, le docteur Coste considéra l'image affichée sur son écran. Les clichés radio n'étaient pas suffisamment précis pour établir un diagnostic définitif… Peut être se trompait-il tout simplement. A ce moment, on frappa à sa porte. Il nota rapidement le « Melle Lavallée » sur un Post-It, referma la fenêtre sur son écran et invita son visiteur à entrer.

Les yeux rivés sur l'écran de son ordinateur, Antoine repassait en boucle la liste des valeurs boursières. C'était à n'y plus rien comprendre. La crise avait sérieusement entamé la confiance des investisseurs, et ceux-ci prenaient leurs bénéfices dès qu'ils avaient gagné deux ou trois pourcents sur leur portefeuille. Aussitôt imités par les petits actionnaires, les requins de la finance voyaient alors la valeur des actions dégringoler et perdre dans la journée ce qu'elles avaient gagné la veille sous l'effet boule de neige des ventes. Les propos rassurants du gouvernement selon lesquels aucune banque française ne ferait faillite n'avaient pas rassuré les investisseurs ; tout au plus, cela avait empêché qu'un vent de panique conduise les particuliers à aller alimenter d'interminables queues devant les guichets des banques dans l'espoir de retirer leur argent. Ainsi, le spectre de la grande crise de 1929 semblait écarté, mais l'avenir restait incertain et il en résultait que les marchés financiers mondiaux étaient pris dans un incessant mouvement de yoyo.

Antoine soupira. Difficile d'établir une stratégie rationnelle d'achat et de vente dans de telles conditions. Il jeta un coup d'œil à la cantonade et constata à leurs visages soucieux, que ses collègues étaient au moins aussi désemparés que lui. Bon sang, bientôt il serait leur responsable et devrait trouver les mots pour les motiver malgré ce contexte morose. En serait-il capable ? Apparemment Edouard Delabrigode lui faisait pleinement confiance, mais cela ne le rassurait pas complètement pour autant. A propos de la famille Delabrigode, il ne fallait d'ailleurs pas qu'il oublie son rendez vous avec Eugénie. Il regarda sa montre. Déjà 19 heures. Il avait convenu de passer la prendre chez elle vers vingt heures trente. Il ne fallait plus tarder s'il voulait prendre le temps de faire un saut chez lui, histoire de se rafraîchir un peu. Il se déconnecta du réseau, un peu énervé par cette journée contre productive et nota sur un bout de papier ses observations ainsi que les premières valeurs qui, de son point de vue, mériteraient un coup d'œil attentif le lendemain à l'ouverture de la bourse.

Dès que son service de mi-journée fût terminé, Chloé quitta le Rapido-Pizz avec une seule idée en tête : trouver l'adresse d'Antoine. Maintenant qu'elle connaissait son nom de famille, cela serait un jeu d'enfant. Elle ouvrit le clapet de son téléphone portable pour appeler les renseignements et constata qu'elle avait reçu un appel en absence et un nouveau message. Le patron ne supportait pas d'entendre une sonnerie de téléphone portable dans son restaurant, aussi prenait-elle la précaution de le mettre en mode silence dès qu'elle prenait son service.

Elle appuya sur la touche « message » pour en prendre connaissance mais la voix de l'opérateur fut interrompue au moment où on lui indiquait l'heure de dépôt du message.

« Maudit portable, toujours en rade lorsqu'on a besoin de lui ! » Chloé referma le clapet de son téléphone et le glissa dans son sac. La batterie était complètement déchargée. Comme il n'était que 16h et que son service ne reprenait qu'à 19h, elle décida de se rendre à pied à la médiathèque. Là, elle pourrait consulter les pages jaunes sur Internet et trouver l'adresse d'Antoine. S'il n'habitait pas trop loin du Rapido-pizz, elle pourrait tenter de se rendre chez lui. Avec un peu de chance, elle aurait le temps de le croiser s'il rentrait suffisamment tôt du travail.

Vers 18h, Franck embrassa Annick sur le seuil de sa porte. « Juste un aller-retour » précisa-t-il. Il s'accroupit pour faire face à la petite Marie-Charlotte qui s'agrippait fermement à son jean pour le retenir. « Papa doit rendre visite à son grand copain Antoine, expliqua-t-il, je ne serai pas long ma grenouille ». Il déposa un bisou sur le front de la petite fille, puis encore un autre sur les lèvres de sa femme et se dirigea vers le Kangoo familial garé sur le chemin.

Sur le siège passager, il déposa un panier de fruits et de légumes, un gâteau au chocolat préparé par Annick, ainsi qu'une douzaine d'œufs pondus par les poules qu'il élevait lui-même dans le fond de leur vaste jardin.

Le Kangoo tangua furieusement sur le chemin défoncé par les ornières, puis bifurqua sur une petite départementale qui serpentait au milieu des champs de blé et de luzerne. Le village dans lequel ils habitaient était à un quart d'heure environ de la ville. Les œufs et le gâteau n'étaient qu'un prétexte pour rendre visite à Antoine. Durant toute la journée, Franck avait cherché à le joindre en vain. Le service trading était en pleine effervescence et Paul Ezingard n'acceptait pas que ses collaborateurs soient distraits dans leur activité.

Et puis il y avait cette fille qui s'était pointée ce matin au travail, déterminée à rencontrer Antoine. Qui était-elle ? Antoine ne lui en avait jamais parlé... Voilà qu'il se mettait à lui faire des cachoteries maintenant ? Et puis Franck avait aussi envie de voir Antoine pour parler du boulot et de l'orientation commerciale imposée par Paul Ezingard. La politique de leur directeur commercial lui convenait de moins en moins, mais était-il en position de la contester ? En proie à toutes ses questions, il avait prétexté un rendez vous chez le dentiste pour s'éclipser plut tôt du bureau et rejoindre sa petite famille. Plus que jamais, il avait besoin de leur présence en ce moment.

Lorsqu'il se gara sur le trottoir faisant face à la maison d'Antoine, il était dix huit heures trente, une heure où Antoine était rarement chez lui, mais il pourrait l'attendre tranquillement en écoutant la radio. Ce n'est que lorsqu'il eut éteint le moteur de sa voiture qu'il l'aperçut. Elle était assise sur le seuil de la maison d'Antoine, adossée au mur de brique, et absorbée dans la lecture d'un livre. Incroyable, la fille de ce matin ! Un énorme collier africain pendait à son cou et tombait sur les motifs multicolores d'un pull léger. A ses poignets, une kyrielle de bracelets bariolés cliquetait lorsqu'elle tournait les pages. Deux pieds nus, échappés de sandales légères, appuyaient leurs fines articulations sur le chambranle de la porte. Il hésita un instant, puis décida de s'approcher. Deux yeux clairs apparurent sous les boucles courtes de ses cheveux. Une onde d'espoir passa furtivement dans le regard menthe à l'eau de la jeune fille avant de s'évanouir.

- Ah, C'est vous…

- Euh, oui… Désolé de vous décevoir, ne put s'empêcher de répondre Franck

- Excusez-moi, je ne voulais pas me montrer désagréable, d'autant que je n'ai pas eu le temps de vous remercier tout à l'heure.

- Bah, il n'y a pas de quoi… Et vous, votre blessure, ça va ? Chloé effleura les points de suture de son front en fronçant la ligne délicate de ses sourcils, comme si elle avait totalement oublié l'incident.

- Ça ? Oh oui, pas de problème. Ils m'ont juste recousue la plaie, indiqua Chloé en rabattant une mèche de cheveux.

- Tant mieux…

La jeune femme examina Franck, planté en face d'elle, les bras encombrés de victuailles manifestement destinées à Antoine, et ne sachant pas trop par quel bout poursuivre la conversation.

- Vous êtes un ami d'Antoine ? Enfin, je veux dire vous êtes plus qu'un simple collègue pour lui ? S'enquit-elle

- Oui… On est ce qu'on peut appeler de "vieux copains"… Et vous, vous le connaissez depuis longtemps ?

- Un peu moins d'une semaine.

- Ah...

- Oui, mais nous sommes sans doute destinés à devenir amis rapidement… Savez-vous à quelle heure il doit rentrer ?

- Hum… Il ne devrait plus tarder maintenant.

- Vous pensez qu'il sera là avant 19 h ?

- Difficile à dire…

- Est-ce que vous avez votre téléphone ?

- Heu … non, répondit Franck en se tapotant les poches, j'ai dû le laisser à la maison

- Dommage, nous aurions pu l'appeler, commenta Chloé

Franck fronça les sourcils, s'interrogeant sur la présence de la jeune femme sur le seuil de la maison d'Antoine. Imperturbable, la jeune femme s'était déjà replongée dans la lecture de son bouquin, visiblement décidée à patienter jusqu'à l'arrivée d'Antoine. « Antoine me fait des cachotteries, pensa Franck, Qu'il rencontre des jeunes femmes, c'est très bien, mais il pourrait au moins se confier à son meilleur pote » Il se dandina d'un pied sur l'autre, ne sachant pas trop ce qu'il devait faire : attendre là, patienter quelques minutes dans la voiture, ou repartir ? Il ne savait pas dans combien de temps Antoine allait arriver. De plus Annick et les enfants l'attendaient. Il avait promis de faire juste un aller retour et d'être au rendez-vous pour l'histoire du soir. Clara, Louis et même la petite dernière étaient très attachés à cette tradition familiale. Il tenta de reprendre la conversation :

- Hum… qu'est ce que vous lisez ?

- Harold et Maud. Vous connaissez ? répondit la jeune femme avec un large sourire.

- Non, c'est bien ?

- Bien ? C'est plus que ça ! C'est magnifique, un vrai bonheur, un bouquin qui vous donne une pêche d'enfer… Cela fait au moins la cinquième fois que je le lis, ajouta-t-elle avec enthousiasme.

- Cinq fois ? Nom d'un chien, heureusement qu'il n'est pas très épais ! répondit Franck pour qui la lecture avait toujours été synonyme de corvée. Et ça parle de quoi ?

Chloé referma le livre, comme pour mieux lui répondre. Ses yeux rêveurs semblaient fixer un point au-delà des toits qui bouchaient l'horizon.

- En fait, cela raconte une histoire d'amour…

- Ouais, un truc classique, quoi.

- Pas si classique que ça, non. C'est une histoire d'amour entre un jeune homme de vingt ans, et une dame de quatre vingt ans.

- Quatre vingts ans ? S'estomaqua Franck, en faisant une grimace

- Oui, c'est formidable, n'est ce pas ? Jubila Chloé, sans se départir de son sourire. Franck la considéra un instant comme s'il contemplait une extra terrestre.

- Formidable ? C'est écœurant, vous voulez dire !

- Comment pouvez-vous être aussi affirmatif sans avoir lu ce livre?

- Quatre vingts ans ! Vous vous rendez compte ? Vous pourriez vous imaginez, vous, avec un vieillard qui a quatre fois votre âge ?

- Pourquoi pas, si je suis amoureuse…

- Ah ça non, c'est contre nature, fustigea-t-il.

- Vous n'êtes décidemment pas très romantique. Mais cela ne m'étonne pas.

- Comment ça ?

- Les hommes sont généralement matérialistes, plus sensibles à l'aspect des choses qu'à leur essence. Vous êtes davantage séduit par la puissance ou par le look d'une voiture, que par les services qu'elle est supposée vous rendre. Et ne me dites pas que la première chose qui vous émeut chez une femme c'est sa personnalité. Je ne vous croirais pas. Vous attachez beaucoup plus d'importance à l'apparence, qu'à la beauté intérieure. Les choses sont ainsi faites, on n'y peut rien, ni vous ni moi.

- Oh là, oh là, c'est une leçon de moral ou un cours de philosophie là ou quoi ?

- Vous ne voulez pas vous asseoir ?

- Comment ?

- Je vous fais une place, si vous voulez, vous n'allez pas rester planté là toute la soirée, ajouta-t-elle, espiègle.

- On m'attend, je vais devoir y aller, bougonna t-il en jetant un coup d'œil à sa montre.

Chloé observa le colosse et tous les sacs qu'il tenait à la main.

- Vous deviez déposer quelque chose à Antoine ? demanda t'elle gentiment, voulez-vous que je lui remette de votre part ?

- Vous feriez ça ? marmonna-t-il. Un sourire radieux devança la réponse :

- Bien sûr que je peux vous rendre ce service.

- Et s'il rentre très tard ?

- Je peux encore attendre un peu. Sinon je reviens demain.

- Alors, OK ! Faites gaffe, il y a des œufs, c'est fragile, dit-il en tendant ses sachets.

- C'est de la part de … Je ne connais pas votre prénom ?

- Franck. Il en connaît pas trente six.

- Ça marche Franck, je lui passerai de votre part, fit-elle en déposant le sac près d'elle.

- Bon, ben, à un de ces jours peut être

- Oui, à bientôt Franck, passez une bonne soirée !

Il s'éloigna en secouant la tête. « Bon sang ! Comment Antoine s'y était-il pris pour dégoter un tel phénomène ? »

Les choses semblaient bouger pour lui. D'abord la fille Delabrigode que son père lui avait pratiquement promise en mariage, et puis cette fille au look pas possible, qui sortait de nulle part. «Certainement une intello ! » Se dit-il. Il s'approcha du Kangoo, ouvrit la portière et ne put résister à l'envie d'avoir le dernier mot :

- N'empêche, vous ne devriez pas lire des trucs pareils, ça va vous détraquer le ciboulot ! Lança-t-il avant de s'engouffrer dans la voiture.

- Merci du conseil ! Lui répondit aimablement Chloé avec un petit signe de la main.

Franck pénétra dans sa voiture, démarra et passa devant elle en secouant à nouveau la tête.

Un bruit de casserole précéda le vieux break lorsqu'Antoine tourna dans sa ruelle, cherchant du regard une place de stationnement. Il en trouva une à quelques mètres seulement de l'entrée de son domicile. Il eut à peine le temps de se garer et de couper le contact qu'un visage apparut à la hauteur de sa vitre. Il sursauta sous l'effet de la surprise et reconnut aussitôt le sourire et les yeux en amande de la jeune fille qu'il avait menée à l'hôpital le matin même. Comme il était inutile de tenter d'ouvrir la portière du coté conducteur, il baissa sa vitre dans un couinement indicible. Chloé pencha la tête vers Antoine :

- Est ce que vous avez cinq minutes à m'accorder ? demanda t'elle sur un ton d'urgence.

- Heu, oui…

- Ne bougez pas, j'arrive !

- Mais c'est-à-dire que …

Il n'eut pas le temps de terminer sa phrase que Chloé avait déjà fait le tour de la voiture et pénétrait dans l'habitacle.

- Je suis super à la bourre !

- Ça se voit, commenta Antoine

- Je dois être au Rapido-pizz dans cinq minutes, expliqua t'elle en repoussant une pile de classeurs et de mallettes.

- Ah oui, c'est ce restaurant où vous travaillez …

- C'est grâce à ces mallettes que j'ai retrouvé votre trace, continua Chloé avec un large sourire.

De son coté, Antoine tentait de faire rapidement le point dans sa tête. Eugénie Delabrigode l'attendait pour une soirée au restaurant dans moins d'une heure, et pour la troisième fois en quelques jours, cette jeune femme faisait irruption dans son quotidien. Il voulut demander à Chloé pourquoi elle tenait tellement à retrouver sa trace, mais n'eut pas le temps de reprendre la parole :

- Dites, est-ce que vous pourriez m'y déposer ? Enchaîna Chloé

- Où ça ?

- Au Rapido-pizz, ça me rendrait vraiment service, le patron est un fou furieux et si j'arrive en retard il va me tuer…

Antoine, coincé entre Chloé et une portière qui refusait de s'ouvrir se demanda s'il avait vraiment le choix. Il regarda sa montre, et puis les yeux implorants de Chloé :

- Bon, si c'est une question de vie ou de mort, d'accord. Mais à une condition, répondit Antoine en tournant la clé de contact.

- Oui, dites-moi ?

- Que vous m'expliquiez la raison pour laquelle vous me poursuivez depuis notre rencontre sur la falaise.

Le vieux break sembla éternuer et ils quittèrent la rue d'Antoine. Satisfaite, Chloé le remercia et s'enfonça dans son siège, tout en s'interrogeant sur la meilleure façon d'expliquer les choses à Antoine.

- Comme je vous l'ai dit ce matin, j'avais besoin de vous revoir pour une raison qui est à la fois très importante et … un peu délicate à expliquer.

- Tout à l'heure, vous m'avez parlé de surnaturel, et de rêves prémonitoires…

- Oui, c'est exactement ça,

- Vous allez finir par m'inquiéter, mais allez-y, je vous écoute.

Ils s'engagèrent sur une voie qui longeait un canal, puis franchissait un pont sur la gauche en direction du centre ville. Même s'il n'avait jamais eu l'occasion d'y manger, Antoine connaissait de vue le Rapido-Pizz. Tout en conduisant, il jetait des petits coups d'œil vers sa passagère. Chloé était assise sur sa jambe gauche repliée, le buste tourné vers Antoine et son visage dirigé vers le pare-brise. Ses yeux fixaient la route sans réellement la voir et sa bouche était légèrement entrouverte, comme si elle hésitait à parler.

- Et bien, l'encouragea Antoine, que vouliez-vous me dire ? Est ce que c'est en rapport avec… Avec ce qui s'est passé l'autre jour sur la falaise ?

- Il ne s'agit pas de cela, non.

- Ah ? Bien, de quoi s'agit-il alors ?

- Et bien voilà, j'ai un grand service à vous demander. Il m'est difficile de vous expliquer en détail les raisons de ma demande, et je sais que cela pourra vous surprendre, mais je voudrais … enfin j'aimerais que vous m'accompagniez quelque part…

- Vous accompagner quelque part ? Où ça ? demanda Antoine Intrigué.

Chloé affichait un air de petite fille fautive. Tout en engageant la voiture sur une voie qui filait droit vers le centre ville, Antoine insista :

- Dites-moi, où voulez-vous que je vous accompagne ?

- Avant de vous répondre, je veux être certaine que vous allez accepter

- Vous voulez que j'accepte avant même de connaître l'endroit où vous voudriez que je vous accompagne ?

- Oui !

- C'est…Heu comment dire… Un peu embarrassant...

- S'il vous plait, Antoine, c'est très important, je vous assure !

Antoine considéra un instant la jeune femme. Certes, elle était habillée de façon excentrique, mais elle ne paraissait pas complètement folle, et elle semblait attendre sa réponse avec une telle anxiété qu'il céda. Et puis après tout, il lui devait bien ça.

- Ecoutez commença t-il, vous faites un tel mystère à propos de ce lieu que forcément, cela m'intrigue. Mais vous m'avez sauvé la vie… Alors, je suppose que le minimum que je puisse faire c'est d'accepter.

- C'est vrai ? Vous êtes génial ! S'exclama Chloé en lui claquant une bise sonore sur la joue. Antoine, surpris, fit une embardée et rougit légèrement.

- Je suis un peu chargé au travail en ce moment, précisa-t-il, mais on pourra sans doute prévoir d'aller dans cet endroit durant le week-end ?

- …

Antoine jeta un coup d'œil à sa passagère, soudain silencieuse. Avec son petit sourire en coin et ses sourcils en accent circonflexe, elle affichait la mine coupable d'une petite fille qui hésite à parler et s'inquiète à l'avance de la réaction qu'elle va provoquer.

- Qu'y a-t-il, j'ai dit une bêtise ? S'inquiéta Antoine

- Non ... C'est à propos du week-end...

- Oui, je voulais parler du moment pendant lequel je pourrais vous accompagner. Mais si le week-end est gênant pour vous, je me débrouillerai pour me dégager quelques heures durant la semaine.

- Quelques heures ou même un week-end ne seront pas ...suffisants.

Tout en essayant de rester concentré sur la circulation, Antoine regarda Chloé, de plus en plus intrigué.

- Un week-end ne suffira pas... Mais où voulez-vous aller ?

- Il faudra que vous posiez quelques jours de congés, j'en ai bien peur, continua Chloé d'une toute petite voix.

Ils s'arrêtèrent à la hauteur d'un feu rouge et Antoine en profita pour observer plus attentivement Chloé. Elle arborait une expression implorante et semblait redouter la suite de la conversation. Impatient, Antoine l'engagea à poursuivre :

- Mais où diable voulez vous que je vous accompagne ? Allez, dites-le moi, vous m'en avez trop dit ou pas assez ...

La jeune femme hésita encore un instant, puis un sourire radieux illumina son visage :

- Je voudrais que vous alliez avec moi jusqu'aux cités d'or !

En prononçant ces mots, ses yeux s'étaient mis à pétiller. Ceux d'Antoine exprimaient un mélange d'étonnement et d'interrogation.

- Les cités d'or, qu'est ce que c'est que ça ?

- Vous ne connaissez pas les cités d'or ? S'exclama Chloé. Ne me dites pas que vous ne connaissez pas le dessin animé qui s'appelle les « mystérieuses cités d'or » ?

- Ça me dit vaguement quelque chose répondit Antoine après un instant de réflexion, mais je vous avoue que je ne me rappelle pas.

- C'est vrai, soupira Chloé, nous ne sommes pas de la même génération...

- Je ne suis pas encore grabataire protesta Antoine, expliquez moi au moins !

- Les mystérieuses cités d'or, ce sont les cités des fils du soleil, les cités de la civilisation Inca ! Expliqua Chloé comme s'il s'agissait d'une évidence. Antoine mit quelques secondes à réagir. Le feu était passé au vert et un premier coup de klaxon se fit retentir. Eberlué, Antoine était incapable de détacher les yeux de sa jeune passagère :

- Les Incas... Mais c'est le Pérou... Si je comprends bien, vous êtes en train de me proposer de vous accompagner en Amérique du sud ? C'est bien ça ?

Antoine semblait ahuri, sa réaction était prévisible. Chloé en profita pour enchaîner très rapidement :

- Ce n'est pas une proposition, C'est une demande tout ce qu'il y a de plus sérieux, mais ne vous inquiétez pas, je paierai votre billet d'avion. J'ai déjà économisé pour le mien, et d'ici peu, je serai en mesure de payer le votre. Bien sûr, il faudra s'équiper d'un minimum de matériel, mais sur place, on pourra bivouaquer et la vie n'est pas très chère là bas.

Antoine regarda à nouveau Chloé, incrédule, puis éclata soudain d'un grand rire sonore. Dehors, plusieurs conducteurs s'étaient mis à klaxonner. L'un d'entre eux, visiblement très énervé, cria quelque chose par sa fenêtre et Antoine se décida à passer la première alors que le feu passait à l'orange. Il tourna dans une ruelle étroite tout en continuant à s'esclaffer et en s'essuyant de temps à autre les larmes qui lui brouillaient la vue.

- Le Pérou ! C'est trop drôle !

- Je ne vois pas ce qu'il y a de si amusant, se vexa Chloé

- Oh si ! C'est drôle, je vous assure. J'ai pris l'avion une seule fois dans ma vie, contraint et forcé. C'était il y a trois ans, pour un voyage professionnel en Pologne. Vous savez, je suis quelqu'un de très casanier, et c'est à peine si je m'aventure en dehors de la région. Alors, vous comprenez, que vous me proposiez le plus sérieusement du monde de m'embarquer pour le Pérou, rien que ça ! Forcément je trouve ça trop drôle !

Ils étaient arrivés. Antoine gara sa voiture devant la façade du Rapido-Pizz et se tourna vers sa passagère. Il n'avait pas encore réussi à vaincre son hilarité. Il en avait même mal aux côtes, tellement il avait ri. Cela faisait longtemps que cela ne lui était pas arrivé, et c'était plutôt agréable. De son coté, Chloé affichait une mine renfrognée. Elle regarda sa montre et soupira :

- Bon ! Maintenant que vous vous êtes bien amusé, je peux savoir ce que vous en pensez ?

- Ce que je pense de quoi ? Demanda Antoine en reprenant une respiration normale

- Et bien, de ma demande : que vous m'accompagniez jusqu'à la Cité d'Or !

- Mais enfin, vous n'êtes pas sérieuse ? Reprit Antoine, cessant soudain de rire.

- Est-ce que j'ai l'air de plaisanter s'étonna Chloé. J'ai poireauté deux heures devant votre porte, rien que pour vous voir, là je vais me faire démonter par mon patron à cause de mon retard et vous pensez que c'est juste pour le plaisir de vous faire une bonne blague ?

- Mais enfin, cela n'a aucun sens… Pour quelle raison, voudriez-vous que je parte au Pérou avec vous ? Il y a quelques jours on ne se connaissait même pas !

- Détrompez-vous…Moi, je vous connaissais.

- Nous nous sommes donc déjà rencontrés ? demanda Antoine

Chloé regarda à nouveau sa montre, et fit la grimace, visiblement pressée par le temps.

- Tout ça serait beaucoup trop long à vous expliquer, Antoine, mais je vous reverrai bientôt, en attendant prenez cela dit-elle en lui tendant les sachets qu'elle avait gardés dans ses mains, c'est de la part de Franck.

- Franck ?

- Oui, attention, c'est fragile, il y a des œufs !

Sur ces paroles, Chloé claqua la portière et courut jusqu'à l'entrée du Rapido-Pizz où elle disparut, abandonnant Antoine et son break sur le bord du trottoir.

Dès qu'elle entra dans le restaurant, Chloé sentit que l'atmosphère était différente des autres soirs. La salle principale était prête à recevoir les clients, mais elle n'aperçut ni la patronne, ni Julie. Elle se rendit dans l'arrière salle qui jouxtait la cuisine et se débarrassa rapidement de sa veste sur le portemanteau. Le patron apparut dans l'entrebâillement de la porte, une canette de bière à la main. Il la dévisagea un moment, le regard flou, puis s'adressa à elle :

- C'est à c't'heure là qu't'arrives ?

- Désolée, j'ai eu un contretemps, répondit froidement Chloé en passant sous son nez

- Contre temps… j't'en foutrais du contre temps moi, bredouilla le malotru d'un air mauvais tout en la suivant d'un pas incertain dans la salle.

Chloé s'installa derrière le bar et se mit à laver quelques verres, observant du coin de l'œil et avec dégoût son patron. Il portait le même tee-shirt poisseux depuis une semaine. Il empestait l'alcool et la transpiration à un tel point que Chloé jeta un coup d'œil inquiet vers la porte d'entrée du restaurant, redoutant que des clients n'entrent et ne voient l'affligeant spectacle affiché par le tenancier des lieux. Ce dernier laissait à sa femme et aux serveuses le soin d'établir le contact avec les clients, et c'était bien mieux ainsi. L'attitude bizarre de l'homme mit les sens de Chloé en éveil ; elle fit un effort monumental pour lui adresser la parole :

- La patronne n'est pas là ce soir ?

Un éclair de violence traversa son regard. Puis, il éclata d'un rire gras et obscène :

- La patronne ? Elle n'a plus rien à foutre ici la patronne ! Déclara-t-il en terminant d'un trait le fond de sa cannette.

- Et Julie ?

- Julie ?

- Oui, Julie, elle devrait être là ce soir, non ?

A ce moment, Chloé perçut très nettement l'embarras du patron. Durant quelques secondes, il sembla déstabilisé, puis retrouva un peu de sa gouaille pour ajouter que Julie ne viendrait pas ce soir. Chloé devrait assurer le service seule. A cet instant, la porte s'ouvrit et un groupe d'étudiant entra dans la pizzeria. L'horrible personnage en profita pour s'éclipser dans sa cuisine. Un malaise submergea Chloé. Quelque chose d'anormal troublait l'atmosphère, elle était certaine que le patron lui avait caché quelque chose. Elle se dirigea vers ses clients tout en se promettant de trouver dès que possible un instant pour appeler Julie sur son portable.

Le portail s'ouvrit dès qu'il signala sa présence au vidéophone. Antoine s'engagea dans l'allée privée qui conduisait à la villa des Delabrigode, sans pouvoir s'empêcher de repenser à cette jeune femme pour le moins originale qui venait tout simplement de lui demander de l'accompagner au Pérou.

Il avait beau échafauder toute sorte d'hypothèses, il ne parvenait pas à comprendre ce qui pouvait motiver une telle demande. Il était en train de ruminer toutes ces pensées lorsqu'il constata qu'un objet noir se trouvait sur le siège passager. Il termina ses manœuvres pour se garer le long du trottoir de la somptueuse villa, et s'en empara. Un portable… Il était sans doute tombé de la veste de Chloé au moment où cette dernière avait quitté la voiture. Antoine le glissa dans la poche de sa veste et décida qu'il ferait un crochet jusqu'au Rapido-pizz avant de rentrer chez lui pour lui rendre dans la soirée.

Il se glissa à l'extérieur de sa voiture et balaya son costume vigoureusement du revers de la main pour le lisser. Eugénie Delabrigode qui guettait sans doute son arrivée apparut à ce moment là sur le perron de la villa. Elle s'approcha de lui telle une écolière timide. Lorsqu'elle fut à quelques pas, un vigoureux parfum de chèvrefeuille envahit les narines d'Antoine. Comme à son habitude, elle était vêtue d'un tailleur strict et coiffée d'un chignon travaillé. Maladroitement, ils se serrèrent la main et restèrent face à face quelques secondes, un peu gênés.

- Votre père m'a communiqué l'adresse d'un restaurant qui paraît absolument… fantastique, dit Antoine pour rompre le silence pesant qui s'était instauré.

- Oui, fort bien ! » S'empressa-t-elle de répondre. A nouveau un silence gêné.

- J'ai réservé une table pour deux, crut bon de préciser Antoine

- Vraiment ? Fort bien !

Eugénie Delabrigode restait plantée devant Antoine, semblant attendre quelque chose. Perplexe, Antoine jeta un coup d'œil à sa montre et s'aperçut qu'il était déjà près de vingt heures trente.

- Bon sang ! Je n'ai pas vu le temps passer. Excusez-moi Eugénie, je suis en retard. Voulez vous que nous partions immédiatement ?

- Oui, oui très volontiers, répondit-elle, visiblement ravie qu'Antoine soit enfin parvenu à cette proposition.

Antoine engagea sa clé dans la portière passager du break Peugeot qu'il ouvrit dans un grincement désagréable. Eugénie fixait la voiture comme s'il s'agissait d'une soucoupe volante.

- C'est votre voiture ? interrogea-t-elle.

Antoine considéra son fidèle break, une main posée sur le toit

- Oui c'est ma voiture, répondit-il un brin amusé par l'expression effarouchée d'Eugénie Delabrigode.

- Effectivement, la carrosserie est un peu griffée et cabossée par endroit, mais le moteur est une véritable horloge ! ajouta-t-il pour la rassurer.

- Et là ? demanda Eugénie en indiquant des traces brunâtres au dessus des roues

- Là ? C'est juste un peu de rouille, ce qui est compréhensible pour une voiture de dix neuf ans. Mais ne vous inquiétez pas, aucun organe de sécurité n'est touché.

Grand Dieu, Antoine, vous ne comptez tout de même pas me faire entrer dans cet engin ? Continua Eugénie alarmée. Antoine écarta les mains en signe d'impuissance :

- C'est malheureusement la seule voiture que je possède. Eugénie contempla une nouvelle fois la Peugeot, comme s'il s'agissait d'une monstruosité tout droit sortie d'un mauvais film de science fiction, secoua la tête, prit une profonde inspiration puis trancha :

- Bien, si c'est là votre seule voiture, allons-y.

- Parfait, répondit Antoine. Vous permettez que je vous précède ? La portière côté conducteur ne s'ouvre plus…

- Voilà qui est cocasse… Et les appuis tête, vous les avez retirés ?

- Les voitures n'en étaient pas encore équipées à l'époque où celle ci a été fabriquée.

- Réellement, voilà qui est folklorique. Savez vous que c'est extrêmement dangereux en cas d'accident Antoine ?

- Je serai prudent, je vous le promets.

Antoine se livra à sa gymnastique habituelle, franchit le siège passager, s'empêtra un instant entre le levier de vitesse et le frein à main et s'installa face au volant. « A votre tour ! » Lança-t-il en souriant à Eugénie. Cette dernière entra prudemment dans l'habitacle, jetant un regard soupçonneux sur le tableau de bord.

- Elle est un peu poussiéreuse, admit Antoine

- Maman répète souvent que la poussière est l'ennemie de la santé, expliqua Eugénie.

- Ah bon ?

- Oui, à force de vivre dans les miasmes en suspension, on corrompt ses poumons

- Je vous promets d'y penser à l'avenir, déclara Antoine en démarrant.

Le vieux break s'ébroua, et traversa le parking en cahotant et en toussant des nuages de fumée bleue. Antoine ouvrit la fenêtre pour faire disparaître les effluves d'huile chaude qui se manifestaient immanquablement lorsqu'il démarrait. De son coté, Eugénie agitait la main devant son nez en plissant les paupières.

- Ne vous inquiétez pas, c'est l'histoire de quelques minutes, juste le temps que le moteur arrive à bonne température, indiqua Antoine en prenant la direction du centre ville. Bientôt, le parfum entêtant d'Eugénie eut raison des odeurs d'huile.

Pour la cinquième fois de la soirée, Chloé utilisa le téléphone du bar, profitant du fait que les clients étaient peu nombreux, pour tenter de joindre Julie. La clochette de la porte d'entrée tinta à nouveau, indiquant l'arrivée de nouveaux clients.

Chloé fut à la fois surprise et heureuse de voir qu'il s'agissait de Paulette, la patronne. Cette dernière, en refermant la porte fit un signe à Chloé pour que celle ci garde le silence. Manifestement, il n'était pas son intention de manifester sa présence auprès de son mari. Chloé s'approcha d'elle :

- Bonjour Paulette, vous ne savez pas à quel point je suis heureuse de vous voir

- Le Rapido-pizz, c'est fini pour moi, Chloé. Et je n'ai d'ailleurs plus aucune envie d'y venir ajouta t'elle en jetant un coup d'œil en Direction de la cuisine.

- Je comprends, fit Chloé.

- Je tenais à passer vous dire au revoir à vous et à Julie, expliqua la petite femme rondelette.

- C'est très gentil, ça me touche beaucoup, Paulette.

Chloé jeta également un coup d'œil en direction de la cuisine et de la salle pour s'assurer que les clients ne manquaient de rien et qu'elles pouvaient parler en toute discrétion. Les clients mangeaient en discutant tranquillement, quant au patron, ce n'était pas dans ses habitudes de quitter sa cuisine durant les heures d'ouverture du restaurant.

- Vous avez réussi à vous organiser ? Demanda Chloé.

- Oui, soupira Paulette, ma sœur accepte de m'héberger pour quelque temps, cela me permettra de me retourner et d'y voir plus clair. Tout ce que je possède tient dans une valise, le déménagement s'est fait sans difficulté, ironisa-t-elle avec un pâle sourire. C'est surtout le fait de me retrouver au chômage qui m'effraie le plus… Surtout avec cette crise.

Chloé sentait que la gentille dame en avait gros sur le cœur. Elle ne put s'empêcher de lui faire une caresse sur la joue, pour lui manifester son soutien et sa compréhension.

- Julie n'est pas là ? demanda Paulette, qui ne tenait pas s'appesantir davantage sur sa situation.

- Non, répondit Chloé, et cela m'étonne qu'elle ne m'ait pas prévenue. Je vous avoue que cela m'inquiète un peu…

- Ne vous en faites pas Chloé, elle a sans doute eu un empêchement de dernière minute.

Les étudiants appelèrent Chloé pour l'addition. Ils avaient demandé s'ils pouvaient manger en une heure maximum car ils projetaient de se faire une séance de cinéma dans la foulée. Chloé s'excusa auprès de Paulette et alla du coté du bar pour éditer la note. Machinalement, Paulette la suivit et s'installa à la caisse, répétant par la force de l'habitude des gestes qu'elle avait effectués des milliers de fois. Lorsqu'ils sortirent, un homme à l'apparence raffinée fit son entrée. Ce ne fut que lorsque Chloé s'approcha de lui qu'elle le reconnut :

- Jean-Pierre ? J'ai failli ne pas vous reconnaître … Vous êtes… comment dire, vous êtes méconnaissable !

- Ravi de vous surprendre mademoiselle Chloé, répondit l'homme sans domicile fixe en éclatant d'un rire franc et sonore.

Rasé de prés et coiffé d'un canotier il portait avec noblesse un costume de lin un peu élimé, mais qui lui seyait à ravir. Pour l'occasion, il s'était équipé d'une canne en bois qu'il avait sans doute récupéré aux encombrants et se déplaçait lentement avec l'aisance que des origines nobles confèrent à certains individus. Il émanait de sa personne un léger parfum d'eau de Cologne. Chloé le conduisit à une petite table ronde, la meilleure du restaurant, lui précisa-t-elle et lui laissa un menu avant de rejoindre Paulette. Cette dernière était visiblement très impressionnée par le port altier du visiteur.

- Vous le connaissez ? Demanda-t-elle à Chloé – Qui est ce ?

- C'est un ami …

- Il habite dans le quartier ? J'ai l'impression que son visage ne m'est pas inconnu…

- Oui… Il n'habite pas très loin, répondit Chloé un peu mal à l'aise. Voulez-vous que je vous le présente ?

Jean-Pierre se leva immédiatement à l'arrivée des deux femmes. Dans un geste élégant, il baisa la main de Paulette en se déclarant ravi de faire sa connaissance. Cette dernière devint toute rose lorsqu'après avoir échangé quelques banalités, Jean-Pierre lui proposa de partager sa table. Paniquée à l'idée que son mari puisse la voir, installée à la table du Rapido-pizz avec un inconnu, Paulette bredouilla quelques mots de remerciement mais déclina la proposition, prétextant un rendez-vous avec une amie. Devant la mine consternée de Jean-Pierre, elle ajouta aussitôt qu'en d'autres circonstances, elle aurait été ravie d'accepter l'invitation, mais qu'en l'instant présent cela lui était impossible.

Saisissant la balle au bond, Jean-Pierre demanda à Paulette si elle accepterait dans ce cas qu'il lui téléphone, afin qu'ils conviennent ensemble d'un rendez-vous. Paulette hésita à peine et accepta sous le regard médusé de Chloé qui avait assisté bouche bée à l'échange qu'elle avait initié et dont elle s'était rapidement sentie exclue. Cependant, Paulette n'avait pas de portable et ne tenait pas à communiquer le numéro du domicile de sa sœur.

- Si cela ne vous ennuie pas, je préfèrerais plutôt vous appeler, moi, expliqua t'elle à Jean-Pierre

- Bien sûr, bien sûr fit Jean-Pierre soudain pris au dépourvu et incapable lui même de fournir le numéro d'un téléphone fixe ou portable puisqu'il ne possédait ni l'un ni l'autre. Le problème, c'est que … c'est que …

- C'est qu'on vous a piqué votre portable lança Chloé, volant au secours de son ami.

- Piqué mon portable ? répéta Jean-Pierre …Euh, oui c'est cela, je n'ai plus de portable

- Un numéro fixe peut-être alors ? Insista Paulette

- Pas de fixe, non plus avoua Jean-Pierre. Je … Je suis en cours d'installation…

- Ah … fit Paulette, désappointée.

- Ecoutez, fit Chloé, un peu pressée car des clients venaient de l'appeler. Le mieux c'est que je vous communique mon numéro de portable à tous les deux… Ainsi, vous pourrez reprendre contact par mon intermédiaire. Qu'en pensez-vous ?

Cette solution ne sembla pas obtenir l'assentiment total des intéressés, mais ils en acceptèrent le principe, à défaut de trouver un autre moyen plus simple pour communiquer. Paulette prit congés, et lorsque Chloé revint près de Jean-Pierre pour prendre sa commande, elle ne put s'empêcher de faire un commentaire :

- Dites donc, Jean-Pierre, je ne vous connaissais pas ce coté dragueur !

- Cette dame, Paulette, est tout à fait charmante, commenta-t-il sans prendre la peine de répondre. Comment la connaissez-vous ?

- C'est la patronne… Enfin, l'ancienne patronne de ce restaurant

- Ancienne patronne ? Elle a du trouver mon idée de l'inviter dans son ex-restaurant ridicule dans ce cas …

- Je pense qu'au contraire vous l'avez fortement impressionnée

- Vous croyez ?

- Je la connais plutôt bien, et j'en suis tout à fait certaine.

- En tout cas, merci de m'avoir aidé avec cette histoire de téléphone

- Pas de quoi, répondit Chloé en souriant

- Mais ça ne va pas être simple de la revoir, compte tenu de ma situation, ajouta-t-il, la mine assombrie.

- Ne vous inquiétez pas, Jean-Pierre. On trouvera la solution. Il y a toujours une solution.

- Et vous, vous avez toujours les mots pour réconforter mademoiselle Chloé, sourit Jean-Pierre.

Julie venait de prendre sa troisième douche depuis le début de la soirée. Elle se sécha rapidement, s'enveloppa d'une serviette éponge et se glissa dans son lit. Elle remonta les couvertures jusqu'à son menton et pleura à chaudes larmes. Elle n'aurait jamais imaginé que ce gros porc puisse passer à l'acte. Bien sûr, il n'arrêtait pas de leur balancer ses remarques grivoises, mais de là à ...Elle ne pouvait s'empêcher de repenser à ses grosses mains poisseuses, lorsqu'il les avait glissé sous son tee-shirt, la coinçant contre le chambranle de la porte. Elle avait crié, mais à cette heure là le restaurant était vide. D'habitude, la patronne veillait...Jamais elle ne s'était retrouvée seule avec lui...

Et Chloé prenait généralement son service une heure après elle, au moment où les premiers clients arrivaient. Il avait bien prévu son coup le salaud ! Elle s'était débattue en vain pendant qu'il lui arrachait son soutien gorge, excité comme un âne, cherchant à l'embrasser malgré elle. Un haut de cœur lui souleva le ventre. Il lui semblait encore sentir l'haleine avinée et la bave fétide de ce gros porc sur elle. D'un bond, elle se précipita vers les toilettes et tomba à genoux devant les lunettes pour y vomir ses entrailles. Elle se dégoûtait elle-même. Le téléphone sonna. Sûrement Chloé. Qui d'autre ? Elle devait s'inquiéter de ne pas la voir au restaurant ce soir. Elle l'appellerait plus tard. Pendant qu'elle se rinçait la bouche, Julie imagina ce que lui dirait sa meilleure amie... « Porter plainte». C'est sûr, c'est ce qu'elle lui conseillerait vivement de faire. Elle secoua la tête... Non, le mieux était de tout oublier, ne pas remuer cette affaire. De toute façon, elle ne retournerait pas au Rapido-pizz. Devant la glace de la salle de bain, elle laissa tomber la serviette qui entourait ses épaules et regarda les traces bleues sur ses bras. Heureusement, cet enfoiré n'avait pas pu aller jusqu'au bout. Elle eut un maigre sourire. Dans un réflexe de survie, elle avait réussi à lui décocher un coup de genoux bien placé qui lui avait coupé la respiration et obligé à relâcher son étreinte. Juste le temps pour elle de s'enfuir et d'échapper au pire...

Elle frissonna et retourna se glisser sous les couvertures. Elle s'en tirait avec quelques ecchymoses et sans doute quelques cauchemars à venir. Malgré tout, elle se pelotonna contre son oreiller, remonta ses jambes contre sa poitrine et s'endormit, terrassée par les émotions.

Antoine et Eugénie quittèrent le restaurant vers vingt deux heures trente. Antoine était repu. La soirée s'était passée paisiblement autour de mets tous plus raffinés les uns que les autres. Eugénie, en l'absence de ses parents s'était révélée très loquace. Elle avait discouru sur des sujets nombreux et variés, rappelant s'il en était nécessaire qu'elle tenait ses informations de source sûre. Elle était tout à la fois capable de s'émouvoir sans retenue sur la misère du monde et de se montrer impitoyable envers ceux, qui selon elle « ne faisaient aucun effort pour s'en sortir ». Elle affirmait la nécessité d'être indulgent et charitable envers son prochain mais n'hésitait pas une seconde à rabaisser férocement le caquet d'un serveur qui manquait, selon elle, aux égards qui lui étaient naturellement dus. « Vous comprenez Antoine, compte tenu de son rang, notre famille doit prendre garde à son image. Donne-toi l'apparence d'un gagnant et tu seras un gagnant répète souvent papa, prends l'allure d'un perdant et tu seras un perdant »

Antoine l'avait écoutée poliment toute la soirée, parfois un peu déconcerté, luttant souvent férocement pour réprimer une envie de bailler. L'arrivée de l'addition l'avait toutefois complètement réveillé ; après avoir failli s'étrangler, il avait demandé au serveur si une erreur n'avait pas été commise, puis avait tendu sa carte bleue en se demandant comment il était possible de dépenser autant pour un seul repas.

Ils regagnèrent la voiture, garée dans une petite rue assez éloignée du restaurant. Lorsqu'ils étaient arrivés, Eugénie avait refusé qu'ils se garent sur une place disponible juste en face de l'établissement. Antoine lui avait fait part de son étonnement et Eugénie lui avait expliqué, en prenant un ton légèrement professoral, que sa famille connaissait la plupart des commerçants et des notables du centre ville, et qu'il n'était pas convenable qu'elle apparaisse dans un véhicule si peu approprié à sa catégorie sociale.

Après un soupir dévoilant les efforts d'abnégation qu'elle consentait à faire pour plaire à Antoine, Eugénie se glissa à nouveau dans le vieux break et attendit que le véhicule démarre.

- Mon Dieu, par où passez vous ? S'angoissa Eugénie

- Je vais couper par le centre ville. A cette heure, il n'y a pas de circulation et c'est la route la plus rapide.

- Je comprends… Répondit-elle, visiblement contrariée. Antoine se tourna vers elle :

- Quelque chose ne va pas ?

- Et bien… Oui. Serait-il possible d'éviter le centre ville ?

- Oui, si vous y tenez … Mais pour quelle raison ?

- Le fait est que le centre ville est truffé de feux rouges.

- Ma foi, c'est vrai. Cela est gênant ?

- Voyons, réfléchissez Antoine, ajouta-t-elle.

- Et bien, je dois vous avouer que je ne vois pas le rapport avec le trajet que nous sommes en train d'effectuer.

- Mais c'est pourtant évident ! A cette heure le centre ville est encore très animé, et si nous nous arrêtons à un feu rouge, les passants pourront à loisir nous observer et m'apercevoir dans ce… Dans cette voiture. Vous imaginez bien que cela serait du plus mauvais effet !

- Oh, je vois, répondit Antoine, en profitant d'un croisement pour changer de direction.

Ils bifurquèrent en direction des quartiers nord de la ville. Cela faisait un détour pour aller jusqu'au manoir des Delabrigode, mais cela permit à Eugénie de se rassurer. Au fur et à mesure qu'ils s'éloignaient de l'effervescence du centre, elle sembla se détendre un peu plus et se mit à observer silencieusement les lieux qu'ils traversaient. Ils franchirent quelques quartiers périphériques puis débouchèrent sur un long boulevard qui filait droit vers le sud de la métropole. Les couleurs vives des devantures du centre laissèrent place à des façades grises et ternes. Des barres d'immeubles aux tons blafards émergèrent bientôt dans le paysage urbain. Sur les parkings bétonnés, des voitures fatiguées s'entassaient tandis que des groupes de jeunes s'agglutinaient dans les entrées taguées des immeubles. Certains appartements disposaient de balcons encombrés par des séchoirs à linge, et des bicyclettes que les habitants n'hésitaient pas à monter au dixième étage. Certaines façades d'immeubles étaient littéralement envahies par une forêt d'antennes paraboliques, qui pour la plupart, obstruaient en partie les fenêtres des appartements. Le nez en l'air, Eugénie paraissait fascinée :

- Mon dieu Antoine, mais quels sont ces endroits par lesquels vous nous faites passer ? Antoine approcha la tête du pare brise pour mieux voir ce qui interpellait sa passagère :

- Nous sommes dans le quartier nord, je vais tourner un peu plus loin, ce qui nous permettra de rejoindre votre domicile, sans traverser le centre.

Eugénie ne pouvait cependant pas détacher ses yeux des grandes barres d'immeubles.

- C'est une réelle infamie pour l'esthétique, commenta t'elle. Comment a-t-on pu construire de telles immondices ?

- Ce sont des HLM

- Des HLM ?

- Oui, des « Habitations à Loyer Modéré »

- Voilà qui est pittoresque, répondit Eugénie, comme si elle entendait parler d'HLM pour la première fois. Et tout ce linge sur les balcons, ces voitures sur les parkings, ne me dites pas qu'en plus ces bâtisses sont habitées ?

- Bien sûr que si, répondit Antoine, étonné de la question.

- Mais comment des gens peuvent-ils accepter de vivre avec une vue aussi horrible et dans des conditions aussi abjectes ? C'est terriblement avilissant.

- Et bien… J'imagine qu'ils n'ont pas forcément le choix.

- Pas le choix ? C'est grotesque. Comme papa le dit souvent, nous sommes tous maîtres et responsables de nos choix.

- Ce que je voulais dire, compléta Antoine, c'est qu'ils n'ont pas forcément les moyens d'habiter ailleurs, même s'ils le voulaient. Vous savez, la pauvreté existe malheureusement partout, y compris dans un pays comme le notre.

- C'est ridicule, pour peu qu'on ait un minimum d'estime de soi et de courage, on n'accepte pas de passer sa vie dans de telles conditions. Plutôt que de traîner dans les rues ou de rester devant la télé, tous ces gens feraient mieux d'aller travailler et de prendre leur destin en main.

- Croyez-vous que cela soit si simple ?

- Je crois oui. Maman dit souvent que la paresse est mère de toutes les pauvretés.

Décontenancé et à court d'argument, Antoine se concentra sur la conduite. Peu à peu, le paysage urbain retrouva grâce aux yeux d'Eugénie. Les hauts immeubles firent place à des constructions limitées à deux ou trois étages dans des zones qui mêlaient agréablement habitations et petits commerces. Bientôt, ils pénétrèrent dans un quartier plus résidentiel composé de maisons individuelles agréablement disposées dans un écrin de verdure. Le vieux break Peugeot évoluait, bringuebalant, au milieu de voitures haut de gamme garées sur les trottoirs. Par chance pour Eugénie, les rues étaient vides. Les gens du quartier préféraient rester chez eux plutôt que de flâner à l'extérieur, ce qui était fort compréhensible, compte tenu de la taille des parcs qui entouraient chaque villa.

- Et bien, si je ne m'abuse, vous voilà arrivée, Eugénie

- Oui, répondit-elle, pressant son sac contre sa poitrine, dans une attitude presque craintive.

- Eugénie… J'aimerais éclaircir un point avec vous…

- Oui ? dit-elle soudain en alerte, manifestement avide d'entendre la suite.

Antoine se racla la gorge, un peu mal à l'aise.

- Et bien, l'autre jour, je me trouvais avec votre père, et nous discutions de cette soirée organisée par CREDILIS, vous savez à l'occasion des fêtes de Noël ?

- Oh oui ! s'écria Eugénie soudain transportée, quelle merveilleuse soirée nous avons passée, n'est-ce pas ?

- Oui, oui... Et nous avions un peu parlé ensemble ce soir là. Et c'est à ce propos que votre père m'a laissé entendre que vous… Enfin que vous éprouviez peut être certains sentiments à mon égard…

- Oh, il vous a dit cela ?

- Euh, à demi mot... A vrai dire, c'était juste une hypothèse qu'il formulait et je me demandais si... Euh si...

- Si cette hypothèse était fondée ?

- Hum...Oui.

- Je dois vous l'avouer, Antoine, je crois bien que c'est ce soir-là que mon cœur a basculé !

- Vraiment ? Que voulez-vous dire ?

- Oh mon cher Antoine, vous rougissez…

- Non pas du tout !

- Si si, vous rougissez Antoine ! Mais n'ayez crainte, c'est tout à fait charmant ! J'aime que les hommes soient sensibles... Forts et sensibles à la fois, ajouta-t-elle dans un murmure.

- En fait, ce que je voulais vous dire, c'est que …

- Nul n'est besoin de parler Antoine. Je sais à quel point il peut être difficile de déclarer ses sentiments, fit-elle en défaisant la ceinture qui la retenait contre son siège. Elle se pencha un peu plus vers lui et ajouta doucement : Cette pudeur est tout à votre honneur, Antoine.

- Vous savez, je ne suis pas certain de vouloir me … m'engager dans une liaison, répondit-il en se figeant sur son siège.

- Je comprends Antoine. Papa m'a expliqué ce que vous aviez vécu… et je devine à quel point il peut vous sembler difficile d'aimer et d'être aimé à nouveau.

- …Sans doute, répondit Antoine en s'enfonçant imperceptiblement dans son siège.

- Pauvre Antoine… Mais je peux vous l'avouer à présent, si je n'avais pas perçu ce vide dans votre existence, il m'eut été difficile de trouver le courage de vous parler comme je le fais ce soir, fit t'elle d'une voix sensuelle.

Eugénie était à présent très proche de lui et respirait rapidement. Ses joues étaient rouges d'émotion.

- Et bien, fit Antoine rapetissé, je ne sais que dire.

- Alors, ne dites rien, lui susurra t'elle à l'oreille.

L'instant d'après, elle se jeta sur lui pour lui arracher un baiser. Les yeux écarquillés, Antoine eut à peine le temps de comprendre ce qui se passait qu'Eugénie se dégagea de l'étreinte à peine ébauchée. Ahuri, il la regarda lisser précipitamment son chemisier et vérifier la forme de son chignon dans le miroir de courtoisie. Elle semblait complètement affolée :

- Mon dieu Antoine, un peu de retenue je vous en prie ! Nous ne sommes pas mariés, même pas officiellement fiancés !

- Mais … tenta-t-il de protester, c'est vous qui…

- Tout cela est trop rapide ajouta-t-elle sans l'écouter, ne précipitons pas les choses, voulez-vous ?

- C'est-à-dire que …

- Vous rendez-vous compte, si on nous avait vu ?

- Je...

- Il vaut mieux que je parte à présent, fit-elle en reprenant son sac et en ouvrant la portière. Elle sortit de la voiture et frotta sa jupe d’un geste nerveux pour faire disparaître les traces de poussière. Reprenant son calme, elle se pencha ensuite vers la fenêtre à moitié ouverte : Antoine, vous me faites perdre la tête, ce n’est pas très gentil de votre part d’abuser ainsi de votre charme.

- Mais je …

- Non, non, Antoine, il n’est nul besoin de vous justifier. Je préfère que nous restions silencieux pour emporter avec moi le doux souvenir de cette soirée…

- Eh bien, si c’est là votre souhait…

- Oh si, il y a une dernière chose que je dois vous dire, j’espère que vous ne m’en voudrez pas…

- Oui ?

- Ce… Cette voiture, il faut vraiment que vous en changiez !

Sur ces mots, elle regarda à droite, puis à gauche pour vérifier que personne ne pouvait la voir, et fit mine d’envoyer un baiser à Antoine et courut à petits pas vers l’entrée de sa maison tout en sortant de son sac une télécommande pour actionner le grand portail. Antoine la regarda lui envoyer un dernier baiser de la main et s’engouffrer dans la majestueuse allée. Il attendit que le portail soit complètement refermé avant de redémarrer. Mille questions le taraudaient.

Le Rapido-pizz s'était vidé de ses derniers clients. Seul dans un coin, Jean-Pierre savourait les derniers instants du repas offert par Chloé. Toute la soirée, il avait mangé lentement, dégustant chaque plat dans un silence quasi religieux, s'attardant sur chaque bouchée, mastiquant longuement les aliments pour en garder le souvenir présent à l'esprit le plus longtemps possible. Il savait pertinemment qu'il ne retournerait pas de sitôt dans un restaurant et tenait à en profiter un maximum. Ses papilles étaient encore baignées du parfum du tiramisu maison. Un délice ! Il en avait déjà goûté d'excellents autrefois, mais jamais d'aussi bons que celui-ci. Philosophe, il se dit que les choses prenaient sans doute plus de valeur à partir du moment où elles commençaient à vous manquer... Jean-Pierre méditait ces pensées tout en buvant à petites gorgées un expresso tandis que Chloé débarrassait les couverts et commençait à dresser les tables pour le lendemain.

C'est à l'instant précis où le téléphone du restaurant sonna qu'Antoine entra, le portable de Chloé à la main. Tout en s'avançant vers le comptoir, il vit la jeune femme décrocher le téléphone fixe accroché derrière le comptoir Il comprit immédiatement que quelque chose de grave venait d'arriver. Une expression de stupeur puis de profonde indignation traversa le visage de Chloé tandis qu'elle écoutait son interlocuteur. Après avoir échangé quelques mots avec lui, elle rejeta violemment le combiné sur le comptoir et se précipita comme une furie dans l'arrière salle du restaurant, envoyant valser un tabouret sur son passage. Des hurlements s'élevèrent aussitôt. Inquiet, Jean-Pierre se leva et se retrouva côte à côte avec Antoine à proximité de la porte battante.

Les deux hommes se regardèrent un court instant alors que les cris redoublaient, et sans avoir échangé un mot, décidèrent de franchir la porte. De l'autre coté, Chloé faisait face à un homme obèse, gras et sale, manifestement le cuistot du restaurant. La jeune femme semblait dans une rage folle et invectivait l'homme avec une agressivité peu commune. Ce dernier la regardait d'un œil flou sans parvenir à placer le moindre mot. Jean-Pierre et Antoine se figèrent sur le seuil de la porte, pétrifiés par la violence du spectacle, ne comprenant rien à la scène qui se déroulait sous leurs yeux.

- Vous n'êtes qu'un gros porc ! hurlait Chloé

- Tu… tu vas…

- Comment avez-vous pu faire une chose pareille !

- F …ferme là !

- Vous allez le payer très cher, je vous le promets espèce d'ordure !

- Sa …Sale petite ga… garce !

L'homme bégayait, manifestement imbibé par l'alcool. Il semblait débordé par la fureur de Chloé et peinait à trouver les mots pour répondre à ses attaques. Son teint était rouge cramoisi et on sentait l'exaspération monter dangereusement en lui. Déroutés, Jean-Pierre et Antoine n'eurent pas le temps de réagir lorsque la lourde paluche de l'homme s'abattit sur Chloé. Le seul argument que l'homme était en mesure d'opposer à la jeune femme était visiblement d'ordre physique. La gifle la fit voler à leur pied. Tandis que Jean-Pierre aidait Chloé à se relever, Antoine tenta de s'interposer alors que le cuistot s'avançait vers la jeune femme, menaçant, visiblement prêt à en découdre.

- Allons, allons, Monsieur, calmez-vous ! Tenta Antoine.

- Q …qui t'es t.. toi d'abord ? Demanda l'homme en tentant de le repousser pour atteindre Chloé

- Peu importe qui je suis mais, calmez-vous, vous n'êtes pas dans votre état normal

- Laisse m… moi passer, je … je vais la tuer c'te crevure !

Alors que Chloé et Jean-Pierre battaient en retraite. Antoine fit barrage pour les protéger. Un coup de massue s'abattit sur son visage et le projeta en arrière. Il chuta à travers les portes battantes et roula dans la salle de restaurant. Abasourdi, il secoua la tête et sentit un liquide chaud et gluant couler le long de son nez. Au moment où il voulut se relever, l'homme était déjà au dessus de lui et tendait les mains pour l'agripper. Dans un accès de clairvoyance il se rendit compte que cet homme allait lui briser les os. Il ferma les yeux en regrettant que son colosse d'ami, Franck, ne l'ait pas accompagné. Alors qu'il se sentait littéralement décoller de terre, un formidable bruit de cymbale retentit dans la pièce. Le cuistot relâcha soudain son étreinte et s'écroula à ses pieds. Chloé apparut dans l'espace libéré, les deux mains crispées sur le manche d'une énorme poêle. Elle regardait Antoine, surprise.

- Antoine, mais qu'est ce que vous faîtes là ? demanda t'elle

- Je… Je vous ramenais votre téléphone

- Mon Dieu, vous l'avez tué ? Fit Jean-Pierre à Chloé tout en dévisageant le cuistot.

- ça m'étonnerait qu'il soit mort, répondit Chloé toujours furieuse. Il en faut davantage pour tuer un porc ! Et elle décocha un coup de pied dans les côtes dudit animal.

- Bon sang Chloé, calmez vous ou vous allez vraiment finir par l'achever, s'alarma Antoine.

- Il n'aurait que ce qu'il mérite !

Ils restèrent silencieux un instant tous les trois, puis constatant que le cuistot respirait, relevèrent la tête.

- Antoine, vous êtes blessé ! S'inquiéta la jeune femme

- Non, ce n'est rien, je saigne un peu du nez, fit Antoine en tentant d'arrêter l'hémorragie à l'aide d'une serviette de table.

- Vous êtes bon pour un œil au beurre noir, commenta Jean-Pierre en contemplant l'œil poché d'Antoine.

- Quel salaud ce type ! fit Chloé dans un nouvel accès de colère.

Un instant, elle regarda la poêle qu'elle tenait à la main puis son patron comme si elle hésitait à lui recoller un coup sur la tête. Et puis, elle décida brusquement d'envoyer de toutes ses forces l'ustensile de cuisine par-dessus le bar en direction du grand miroir. Celui-ci se fracassa dans un énorme bruit qui fit plier l'échine à Antoine et Jean-Pierre.

- Bon sang, calmez-vous, Chloé ! Fit Antoine. Je ne sais pas ce que vous a fait ce type, mais au nom du ciel, calmez-vous …

- Euh… Je crois que l'on ferait mieux de ne pas rester… Commenta Jean-Pierre, d'une voix légèrement angoissée.

Dégrisé par le bruit, le cuistot se massait la tête en grimaçant et tentait de se redresser péniblement.

D'un bond, Chloé planta tout le monde et alla récupérer sa veste et son sac dans l'arrière salle. Au retour, elle saisit un objet derrière le bar et courut vers la sortie en entraînant derrière elle ses amis. Une fois dehors, elle se précipita vers le véhicule garé en face du Rapido-pizz tout en actionnant une télécommande. Il s'agissait d'un gros 4X4 flambant neuf qui, à en juger par son état impeccable, ne devait pas connaître beaucoup d'autres terrains que celui de la ville. Il émit un bip sonore et ses clignotants s'allumèrent à trois reprises. Chloé grimpa à la place du conducteur et démarra. Un vrombissement rauque se fit entendre. Sur le trottoir, Antoine et Jean-Pierre échangèrent un regard interrogatif. Aucun des deux n'imaginait Chloé voyager dans ce type de véhicule.

- Dites donc, chouette voiture, fit Jean-Pierre. Elle doit valoir une fortune…

- Sans doute, répondit Antoine tout en suivant les manœuvres de Chloé.

Lorsque le 4X4 fut aligné perpendiculairement au trottoir, le nez pointé vers restaurant, Chloé mit sa ceinture puis se pencha par la fenêtre :

- Ecartez-vous !

- Comment ? fit Jean-Pierre tandis que Chloé appuyait par saccades sur l'accélérateur, faisant monter le régime du moteur

- Euh… Je crois qu'on ferait bien de se pousser, dit Antoine en saisissant le bras de son compagnon.

La rue était vide, à l'exception des deux hommes et du cuistot qui venait d'apparaître à la porte d'entrée du Rapido-pizz tout en se massant le cuir chevelu. Lorsqu'il aperçut Chloé, il leva les mains au ciel et cria quelque chose d'incompréhensible.

- Que dit-il ? interrogea Jean-Pierre

- Je crois qu'il dit que c'est sa voiture, répondit Antoine.

Chloé fit rugir le moteur et enclencha la marche avant. Les roues patinèrent un court instant sur le bitume, puis le 4X4, s'élança furieusement, franchissant sans difficulté le trottoir ainsi que le muret de la devanture du restaurant. La vitrine explosa dans un vacarme assourdissant, et le 4X4 alla s'encastrer dans le bar, faisant jaillir au passage les chaises et tables qui se trouvaient sur son passage. Jean-Pierre, Antoine et le cuistot n'en croyaient pas leurs yeux. Chloé enclencha la marche arrière et appuya de nouveau sur l'accélérateur. Le 4X4 s'élança à nouveau en direction de la rue et bondit au dessus du muret, entraînant une partie du bar en bois encastré sur le capot. Chloé s'arrêta un peu plus loin, descendit et s'avança vers le cuistot. Ce dernier, hébété regardait la vitrine de son restaurant, et l'épave fumante de son 4X4. Chloé lui lança les clés à la figure.

- Tiens espèce de salaud. Tu as vraiment trop de chance que Julie ne veuille pas porter plainte. Mais si de ton coté tu caftes à la police, je te promets que je trouverai le moyen de t'envoyer croupir en prison !

L'homme hésita, ramassa ses clés et contempla la scène apocalyptique de son restaurant dévasté comme s'il doutait de sa réalité. Antoine, regardait Chloé comme s'il s'agissait d'une extra-terrestre.

- Bon sang, Chloé, vous êtes cinglée ! dit-il, complètement affolé. Rendez vous compte des dégâts que vous avez causés !

- Il y en a pour plusieurs milliers d'euros confirma Jean-Pierre

- Ecoutez, je ne sais pas ce qui vous a mis dans cet état de colère, mais ce que vous avez fait est complètement… Complètement …

- Vous êtes garé par ici ? fit Chloé l'interrompant net, tandis qu'une sirène de police retentissait au lointain.

- Oui, répondit Antoine, vérifiant que les clés de son vieux Break se trouvaient toujours dans sa poche.

- Pouvez-vous m'emmener au foyer ?

- Je… Oui, si vous voulez.

- De mon côté, je crois que je vais repartir à pied mademoiselle Chloé, déclara Jean-Pierre. Si je peux vous être utile à quoi que ce soit, n'hésitez pas, mademoiselle Chloé… Mais je crois qu'il vaut mieux ne pas rester ici ajouta-t-il tandis que le bruit des sirènes approchait. Au revoir, Monsieur fit-il à l'attention d'Antoine.

- Oui… Au revoir répondit Antoine en lui serrant distraitement la main.

Tandis que le vagabond s'enfonçait dans la nuit, Antoine entraîna Chloé jusqu'au vieux break. Ils démarrèrent et croisèrent deux voitures de police qui arrivaient en trombe, dans un concert de sirène et de gyrophare.

- Ecoutez, je comprends très bien ce que vous pensez : que je dois être folle. Mais cet homme a tenté de violer ma meilleure amie… Alors, oui, j'ai peut être eu tort de défoncer sa vitrine, mais c'est comme ça… Et puis de toute façon, on ne peut pas revenir en arrière, n'est ce pas ?

- Votre amie, c'est ce coup de fil que vous avez reçu ?

- Oui, c'est cela…

- Et comment va-t 'elle maintenant, s'inquiéta Antoine.

- Pas très bien, j'en ai peur… De plus, elle refuse de porter plainte

- C'est malheureusement classique, répondit Antoine en regardant Chloé.

Cette dernière fronça les sourcils en le dévisageant. Malgré la pénombre, sa blessure apparaissait par intermittence lorsqu'ils passaient à proximité d'un réverbère.

- Bon sang, votre œil !

- Quoi, mon œil ? S'inquiéta Antoine

- Il est complètement enflé. Il faut absolument le soigner. Les hommes ne sont pas normalement pas admis au foyer… mais là, j'estime qu'il s'agit d'un cas d'urgence, vous allez monter avec moi…

- C'est gentil à vous, répondit Antoine. Ah, tenez, pendant que j'y pense, votre téléphone…

Chloé saisit le portable qu'Antoine lui tendait et regarda l'appareil avec reconnaissance. D'une certaine façon, c'était grâce à lui qu'Antoine était venu lui porter secours ce soir.

Lorsqu'ils arrivèrent devant le foyer, Chloé partit en éclaireur pour vérifier que la voie était libre. Après quelques instants, sa tête réapparut dans l'entrebâillement de la porte d'entrée. Elle fit signe à Antoine de venir. En s'extirpant de la voiture, Antoine se rappela qu'il venait d'être molesté et se dit que son œil ne serait sans doute pas la seule partie de son corps à arborer une jolie teinte bleutée.

Chloé posa son index sur les lèvres pour demander le silence à Antoine. Ils grimpèrent rapidement deux étages et Chloé alla directement frapper à la porte de Julie. Les deux amies se jetèrent dans les bras l'une de l'autre et restèrent serrées très fort durant de longs instants. Un contact physique est parfois la meilleure des consolations. Lorsque Julie s'aperçut que Chloé était accompagnée, elle ouvrit de grands yeux en voyant l'homme à l'œil poché et à la chemise ensanglantée. Il avait manifestement besoin de soins. Elle lança un regard interrogateur à Chloé. Tout en imposant à nouveau le silence, Chloé entraîna ses amis jusqu'à sa chambre. Lorsqu'elle referma la porte, elle put enfin parler.

- Comment tu te sens ? demanda Chloé en saisissant les mains de son amie

- Ça pourrait être pire… Je suis contente de te voir, mais… Qui est ce ?

- Antoine

- C'est Antoine ? Répéta Julie, considérant l'inconnu d'un œil nouveau.

Chloé présenta Antoine à Julie puis raconta à son amie les péripéties de la soirée. Cette dernière ouvrait de grands yeux en l'écoutant. « Je n'en reviens pas que tu aies fait une chose pareille, tu es vraiment incroyable ! » répétait Julie en pouffant de rire.

Antoine laissa les filles discuter en se tenant un peu à l'écart. La chambre de Chloé ressemblait un peu à celle qu'il avait eue à la cité universitaire lorsqu'il était étudiant une dizaine d'année plus tôt. Une entrée avec des placards et une porte donnant sur une petite salle de bain, et la pièce principale meublée d'un lit d'une personne et de quelques meubles. Un joyeux désordre régnait dans la pièce. Un ordinateur portable négligemment déposé sur la commode était enseveli sous des vêtements et des peluches, juste à coté d'une cafetière contenant un fond de café refroidi.

Seul le bureau semblait avoir été rangé méthodiquement. Des outils étaient disposés sur la partie droite du meuble et des boîtes à petits casiers étaient soigneusement alignées le long du mur. Au dessus du bureau, le portrait encadré d'une femme portant une petite fille dans ses bras avait été suspendu en position centrale, face au siège. Antoine se demanda s'il s'agissait de Chloé avec sa maman.

Sur les murs, des posters et des affiches de spectacles se partageaient l'espace disponible avec une étagère emplie de livres et de revues. Le plus grand des posters représentait le Macchu-Picchu, la célèbre cité Inca. Antoine fut interrompu dans son observation par Chloé et Julie qui l'invitèrent à se faire examiner l'œil.

- Il parait que l'escalope, ça marche plutôt pas mal, fit Julie en examinant l'œil d'Antoine

- Il est minuit, où veux-tu que je trouve une escalope ? demanda Chloé

- Avec un peu de chance, dans le frigo de la cuisine, je vais aller jeter un coup d'œil

- C'est gentil, répondit Antoine, mais ne vous donnez pas cette peine. Je crois que les glaçons seront suffisants… Et je m'en voudrais de priver quelqu'un de repas...

Assis sur le bord du lit, Antoine tendait la tête vers le haut, aux bons soins des jeunes filles qui s'appliquaient à le soigner. Il grimaça un peu au contact glacé du tissu.

- Ça fait mal ? S'enquit Chloé

- C'est un peu sensible, répondit-il

- Ce qui est sûr en revanche, c'est que vous devez éviter l'aspirine car l'aspirine fluidifie le sang, ce qui risque de faire enfler votre cocard… Mais vous pouvez prendre du paracétamol à la place, continua Julie

- Je vois que vous vous y connaissez dans le domaine des coquards.

- Julie est une ancienne rugbywoman, ajouta Chloé en faisant un clin d'œil à son amie, heureuse de constater qu'elle semblait aller mieux

Les deux jeunes femmes observèrent à nouveau attentivement l'œil d'Antoine. La peau commençait à prendre le teint noirâtre caractéristique de l'œil au beurre noir. L'ecchymose mettrait au moins une semaine avant de disparaître.

- Vous n'êtes pas enrhumé au moins ? demanda Julie

- Non, pourquoi, c'est dangereux pour mon œil ?

- Oui, quand on a un œil au beurre noir, il faut éviter de se moucher car ça peut faire enfler le visage et cela augmente les risques d'infections.

- Ah bon ?

- Ça va vous faire un joli maquillage pendant toute une semaine, fit Chloé

- C'est mon patron qui va être content, répondit Antoine. Ce soir vous m'avez sauvé pour la seconde fois en une semaine… Comment vous remercier ?

Pour toute réponse, Chloé se contenta de lui lancer un sourire entendu. Antoine sut exactement ce qu'elle avait en tête.

- Ah non ! Ne me dites pas que vous pensez encore à cette histoire de voyage au Pérou ?

- Vous avez parfaitement deviné…

- Alors vous ne plaisantiez pas lorsque vous m'avez demandé cela ?

- Ma demande est tout à fait sérieuse…

Antoine regarda Julie. Cette dernière visiblement au parfum de l'affaire opina du chef. Elle semblait attendre la réponse d'Antoine avec la même impatience que Chloé. A cet instant précis, Antoine réalisa que Chloé ne jouait pas. Les deux jeunes femmes étaient suspendues à ses lèvres, un peu comme si leur avenir tout entier dépendait de ce qu'il allait dire. Bien que la proposition de Chloé lui semblât toujours aussi loufoque, il ne se sentit pas le courage de les décevoir.

- Mais combien de temps serions nous partis ? demanda-t-il sans vouloir donner l'impression de céder

- Une grosse semaine, dix jours tout au plus. Je ne vous retiendrai pas plus de deux semaines, c'est promis ! Vous avez bien la possibilité de prendre quelques jours de congés ?

- Euh, oui mais... Ecoutez, c'est la première fois que l'on me demande une chose pareille. Je dois dire que cette situation est un peu déconcertante.

- Je comprends, fit Chloé, avide de maintenir un climat de négociation favorable.

- De plus, on se connaît à peine. Je suis quelqu'un d'assez, comment dire ? Quelqu'un d'assez solitaire. Je ferai probablement un bien piètre compagnon de voyage.

- Je suis prête à prendre le risque, affirma Chloé

- Si vous me connaissiez un peu plus, il est probable que vous choisiriez une autre personne pour passer vos vacances.

- Il ne s'agit pas de vacances

- Ah ? Mais de quoi s'agit-il au juste ?

Au regard que Julie lança vers son amie, Antoine sut qu'il venait d'évoquer un point sensible. Chloé regarda quelques instants la photo suspendue au dessus de son bureau, baissa la tête et commença à parler :

- C'est pour ma mère, commença Chloé. C'est pour ma mère que je veux aller là bas. Elle est morte lorsque j'avais 6 ans. Elle était fascinée par la civilisation Inca, éperdue d'admiration devant leur ingéniosité. Elle ne cessait d'étudier leur histoire, leurs rites et leurs croyances... Très rapidement, elle m'a transmis sa passion. Elle m'achetait des tas de livres et de bandes dessinées sur le sujet. J'étais petite, je savais que les incas avaient disparu, mais je savais aussi que quelque part dans le monde, très très loin d'ici, il était possible de se rendre dans les lieux où ils avaient vécu. Vous vous rendez compte de ce que cela pouvait représenter pour ma mère ? Pouvoir marcher sur la trace des Incas, emprunter les sentiers qu'ils avaient foulés, admirer les temples qu'ils avaient bâtis, regarder les montagnes qu'ils vénéraient. C'est à cette époque également que passait le dessin animé dont je vous ai parlé : « Les mystérieuses cités d'or ». Tous les soirs, je regardais un épisode avec ma mère, et puis elle me racontait d'autres histoires avant que je ne m'endorme... Je garde un souvenir merveilleux de ces moments qui ont bercé mon enfance ...

Antoine et Julie écoutaient Chloé presque religieusement, profondément touchés par l'histoire de la jeune femme.

- Maman n'était pas riche. Un voyage au pays des Incas était un rêve inaccessible. Cela aussi je le comprenais… Avant que maman ne me quitte, j'allais la voir à l'hôpital après l'école. Elle était très malade, mais je pensais qu'on allait la soigner et qu'elle rentrerait bientôt à la maison… Quand je l'ai vue pour la dernière fois, je lui ai promis que lorsque je serais grande je gagnerai suffisamment d'argent pour l'emmener là bas… Il m'a fallu du temps pour comprendre qu'elle ne reviendrait pas. Les années ont passé, et en grandissant, je pensais toujours à cette promesse que j'avais faite à maman. C'était très douloureux pour moi de savoir que je ne pourrais pas la tenir… Et puis un jour, j'étais adolescente, j'ai regardé un film à la télé. Une dame se tenait sur la proue d'un bateau. Elle pleurait parce qu'elle venait de perdre son mari. Elle était sur ce bateau pour jeter les cendres de son mari dans la mer… C'était très émouvant… Ce jour là, j'ai décidé qu'un jour moi aussi j'irai disperser les cendres de ma maman, dans l'endroit où j'avais promis de l'emmener…Voilà Antoine. Vous connaissez le but de mon voyage conclut Chloé en relevant les yeux vers lui

Emu, Antoine eut du mal à soutenir le regard noyé de larmes de la jeune femme. Elle qui lui était apparue si forte, si déterminée tout à l'heure semblait infiniment fragile maintenant. Il restait tout de même un point à éclaircir, une chose qu'il ne saisissait pas et qu'il tenait absolument à éclaircir.

- Je vois Chloé. Je comprends mieux le sens de votre voyage, et aussi votre motivation… Mais il y a un point qui demeure obscur pour moi.

- Lequel ?

- Et bien, même si je comprends maintenant parfaitement pourquoi vous voulez effectuer ce voyage, je ne vois pas pour quelle raison vous tenez absolument à ce que je vous accompagne.

- Ecoutez, Antoine, j'ai des raisons de penser que d'une façon ou d'une autre vous allez m'aider à réussir ce voyage et qu'à contrario, si vous ne venez pas, je ne parviendrai pas à remplir ma promesse.

- Mais qu'est ce qui peut vous amener à penser une chose pareille ?

Les deux jeunes femmes se regardèrent. Toutes deux savaient qu'ils allaient aborder le point clé du sujet. Chloé savait qu'en répondant la vérité à Antoine, cela allait « passer ou bien casser », mais décida de jouer « cartes sur table » :

- Je le pense parce que … Parce que je l'ai rêvé.

- Vous avez rêvé que je vous accompagnais ?

- Exactement et même si ce rêve avait sans doute une forme un peu allégorique, vous étiez là, au Pérou, au moment où j'en avais besoin pour aller jusqu'au bout du chemin.

- Juste un rêve ? Sourit Antoine. Vous savez, l'autre jour nous nous sommes croisés dans des circonstances un peu particulières. Il est courant de revivre en rêve des moments vécus dans la journée. Le réel se mêle à nos fantasmes et notre cerveau est très créatif pour construire toute sorte de scénaris … Les images que l'on voit en rêve ne prédisent pas pour autant l'avenir…

- Je ne vous ai pas dit la chose la plus importante

- Je vous écoute…

- Vous vous souvenez que j'avais l'impression de vous avoir déjà vu lorsque nous nous sommes rencontrés la première fois ?

- Oui.

- Avant-hier, j'ai compris pourquoi en refaisant ce rêve

- Vous aviez déjà fait ce rêve ?

- Oui. Des dizaines de fois. Depuis des années, je rêve que je suis en route pour la Cité d'Or. Depuis quelques temps, il arrive un moment dans le rêve où toutes mes forces semblent me quitter, presque comme si j'étais sur le point de mourir… Et au moment où tout espoir semble perdu, vous arrivez et vous m'aidez à continuer.

- …

- Et cette scène, je l'ai vécue en rêve bien avant de vous rencontrer

- C'est insensé, murmura Antoine pensivement.

Une ou deux minutes passèrent sans que les trois jeunes gens ne parlent. Après les révélations de Chloé, Antoine sentait que la jeune femme attendait qu'il se prononce dans un sens ou dans un autre. Cette histoire était vraiment abracadabrante. En même temps, cette fille lui avait sauvé la vie et la dette qu'il avait envers elle était énorme. Cela ne valait-t-il pas qu'il accepte sa demande, aussi déraisonnable soit-elle ? Il se sentit soudain vaincu par une énorme fatigue. Il prit une profonde inspiration et regarda sa montre. Il était près de deux heures du matin. Ça allait encore être galère tout à l'heure au réveil. La journée avait été épuisante et il ne se sentait plus la force de penser ou de discuter davantage.

- Ecoutez, fit-il à l'attention de Chloé. Vraiment, je ne sais pas quoi vous dire. Votre demande est tellement… Tellement inattendue que j'ai besoin d'un peu de temps. En tout cas, je vous promets d'y réfléchir…

Chloé se contenta de sourire à Antoine. Son expérience lui avait appris que lorsqu'on lui disait « je vais y réfléchir », ce n'était généralement pas bon signe.

Paul Ezingard traversa l'open space en fulminant et claqua la porte de son bureau, ce qui provoqua un murmure et un croisement de regards parmi les télé-conseillés affairés. La journée débutait à peine et le chef était manifestement de très mauvaise humeur. Cela n'était pas de bon augure et mieux valait se tenir à carreau pour les heures à venir.

Seul dans son bureau, Paul Ezingard marchait de long en large, incapable de décolérer après l'entrevue qu'il venait d'avoir avec Edouard Delabrigode. Le vieux briscard l'avait convoqué en tout début de matinée pour lui faire part des évolutions d'organisation qu'il venait de décider, seul, dans son coin. L'une de ces évolutions impactait directement le département dirigé par Paul Ezingard. C'est d'ailleurs la raison pour laquelle le vieux avait tenu à avoir cet entretien en tête à tête avec lui pour, selon ses dires, l'impliquer dans la réussite de la mise en œuvre de la nouvelle stratégie. « M'impliquer, tu parles ! » se dit Paul Ezingard. « Son unique objectif était de me faire avaler ses couleuvres ! »

Tout en ressassant cette idée, Paul Ezingard frappa d'un poing rageur le sous-main de cuir, offert par son ex-femme et qui ornait toujours le dessus de son bureau. Bien entendu, il savait que le vieux allait lui parler du projet de « cellule trading » qui avait été à l'ordre du jour des derniers comités de direction. Cela faisait quelques semaines qu'il y travaillait personnellement… Une opportunité inespérée pour faire croître l'importance de son département et devenir de fait le numéro deux de CREDILIS, c'est-à-dire celui qui un jour serait en position de reprendre la direction de la maison…

Seulement, le hic, c'est que le scénario du vieux briscard n'allait pas du tout dans le sens qu'il escomptait. Son idée, complétement aberrante était de constituer un département Trading à part entière, c'est-à-dire un département indépendant du sien. Cela signifiait que non seulement, lui, Paul Ezingard n'engrangerait pas le bénéfice de cette réorganisation, mais qu'en plus, il perdrait l'ensemble de ses collaborateurs impliqués dans cette activité. Aberrant ! Se répéta-t-il. Mais le pire de tout ceci, le plus incroyable, c'est ce qu'Edouard Delabrigode lui avait annoncé en fin d'entretien. Non content d'amputer son service, le vieux voulait confier les rênes de la cellule « Trading » à Antoine Boulanger !

Bon Dieu ! se dit Paul Ezingard en se relevant brutalement, ce type était peut être très doué pour les finances mais il n'avait pas les épaules assez larges pour prendre les rênes d'un département ! Il ne s'était d'ailleurs pas privé de le souligner à Edouard Delabrigode : « Voyons Edouard ! Antoine Boulanger ? Vous n'êtes pas sérieux ! Certes, ce garçon est très fort dès lors qu'il s'agit d'anticiper les mouvements financiers, mais cela n'en fait pas un patron de département pour autant ! Regardez les choses, en face, il n'a aucune expérience en management … Non, si vous voulez mon avis, avec lui à la tête de la cellule Trading, nous courons à la catastrophe ! »

Le vieux l'avait écouté à moitié. Manifestement sa décision était prise et plus rien ne le ferait démordre de son idée !

Paul Ezingard s'approcha de la vitre de son bureau juste au moment où Antoine Boulanger se garait sur le parking. Il ne put réprimer un rire sarcastique en le voyant sortir par la portière passager. « Quand on roule dans une telle poubelle, il est clair qu'on n'a pas l'étoffe d'un chef » dit il tout haut. Tout en le suivant du regard, il réfléchissait : La nomination d'Antoine Boulanger à un tel poste, et l'empressement dont Edouard Delabrigode faisait preuve pour mettre en place la nouvelle organisation cachaient forcément quelque chose. Ce n'est pas à lui, Paul Ezingard qu'on ferait croire le contraire. Il n'était pas né de la dernière pluie !

Non, décidément, ce n'était pas dans les habitudes du vieux d'afficher une attitude aussi paternaliste envers ses employés. Et cela, Paul Ezingard savait que ce n'était pas bon signe pour lui et qu'il fallait très rapidement trouver la raison de cette étrange attitude. Dans quelques mois, un ou deux ans tout au plus, Edouard Delabrigode aller céder la Direction de CREDILIS à celui qu'il jugerait comme étant le mieux placé pour lui succéder. S'il avait eu un fils, la question aurait été réglée. Mais fort heureusement, le vieux n'avait pour seule et unique descendance qu'une fille, Eugénie. Avec sa vision dépassée des choses, le vieux fossile était incapable de concevoir le pouvoir dans les mains d'une femme, y compris celles de sa propre fille. De toute façon, même si cela avait été le cas, Eugénie Delabrigode n'avait absolument pas l'étoffe d'une patronne. En aucun cas elle n'aurait pu succéder à son père à la Direction de CREDILIS. Dans l'esprit de Paul Ezingard, il avait toujours été clair que le vieux choisirait son successeur parmi ses plus fidèles lieutenants. Depuis toujours, il avait œuvré pour figurer en position de prétendant légitime, n'hésitant pas à éliminer des candidats potentiels au poste suprême. Il y avait consacré tout son temps depuis les dix dernières années et y avait sacrifié jusqu'à sa vie de famille. Divorcé depuis une dizaine d'années il ne voyait plus ses enfants, mais considérait que c'était là le prix à payer pour accéder à la reconnaissance qui lui était due. Tout cela était fort clair dans l'esprit de Paul Ezingard, fort clair jusqu'à ce matin et cette foutue réunion qui était venue lui semer un doute dans l'esprit.

Que manigançait le patron en nommant Antoine Boulanger ? Se pouvait-il que le vieux ait échafaudé un scénario dans lequel, lui, Paul Ezingard ne tiendrait pas le premier rôle ?

Chloé s'éveilla la tête lourde, comme si une migraine sournoisement tapie dans son crâne attendait le moment d'éclater. Elle resta immobile quelques minutes, écoutant le bruit de la circulation. L'activité humaine battait déjà son plein au dehors. Elle essaya d'imaginer ce que serait l'ambiance sonore de la Cité d'Or. Sans doute le calme absolu, protégé des bruits de la ville par les immenses montagnes. Elle s'étira longuement et tendit le bras pour tirer les lourds rideaux qui obscurcissaient la pièce. La lumière blafarde d'un jour nuageux pénétra dans la pièce. Elle jeta un coup d'œil au réveil. Il était déjà 9 heures, mais ce n'était pas la peine de se presser, aujourd'hui, elle ne retournerait pas au Rapido-pizz.

Elle se massa doucement les tempes dans l'espoir de refouler la douleur qui commençait à poindre puis se leva, décidée à ingurgiter une bonne dose de café ; cela irait sans doute mieux une fois qu'elle aurait complètement émergé.

Tout en versant l'eau et le café dans la cafetière, elle songea aux évènements de la veille. La journée avait été riche en péripéties, mais cela ne suffisait pas à expliquer l'état patraque dans lequel elle se trouvait. Au moins, elle avait enfin réussi à exposer sa demande à Antoine, et à faire en sorte qu'il ne la prenne pas complètement pour une folle. Au contraire, passée la surprise, il s'était montré plutôt attentif et compréhensif. Cela étant, il était difficile de présager sa décision ; cela pouvait fort bien basculer dans un sens ou dans l'autre…

Sans attendre que le café soit complètement passé, Chloé se versa une tasse et alla s'asseoir à son bureau. Son intuition lui soufflait qu'il valait mieux ne pas relâcher la pression auprès d'Antoine si elle espérait une réponse favorable. Son intérêt était sans doute de le revoir le plus tôt possible. « Comme le disait souvent Papy Léon, il faut battre le fer tant qu'il est encore chaud ».

Elle posa sa tasse près d'une boite de perles, et brancha le cordon du chargeur de son portable dont la batterie était complètement déchargée. Après quelques secondes, le « bip » caractéristique d'un message laissé se fit entendre. Elle consulta le journal des appels et constata qu'une personne avait cherché à la joindre 6 fois dans la journée d'hier. Le numéro affiché ne faisait pas partie de son répertoire. Elle composa le numéro d'accès à la messagerie et écouta. La personne qui avait cherché à la joindre était l'assistante du docteur Coste, le médecin qui l'avait examinée au centre hospitalier suite à sa chute. Il tenait à la revoir pour des examens complémentaires.

Chloé demanda le rappel du numéro et tomba directement sur l'assistante. Cette dernière lui expliqua qu'il ne fallait pas s'inquiéter outre mesure, mais que par sécurité, le docteur Coste tenait à lui faire passer une IRM du cerveau très rapidement, afin de pouvoir lever tous les doutes. « Des doutes ? » s'était entendu répéter Chloé machinalement. L'assistante ne pouvait lui en dire plus, le docteur lui expliquerait tout cela en détail, mais la première chose à faire, c'était cet examen complémentaire.

Abasourdie, Chloé accepta le rendez vous fixé pour le mercredi suivant, puis raccrocha, songeuse. Cet examen avait-il rapport avec les conséquences de sa chute ? Le médecin lui avait fait faire des radios mais elle n'avait même pas pris la peine d'attendre ses commentaires. Qu'avait-il vu sur ces clichés qui le pousse à la rappeler ? Mis à part les points de suture sur le front, sa chute n'avait pas eu de conséquence sur son état. Se pouvait-il que cela ait un rapport avec ses maux de tête répétitifs ? Bon sang, elle allait devoir attendre presque une semaine pour le savoir ! Chloé se sentit soudain très faible et vulnérable. Son regard se tourna irrésistiblement vers la photo de sa mère. Elle lui manquait toujours terriblement, et par moment elle aurait donné tout l'or du monde pour pouvoir se blottir, comme lorsqu'elle était petite, dans la chaleur réconfortante de ses bras.

Les portes de l'ascenseur s'effacèrent dans un ronflement discret. Antoine Boulanger, franchit le seuil et considéra le panneau indiquant la Direction Générale vers la droite. Il traversa le long couloir, croisant au passage plusieurs cadres qui vaquaient d'un pas pressé à leurs impérieuses occupations, les bras chargés de dossiers. Au bout du corridor, il s'arrêta un instant devant la porte légèrement entrouverte de madame Firmin, l'assistante du Directeur. Celle-ci était visiblement occupée au téléphone. En proie à une certaine appréhension, Antoine se demanda, si par délicatesse, il ne devrait pas attendre quelle ait terminé sa conversation téléphonique avant d'entrer, mais se ravisa aussitôt. Si Edouard Delabrigode avait pris la peine de lui laisser un message pour qu'il passe le voir tôt, ce devait être important et il ne pouvait pas le faire attendre.

Antoine réajusta sa cravate et franchit le seuil de la pièce, un sourire poli figé sur le visage. Hésitant, il s'avança et s'arrêta à quelques pas devant le bureau de madame Firmin qui continuait sa conversation téléphonique. La cinquantaine bien sonnée, madame Firmin était une vieille fille peu commode, au caractère bien trempé, qui défendait férocement l'accès du bureau de son patron. Elle considérera Antoine par-dessus sa paire de lunettes en écaille dorée

- Oui… Oui, continua-t-elle visiblement contrariée par l'arrivée d'Antoine. Bon, je dois te laisser… J'ai quelqu'un. Oui, c'est cela. Oui, on se rappelle. Elle raccrocha et examina Antoine d'un air hostile, s'attardant sur son œil poché.

- c'est pour quoi ? demanda-t-elle d'un ton sec.

- Je suis venu voir Monsieur Delabrigode, répondit Antoine un peu mal à l'aise, mais se forçant toujours à arborer un sourire avenant. La dame l'examina une nouvelle fois d'un regard soupçonneux.

- Vous aviez rendez-vous ?

- Euh… Oui, enfin non… Je veux dire pas vraiment. C'est-à-dire que Monsieur Delabrigode m'a laissé un message tôt ce matin…

Madame Firmin soupira en haussant les sourcils et composa le numéro de poste de son patron

- Monsieur le Directeur... Oui, j'ai en face de moi Monsieur Boulanger qui prétend avoir rendez-vous avec vous. Je …. Oui… Oui, très bien Monsieur le Directeur » Elle reposa son combiné en pinçant les lèvres et déclara à Antoine qu'il pouvait entrer.

« Entrez, Antoine, entrez donc mon jeune ami » Intimidé, Antoine referma la porte et fit quelques pas dans l'immense bureau du Directeur. Ce dernier, de profil, debout face à la baie vitrée se tourna et l'encouragea à avancer jusqu'à lui d'un signe de la main.

De l'autre coté de la porte, l'assistante de direction soupira. Décidément, Monsieur Delabrigode était imprévisible. Il exigeait d'elle une grande rigueur dans le filtrage de ses communications téléphoniques et dans la gestion de ses rendez-vous, et voilà qu'il conviait un employé à venir le rencontrer sans passer par son intermédiaire Comment dans ces conditions pouvait elle exercer ses fonctions convenablement ?

Lorsque Antoine fut à ses cotés, Édouard Delabrigode continua d'observer, tout en le commentant, le panorama offert par sa position stratégique.

- Regardez, Antoine, n'est-ce pas magnifique ? fit il, accompagnant sa parole d'un large geste circulaire du bras.

- Si, Monsieur … Enfin Edouard. La vue est tout simplement … Spectaculaire

- Voyez-vous, j'ai monté cet ensemble brique par brique, année après année. Bien sûr, j'ai rencontré mille obstacles et mille raisons de me décourager, mais jamais au grand jamais je n'ai renoncé. Et si j'ai abouti là où tant d'autres auraient abandonné, cela ne tient qu'à une chose Antoine : la volonté !

- Vous avez fait un travail énorme, Mon …Edouard.

- Un travail qui ne demande qu'à être poursuivi mon cher Antoine… Regardez encore… Tout ceci sera peut être à vous dans quelques temps, ajouta-t-il en se tournant brusquement vers Antoine.

- …

- Oh mon Dieu ! S'exclama Edouard Delabrigode, Antoine, que vous est il arrivé ?

- Ce qu'il m'est arrivé ?

- Oui, là ! Votre œil ! Mais ma parole, vous avez un œil au beurre noir !

- Oui, je … En fait, je me suis cogné dans une porte.

- Vous voulez dire que vous vous êtes fait cet œil au beurre noir en vous cognant dans une porte ? Interrogea Edouard Delabrigode, perplexe.

- Oui, c'est exactement cela… Une porte entrouverte… Un moment d'inattention… Et voilà le résultat.

Edouard Delabrigode examinait la paupière d'Antoine d'un œil circonspect :

- Bon sang Antoine ! Vous ressemblez à un de ces garnements qu'on croise dans les cités ! Croyez-vous que je vais confier ma fille à un bagarreur ?

- Mais, je …

- Je plaisante évidemment mon cher Antoine ! Continua-t-il en partant d'un grand éclat de rire. Vous apprendrez rapidement à me connaître. Vous savez, pour supporter les lourdes responsabilités qui sont les miennes, il faut savoir se montrer un brin espiègle ! Mais revenons-en au sujet qui vous concerne : la cellule trading.

- Oui ? Je vous écoute, Monsieur.

- Je viens d'avoir un entretien avec Paul Ezingard, au cours duquel je lui ai annoncé mon intention de vous nommer à la tête de cette cellule. Comme Paul est, ou plus exactement « était » votre supérieur hiérarchique jusqu'à présent, il était important qu'il soit le premier au courant.

- Je comprends.

- Je connais Paul depuis très longtemps. Je peux dire sans exagérer qu'il est aujourd'hui l'un de mes collaborateurs les plus précieux, si ce n'est le plus précieux ! Ses compétences font autorité dans notre secteur d'activité. Son dynamisme et sa vision du marché font de lui un élément stratégique pour CREDILIS.

- J'en suis persuadé, monsieur.

- Paul est aussi quelqu'un d'extrêmement ambitieux et cela ne doit pas vous étonner qu'il prenne un peu mal ma décision de l'évincer de la direction de cette cellule, qui en d'autres circonstances, lui serait revenue naturellement.

- Dois-je comprendre que ma nomination le contrarie ? Hasarda Antoine.

- Contrarie ? C'est un euphémisme ! Sachez-le, Antoine, Paul va tenter désormais par tous les moyens de vous rendre la vie difficile dans le seul but d'incarner ensuite la seule personne capable de reprendre les choses en main.

- C'est ennuyeux…

- Mais comprenez moi bien, Antoine, je ne PEUX PAS me séparer d'un collaborateur tel que Paul… Je vais donc vous demander d'être patient et diplomate ; vous verrez, les choses s'arrangeront avec le temps.

- Bien, si vous le dites.

- Bien entendu, je n'ai aucunement mentionné à Paul la relation que vous entretenez avec ma fille, et je vous conseille d'en faire tout autant. Ces choses là relèvent, disons, du domaine privé. Est-ce clair Antoine ?

- Tout à fait clair, Monsieur Delabrigode.

- Ah ! Mais quand donc cesserez-vous de m'appeler « Monsieur Delabrigode ?» Souvenez vous, mon jeune ami, bientôt vous ferez partie de la famille et il faut que vous commenciez à vous entraîner à m'appeler « Edouard ».

- Oui, excusez moi, cette situation est tellement nouvelle pour moi, Edouard.

- A la bonne heure ! S'exclama le patron de CREDILIS, tout en tapotant énergiquement le dos d'Antoine. Bien entendu, évitez de parler de votre nomination tant que les choses ne sont pas officielles. La DRH s'occupe en ce moment même de rédiger la circulaire annonçant votre promotion. J'ai également lancé des ordres de travaux pour vous créer un bureau indépendant dans ce bâtiment.

- Dans ce bâtiment ? S'étonna Antoine

- Et oui mon cher, désormais vous ferez partie de la direction et siègerez à ce titre au conseil d'administration. Ne vous tracassez pas, je sais que tout cela est très nouveau pour vous, mais vous vous y ferez rapidement, ajouta Edouard Delabrigode en poussant Antoine vers la sortie.

Antoine regardait d'un œil distrait les chiffres défiler sur les écrans de ses ordinateurs. Son esprit était ailleurs, préoccupé par la demande d'une jeune femme qui voulait l'embarquer pour le Pérou. Les annonces micro, les conversations téléphoniques de l'open space, ainsi que le bruit des doigts pianotant sur les claviers formaient un bourdonnement sourd qui lui semblait étrangement lointain. Il sursauta en entendant la voix toute proche de Paul Ezingard :

- Alors monsieur Boulanger, on rêve ?

- Je… Je réfléchissais

Paul Ezingard parut un instant surpris en voyant l'œil au beurre noir d'Antoine, faillit dire quelque chose, mais choisit finalement de continuer sur sa lancée :

- Ah oui, vous réfléchissiez ? J'ose espérer que vous méditiez sur les moyens les plus efficaces de rentabiliser au mieux les actifs de CREDILIS ?

- …

- Vous savez, Antoine, continua Paul Ezingard, même si notre Directeur Général voit en vous un élément promis à un brillant avenir dans notre entreprise, j'attends en ce qui me concerne des résultats ! J'y resterai attentif, et ce jusqu'au dernier instant que vous passerez sous ma responsabilité !

- C'est naturel, monsieur.

- Si cela vous semble naturel, je vous invite à vous ressaisir dans ce cas ! Je vous trouve… Comment dire ? Un peu « absent » ces derniers temps. Je viens d'ailleurs de consulter vos résultats journaliers, et je dois dire que vous nous avez habitués à mieux par le passé. Alors un conseil : ressaisissez-vous ! Sinon vous constaterez rapidement que les rêves d'avenir peuvent rapidement se transformer en cauchemars, ajouta-t-il avec un sourire carnassier.

Paul Ezingard tourna les talons, et regagna son bureau aussi rapidement qu'il était apparu. Antoine jeta un coup d'œil à la ronde pour voir si le court échange qu'il venait d'avoir avec son directeur commercial avait été entendu par ses collègues voisins. Par chance, ils étaient tous bien trop concentrés sur les cours de la bourse pour cela. En tout cas, cet incident prouvait s'il en était besoin qu'Edouard Delabrigode avait raison. La pilule avait un goût amer pour Paul Ezingard et il était clair qu'il chercherait désormais par tous les moyens à lui mettre des bâtons dans les roues. Antoine devait donc rester vigilant et éviter à tout prix de lui donner des motifs d'insatisfaction qu'il ne se priverait pas de rapporter au « Big Boss »

Antoine se recala sur son siège, bien décidé à focaliser toute son attention sur les fichus écrans qui lui servaient de décor quotidien. Il afficha la fenêtre de passation d'ordres, la calculatrice, puis celle de forums qui lui permettaient de trouver de bonnes opportunités d'achat ou de vente. Il réfléchirait à tout cela, à la demande de Chloé ce soir, après le travail… Et d'ailleurs, ce serait peut être bien d'en discuter avec Franck. Oui, ça c'était une bonne idée ! Franck était plein de bon sens et il n'hésitait jamais à dire ce qu'il pensait.

Il était environ 16h lorsque Franck sortit de la banque. L'entretien avec le conseiller financier s'était bien déroulé. Encore quelques informations à lui communiquer et il pourrait obtenir le financement nécessaire à la réalisation de leur projet. Avec Annick, cela faisait plusieurs années qu'ils envisageaient d'aménager une partie de la ferme en gîte rural. Les vacances « au vert » connaissaient un engouement sans précédent dans la région et de plus en plus de familles recherchaient des endroits calmes à la campagne pour y passer des vacances reposantes. Pour d'autres, il s'agissait également de fuir la ville et de se déconnecter le temps d'un week-end. La proximité de la mer, accessible en une vingtaine de minutes, attirait également des touristes étrangers de plus en plus nombreux durant la saison estivale. Le banquier l'avait bien compris. Franck pensa qu'il lui faudrait retravailler un peu l'anglais pour accueillir ses futurs clients. Il avait abandonné l'étude des langues étrangères assez tôt à l'école et ce n'était d'ailleurs pas son fort. Enfin, au début il pourrait compter sur Annick qui ne se débrouillait pas trop mal, et puis il apprendrait les rudiments de la langue de Shakespeare sur le tas.

L'aménagement d'une aile de la ferme permettrait de proposer trois chambres d'hôtes, plus un dortoir pour les groupes de passage. Une vaste salle à manger verrait le jour dans l'ancienne grange et pourrait accueillir de nombreux convives. Des repas préparés avec les produits du terroir, issus directement de la ferme seraient proposés. Annick était une merveilleuse cuisinière, et Franck ne doutait pas un instant que l'on ferait honneur à sa table. De son coté, il s'occuperait du champ pour disposer de produits frais en toute saison et assurerait l'élevage de quelques animaux de ferme, pour le plus grand plaisir des tous petits.

Après toutes ces années passées à en rêver, leur projet allait enfin voir le jour. Fini CREDILIS, finis les horaires à rallonge et les coups de gueule du patron. Avec les revenus issus des chambres d'hôtes et de la vente des produits de la ferme, ils pourraient vivre décemment. Certes, ils n'allaient pas rouler sur l'or, mais ce serait suffisant pour que toute la famille mène une existence heureuse à la ferme. Peut être que si l'affaire marchait bien, il pourrait même proposer à Antoine de s'associer à eux…

Avec toutes ces bonnes choses en perspective, Franck arborait un franc sourire en traversant la grand place en direction du parking sous terrain où il avait laissé sa voiture. A cette heure de la journée le centre ville, dont beaucoup ne connaissaient que l'effervescence et les embouteillages, affichait un visage paisible. Tandis qu'une grande partie de la population était encore au bureau, quelques privilégiés avaient profité des belles journées du mois de mai pour poser congé et partageaient l'espace urbain avec les retraités et les étudiants. Les boutiques semblaient plus accueillantes, les commerçants plus disponibles, les gens sur les terrasses plus décontractés et Franck goûtait avec bonheur cette impression de légèreté. Cela lui donna l'envie de prolonger ce moment et de se fondre dans le flot des badauds.

En passant devant la grande librairie centrale, il céda soudain à une impulsion et décida d'y pénétrer. Cela faisait une éternité qu'il n'y avait pas mis les pieds. Telle la grotte du cyclope dans Ulysse, la librairie paraissait beaucoup plus grande à l'intérieur que ce que sa modeste façade laissait supposer. Le rez-de-chaussée était un immense dédale composé de couloirs aérés et de salles spécialisées par domaine, percé en plusieurs endroits par des escaliers qui emmenaient les clients vers les étages supérieurs. L'ensemble du magasin était organisé autour d'une magnifique cheminée centrale traversée en plusieurs endroits par des passerelles aériennes. Cela fit l'impression à Franck qu'il venait de pénétrer dans une ruche. Il hésita un instant, puis délaissa l'espace BD où des passionnés, trentenaires pour la plupart, jouissaient de confortables fauteuils installés là à leur intention. La Direction du magasin ne voyait visiblement pas d'inconvénient à ce que certains y passent des après-midi entiers.

Le rayon des romans en format poche déployait de larges rayonnages dont certains comme les policiers ou la science fiction, étaient particulièrement bien fournis. Franck se sentit désemparé devant cette abondance de couvertures multicolores. Comment les amateurs faisaient-ils pour s'y retrouver ? Il commença par regarder les livres exposés sur les tables, puis pencha la tête pour lire au hasard les titres de ceux qui se trouvaient dans les rayons. A ce rythme là, il pouvait y passer toute la nuit ! Découragé, il laissa fuser un soupir sonore. La seconde suivante, une hôtesse souriante était prêt de lui :

- Je peux vous être utile, Monsieur ? Pris au dépourvu, Franck répondit d'un ton bourru :

- Oh, je ne pense pas. Je cherche un bouquin, mais je ne connais pas l'auteur.

- Est-ce que vous connaissez le titre ?

- C'est un truc du style « Arnold et Maud »

- Harold et Maud ?

- Heu oui. Ça doit être ça, enfin vous savez, c'est pour offrir…

A la grande surprise de Franck, l'hôtesse se dirigea sans hésiter vers un rayon situé à quelques mètres de là, et revint le livre à la main. Il était épaté et confus à la fois :

- Ça alors, je n'aurais jamais pu le trouver !

- C'est un excellent choix en tout cas, fit elle en lui tendant l'ouvrage

- Ah bon ? Vous le pensez vraiment ? S'étonna Franck, en inspectant la jeune femme pour y déceler une moquerie. Mais non, elle semblait tout à fait sérieuse et n'affichait pas l'excentricité de la fille qui poursuivait Antoine.

- Oui, je vous assure, confirma l'hôtesse. Je vous conseille de le lire avant de l'offrir continua-t-elle en lui faisant un clin d'œil.

Franck inspecta le livre avec circonspection, remercia l'hôtesse puis passa à la caisse. Satisfait, il sortit de la librairie et dissimula son achat au plus profond de sa mallette. OK, il avait acheté ce bouquin, mais il ne tenait tout de même pas à ce qu'on le sache ! Il n'avait pas médité son geste, cela l'avait pris d'une façon aussi imprévue qu'irrésistible. Force était de constater que cette « Chloé » avait réussi à exciter sa curiosité avec ses lectures bizarres.

Vers 18h, n'y tenant plus, Antoine ferma ses postes informatiques et s'éclipsa alors que l'ensemble de ses collègues, en bons Traders analysaient les opérations de la journée et commençaient à analyser les opportunités pour la séance du lendemain. Cela ne lui ressemblait pas de partir aussi tôt, mais il avait convenu d'un rendez-vous vers 18h30 avec Franck et ressentait le besoin impérieux de se confier à son ami.

Lorsqu'il arriva sur le parking, il se dirigea naturellement vers l'endroit où il croyait avoir laissé sa voiture et eut la surprise de ne pas la trouver. Il jeta un regard à la ronde, puis longea une première allée, puis une seconde, mais rien à faire, son break avait bel et bien disparu. Il revint à la place initiale. Une grosse Mercedes à la peinture gris métallisé étincelante et aux vitres teintées se trouvait à l'emplacement de son break. Pour en avoir le cœur net, il plongea la main dans la poche de sa veste pour y retirer ses clés de contact et eut la surprise de constater qu'elles ne s'y trouvaient plus. Sa veste était restée sur le dossier de son siège toute la journée, y compris lorsqu'il s'était rendu à la cantine durant la pause de midi. Il fallait se rendre à l'évidence, quelqu'un avait subtilisé ses clés durant son absence et avait volé sa voiture. Peu convaincu malgré tout, Antoine se demanda qui, chez CREDILIS, pouvait avoir envie de voler sa voiture. C'est alors que la portière de la grosse berline s'ouvrit et qu'Eugénie Delabrigode apparut :

- Antoine ! J'espère que vous ne m'en voudrez pas de vous avoir laissé chercher quelques instants

- Eugénie ? Fit-il surpris

- Mon Dieu, mon père m'a expliqué pour votre chute, je n'imaginais pas que ce soit à ce point, fit-elle en examinant l'œil d'Antoine. Cela ne vous fait pas trop souffrir au moins ?

- Non non, fit Antoine, un peu gêné, c'est assez spectaculaire mais ce n'est rien, je vous assure.

- Alors tant mieux ! Mais venez Antoine… Approchez-vous ! Oh je suis tellement pressée de vous la montrer !

Intrigué, Antoine s'approcha d'Eugénie qui était sortie de la grosse berline et trépignait sur place.

- Regardez Antoine ! Regardez comme elle est belle ! » Fit-elle en se haussant sur la pointe des pieds tout en caressant la voiture.

- Effectivement... Très jolie… Justement à propos de voiture, c'est étrange, je ne retrouve plus la mienne…

- Oh, Antoine ! Votre candeur est tout à fait charmante ! Vous n'avez donc pas compris ?

- Qu'est ce que je devrais comprendre ?

- Et bien cette voiture, fit Eugénie, en se tournant à nouveau vers la Mercedes, c'est la vôtre !

Antoine regarda à nouveau le véhicule de luxe, puis Eugénie

- La mienne ? Que voulez-vous dire ?

- Oui, la votre ! Regardez ajouta-t-elle en ouvrant la porte : intérieur cuir, c'est le modèle de luxe !

Antoine se pencha à l'intérieur pour constater par lui-même. Rarement il avait vu un intérieur de voiture aussi somptueux.

- Sentez comme elle sent bon ! Elle sort tout juste du garage ! fit Eugénie ravie.

- Mais… Mais je ne comprends toujours pas.

- Elle n'a que cinq kilomètres au compteur, et de vous à moi, c'est le haut de gamme de la marque ! Autant vous dire que papa n'a pas lésiné ! Il vous fallait au moins un modèle de ce standing.

- Attendez Eugénie, vous êtes en train de me dire que cette voiture est pour moi ?

- Mais oui Antoine, c'est ce que je m'évertue à vous expliquer !

- Mais… Mais je ne peux pas accepter un cadeau d'une telle valeur !

- J'espère que vous ne m'en voudrez pas pour avoir subtilisé les clés de votre ancienne voiture ? Continua Eugénie sans prêter attention aux protestations d'Antoine.

- Comment, c'est vous qui…

- Oui, vous comprenez, pour que la surprise soit complète, il fallait que je puisse substituer cette voiture à la votre. Et vu l'état de votre ancienne voiture, il était urgent de le faire ! Papa a été particulièrement réactif. Il faut dire que c'est aussi une question d'image. Vous devrez y veiller également à l'avenir, Antoine. Papa était sidéré lorsque je lui ai décrit l'état de votre voiture. Il ne pouvait pas accepter que sa fille fasse un kilomètre de plus dans une telle guimbarde ! Conclut-elle en se trémoussant.

- C'est très généreux... Mais… Ma voiture qu'en avez-vous fait ?

- Votre voiture ? Le garage a accepté d'en débarrasser le parking. De toute façon, vous admettrez, Antoine, qu'elle était bonne pour la casse !

- Mais je …

- Rassurez vous Antoine, j'ai pris soin de rassembler les quelques objets qui se trouvaient dans votre coffre ainsi que dans la boite à gant, qui soit dit entre nous méritait un sérieux rangement. J'ai tout rassemblé dans une caisse qui se trouve dans le haillon de votre nouvelle voiture. Alors qu'en pensez-vous Antoine ?

- Je ne sais que dire …

- Bien sûr, papa a tout arrangé pour les assurances et tout le toutim. L'entretien et le carburant sont pris en charge par Crédilis, c'est normal. J'ai même obtenu spécialement pour vous un forfait nettoyage intérieur et extérieur illimité !

- C'est vraiment … très généreux, concéda Antoine dérouté

- De cette façon, petit chenapan, vous n'aurez plus d'excuse si votre voiture n'est pas d'une propreté impeccable lorsque vous m'emmènerez promener. Le garage est ouvert 6 jours sur 7, et vous pouvez vous y rendre quand bon vous semble sans prendre la peine de prendre rendez-vous, car bien entendu, vous faites partie des clients privilégiés, n'est ce pas formidable ?

- Formidable, oui, répéta Antoine

- Oh Antoine, mon Antoine, quand m'emmènerez vous faire une belle promenade dans votre jolie voiture ? Car vous m'emmènerez bientôt n'est-ce pas ?

- Euh oui, certainement

- Pas ce soir, fit Eugénie, je participe au conseil d'administration de l'une des associations dont je m'occupe. Ma présence est indispensable. Mais, ce week-end peut-être ? Fit-elle en tendant un porte-clés à Antoine. Mon Dieu, je suis déjà en retard, il faut que je me sauve. Oh j'ai hâte d'avoir vos premières impressions, soyez prudent, la puissance de cette voiture est sans commune mesure avec la précédente ! Vous serez prudent, n'est ce pas Antoine ?

- Oui… Bien sûr.

Eugénie s'approcha d'Antoine en jetant des coups d'œil à gauche et à droite, telle une écolière craignant d'être prise en flagrant délit, puis déposa un baiser furtif sur sa joue avant de s'écarter.

- Vous m'appellerez bientôt, n'est ce pas Antoine ? demanda-t-elle en grimpant dans son Austin mini.

Sans même lui laisser le temps de répondre, elle démarra, le laissant seul planté sur le parking face à l'impressionnant véhicule.

Derrière la vitre fumée de son bureau, une personne venait d'être témoin de cette scène. Un large sourire s'afficha sur son visage ; le premier d'une journée qui avait si mal débuté. Il était encore à ruminer de sombres pensées, confortablement installé dans le fauteuil en cuir de son bureau du second étage lorsque son intérêt avait été éveillé par la vision d'un couple qui discutait sur le parking, un peu plus bas. Il avait immédiatement semblé reconnaître la silhouette de la personne qui conversait avec Antoine Boulanger. Il s'était approché de la fenêtre pour en avoir le cœur net.

Oui, il s'agissait bien d'Eugénie Delabrigode ! Elle discutait avec animation avec Antoine Boulanger, comme s'ils avaient été de vieux amis. La fille du Boss venait bien de temps en temps rendre visite à son père chez CREDILIS. Elle et sa mère étaient toujours présentes pour soutenir le vieux lors des évènements marquants de la vie de l'entreprise, mais jamais il ne s'était aperçu que les deux entretenaient une relation amicale. Sa surprise fut au comble lorsqu'il vit la prude Eugénie déposer un baiser sur la joue d'Antoine, puis ce dernier s'engouffrer dans une somptueuse voiture, dont Eugénie venait manifestement de lui remettre les clés

Une lueur s'alluma au fond des prunelles de Paul Ezingard. Etait-t-il possible qu'Eugénie Delabrigode et Antoine Boulanger entretiennent plus qu'une simple liaison amicale ? Etait-ce là la raison du comportement insolite d'Edouard Delabrigode ? Bon sang, comment n'y avait-il pas pensé plus tôt ? Ce jeune idiot, en séduisant la fille du vieux briscard avait pu ainsi s'attirer toutes ses faveurs, en particulier celle qui consistait à prendre la direction du département trading. La réponse à toutes ses interrogations venait de surgir sous ses yeux. Bien sûr, le vieux ne pouvait pas confier les rênes de l'entreprise au fils qu'il n'avait pas, mais il pouvait les confier à son gendre ! Une façon de garantir l'avenir de sa fille, tout en respectant ses principes… Mais les deux tourtereaux ne devaient pas être ensemble depuis très longtemps. Ils ne l'étaient pas lors de la fête de fin d'année à ce qu'il sache. Et puis surtout, ils n'étaient pas encore mariés. Le mariage de la fille Delabrigode ! C'est le genre d'évènement qui n'allait pas passer inaperçu dans l'entreprise. Le vieux patron paternaliste en profiterait sans doute pour organiser une fête pour l'ensemble des employés, cela faisait partie de ses habitudes. D'ici là, il pouvait se passer encore beaucoup de choses… Un sourire de requin s'afficha sur le visage de Paul Ezingard. Tout venait de s'éclaircir et déjà il se sentait mieux. Maintenant qu'il avait compris la situation, il allait pouvoir agir. Et l'action, c'était son domaine de prédilection !

Il composa le poste de sa secrétaire :

« Dites-moi, Jeannine, vous savez que mademoiselle Delabrigode, la fille de notre directeur œuvre beaucoup dans le domaine caritatif… Dans quelle association particulière s'est-elle investie ces derniers temps ?… Bien… Pouvez faire votre enquête ? En toute discrétion bien entendu… Merci de me tenir informé.

Paul Ezingard raccrocha et se tourna ensuite vers l'écran de son ordinateur. Il se connecta sur les pages jaunes et indiqua « détective privé » sur la rubrique activité de la page d'accueil. Une pleine page de numéro défila sous ses yeux. Il appela la première agence et prit un rendez vous dans la journée même. Première règle : pour vaincre un adversaire, toujours essayer d'en savoir un maximum sur lui. Satisfait, il s'étendit dans son fauteuil, les mains callées derrière la tête. Il avait la conviction que s'il agissait rapidement, il pourrait encore retourner la situation à son avantage, mais il ne fallait négliger aucun moyen d'action. En se disant cela, une idée lui vint à l'esprit, lui arrachant à nouveau un sourire machiavélique. Il attrapa la liste sur laquelle il avait inscrit le nom des personnes qu'il devait proposer au licenciement économique, et ajouta un nom en tête de la colonne. Deuxième règle : pour vaincre un adversaire, essayer d'atteindre son moral de toutes les façons possibles, directement ou indirectement… Il regarda sa montre. A cette heure, la plupart des employés était reparti, c'était le bon moment pour en parler au vieux. Il se leva et sortit de son bureau d'un pas décidé. Il avait toujours su qu'il était un guerrier.

Antoine conduisit avec prudence en direction du centre ville. Dans sa nouvelle voiture, il avait l'impression d'être le capitaine d'un paquebot égaré sur une mer lointaine. La douceur des commandes, le silence et la souplesse du moteur du véhicule étaient véritablement surprenants. Totalement conquis par l'engin, il prit soin de lui trouver une large place de parking, à l'écart des rues passantes et se promit de rappeler Eugénie rapidement. Il avait été tellement surpris tout à l'heure sur le parking qu'il n'avait pas même songé à la remercier. Il descendit, vérifia que la berline ne débordait pas sur la chaussée, actionna le bip et vérifia deux fois que les portières étaient fermées.

Antoine avait donné rendez-vous à Franck au « Tir Na Nog », un pub irlandais du centre ville. C'était un endroit sympathique, bourré de recoins douillets dans lesquels on pouvait facilement mener des discussions prolongées sur fond de musique celtique. Lorsqu'il pénétra dans le bar, Antoine aperçut son ami, confortablement installé sur une banquette revêtue d'un velours rouge élimé. Face à lui, une pinte de Guinness à peine entamée, et chose encore plus étonnante, un livre de poche dans lequel il semblait complètement absorbé.

- Salut Franck ! Tu t'es mis à la lecture ? Fit Antoine en pointant le livre du doigt

Franck fit un bond, et s'empressa d'enfouir le roman dans la mallette posée à coté de lui.

- Oh ça, euh …C'est rien, une connerie, juste un bouquin,

- Je vois, mais ça parle de quoi ? C'est la première fois que je te vois lire autre chose qu'une BD.

- Disons que j'avais un peu de temps à tuer, et…

Antoine venait de s'asseoir et Franck s'interrompit. La lueur de l'applique éclairait le visage d'Antoine, de telle sorte que la blessure de son œil, estompée par la pénombre du pub, se révélait soudain comme en plein jour.

- Bon sang, mais qu'est ce qui t'est arrivé ? Fit Franck, trop heureux de pouvoir changer de sujet de conversation.

- J'ai reçu un coup de poing.

- Un coup de poing ! Mais de qui ?

- Et bien, tu sais, cette fille qui a débarqué chez CREDILIS pour me voir l'autre jour ?

- Celle qui t'attendait sur le seuil de ta porte hier soir ?

- C'est ça ! Et bien je l'ai croisée à nouveau, juste au moment où elle se faisait agresser par son patron, un type énorme.

- Sans blague, tu t'es battu pour cette fille ? fit Franck ravi.

- Oui, enfin je me suis surtout fait à moitié étrangler. Heureusement que Chloé a pu l'assommer, sinon il m'aurait réduit en bouillie.

- Elle l'a assommé ?

- Oui avec une poêle, juste avant de défoncer son restaurant avec son 4X4

Franck écarquillait les yeux :

- Ecoute, là j'ai vraiment du mal à te suivre ! Et puis c'est qui d'abord cette donzelle ?

- Je ne sais pas grand-chose d'elle… En fait, je l'ai rencontrée il y a juste quelques jours.

Antoine expliqua en détail les évènements des journées précédentes à son ami, en prenant soin d'omettre l'épisode de la falaise, pour éviter de le contrarier. Lorsqu'il eut terminé, Franck secouait la tête, faisant mine d'avoir écouté l'histoire la plus invraisemblable de toute sa vie :

- Le Pérou … Voilà une fille qui ne te connaît ni d'Eve ni d'Adam, et qui veut t'emmener au Pérou, simplement à cause d'un rêve ?

- Tu as tout compris…

- Eh ben, moi je dis que t'es un sacré veinard ! La fille d'une famille bourgeoise richissime qui tombe raide dingue de toi, et puis une fille un peu foldingue, mais charmante au demeurant, qui te demande de partir à l'autre bout du monde avec elle !

- Tu parles d'une veine. En fait, cette situation est très difficile à gérer

- Oh, je me doute, s'esclaffa Franck en portant son verre à la bouche.

S'apercevant que son verre était vide, Franck le reposa d'un air contrarié sur la table, puis reporta son attention sur son ami :

- Et alors, pour quand est prévu le grand départ ?
- Tu vas rire, mais je n'ai même pas pensé à lui demander… Enfin, je le saurai demain.
- Tu la revois demain ?
- Oui. En fait, je lui ai promis une réponse demain.
- Demain ! Ben là mon gars, t'es pas dans le caca !
- Eh là ! Ce n'est pas pour m'enfoncer que je t'ai demandé de venir, c'est pour me conseiller !
- Le Pérou ! Il n'y a que toi pour t'embarquer dans des histoires pareilles ! Mais attends, j'ai le gosier trop sec pour continuer cette conversation.

Il se leva et alla commander deux pintes de Guinness au bar. Au bout de quelques minutes, il revint s'asseoir en face d'Antoine. Ils soulevèrent ensemble le verre empli du breuvage noir, trinquèrent et burent une bonne rasade. Après un soupir de satisfaction, il regarda Antoine et déclara :

- Moi à ta place, je partirais… Quand un truc aussi bizarre t'arrive, il faut y voir le signe du destin et se laisser porter par la vague. Par contre, je m'arrangerais pour que la famille Delabrigode ne soit pas au courant de cette escapade parce qu'à mon avis, elle ne comprendrait pas très bien que le futur gendre aille s'éclater au bout du monde avec une jeune et pimpante jeune fille !
- Qu'est ce que tu racontes ! D'abord, il n'est pas encore prévu, à ce que je sache, que je me marie avec Eugénie…
- Hum, à mon avis t'es bien parti pour, pouffa Franck en tapotant dans le dos de son ami
- Et puis, même si c'était le cas, cette fille, Chloé est beaucoup trop jeune et il faudrait être aveugle pour ne pas voir à quel point on est différents. Non, c'est juste une pauvre gamine orpheline qui veut tenir la promesse faite à sa mère et qui s'est mis dans la tête qu'elle n'y arriverait

pas sans moi… Ce qui est clair, c'est que si j'accepte de l'accompagner, ce sera par pure charité.

- Et bien, je porte un toast à la charité dont ce pauvre monde a tant besoin, fit Franck en brandissant à nouveau son verre.

Lorsqu'il s'éveilla à 7h le lendemain, les choses paraissaient plus claires dans l'esprit d'Antoine. Plus il y réfléchissait et plus l'idée d'une balade péruvienne lui semblait saugrenue. Certes, Chloé s'était montrée convaincante et avait réussi à le faire craquer en lui racontant son histoire, mais il allait maintenant reprendre l'initiative et tenter de la raisonner. On ne pouvait pas raisonnablement fonder nos actes uniquement sur l'interprétation de nos rêves ! Non, ce n'était pas sérieux…

Un instant, il regretta même d'en avoir parlé à Franck. Encore une fois il s'était montré trop impulsif ; il aurait dû tourner sa langue sept fois dans sa bouche avant de parler comme le lui disait sa mère lorsqu'il était petit. Il laissa glisser ses pensées vers ses parents, disparus beaucoup trop tôt. Lui aussi était orphelin. Peut être était-ce pour cela qu'il avait été touché à ce point par l'histoire de Chloé.

Avant de s'attabler pour le petit déjeuner, il répondit à une impulsion soudaine et se rendit jusqu'à son garage. Oui, elle était bien là ! La grosse berline de luxe n'était pas le produit d'un rêve ou de son imagination, elle était bien réelle et venait de passer sa première nuit dans sa maison ! Satisfait, il retourna dans la cuisine et médita sur la meilleure façon d'annoncer sa décision à Chloé. Il allait devoir se montrer positif et rassurant tout en restant ferme. C'est à cet instant précis que son téléphone portable sonna :

- Oui, allo ?

- Bonjour Antoine, c'est Chloé.

- Chloé, justement, je pensais à vous… Enfin à ce que vous m'avez demandé…

- Chut Antoine ! Ne me dites rien par téléphone ! J'ai quelque chose à vous montrer. Pourriez vous me consacrer votre après midi, demain ?

- C'est à dire que... C'est un peu tard pour poser congé, mais...

- Oh, s'il vous plait Antoine ! Votre chef peut bien vous accorder une demi-journée de repos ! Fit Chloé sur un ton tellement suppliant qu'Antoine ne sut résister.

- Bon, c'est entendu, je vous accorde mon après midi.
- Parfait, je passe vous prendre à 14h !

- Bon, pensa Antoine pris de court, au moins, ce sera plus facile de lui donner ma réponse de visu que par téléphone. Et puis cela me laissera un peu de temps pour peaufiner mon argumentaire.

Confortablement installé dans le salon de son manoir, Edouard Delabrigode consultait les pages économiques de son quotidien. Les nouvelles n'étaient pas bonnes. Ralentissement de la consommation, inquiétude grandissante de la population pour l'avenir et les retraites, tensions internationales... On n'était pas loin de la récession. Les pays émergents inondaient le marché intérieur de produits fabriqués par une main d'œuvre payée au lance pierre. Comment rivaliser avec ces nouveaux venus qui faisaient fi de toutes les règles établies jusqu'alors ?

Ezingard avait raison, ils étaient entrés dans une guerre économique dont ils ne sortiraient pas tous indemnes. Cette guerre, comme toutes les autres exigerait son quota de victimes... C'était une réalité et un sacrifice qu'il fallait accepter. Quelques licenciements bien ciblés associés à un pilotage plus serré des budgets et à une réduction drastique des dépenses, et les choses rentreraient dans l'ordre. Bien entendu, les décisions qu'il allait prendre mettraient un certain nombre de familles en difficulté, et c'était bien dommage, cependant qu'est-ce qu'il y pouvait ? Ce n'était tout de même pas à lui - Edouard Delabrigode - d'assurer la subsistance de tous les travailleurs qui allaient se retrouver sur le carreau ! Après tout, ils avaient déjà vécu de nombreuses années grâce à lui et son entreprise. S'ils voulaient s'en sortir, ils n'avaient qu'à prendre des initiatives comme lui-même l'avait fait en son temps. Chacun ses problèmes ! Son problème à lui maintenant était de limiter la casse et surtout d'assurer l'avenir de son unique descendance : Eugénie. Tout de même, il n'aurait jamais imaginé en être réduit à cette extrémité quelques années auparavant.

Il rejeta son journal sur la table basse dans un geste d'exaspération et se leva avec peine du profond canapé. Bon sang, même ses jambes commençaient à le trahir ! L'autre jour, en faisant sa toilette dans la salle de bain, il avait été surpris par l'image que lui avait renvoyée le miroir. Non, ce ne pouvait pas être lui, il devait y avoir erreur ! Mais en même temps, depuis combien d'années n'avait-il pas pris le temps de s'observer ainsi ? Son reflet était celui d'un vieil homme obèse, usé par une vie trop rapidement menée. Un ventre énorme posé sur deux pauvres jambes atrophiées par le manque d'exercice. Deux pauvres quilles qui allaient se perdre sous les plis monstrueux d'une infâme bedaine et dont on se demandait comment elles faisaient pour soutenir ce corps enflé par les excès de toute une vie. Ah ! Il avait plus fière allure en costume le Directeur de CREDILIS !

Comme s'il se contemplait pour la première fois, il approcha son visage du miroir étudiant le détail de ses traits. Le spectacle du faciès bouffi et couperosé acheva de le démoraliser. Ce n'était pas possible, comment donc avait-il pu devenir, sans s'en rendre compte, cet étranger vieux et obèse ? Où était passée l'image de l'homme jeune et dynamique qu'il continuait d'entretenir tout au fond de lui-même ? Le fait est que le temps s'était écoulé bien plus vite qu'il ne l'avait cru. « Pourquoi croit-on toujours avoir plus de temps qu'on en a réellement ? A peine le temps de naître, d'ébaucher des idées et de leur faire prendre forme, qu'on se retrouve déjà au soir de sa vie, grommela Edouard Delabrigode dont les douleurs articulaires lui rappelaient qu'effectivement, il n'était plus tout jeune. Il n'était pas non plus à l'abri d'un nouvel accident cardio-vasculaire comme celui qui avait failli l'emporter quatre ans auparavant. Décidément, plus les jours s'écoulaient et plus il se disait que le moment était venu de passer le relais. Si quelque chose devait lui arriver demain, partirait il avec la certitude d'avoir assuré le bonheur de sa fille et la prospérité de son entreprise. Saisi d'un sentiment d'urgence, Edouard Delabrigode se leva et se rendit jusqu'à son bureau privé, aménagé dans la salle jouxtant le salon. Un grand calendrier était suspendu sur l'un des murs. Il s'arrêta devant et consulta pensivement les dates du mois de juin.

- L'idéal serait un blouson de cuir et des gants... Ou à défaut un blouson de ski. Mais couvrez-vous car sinon vous risquez d'avoir froid !

- Mais que voulez-vous me montrer ? demanda Antoine à Chloé.

- Je vous l'ai dit, répondit-elle, c'est une surprise... Un cadeau que je souhaite vous faire !

- Un cadeau, mais pourquoi ?

- Faut-il absolument une raison pour faire un cadeau à quelqu'un ?

- En général, c'est le cas...

- Alors disons que c'est pour vous remercier pour votre intervention l'autre soir et pour me faire pardonner cet œil au beurre noir !

Chloé attendit Antoine sur le seuil de sa porte. Il revint au bout de quelques minutes équipé d'un blouson bibendum bleu et d'une paire de moufles dépareillées. A la fenêtre de la maison attenante, un coin du rideau avait été soulevé et madame Trotin observait avec suspicion la jeune femme qui parlait avec son voisin. Les cheveux en bataille, elle était vêtue d'un blouson de cuir noir râpé et d'un jean délavé beaucoup trop collant à son goût. Avec ses pointes métalliques qui transperçaient son visage, elle avait vraiment l'allure d'une délinquante, voire d'une droguée. Dans quel monde vivait-on ! Elle tendait un casque à Antoine Boulanger. Mais que faisait son nigaud de voisin avec cette fille dévergondée ?

Antoine saisit le casque et considéra avec inquiétude la moto garée le long du trottoir.

- Vous êtes certaine que c'est une bonne idée ? On pourrait prendre ma voiture...

- Pas question ! Enfilez ce casque et mettez vos gants, je vous emmène.

- C'est-à-dire que je ne suis jamais monté sur ce type d'engin, expliqua Antoine dissimulant mal son appréhension

- Eh bien dites-vous qu'il faut un début à tout ! Lança Chloé de bonne humeur

- Vous conduisez bien au moins ?

- Allez, ne faites pas le bébé. Je pilote depuis que j'ai 18 ans.

Chloé enfourcha sa moto et Antoine fit de même, manifestement mal à l'aise.

- Bon dit Chloé, en tant que passager vous devez savoir trois choses : la première c'est que vous devez faire corps avec la moto et le pilote. En d'autres termes, ça veut dire que vous devez être proche de moi et accompagner le mouvement lorsqu'on se penche dans les virages.

- Est-ce qu'il est absolument nécessaire de se pencher dans les virages ?

- Oui, sauf si vous tenez absolument à aller tout droit lorsque ça tourne.

- Ah ...

- Deuxième chose : l'accélération comme le freinage peuvent paraître surprenants lorsqu'on monte pour la première fois sur une moto. Je vous conseille de bien vous accrocher.

- M'accrocher ? À quoi ? Fit Antoine en inspectant la moto.

- A moi, sourit Chloé. Allez, Antoine ! Ne soyez pas timide, c'est pour éviter de vous retrouver assis sur le bitume à la première accélération

- Vous pensez que vous me rassurez, là ?

- C'est bon vous êtes prêt ?

- Attendez ! Et la troisième chose que je dois savoir ?

- La troisième ? Euh... C'est... Ah, je ne m'en souviens plus, mais ne vous faites pas de mourrons, ça me reviendra sur la route. Allez, accrochez-vous !

Antoine eut à peine le temps de passer les bras autour de la taille de Chloé, qu'elle démarra. Derrière sa fenêtre, madame Trotin laissa retomber le coin du rideau et regagna sa cuisine en marmonnant. Décidément, le voisin tournait mal ! Son comportement était vraiment suspect ces derniers temps : déjà il rentrait de ses virées nocturnes affublé d'un cocard et s'affichait avec des gens peu recommandables. Mais voilà qu'en plus, il se mettait à faire de la moto !

Durant les premières minutes, Chloé veilla à rouler doucement ; elle sentait Antoine terriblement crispé dans son dos, en particulier dès qu'ils devaient négocier un virage. Elle le trouvait encore trop éloigné de lui et profita d'un feu rouge pour effectuer un freinage puissant, ce qui eut pour effet de faire glisser Antoine vers l'avant de la selle. Durant les quelques secondes qui précédèrent l'arrêt, Antoine tenta en vain de maintenir une certaine distance avec Chloé. Rien à faire, tout son corps depuis son bassin jusqu'à ses épaules vint à nouveau exercer une forte pression tout contre la jeune femme.

- Excusez-moi, Chloé, dit Antoine, manifestement gêné, en cherchant à reprendre une position plus convenable.

- Ne vous excusez pas, et surtout ne bougez pas ! Là vous étiez exactement dans la bonne position.

- Si prêt de vous ?

- Décidément, il faut peu de chose pour vous troubler Antoine. Attention, le feu passe au vert !

Comme ils avaient remonté la file des voitures. La route était libre devant eux, et Chloé accéléra plus franchement. A chaque passage de vitesse, le casque d'Antoine venait cogner violemment sur le sien.

- Désolé ! Cria Antoine

- C'est parce que vous êtes encore trop loin ! répondit Chloé

Peu à peu, Antoine suivit les conseils de Chloé et se laissa aller tout contre elle. Elle avait raison, cette position était beaucoup plus confortable et plus rassurante. Ils atteignirent rapidement la sortie de la ville et s'engagèrent vers l'ouest sur une nationale. De part et d'autre, les champs semblaient défiler à une vitesse extravagante. Le moteur de l'engin ronronnait régulièrement, répondant à la moindre sollicitation de Chloé. Un peu plus détendu, Antoine décala légèrement sa tête vers la gauche pour voir l'avant de la route, mais la pression du vent fut telle que sa visière failli être arrachée. Il se recala rapidement derrière la pilote et dégagea l'une de ses mains de la taille de Chloé pour rabattre sa visière et profiter du spectacle. La sensation était enivrante ; ils avalaient le bitume et dépassaient les voitures avec une facilité déconcertante. Antoine eut soudain l'étrange illusion qu'ils étaient à l'arrêt sur la moto, au milieu d'un paysage qui filait à toute vitesse vers l'arrière. L'instant d'après, Chloé ralentissait pour se placer derrière une voiture. Pendant quelques secondes, le haillon arrière de l'auto fut dans leur ligne de mire, puis il bascula vers leur droite et fila comme une fusée vers l'arrière tandis que le sifflement du vent redoublait dans leurs casques.

Lorsqu'ils s'arrêtèrent. Antoine descendit de la moto les jambes flageolantes et dut se faire aider par Chloé pour retirer la jugulaire de son casque. Il essuya les larmes provoquées par les courants d'air qui avaient coulé le long de ses joues, renifla et ne put s'empêcher de faire éclater son enthousiasme :

- Ouah ! Dites donc pour une expérience, c'est une expérience ! J'imaginais bien que la moto donnait des sensations grisantes, mais pas à ce point !

- Ça vous a plu alors ? demanda Chloé ravie.

- Oh, oui, beaucoup, même si je dois vous avouer que j'étais un peu crispé au début

- J'ai cru remarquer, dit Chloé sur un ton moqueur. Mais tout ceci n'est qu'une entrée en matière, Antoine !

- Que voulez-vous dire ?

- Je veux dire que si vous aimez les sensations qui décoiffent, vous devriez vraiment apprécier mon cadeau…

Antoine releva la tête et regarda plus attentivement l'endroit où ils s'étaient arrêtés. Ils étaient sur un petit parking le long d'une départementale qui menait droit vers les villages côtiers. A leur gauche, une vaste prairie descendait en pente douce sur trois ou quatre cents mètres jusqu'aux falaises. Il remarqua deux hommes, isolés au milieu du pâturage, occupés à sortir du matériel de deux grands sacs à dos ; des randonneurs sans doute.

- Venez, Antoine ça se passe là bas, dit Chloé.

Intrigué, Antoine suivit en silence sa compagne qui coupa droit à travers champs en direction des deux hommes qui s'appliquaient à étaler une toile sur le sol. Le premier, en les apercevant, se releva avec un large sourire :

- Mademoiselle Lavallée ?

- Oui, c'est moi, enchantée. Je vous présente Antoine Boulanger

- Enchanté, Monsieur. Nous avons de la chance, une belle journée presque sans nuage, et surtout un vent régulier en provenance de la mer. C'est votre premier vol à tous les deux, j'imagine ?

- Oui, répondit Chloé

C'est à cet instant qu'Antoine réalisa que ce qu'il avait pris de prime abord pour une toile de tente était en fait une voile de parapente. En un instant, il comprit la nature du cadeau de Chloé.

- Chloé, ne me dites pas que vous allez me faire sauter en parapente !

- Pas vous seulement, moi aussi ! C'est terriblement excitant, n'est-ce pas ?

- Terriblement effrayant, vous voulez dire ! répondit Antoine en jetant un coup d'œil angoissé en direction des falaises.

- Vous vous souvenez de ce que vous m'aviez répondu lorsque je vous avais demandé quel était votre rêve lorsque vous étiez enfant ?

- Oui… Je rêvais de voler… mais c'était un rêve !

- Et bientôt, votre rêve deviendra réalité !

- Je n'y crois pas…

- C'est toujours le cas lorsqu'on réalise un vieux rêve ajouta Chloé avec malice.

- Bien ! Nous sommes prêts pour le départ annonça l'un des hommes.

Les moniteurs expliquèrent le principe du vol. Ils allaient effectuer un vol biplace simultané. Les consignes étaient simples : au signal, se mettre à courir et continuer à courir après avoir décollé jusqu'au moment où ils ne risquaient plus d'accrocher le sol. Ensuite, il suffisait de se laisser porter sans oublier de lever les pieds au moment de l'atterrissage. Les moniteurs assureraient le pilotage de la voile. « Encore une chance » se dit Antoine qui n'était pas certain d'avoir tout retenu.

Antoine et Chloé se dirigèrent avec leur moniteur jusqu'à leur aire de décollage respective. Les voiles avaient été soigneusement dépliées face à l'horizon marin. Ils enfilèrent des harnais spéciaux conçus pour des vols biplaces et se retrouvèrent étroitement unis à leur moniteur, collés dans leur dos. Ils durent patienter de longues minutes durant lesquelles les moniteurs jetaient à intervalles réguliers une poignée d'herbe pour vérifier la force et la direction du vent. Tout à coup, le moniteur de Chloé s'écria « on y va » et Antoine vit le binôme courir quelques pas avant de s'élever dans les airs et de s'éloigner rapidement. Puis, ce fut à son tour. Obéissant scrupuleusement aux ordres de son moniteur, Antoine se mit à avancer. La voile se gonfla en une fraction de seconde puis monta vers le ciel. Au moment où elle passa au dessus de leur tête, le moniteur cria « maintenant, cours ! » Antoine fit de son mieux et se retrouva bientôt à galoper dans le vide.

Assis dans son harnais, il vit le tapis d'herbe défiler sous ses pieds et le bord de la falaise s'approcher à toute allure. Son cœur fit un bond lorsqu'ils franchirent l'extrême limite de la prairie et se retrouvèrent à plus de 100 m de hauteur au dessus des vagues. La bouche béante d'émerveillement, Antoine prit conscience du vide tout autour de lui. Bon sang, il volait !

Le moniteur tira sur la poignée droite, et aussitôt le parapente vira. Antoine aperçut la voile de Chloé à une centaine de mètres devant et au dessus de lui. « Nous allons chercher les courants ascendants », lui expliqua le moniteur. Le parapente vira à nouveau et une puissante aspiration vers le haut se fit sentir pendant quelques secondes. Dès qu'elle fut terminée, le moniteur fit faire un demi-tour complet à la voile de façon à traverser à nouveau le courant ascendant. En quelques manœuvres ils se retrouvèrent beaucoup plus haut que la prairie d'où ils étaient partis, ce qui étonna fortement Antoine.

- Ouh Ouh Antoine !

Antoine regarda vers la gauche et répondit à Chloé qui lui faisait de grands signes. Ils se croisèrent plusieurs fois ainsi, riant aux éclats et s'interpellant comme des enfants. Par moment, Antoine avait l'impression de faire du vol stationnaire, et l'instant d'après le parapente virait et plongeait tel un aigle sur sa proie. Le sentiment de liberté était fantastique et dépassait de loin tout ce qu'il avait pu éprouver par le passé.

- Vous prenez les commandes ? Cria le moniteur dans son dos.

- Vous voulez que je pilote, vous êtes sérieux ?

- Oui, ne craignez rien. Prenez les deux anneaux. Pour virer il suffit de tirer du coté où vous voulez tourner, comme cela.

Joignant le geste à la parole, le moniteur fit plonger le parapente, le stabilisa à nouveau et tendit les anneaux à Antoine.

- Allez-y doucement, vous verrez, ça n'est pas compliqué. Faites simplement attention de ne pas percuter votre amie, ajouta t'il en riant.

Antoine prit les anneaux, et prudemment commença à diriger l'aile. Emerveillé, il constata qu'il pouvait très facilement se diriger dans cet espace à trois dimensions où leurs seuls voisins, quelques mouettes qui planaient à coté d'eux, semblaient contempler d'un œil étonné l'étrange oiseau qui partageait leur domaine.

Après quelques minutes. Le moniteur repris les commandes et dirigea sans difficulté le parapente vers le point de départ dans la prairie. Les deux parapentes se posèrent quasi simultanément en toute douceur sur le tapis d'herbe verte.

Dès qu'il fut libéré de ses liens, Antoine courut à la rencontre de Chloé.

- Chloé, c'était vraiment fantastique, incroyable !

- Je suis d'accord Antoine, c'est vraiment génial !

- Vous vous rendez compte, j'ai même pris les commandes à un moment, je volais Chloé, je volais ! expliqua Antoine enthousiasmé.

- Sans blague ? Mon moniteur, moi, ne m'a pas laissé les commandes. Je vais porter réclamation, plaisanta t'elle.

- Chloé, je ne sais comment vous remercier, vraiment, vous m'avez fait un merveilleux cadeau.

- Je suis contente que cela vous ait fait plaisir.

Les deux moniteurs terminèrent de replier les ailes puis vinrent les saluer avant de repartir en direction d'un 4X4 garé sur le parking. Antoine et Chloé étaient seuls, face à la mer, savourant encore le moment merveilleux qu'ils venaient de partager. Ils restèrent ainsi quelques instants et ce fut Antoine qui brisa le silence :

- Chloé …

- Oui ? répondit Chloé, distraite

- C'est décidé. Ma réponse est oui.

- Comment ? Qu'avez-vous dit ? Demanda-t-elle, comme si elle s'éveillait brusquement.

- J'ai dit, c'est oui. Je suis d'accord pour vous accompagner au Pérou.

Le hurlement de joie de Chloé provoqua l'envol d'une multitude de mouettes. Oubliant toute retenue, Chloé se jeta au cou d'Antoine avec une force telle qu'ils tombèrent tous les deux à la renverse sur une touffe d'herbe. En se relevant, Antoine vérifia qu'elle n'était pas souillée par une bouse de vache comme la fois dernière. Lorsqu'il fut rassuré, il demanda à Chloé :

- Je vais devoir m'organiser pour ce voyage par rapport à mon travail. Vous avez déjà fixé une date de départ approximative ?

- Nous partons le 19 juin très précisément ! déclara Chloé radieuse.

- Le 19 juin ? De cette année ?

- Evidemment cette année !

- Mais c'est dans un mois et demi à peine…

- C'est vrai et c'est pour cela que nous devons commencer l'entraînement sans tarder !

- Un entraînement ?

- Oui. De la marche essentiellement. Avec portage. Là-bas nous devrons marcher à des altitudes très élevées auxquelles nous ne sommes pas habitués. C'est pour cela que nous devons être en excellente condition physique. Que diriez-vous de commencer le week-end prochain ?

Antoine regarda Chloé et constata qu'elle ne plaisantait pas. Il laissa échapper un soupir en pensant à la grasse matinée dominicale qui risquait fort de lui passer sous le nez.

Lorsqu'ils arrivèrent chez Antoine, ce dernier eut la surprise de trouver Franck, assis sur le seuil de sa porte. Ce dernier se releva avec difficulté lorsqu'il reconnut son ami sous le casque. Il tenait une bouteille de vin rouge à la main, sérieusement entamée.

- bon sang Franck, qu'est-ce qui t'arrive ?

- je t'a…t'attendais, bégaya Franck manifestement éméché.

- allez viens, entre, fit Antoine qui ne tenait pas à ce que madame Trotin assiste à une scène qui risquait à nouveau d'entacher sa réputation dans le quartier

Aidé de Chloé, Antoine poussa Franck à l'intérieur de sa maison jusque dans son salon et l'installa dans le canapé. Inquiet, il répéta sa question :

- Alors Franck, dis moi ce qui se passe ?

- Ce…ce qui se passe ? fit Franck hagard, c'est cet enfoiré d'Ezingard … Il m'a vi…viré

- Comment ça viré ? fit Antoine interloqué

- Oui, viré. Ce matin en arrivant, co…comme un malpropre ! confirma Franck. Mais sers-moi quelque chose de fo… de fort, j'en ai b... besoin.

- Explique-moi ce qui s'est passé ! Insista Antoine

- Un whis… whisky par exemple. Ça serait parf..ait, hoqueta Franck

- Bon, OK mais juste un alors, parce que j'ai l'impression que tu te trouves déjà dans un état avancé… Est ce qu'Annick est au courant ? Est-ce qu'elle sait que tu es ici au moins ?

- N...Non.

- Bon, je l'appelle.

Laissant son ami aux bons soins de Chloé, Antoine alla chercher une bouteille d'un whiskey irlandais que son ami appréciait particulièrement et revint de la cuisine muni de trois verres qu'il disposa sur la table du salon. Tout en composant le numéro du domicile de Franck sur son portable, il fit signe à Chloé de veiller à ce que Franck garde le silence pendant leur conversation. Lorsqu'Annick décrocha, il lui donna une vague explication pour éviter qu'elle ne s'inquiète à propos de l'absence de son mari. Antoine se doutait que Franck n'était pas rentré chez lui depuis son départ du bureau ce matin. Il avait dû écumer les bars comme le font nombre de travailleurs qui viennent d'être licenciés et qui, ne sachant pas comment annoncer la nouvelle, retardent le moment de regagner leur domicile.

Franck tendit son verre à Antoine et se tourna vers Chloé.

- Je s...suis con…content de vous voir !

- Moi de même, fit Chloé, tout en refusant le whiskey que lui proposait Antoine

- C'est une terrible nouvelle ce licenciement, je ne comprends vraiment pas pourquoi ils te font ça, fit Antoine.

- Oui, m…mais je m'en f…fous royalement, déclara Franck en levant son verre.

- Ecoute, fit Antoine, je connais suffisamment Edouard Delabrigode maintenant. Dès demain, j'irai lui parler pour demander ta réintégration.

- Su...Surtout pas ! répondit Franck avec force.

- On peut essayer insista Antoine, je t'assure qu'en ce moment je suis dans ses petits papiers.

- N… non ! C'est terminé ! Je n'irai plus ja…jamais chez CREDILIS…Et ça s'a.. arrose. Allez Antoine, trin... Trinque avec moi !

- Non, tu sais que je ne supporte pas bien le whisky, Franck

- Allez qu…quoi, t'es mon co…copain ou quoi ? s'énerva Franck

- Allez, quoi, trinquez avec lui, fit Chloé.

- L…Là. Tu v…vois, même zoé est d'accord.

- Chloé, fit Antoine en prenant son verre. Elle s'appelle Chloé.

- Le pire… C'est po…pour mon prêt… Fit Franck soudain affecté. Maintenant la b…banque ne v…va plus me suivre. F… fini notre rêve de gi…gite

- Ecoute, c'est peut être pas perdu, tenta de rassurer Antoine.

- Si… C… C'est foutu. Pau… Pauvre Annick. Co… Comment je vais lui annoncer ça ? Gémit Franck.

Pendant que Franck se resservait un second verre, Antoine expliqua à Chloé le projet d'ouverture de gîte. Effectivement, ce projet nécessitait la réalisation de travaux importants et donc l'obtention d'un prêt bancaire. Sans une source de financement externe, le projet d'Annick et de Franck risquait fort de ne pas voir le jour.

- Des travaux ? fit Chloé. Quels genres de travaux ?

- Oh, des cloisons à abattre et à reconstruire, des combles à aménager, de la plomberie, de l'électricité, de la déco, … Enfin je crois que ça concerne à peu près tous les corps de métier. Franck et Annick possèdent une grande propriété avec une grande ferme et plusieurs dépendances. Seule une petite partie de leur propriété est actuellement aménagée et habitable.

Franck, soudain intéressé, par la conversation avait reposé son verre et acquiesçait

- C'est un beau projet fit Chloé. J'imagine que le problème, c'est tous les matériaux à acheter …

- Oui. Mais d'après ce que m'a expliqué Franck, c'est surtout la main d'œuvre qui coûte cher.

- Pourquoi dans ces conditions ne pas faire les travaux soi-même ? En plus, avec sa nouvelle situation Franck va disposer de beaucoup de temps libre, tenta Chloé.

- T…Trop compliqué, fit Franck

- Vous avez raison. Mais nous ne sommes pas de grands bricoleurs, expliqua Antoine, en se resservant un verre. Est ce que vous voulez boire quelque chose Chloé ?

- Un jus de fruit, si vous avez, sinon de l'eau, répondit-t-elle pensive.

Lorsqu'Antoine revint de la cuisine muni d'une bouteille de jus de pomme et d'un grand verre, Chloé semblait toujours plongée dans ses réflexions.

- Bon sang, j'ai la tête qui tourne fit Antoine, je vais essayer de trouver quelque chose à grignoter.

- Antoine, pensez-vous que Franck et son épouse seraient prêts à accueillir un ouvrier qui travaillerait pour eux en échange du gîte et du couvert ?

- Dans la partie à aménager, vous voulez dire ? Et bien, je pense qu'il faudrait voir ça directement avec Franck, fit Antoine, en ouvrant un paquet de chips. Il faudrait que cette personne ne soit vraiment pas exigeante au niveau du confort car pour le moment, il n'y a pas grand chose à part les murs extérieurs.

Chloé tenta de poser la question à Franck mais ce dernier commençait à succomber sous l'effet répété des verres de Whisky. Antoine était blême. Il appela Annick pour lui expliquer que Franck avait un peu bu et qu'il valait mieux éviter qu'il prenne la route. Il dormirait chez Antoine ce soir. Annick fut un peu surprise. Certes Franck était un bon vivant, mais ce n'était pas dans ses habitudes de se rendre malade avec l'alcool. Cela dit, elle connaissait Antoine depuis assez longtemps et lui faisait suffisamment confiance pour se ranger à son avis.

Chloé et Antoine se placèrent chacun sous une épaule de Franck et l'accompagnèrent avec difficulté jusqu'à la chambre d'Antoine. Là, ils le laissèrent choir lourdement sur le lit et lui retirèrent ses chaussures. Le colosse se retourna une fois sur le matelas et partit immédiatement dans un ronflement sonore.

Epuisé par l'effort, Antoine regagna le salon et s'affala à son tour sur le canapé

- Bon sang, j'ai la tête qui tourne de plus en plus expliqua-t-il soudain très pâle.

- Voilà bien les hommes ! A peine un ou deux verres de gnole et vous partez en coma éthylique ! Soupira Chloé.

L'instant d'après, elle ravalait sa plaisanterie en voyant Antoine courir vers les toilettes pour y vomir son trop plein de whisky. Lorsqu'il revint, elle comprit à son visage qu'il fallait perdre tout espoir de discuter de leur voyage ce soir. Tant pis, ce serait pour un autre jour. Elle se contenta d'accompagner le pauvre Antoine jusqu'à sa chambre où il s'allongea près de son ami.

Le lendemain. Antoine s'éveilla la tête lourde et la bouche horriblement pâteuse. Une agréable odeur de café et de pain grillé montait en provenance de la cuisine. Il fronça les sourcils, comment cela se pouvait-il ? La clarté du jour se diffusait généreusement dans la chambre. Il devait être assez tard dans la matinée. A nouveau Antoine tenta de réfléchir. Quel jour était-on ? Sans doute samedi ou dimanche mais il n'avait pourtant pas l'impression que ce soit le week-end... Il se retourna et crut avoir une attaque lorsqu'il tomba nez à nez sur le visage d'un homme allongé près de lui. Il cria et eut un brusque mouvement de recul qui faillit le faire tomber du lit. Franck ! C'était Franck, qui à son tour commençait à se réveiller. En un instant, les événements de la veille au soir lui revinrent en mémoire.

Sans attendre que Franck soit complètement réveillé, il dévala les escaliers et trouva Chloé occupée à préparer des toasts dans la cuisine.

- Bonjour Antoine, comment vous sentez vous ce matin ? lui lança-t-elle tout en continuant à s'affairer.

- Mieux, merci... Mais vous avez passé la nuit ici ?

- Oui, je me suis permis d'emprunter votre canapé. Vous aimez les œufs et le bacon ?

- Oui.

- Parfait. Cela vous permettra de vous reconstituer un peu, commenta t'elle en cassant deux œufs au dessus d'une poêle. Pensez vous que Franck déjeunera en même temps que nous ?

- Je ne crois pas... il est encore profondément endormi.

- Installez-vous Antoine. Je vous sers dans un instant.

Antoine se hissa sur un tabouret et contempla la petite table de sa cuisine. Chloé l'avait dressée de façon très agréable, jouant de façon plaisante avec les couleurs et les formes dépareillées de sa vaisselle. Les verres à moutarde imprimés côtoyaient les petites assiettes à fromage ainsi que des couverts et des bols multicolores. Au centre, quelques marguerites fraichement cueillies plongeaient leur tige dans l'eau d'un pot de yaourt vide récupéré pour l'occasion.

- C'est très gentil à vous d'être restée... Vous n'étiez pas obligée.

- C'est normal. Je dois prendre soin de vous et m'assurer que vous serez en bonne forme au moment du départ. Mais profitez-en car là bas, je ne serai pas en mesure de vous assurer le même confort qu'ici. En particulier, vous devrez vous habituer aux températures négatives au réveil !

- Des températures négatives ? Je situais pourtant le Pérou à proximité de l'équateur, dit Antoine en se versant un grand bol de café brulant.

- C'est vrai mais n'oubliez pas que nous voyagerons à une altitude moyenne supérieure à 3000 m

- 3000 m ! Et où dormirons-nous ?

- Sous tente, évidemment.

- Quoi, vous voulez dire que nous allons camper par des températures négatives ?

- Moins 10 degrés la nuit environ, affirma Chloé. Mais nous aurons facilement 20 degrés la journée.

- Mais nous allons mourir de froid !

- Le but est d'éviter cela, le railla-t-elle. Vous savez, il n'y a guère d'autre possibilité que le bivouac pour se loger dans ces régions reculées. C'est pour cette raison que je dois vous emmener dès que possible dans un magasin spécialisé pour vous équiper en matériel de montagne. Comme vous pouvez l'imaginer, la qualité du duvet par exemple est un élément vital !

- Ça je l'imagine, fit Antoine, en plongeant pensivement le nez dans le halo fumant de son bol.

Ils dégustèrent en silence les délicieux toasts préparés par Chloé, puis un clocher lointain tira Antoine de ses pensées. Il consulta la montre qu'il n'avait pas pris la peine de retirer la veille au soir et qui était restée à son poignet.

- Bon sang ! S'écria-t-il, il est neuf heures, je devrais être au bureau !

- Sans doute, fit Chloé tranquillement. Mais vous avez là haut un ami qui a besoin de vous…

- Franck…

- ça serait bien que vous soyez à ses cotés au moment où il se réveillera

- Vous avez raison. Son moral n'était pas au plus haut hier soir… Je vais passer un coup de fil au bureau, et dire que … que …

- Dites leur que vous ne vous sentez pas bien, et que vous les rejoindrez dans l'après midi si cela va mieux.

- Vous croyez ?

- C'est un petit mensonge, pour une bonne cause.

Suivant le conseil de Chloé, Antoine passa un coup de fil chez CREDILIS pour prévenir de son absence. Ensuite, il indiqua à Chloé qui le lui avait demandé l'adresse et le numéro de Franck. Elle avait, selon ses dires, « un plan » qui pourrait peut être convenir à Franck, mais elle ne pouvait pas lui en dire plus pour l'instant car elle devait tout d'abord consulter une autre personne, ce qu'elle comptait faire dans la matinée même.

Lorsqu'ils eurent terminé leur petit déjeuner, Chloé fit rapidement la vaisselle, malgré les objections d'Antoine qui avait manifestement encore un peu de mal à émerger et qui n'aurait sans doute pas été contre l'idée de retourner se coucher un peu.

Lorsque Chloé fut partie, Antoine se reversa un grand bol de café et alla chercher la documentation que la jeune femme lui avait laissée. Il s'agissait essentiellement de cartes au 25 millième décrivant en détail la topographie de régions péruviennes. Il ouvrit la première. Une ligne tracée au fluo jaune serpentait au travers de la carte de gauche à droite et semblait suivre une profonde vallée. De part et d'autre de l'itinéraire, des courbes de niveau très rapprochées indiquaient des reliefs abrupts et des dénivelés très importants. La plupart des sommets dépassaient allègrement les 6 000m. Dire que dans moins de deux mois je serai là bas, songea Antoine…

Lorsque son père l'appela pour lui dire qu'Antoine était souffrant, Eugénie n'hésita pas une seconde. Elle ajusta son maquillage, enfila une veste légère, et sortit son Austin mini. Ce n'était certes pas convenable de se rendre seule au domicile d'un homme qui n'était pas encore son mari, mais les circonstances exigeaient qu'elle le fasse. Antoine vivait de manière très isolée, et peut être aurait il besoin de son aide pour effectuer quelques courses par exemple, surtout si son état l'obligeait à rester alité plusieurs jours. Et puis surtout, elle tenait absolument à lui faire partager la décision de son père à propos de la date de leur mariage. C'était d'ailleurs pour cette raison qu'Edouard Delabrigode avait voulu parler à Antoine ce matin, mais finalement, elle préférait de loin pouvoir lui annoncer la nouvelle elle-même !

Quand Antoine lui ouvrit la porte, manifestement très étonné de la voir, Eugénie ne put retenir une exclamation : « Mon Dieu Antoine, vous avez une mine épouvantable ! Votre docteur est-il déjà passé ? » Elle le gronda gentiment en apprenant qu'Antoine ne l'avait pas encore appelé, insista pour obtenir le numéro de son médecin traitant puis l'obligea à s'allonger sur le canapé en faisant mine d'ignorer ses protestations.

Eugénie découvrait la maison d'Antoine pour la première fois. Elle inspecta rapidement du regard la pièce principale et observa d'un œil désapprobateur la cuisine au travers de la porte entrebâillée. Elle décida qu'un peu de ménage et de rangement ne serait pas inutile en attendant le passage du médecin, qui de toute façon ne devait pas tarder.

Ce fut Eugénie qui accueillit le docteur Capron, un homme d'une soixantaine d'années, arborant une moustache et une barbichette grisonnante. Ce dernier ne put s'empêcher un haussement de sourcil en prenant le pas derrière la jeune femme élégamment vêtue, qui parlait sur un ton snob tout en faisant de grands gestes de ses mains protégées par des gants de latex rose qui lui remontaient jusqu'au coude. Elle le conduisit jusqu'à Antoine et lui recommanda d'apporter une attention toute particulière à son malade. Le docteur Capron observa la jeune femme lorsqu'elle « repartit à ses poussières » dans la cuisine en agitant frénétiquement un plumeau puis reporta son attention vers Antoine :

- Alors jeune homme que se passe-t-il ? Demanda-t-il en s'asseyant en face d'Antoine

- Oh rien, je vous assure, c'est ... C'est elle qui a insisté pour que vous veniez, répondit- il en indiquant la cuisine du menton.

- Hum... toujours est-il que vous avez une petite mine : Le teint jaunâtre, l'œil terne et ces poches sous les yeux ! Vous avez mal quelque part ? Continua le docteur en ouvrant sa sacoche de cuir.

- Non...

- Vous avez mangé quelque chose que vous avez mal digéré ? Ouvrez la bouche et faites « ah »

- Ahhhh

- Cette langue est chargée... Oh mais dites-moi, vous n'avez pas bu que du café dernièrement ?

- Euh...fit Antoine.

- Tous les symptômes de ce qu'on appelle communément « la gueule de bois » dirait-t-on, réprimanda le médecin

- Chut ... fit Antoine, entendant qu'Eugénie revenait par là.

- Alors, docteur, avez-vous pu établir un diagnostic ? Demanda la jeune femme en se posant dans l'encadrement de la porte.

Le médecin échangea un regard furtif et complice vers Antoine et fit part de ses conclusions tout en rangeant ses instruments dans sa sacoche.

- Oh ce n'est pas bien grave. Ce jeune homme est juste un peu ... un peu surmené. Quelques jours de repos et un peu de diète lui feront le plus grand bien. Je vais vous mettre en repos jusque demain soir fit il en se tournant à nouveau vers Antoine. Profitez-en pour vous détendre un peu, et ...

- Oui ?

- Et buvez de la tisane !

A cet instant un ronflement sonore se fit entendre. Antoine se sentit fondre sous les regards d'Eugénie et du médecin qui convergèrent vers lui. Bon sang, si Franck se levait maintenant, dans l'état où il se trouvait hier, il aurait du mal à faire accepter à Eugénie la thèse du surmenage. Le ronflement se fit entendre de plus belle.

- Qu'est ce que ce bruit ? demanda Eugénie

- Ce bruit ? C'est ... En fait c'est la ventilation qui... Qui chuinte lorsqu'il fait du vent.

- C'est curieux, je n'ai pas remarqué qu'il fasse particulièrement du vent en venant jusqu'ici, dit Eugénie avant d'écouter à nouveau.

Par chance, un silence complet était à nouveau retombé sur la maison. Le médecin en profita pour se lever et saluer ses hôtes. Lorsqu'il serra la main d'Antoine, il en profita à nouveau pour lui lancer un regard réprobateur. Le coup de la ventilation, il n'avait manifestement pas été convaincu ! Antoine le raccompagna en rougissant jusque la porte, puis prétexta une grosse fatigue et dit à Eugénie qu'il comptait bien suivre les conseils du médecin et retourner dormir un peu.

- bien sûr, bien sûr, fit Eugénie. Je vais vous laisser vous reposer Antoine, mais avant cela, je tenais à vous faire partager une excellente nouvelle…

- Ah bon ? fit Antoine intrigué, laquelle ?

- La date de notre mariage ! Mon père l'a fixée en accord avec ma mère ce matin même ! ajouta-t-elle en trépignant.

- En accord avec votre mère ? Répéta Antoine, surpris de n'avoir pas pris part au débat.

- Oui, ce sera le samedi 19 juin ! Piaffa la jeune femme

- De cette année ? S'étouffa Antoine

- Vouiiii !

- Mais c'est … C'est le jour où je … Je …

- Oui ? fit Eugénie.

- Non… rien. Je suis juste un peu surpris par la proximité de la date.

- Vous avez raison, c'est très rapide, mais papa souhaite absolument célébrer notre mariage rapidement. Il compte faire publier les bancs dès demain. Si vous n'y voyez pas d'inconvénients, bien sûr ! Maman a déjà contacté le meilleur traiteur de la région, et un ami de la famille nous prêtera la salle de réception de son château, car nous serons vraisemblablement très nombreux, papa connaît tellement de monde ! Oh, n'est-ce pas merveilleux, mon Antoine ?

- Merveilleux, oui, fit Antoine en se forçant à sourire. Je ne m'attendais pas à ce que cela soit si tôt… Ajouta-t-il complètement abasourdi.

Après avoir quitté Antoine, Chloé enfourcha sa moto et se rendit directement à la boulangerie près de laquelle Jean-Pierre avait élu domicile. Elle lui expliqua en deux mots le plan qu'elle avait imaginé pour lui. Jean-Pierre se montra fort enthousiaste. Ils convinrent de se retrouver en fin d'après midi, à une heure à laquelle Franck aurait sans aucun doute regagné son domicile. L'abattement du solide gaillard avait ému Chloé, et elle tenait à agir sans délai pour l'ami d'Antoine. De retour dans son appartement, elle s'installa à sa table de travail pour fabriquer les bijoux qui lui permettraient d'honorer ses dernières commandes. Maintenant qu'Antoine avait accepté de l'accompagner, il lui fallait également réserver son billet le plus rapidement possible pour faire en sorte qu'ils puissent prendre le même vol. Elle avait économisé suffisamment d'argent maintenant pour cela et décida de se rendre à l'agence de voyage en tout début d'après midi. Ils avaient convenu avec Antoine de démarrer l'entraînement dès samedi matin et elle pourrait en profiter pour lui faire la surprise. Pas question qu'Antoine supporte le coût d'un voyage qu'elle lui avait imposé.

Elle saisit une perle et fut surprise d'éprouver de la difficulté pour l'enfiler sur le cordon du collier qu'elle était en train d'achever. Ce geste répété des milliers de fois lui paraissait soudain compliqué. Après deux ou trois essais, elle réussit enfin à faire passer le fin cordon par le trou de la perle, et posa immédiatement sa composition pour se masser les yeux. Une douleur aigue, un peu comme celle que l'on ressent lorsqu'on vient d'avaler une trop grosse bouchée de glace venait d'apparaître sous son globe oculaire droit. Elle se leva brusquement pour aller chercher les antalgiques dont elle faisait une consommation effrénée ces derniers temps. Au passage, elle accrocha une boite de perles dont le contenu s'éparpilla en rebondissant sur le sol.

- Entrez, mon jeune ami, entrez, fit Edouard Delabrigode en repoussant le dossier qu'il étudiait.

Il se leva et vint à la rencontre d'Antoine tout en demandant à ce dernier comment il se sentait.

- Beaucoup mieux, merci Edouard.

- Tant Mieux. Dès que j'ai su que vous étiez souffrant, j'ai immédiatement prévenu Eugénie pour qu'elle puisse vous rendre visite et vous faire part de mes décisions concernant votre mariage, car vous avez vu, les choses ont avancé depuis notre dernière entrevue.

- Oui, justement Edouard. C'est de cela dont je voulais vous parler, fit Antoine sur un ton mal assuré.

- Un problème ? répliqua vivement l'homme d'affaire, flairant la tension d'Antoine.

- Non, non, rassura Antoine, c'est juste un détail… la date.

- Oui, et bien quoi la date ?

- Elle est très proche et …

- Ah, je comprends, vous vous dites que la préparation d'un mariage exige que l'on y passe beaucoup de temps et vous craignez de ne pas en avoir suffisamment d'ici le 19 juin ? C'est cela ?

- C'est à dire que …

- Mais je tiens à vous rassurer mon garçon, j'ai délégué cette organisation à mon agence de communication qui y travaille déjà d'arrache pied, croyez-moi. Ils sont spécialisés dans l'événementiel et très professionnels, vous n'aurez à vous soucier de rien. Ainsi, vous pourrez vous consacrer à l'essentiel, à savoir choisir une bague de mariage pour Eugénie, continua-t-il en riant et en tapant dans le dos d'Antoine.

Ce dernier, de plus en plus mal à l'aise, regarda Edouard Delabrigode. Inutile de tourner autour du pot, il fallait en venir rapidement au fait pour éviter de provoquer son impatience.

- C'est que cette date tombe très mal pour moi, dit Antoine.

- Ah bon ? Expliquez-moi donc pourquoi, fit le patron en fronçant les sourcils.

- C'est-à-dire que j'avais programmé un voyage dont le départ était prévu le 19 juin.

- Vraiment ? Oui, cela tombe mal en effet... Mais qu'à cela ne tienne, avancez ou différez votre départ, répliqua Edouard Delabrigode un brin énervé.

- Ce n'est pas possible. J'ai mon billet et il n'est pas échangeable, mentit Antoine.

- Pas échangeable ? Ecoutez mon petit Antoine, rien en ce bas monde vous m'entendez, RIEN n'est irréversible. Il suffit de savoir où sont nos priorités ! Et où partez-vous d'abord ?

- ... Au Pérou

- Comment ?

- Au Pérou.

- Vous aviez prévu de partir au Pérou le 19 juin ? Faillit s'étrangler Edouard Delabrigode. Vous plaisantez ? Qu'allez-vous faire là bas ?

- Euh... je comptais y passer mes vacances, tout simplement.

- Des vacances au Pérou... Non mais je rêve Antoine ! Et vous êtes en train de me dire que parce que VOUS aviez prévu de partir en vacances au mois de juin, cela pourrait remettre en cause votre mariage avec MA fille ? C'est bien cela ?

- N...Non, ce n'est pas exactement ce que j'ai dit, se défendit Antoine.

- Soyez clair, Antoine, je vous prie ! Vous m'avez bien dit que la date du 19 juin ne vous arrangeait pas. Votre but en me disant cela est de changer cette date, c'est bien cela ? Par conséquent, cela signifie que vous mettez dans une même balance vos projets de vacances avec l'un des évènements les plus importants de votre vie !

- Non... Enfin, c'est-à-dire que... Bredouilla Antoine

- Avez-vous perdu le sens de la mesure, Antoine ? Vous n'êtes tout de même plus un enfant pour me faire perdre du temps avec de telles inepties ! Vous savez, je dois vous avouer que vous m'effrayez ce matin, à tel point que je me demande si je n'ai pas commis une erreur en vous nommant à la tête d'un département. Car, voyez-vous, c'est un poste où il convient d'avoir le sens des priorités ! Assena le patron sur un ton autoritaire.

Comme il l'avait pressenti, Antoine venait de provoquer la colère d'Edouard Delabrigode et avait pris le risque de se décrédibiliser totalement à ses yeux. Continuer ne servait à rien. Comprenant qu'aucun argument ne trouverait grâce aux yeux du père d'Eugénie, il préféra se taire et baissa la tête. Comprenant qu'il venait de gagner le match, Edouard Delabrigode laissa s'écouler quelques instants en arpentant son bureau, puis reprit sur un ton plus paternel.

- Ecoutez, Antoine, je comprends parfaitement que vous soyez contrarié parce que votre projet de voyage est contrecarré. Mais des occasions de voyage, vous en aurez d'autres, bon sang ! Et pas des moindres !

- Oui, vous avez raison Edouard.

- Et en ce qui concerne les destinations, il vous faudra tout de même mieux choisir… Le Pérou ! S'exclama-t-il une nouvelle fois. Quelle idée de vouloir se rendre dans un pays pauvre, à peine développé et soumis à une délinquance effrénée alors que pouvez dorénavant rêver d'îles , de cocotiers et de plages de sable blanc !

Ce fut Annick qui ouvrit la porte lorsque vers 17h, Jean-Pierre sonna. Chloé lui avait confié son portable après l'avoir déposé en moto. Elle l'attendrait chez Papy Léon et Mamie Jeanne qui n'habitaient pas très loin de là. Il n'aurait qu'à l'appeler lorsqu'il aurait terminé son entretien. Devant l'aspect un peu particulier de Jean-Pierre, Annick hésita un instant puis invita son visiteur à entrer lorsque celui-ci dit qu'il était une connaissance d'Antoine et de Chloé. Bien que n'ayant jamais rencontré Chloé, Annick en avait largement entendu parler ces derniers jours.

Elle fut rejointe par Franck et ils invitèrent Jean-Pierre à s'asseoir à la grande table de bois massif de la salle à manger. Les enfants jouaient calmement un peu plus loin, sur le tapis du salon, construisant des tours chancelantes en cubes de bois multicolores. Franck observa l'homme qui venait de prendre place. Il était rasé de près et de sa peau émanait une senteur d'eau de Cologne bon marché. Ses vêtements étaient propres mais trahissaient sans doute une grande pauvreté, où alors un détachement complet des aspects matériels de la vie. Son visage était souriant et aimable et Annick tout comme Franck ressentirent immédiatement de la sympathie pour l'homme assis en face d'eux.

- Ainsi, vous êtes un ami de Chloé, commença Franck.

- Oui, répondit Jean-Pierre. Et je viens vous rencontrer sur son conseil pour vous proposer mes services.

Franck et Annick se regardèrent un instant, puis se tournèrent vers leur interlocuteur, dans l'attente d'un complément d'explications. Ce dernier poursuivit :

- J'ai cru comprendre que vous aviez un gros projet de rénovation, dans le but de créer des gites. Il se trouve que je suis un assez bon bricoleur, et ce dans tous les corps de métier : plomberie, maçonnerie, électricité. En d'autres termes, si vous pensez que je peux être utile à votre projet, je serais ravi d'y participer.

Annick et Franck se regardèrent à nouveau. Franck avait annoncé la nouvelle de son licenciement à Annick, et ils étaient tous deux conscients des conséquences que cela pouvait avoir sur leur projet. Le sujet étant encore trop douloureux pour Franck, ce fut Annick qui prit la parole :

- Il se trouve, Monsieur …

- Oh appelez-moi Jean-Pierre, tout simplement

- Et bien, Jean-Pierre, nous aurions sans aucun doute été ravis d'utiliser vos compétences, mais il se trouve que nous traversons une … Une mauvaise passe financière en ce moment. Mon mari vient de perdre son emploi et nous allons devoir reporter bon nombre de dépenses que nous avions programmées.

- Je suis désolé, fit Jean-Pierre. Je vous comprends tout à fait, continua-t-il à l'attention de Franck. Il se trouve que je suis passé par là aussi et je sais à quel point cela peut être difficile… C'est justement pour cela que je vous propose mon aide.

- Comme vient de vous le dire ma femme, nous allons connaître une période de vaches maigres, et je ne vois pas comment nous pourrions vous rémunérer pour votre travail Jean-Pierre.

- Pouvons-nous visiter le bâtiment que vous souhaitez aménager ? Se contenta de répondre Jean-Pierre.

A nouveau les deux conjoints semblèrent hésiter un instant, mais n'eurent pas le cœur de refuser la demande à l'homme sympathique qui s'était déplacé spécialement pour eux. Ils sortirent tous trois de la maison et traversèrent la grande cour pour rejoindre l'aile du bâtiment qu'ils projetaient de transformer en gite. Au passage, Jean-Pierre apprécia la présence d'un puits, ainsi que la vue sur la campagne environnante qui serait à n'en pas douter, fort appréciable pour les futurs clients citadins en manque de verdure. Les murs étaient de fort bonne composition. Bien entendu il faudrait améliorer l'isolation, mais la structure était saine et c'était là le plus important. Jean-Pierre eut l'heureuse surprise de constater qu'un studio était déjà aménagé dans l'enceinte du bâtiment. De taille modeste, il proposait déjà un confort tout à fait correct et sa présence attestait, chose fort appréciable, que le bâtiment était déjà desservi par les réseaux d'eau et d'électricité. Annick et Franck suivaient Jean-Pierre qui inspectait attentivement les lieux en répétant sans cesse « formidable, oui formidable ! » L'ensemble avait selon lui un très fort potentiel. A terme, sans compter le studio existant, il était possible selon lui d'aménager entre 6 et 8 chambres d'hôtes selon la surface qu'Annick et Franck souhaiteraient retenir. Eberlués, Annick et Franck écoutaient Jean-Pierre décrire les futurs travaux. « Un jeu d'enfant » selon lui. De plus, il leur expliqua qu'il était tout à fait possible de commencer modestement en aménageant deux ou trois chambres et de commencer la location de façon à financer le reste des travaux. Les tâches les plus bruyantes pourraient être réalisées en dehors des dates de location pour éviter d'importuner des locataires. Le bien être des futurs clients, c'était là un point essentiel sur lequel Franck et Annick devraient veiller pour que leur commerce démarre et prospère dans les meilleures conditions.

Lorsqu'ils eurent terminé la visite, Franck et Annick se tenaient l'un contre l'autre. Pendant quelques minutes ils s'étaient pris à rêver en écoutant les explications et les projections de Jean-Pierre. Cependant, il leur fallait maintenant redescendre sur terre, tout ceci ne pourrait pas se réaliser tant que Franck n'aurait pas retrouvé du travail. A cette objection, Jean-Pierre leur répondit en souriant :

- J'ai gardé quelques contacts de mon ancien métier. Je pourrai vous avoir des matériaux pour un prix imbattable. Je vous assure que nous pouvons aménager la première chambre pour un coût très modique !

- Nous en convenons fort bien fit Annick, mais encore une fois, nous n'avons malheureusement pas les moyens de vous embaucher Jean-Pierre.

L'homme hésita un instant avant de parler, puis se lança :

- Ce studio que vous avez aménagé, vous l'utilisez souvent ?

- En fait, très rarement répondit Annick. Nous l'avions prévu pour accueillir des amis de passage, mais son confort n'est pas suffisant pour le proposer comme chambre d'hôte.

- Bien fit Jean-Pierre. Dans ce cas, seriez-vous d'accord pour m'y loger, en échange du travail que j'effectuerai pour vous ?

- Vous voulez dire que le fait de loger dans ce studio serait la seule rémunération que vous exigeriez ? demanda Franck.

- Exactement, répondit Jean-Pierre.

- Mais, ce serait une situation très déséquilibrée, dont vous seriez le grand perdant. La valeur locative d'un tel studio est très éloignée de la rémunération que vous pourriez percevoir pour le travail que vous nous proposez, ajouta Annick.

- Je sais que ma proposition n'est peut-être pas très orthodoxe fit Jean-Pierre, mais il se trouve que je suis actuellement en recherche d'un logement… Celui ci me conviendrait tout à fait. Si vous étiez d'accord pour fonctionner de cette façon, au moins dans un premier temps, cela me rendrait également un fier service.

- Et bien, cela demande réflexion, fit Franck en guettant l'approbation d'Annick.

- Sans compter sur le fait qu'en étant sur place, ajouta Jean-Pierre, je pourrai être beaucoup plus efficace, tout en travaillant à mon rythme... Et puis dès que votre situation financière sera rétablie, et dans la mesure où vous êtes satisfaits de mes services, nous pourrions revenir à un tarif plus proche de celui du marché, qu'en dites-vous ?

Annick et Franck se jaugèrent en silence quelques instants. Ils se connaissaient suffisamment pour savoir ce que l'un et l'autre pensaient, sans avoir besoin pour cela d'échanger une parole. Un sourire s'afficha simultanément sur leur visage. Jean-Pierre les avait convaincus. Et aujourd'hui, la providence qui leur avait fait croiser cet homme portait un nom.

« Venez, dit Franck, rentrons à la maison et allons trinquer à notre association, et aussi à la santé de Chloé ! »

- Surprise ! S'écria Chloé en tendant une enveloppe à Antoine. Ils s'étaient donné rendez-vous sur un parking près de la plage pour effectuer leur première séance d'entraînement. Lorsqu'Antoine s'était garé, Chloé et Ben l'attendaient, assis sur le muret qui longeait la grève. Il avait ouvert la portière et le chien avait été le premier à le reconnaître et à se précipiter vers lui. Chloé s'était approchée, avait sifflé d'admiration devant la nouvelle voiture d'Antoine, et lui avait mis l'enveloppe sous le nez tandis que le grand chien s'échinait à distribuer de généreux coups de langues sur son visage

- Oh, ça suffit Ben ! Tu es vraiment insupportable, fit Chloé en saisissant l'animal par le collier, et en le maintenant tant bien que mal à l'écart.

- Qu'est ce que c'est ? demanda Antoine

- Ouvrez, vous verrez !

Antoine décacheta l'enveloppe et sortit un feuillet au logo d'Air France.

- Un vol direct Paris – Lima, commenta-t-il.

- Et une correspondance pour Cusco. C'est là que débutera notre véritable voyage ! précisa Chloé radieuse.

Antoine vérifia la date de l'aller : le 19 juin. Pas de doute, c'était la date du mariage. Comment allait-il gérer cette situation ?

- Alors qu'en dites-vous ? demanda Chloé impatiente

- J'ai … J'ai du mal à réaliser…

- Nous avons eu beaucoup de chance Antoine, il ne restait que deux ou trois billets disponibles pour ce vol. Il s'en est fallu de peu pour que nous soyons obligés de prendre des avions différents, précisa-t-elle.

Des avions différents, songea Antoine. C'était peut-être la solution ? Assister à la cérémonie du mariage, puis rejoindre Chloé au Pérou pour tenir l'engagement qu'il avait vis à vis d'elle, et enfin, rejoindre sa femme. Il consulta à nouveau le billet. Le retour était prévu début juillet. Mais il était peu probable qu'Eugénie accepte une chose pareille. En général, ce sont les jeunes époux qui partent en voyage juste après leurs noces. Que faire ? Il se trouvait réellement dans une situation impossible, qui tôt ou tard provoquerait un clash énorme ! Il décida qu'il valait mieux attendre. Sait-on jamais, peut être qu'une solution allait miraculeusement lui apparaître...

- Nous passerons juste une soirée à Lima et nous prendrons la correspondance pour Cusco dès le lendemain matin, expliqua Chloé. Cusco est la « capitale Inca » Nous y resterons un jour ou deux le temps de nous acclimater avant de débuter le trekking.

- Ce billet a dû vous coûter une fortune et je tiens à vous rembourser.

- N'y comptez pas ! C'est moi qui vous embarque dans cette aventure, il est normal que je contribue un minimum.

- Un minimum ? Mais c'est une sacrée somme !

- Peut-être, mais je préfère que vous réserviez votre budget pour vous équiper, ajouta la jeune femme en reluquant le jogging en coton vert anis d'Antoine. Mais venez, nous pourrons discuter de tout cela en marchant, fit elle en tendant un sac à dos vide à Antoine. Avez-vous pensé à apporter les packs d'eau ?

- Ils sont dans ma voiture.

Antoine ouvrit le coffre de la Mercedes et regarda Chloé placer un pack d'eau complet dans chacun des sacs à dos, enfiler le sien et lui adresser un large sourire.

- Vous venez ? Fit-elle.

- Vous pensez qu'il est vraiment nécessaire d'emporter toute cette eau ?

- Rassurez-vous, répondit Chloé en riant, nous n'allons pas tout boire. Il s'agit juste d'un moyen pratique pour alourdir nos sacs. De cette façon nous porterons une dizaine de kilos. C'est parfait pour le début de notre entraînement ! Allez, en route !

Déjà, la jeune femme s'élançait d'un bon pas sur le sentier en direction de la plage, précédée d'un Ben ravi de partir pour une balade. Antoine jaugea le sac qui se trouvait à ses pieds et le soupesa. Il lui sembla qu'il pesait au moins 20 kgs ! Il inspira profondément et hissa le sac sur ses épaules en poussant un grognement d'effort.

Ils longèrent la plage et les dunes durant un quart d'heure environ avant d'atteindre le pied d'une falaise crayeuse. Un escalier de béton partait du sable et faisait la jonction avec un sentier étroit taillé à partir du milieu de la falaise. Ils atteignirent rapidement le sommet et poursuivirent le chemin qui zigzaguait dans la bruyère. Chloé en tête et Ben partout à la fois. Le grand chien s'en donnait à cœur joie, filant vers l'avant à la découverte de la piste, s'écartant souvent du tracé pour aller renifler un talus, s'attardant parfois plusieurs minutes et restant aux aguets, attentif aux bruits et aux odeurs de la lande. Régulièrement, le petit groupe faisait déguerpir un lapin sur son passage et à chaque fois, Chloé devait donner de la voix pour empêcher Ben de le poursuivre. Le chien s'immobilisait alors, voyant avec regret sa proie s'enfuir puis revenait près de sa maîtresse en la regardant avec amour et en balançant la queue comme pour lui dire : « tu as vu comme je suis un bon chien obéissant !»

Au début, Antoine s'amusa de ce manège, et peu à peu, il dût se concentrer sur sa marche pour éviter de se laisser distancer par Chloé. Elle avançait sur un train assez rapide et avec la régularité d'un métronome. Ni les bourrasques de vent, ni la pente changeante du sentier ne semblait avoir d'effet sur elle. S'il pouvait la suivre relativement facilement sur les parties planes ou descendantes, il en était tout autrement dès que le sentier commençait à grimper. Peu à peu, la jeune femme grignota 10 m, puis 20, puis 50. Antoine commença à transpirer et à souffler fort dans les montées. Il n'avait pas besoin de miroir pour savoir que son visage devait être écarlate. Heureusement, Chloé s'arrêta sur la crête de la falaise et sortit une carte IGN. Antoine la rejoignit le souffle court, laissa tomber lourdement son sac à ses pieds, et s'assit

- Dites donc vous tenez un sacré rythme ! J'espère qu'on marchera plus lentement là bas, fit-il en tirant une bouteille de son sac.

- Sans doute, répondit Chloé. Compte tenu de l'altitude et de l'oxygène raréfié, tout effort physique, même minime devient beaucoup plus difficile

- Ça promet ! fit Antoine avant de s'offrir une longue rasade d'eau fraiche. Vous en voulez ? Dites moi oui, ça me fera moins à porter ajouta-t-il de bonne humeur.

Chloé accepta de bonne grâce, puis fit remarquer à Antoine que le ciel se faisait de plus en plus menaçant. Une averse était à craindre, mieux valait revenir en coupant à travers la lande. Antoine n'y vit pas d'inconvénient estimant que, s'agissant d'une première séance, la distance parcourue était largement suffisante pour un réveil musculaire général. Ils mirent une bonne vingtaine de minutes pour rejoindre le parking et purent se réfugier dans la voiture d'Antoine juste au moment où la pluie se mettait à tomber. Antoine proposa à Chloé de les ramener, elle et Ben chez ses grands parents.

Le ciel était devenu presque noir et la route disparaissait sous le clapotis intense des gouttes de pluie qui bombardaient le bitume. Antoine avait allumé ses phares et conduisait prudemment sous le déluge qui faisait rage. La chaleur dégagée par leurs corps après l'effort produisait une vapeur qui aurait rendu les vitres opaques si la berline n'avait pas été équipée d'un système de ventilation ultra performant. Antoine se rappela, non sans une certaine nostalgie, les longues minutes qu'il devait passer à l'arrêt dans son break pour le désembuer l'hiver. Au détour d'un virage, Chloé lui demanda de ralentir encore plus car on apercevait des formes qui bougeaient sur la route. Ils scrutèrent la zone située dans le halo des phares juste devant eux, profitant du passage des essuie-glaces pour déterminer ce dont il s'agissait.

- Arrêtez-vous, s'écria soudain Chloé.

Antoine s'exécuta et se rangea sur le bas coté, prenant la précaution de mettre ses warnings. La route n'était pas fréquentée, mais il s'agissait d'être prudent.

- Regardez Antoine, ce sont de tous petits crapauds qui cherchent à traverser la route. Comme ils sont mignons, fit Chloé enchantée.

Antoine écarquilla les yeux et s'aperçut en effet que des dizaines de petits batraciens s'avançaient sur le bitume, adoptant pour la plupart une direction commune.

- On dirait qu'ils cherchent à rejoindre le fossé de l'autre coté de la chaussée, dit Chloé

- Vous avez raison, ils avancent dans la même direction

- A part certains qui semblent perdus, les pauvres !

- Bien… cela va m'obliger à rouler en zigzag sur quelques dizaines de mètres

- On ne peut pas les laisser là !

- Que dites-vous ?

- On ne peut pas les laisser là … Ils risquent de se faire écraser si nous ne les aidons pas ! Venez Antoine !

- Vous plaisantez ?

Avant qu'il ait pu terminer sa phrase, Chloé était dehors. Eberlué, Antoine la regarda courir de droite à gauche, se baisser pour récupérer les petits crapauds et faire des allers retours pour les amener près du fossé. Il y en avait des dizaines. Bien que la pluie se fût un peu calmée, Chloé fut trempée en moins de temps qu'il n'en fallait pour le dire. Elle ne portait qu'un cuissard bleu ciel et un tee-shirt assorti, une tenue spéciale pour la course à pied, mais qui n'était nullement imperméable. Antoine hésita un instant, et se décida à sortir à son tour. Aussitôt, il fut assailli par des trombes d'eau. Il la rejoignit en pataugeant dans des flaques profondes.

- Bon sang, vous n'êtes pas croyable ! lui lança-t-il

- Que dites-vous ? cria Chloé

- Je disais que ....

Mais le vacarme de la pluie qui fracassait le sol était tel qu'il couvrait le son de leur voix. Mieux valait aider Chloé et en finir au plus vite se dit Antoine. Il se baissa et choisit de ramasser le plus petit crapaud qui passait par là. Il grimaça au contact mou et visqueux, puis courut jusqu'au fossé. Au troisième aller-retour, il se sentit capable d'emporter plusieurs crapauds à la fois. Antoine et Chloé se croisaient tous les deux, travaillant dans l'urgence, conscients du danger qu'aurait représenté le passage d'une voiture à ce moment là. Heureusement, le lieu habituellement fréquenté par les touristes et quelques paysans des villages alentour semblait avoir été déserté à cause de l'orage.

Ils étaient en train de sauver leurs derniers crapauds lorsque la pluie cessa soudain. Un rayon de soleil parvint même à trouver son chemin au travers des épais nuages et à illuminer les environs. Des milliards de gouttelettes suspendues aux herbes des prairies s'éclairèrent soudain d'une lumière féerique, tandis qu'au loin, la mer déchainée semblait vouloir atteindre le ciel. Le sauvetage était terminé et la route en légère déclivité charriait un ruissellement d'eau continu. Antoine et Chloé se retrouvèrent face à face, complètement trempés, les pieds inondés, les cheveux plaqués sur le visage. Le tee-shirt de Chloé lui collait à la peau tel une seconde peau, faisant ressortir toute sa féminité, tandis que l'épais jogging d'Antoine avait été transformé en un affublement informe qui devait peser au moins une tonne. Ils pouffèrent en prenant conscience du spectacle qu'ils offraient et éclatèrent de rire.

Lorsqu'ils reprirent leur respiration, ils étaient très proches l'un de l'autre. L'eau s'évaporait de leur vêtement en un léger brouillard. Chloé réprima un frisson et regarda intensément Antoine dans les yeux, soudain grave, les lèvres légèrement entrouvertes. Hypnotisé, Antoine s'arrêta lui aussi de sourire et se laissa envahir par le regard émeraude de Chloé. Alors que le temps était brusquement suspendu, c'était comme s'il la découvrait pour la première fois, prenant soudain une conscience accrue de sa présence, des boucles brunes de ses cheveux, de ses tâches de rousseur et de la féminité qui se cachait sous ses airs de garçon manqué.

La magie fut interrompue par Ben qui lança un aboiement sonore depuis la voiture, visiblement décidé à ne pas être oublié dans cette histoire. Chloé et Antoine reprirent leur respiration, soulagés malgré tout de trouver une issue à la tension palpable et inattendue qui s'était établie entre eux.

- Euh… Je crois que quelqu'un se rappelle à notre bon souvenir, dit Antoine un peu gêné.

- Oui, répondit Chloé, presque timidement. Je crois qu'on devrait le rejoindre ajouta-t-elle en frissonnant.

Ils regagnèrent la voiture. Et furent accueillis par un Ben qui manifestement, s'était inquiété de leur absence et leur fit savoir à sa manière qu'il était ravi de les revoir. Antoine poussa le chauffage à fond car l'averse avait refroidi l'atmosphère et ils avaient froid l'un et l'autre.

- Vous prendrez une douche chez Papy et Mamie

- C'est gentil Chloé, mais je ne tiens pas à déranger vos grands parents…

- Je vous assure que vous ne les dérangerez pas… Et puis d'abord, je ne vous donne pas le choix. Je vous interdis de tomber malade d'ici le 19 juin !

« Bon sang, le 19 juin ! Je me demande où je serai ce jour là » songea Antoine

Compte-tenu de leur état, Chloé avait emmené Antoine directement vers la salle de bain. Ce dernier n'avait pas prévu de vêtements de rechange. Chloé toqua à la porte et lui tendit une tenue soigneusement pliée : « tenez, enfilez ça et rejoignez nous à l'intérieur. Mamie Jeanne nous attend...

- Je ne sais pas si c'est une bonne idée, je suis confus, répondit Antoine en examinant le vêtement.

Trop tard pour protester. La jeune femme était déjà repartie. Emmitouflé dans une immense serviette de bain, Antoine soupira et saisit l'étoffe par une extrémité pour la déplier. Il leva les bras et considéra un instant l'habit impeccablement repassé. Il s'agissait d'une grande salopette bleue, appartenant sans doute au grand-père de Chloé « Bon, c'est toujours mieux que mon caleçon à fleurs » se dit-il.

La salopette était un peu large pour lui, mais se révéla plutôt confortable. Un agréable parfum de lavande exhalait de l'épaisse étoffe et lui rappelait de lointains souvenirs, à une époque où lui aussi pouvait se rendre dans la maison impeccablement tenue de ses grand-parents. Malheureusement, ils avaient quitté ce monde bien trop vite, tout comme ses parents. Dieu que tout cela lui semblait loin maintenant. Il sortit de la salle de bain et fut accueilli par Ben, venu à sa rencontre en frétillant de la queue.

Le chien s'engouffra dans le couloir jusqu'à une seconde porte ouverte pres de laquelle il s'arrêta et se retourna vers Antoine comme pour l'inviter à le suivre. Ce dernier hésita un instant mais fut aussitôt encouragé par une voix claire et chantante : « Entrez, entrez, je vous en prie, je suis aux fourneaux … »

Le couloir débouchait sur une cuisine dans laquelle une petite femme aux cheveux gris s'affairait, nettoyant ses ustensiles sous le jet de l'évier avec des gestes énergiques. Sur la table, un grand plat de tomates joliment assaisonnées côtoyait un énorme pain à demi entamé, posé sur une planche de bois sculptée par le temps. A la gauche du plan de travail, le four ronronnait en dégageant une alléchante odeur de pâtisserie. L'accueillante petite dame avait un regard rieur, et affichait un sourire avenant. Une impression de sympathie se dégageait de toute sa personne. « Oh, vous devez être Antoine » dit-elle tout en s'essuyant les mains sur un grand torchon à carreaux rouges. « Chloé est sous la douche, elle ne devrait plus tarder. Est-ce que cette salopette vous convient ? »

- Oui, madame, je vous remercie… Vous savez je suis terriblement gêné, je ne voulais pas vous déranger.

- Mais il n'y a pas de dérangement Antoine, ne vous excusez pas !

- Je vous la ramènerai demain.

- Allons bon ! Ne vous en faites pas pour ça. Mon Léon en a toute une collection qui encombre nos armoires. Gardez-là si elle vous plait, il ne verra pas la différence, fit-elle sur un ton malicieux.

Elle se dirigea vers le four et inspecta son contenu à travers la vitre et poussa une exclamation :

- Il est grand temps de sortir ce clafoutis du four. Voulez-vous bien m'aider, Antoine ? Pouvez-vous tenir la porte du four ? Le système qui la maintient en position ouverte ne fonctionne plus, cela fait une éternité que mon Léon doit la réparer.

Délicatement, elle sortit une alléchante pâtisserie du four tandis qu'Antoine se tenait à ses cotés pour maintenir la porte du four.

- Prenez garde de ne pas vous brûler. C'est un clafoutis aux fruits rouges. Vous les appréciez, Antoine ?

- J'adore ça !

- Tant mieux… Car vous resterez pour dîner n'est-ce pas ? » Ajouta-t-elle en contemplant son œuvre. « Oh ce sera très simple, à la bonne franquette, comme on dit ! »

- Je vous remercie, vous êtes très aimable, mais je ne peux pas accepter…

- Oh, vous aviez peut être une obligation ce soir ? Fit-elle avec un air dépité.

- Non, absolument pas, mais il n'était pas prévu que je… Enfin, je ne tiens pas à vous imposer ma présence dans un repas familial. Ce serait très mal élevé de ma part…

- Oh, si ce n'est que ça ! fit elle, rassurée. Sachez, Antoine, que les amis de Chloé sont les amis de la famille et puis elle serait très déçue si vous ne restiez pas.

- Vous croyez ? fit Antoine.

- J'en suis sûre, répondit la vielle dame avec assurance. Il y a certaines choses qu'une Mamie ne peut pas ignorer...

A cet instant, la porte de la cuisine s'ouvrit et Papy Léon apparut vêtu d'une salopette en tout point identique à celle que portait Antoine. Un peu surpris, il suspendit la phrase qu'il venait de commencer et laissa Mamie Jeanne faire les présentations :

- C'est Antoine, un ami de Chloé, il reste à dîner ce soir, n'est ce pas formidable ? Déclara-t-elle, ravie.

Puis voyant le regard interrogateur de Papy Léon, elle ajouta :

- Chloé a entrainé le pauvre Antoine dans une de ses balades le long de la côte. Il est revenu dans un tel état que nous avons dû lui prêter une de tes salopettes, expliqua t'elle.

- Quelle idée d'aller courir par ce temps ! Dit-il en tendant la main à Antoine.

Mamie Jeanne agita le torchon qu'elle tenait à la main :

- Mais allez donc discuter dans la salle à manger, vous y serez mieux et si vous restez dans mes jambes, je n'arriverai pas à terminer le repas.

- Et bien, mon garçon, dit Papy Léon, je crois que c'est une invitation pour prendre un apéritif, qu'en dites-vous ?

- Ma foi … pourquoi pas, répondit Antoine.

La cuisine communiquait directement avec la salle à manger. Papy Léon se dirigea tout droit vers un buffet sculpté dans un bois sombre et proposa à Antoine un vin blanc, qu'il tenait d'un petit viticulteur. Tout en découpant quelques tranches de saucisson sec dans une assiette, il expliqua à Antoine comment il avait rencontré ce producteur tout à fait par hasard un jour que ce dernier était tombé en panne sur une route de campagne. Antoine n'était sans doute pas né à l'époque, ajouta-t-il en riant pour souligner que le fait ne datait pas d'hier. Il l'avait aidé à dépanner la camionnette et avait sympathisé. Depuis, il ne s'était pas passé une seule année sans que le petit producteur ne leur envoie une caisse de son cru artisanal.

- J'ai eu beau protester et lui dire que c'était trop, il n'a jamais voulu m'écouter, déclara le vieil homme en riant. Maintenant nous sommes de vieux amis. Mais goûtez-moi plutôt ce vin…

- Je ne sais pas encore comment est le vin, mais en tout cas, c'est une bien jolie histoire, commenta Antoine en portant le verre à la hauteur de ses yeux.

Il pencha légèrement le verre, observa un instant les reflets dorés du liquide, puis l'amena près de ses narines sous le regard attentif de Léon. Son nez fut immédiatement happé par les arômes puissants du breuvage. Délicatement, il en but une minuscule gorgée qu'il laissa s'épandre sur sa langue et investir son palais. Il fut saisi par la richesse du parfum. Ce vin était fruité à l'extrême, un véritable nectar !

- Bon sang, dit Antoine, ce n'est pas pour vanter votre ami, mais je crois bien que c'est le meilleur vin blanc que j'aie jamais goûté !

Une expression de satisfaction illumina le visage du vieillard. Ils trinquèrent à nouveau et cette fois, Papy Léon accompagna Antoine.

Entre temps, Chloé était redescendue. Elle était apparue furtivement par l'entrebâillement de la porte, vêtue d'un survêtement rouge orné de lignes blanches le long des manches et du pantalon. Sa veste de jogging était entrouverte sur un tee-shirt blanc lumineux. Ses cheveux, qu'elle avait plaqués en arrière, étaient encore mouillés et apparaissaient plus sombres, ce qui faisait ressortir le vert de ses yeux.

Elle sourit à Antoine lorsqu'elle l'aperçut en compagnie de son grand père et rejoignit sa grand-mère à la cuisine, comme si elle tenait à préserver ce moment de partage masculin. Tout en bavardant paisiblement avec Léon, Antoine percevait les voix féminines et complices dans la pièce d'à coté. C'était un sentiment étrange que de pénétrer l'intimité de ces gens qu'il venait tout juste de rencontrer et qui l'invitaient avec tant de gentillesse et de simplicité à partager leur repas. En même temps, il se sentait à son aise, un peu comme s'il les avait connus depuis longtemps.

Lorsqu'ils passèrent à table, Antoine observa à nouveau Chloé. Ses joues avaient un teint rose et ses yeux brillaient comme ceux des enfants après une longue journée d'activité en plein air. Elle qui se montrait encore si loquace une heure auparavant était désormais silencieuse, répondant par des sourires aux mots et aux regards qui lui étaient adressés. Elle mangeait par petites quantités, se laissant bercer par le bruit des couverts dans les assiettes, repliée dans des pensées secrètes qui la maintenaient à la frange d'un monde intérieur inaccessible pour les autres. Antoine fut surpris d'en éprouver un sentiment qu'il ne connaissait pas, subtil mélange de jalousie et de privation. Et pourtant, cette fille lui avait sauvé la vie, lui avait fait découvrir la moto et le parapente, et l'invitait à participer à un voyage vers les « Cités d'Or »...

Il la contempla à nouveau, elle lui paraissait soudain si jeune et si fragile... Une bouffée de reconnaissance le submergea de façon inattendue, balayant tout autre sentiment. Ils mangèrent sans éprouver le besoin de parler, se contentant simplement d'apprécier et de commenter les qualités de cuisinière de Mamie Jeanne. Les tomates du jardin se révélèrent incomparablement meilleures que celle qu'Antoine avait l'habitude d'acheter au supermarché. Croquantes et juteuses, elles bénéficiaient d'un assaisonnement délicat qui contribuait à rehausser leur parfum. Papy Léon servit du vin rouge à Antoine pour accompagner le poulet, dont la chair fondait dans la bouche. Les petites pommes de terre sautées et persillées de Mamie Jeanne étaient un régal. Pour Antoine, ce repas constituait une véritable cure de jouvence. Ben s'était sagement couché aux pieds de Papy Léon et attendait que le repas des humains soit terminé pour avoir le sien. Parfois, il relevait la tête pour observer son maître, attentif au moindre de ses gestes. A plusieurs reprises, Antoine surprit le regard attendri que Jeanne et Léon lançaient en direction de leur petite fille, manifestement gagnée par le sommeil.

De son coté, Chloé se laissait doucement envahir par cette sensation de saine fatigue qui suit les longues séances de course à pied. Le soulagement qui avait succédé aux émotions causées par Antoine n'était pas étranger à son état. Une douche bien chaude et le confort moelleux de son survêtement avaient eu raison de ses dernières résistances. Mais si elle restait silencieuse, c'était surtout parce qu'elle réfléchissait. Elle sentait qu'Antoine la regardait et profitait des moments où il parlait avec son grand-père pour l'observer à son tour. C'était manifestement quelqu'un de bien. Un garçon un peu timide, un peu gauche certes, mais manifestement débordant de gentillesse. Malgré toute la détresse qui l'habitait, il parvenait à se montrer charmant et prévenant avec ses grands parents. Quels évènements avait-il donc vécu pour vouloir mettre fin à ses jours ? Elle songea à l'homme que la providence lui envoyait dans ses rêves au moment où toutes ses forces l'abandonnaient. C'était quelqu'un d'assez fort pour l'aider et la mener jusqu'au bout de son voyage. Antoine était-il cet homme ? En ce moment, des deux, c'était plutôt lui le plus vulnérable...L'autre jour, il s'en était fallu de peu pour qu'il fasse le grand plongeon. Elle lui jeta un rapide coup d'œil. Maintenant, il était souriant et paraissait apaisé. Curieusement, il semblait même très attentif à son égard. Il avait cette attitude un peu inquiéte qu'ont parfois les parents lorsqu'ils épient le comportement anormal de leur progéniture, guettant les premiers symptômes d'une maladie. Elle trouva cela d'autant plus touchant que quelques jours plus tôt, il avait voulu mourir. Et s'il tentait de recommencer ? A cette pensée, Chloé frissonna. Elle se promît que dans les jours à venir, elle le surveillerait de prés pour éviter toute nouvelle tentative.

Paul Ezingard avait tenu à recevoir le détective dans son appartement pour plus de discrétion. Il considéra pensivement L'homme assis en face de lui. Ce dernier venait de lui révéler des choses extrêmement intéressantes.

- Le mariage est prévu le 19 juin, vous en êtes certain ? lui répéta-t-il, tant la nouvelle lui paraissait surprenante.

- Absolument, affirma le détective.

- Mais comment vous y êtes vous pris pour obtenir ces informations ?

- Cela, c'est mon domaine, je ne tiens pas à révéler les moyens que j'utilise… Disons que la technologie rend de grands services dans mon métier. Mais c'est sans importance, seuls comptent les résultats.

- Je vois, fit Ezingard.

Il avait donc vu clair lorsqu'il avait pensé qu'une liaison existait entre Antoine Boulanger et la fille Delabrigode. Seulement, il ne pouvait imaginer que les choses iraient si vite. Cela lui laissait en théorie moins de deux mois pour déconsidérer Boulanger aux yeux du vieux, et même beaucoup moins car la famille Delabrigode ne tarderait plus à communiquer sur l'événement, et dès lors, il serait très délicat pour Edouard Delabrigode de changer son fusil d'épaule.

- Bon Dieu ! S'exclama-t-il en tapant un poing rageur sur l'accoudoir de son fauteuil

- Le détective l'observa un instant, puis reprit l'initiative :

- Je crois comprendre, Monsieur, que vous n'êtes guère enchanté par l'idée de ce mariage ?

- Oui, c'est le moins qu'on puisse dire. Ce mariage compromet mes projets d'une certaine façon…

- Et bien, une autre information pourrait vous intéresser…

- Laquelle ? demanda Paul Ezingard

- Il y a une autre femme dans la vie d'Antoine Boulanger…

- Une autre femme ? Répéta Paul Ezingard dont l'intérêt venait d'être piqué à vif.

- Oui, une jeune et jolie jeune femme qui répond au prénom de Chloé.

« Chloé, tiens, tiens… » Se dit Paul Ezingard tandis qu'un sourire de squale se dessinait lentement sur son visage. D'un geste, il demanda à son interlocuteur de faire une pause, se leva et lui proposa un Martini Dry. Maintenant que l'entretien prenait un cours particulièrement intéressant, il tenait à écouter le reste des révélations dans les meilleures conditions possibles. Le détective lui révéla l'essentiel de ce qu'il savait mais Paul Ezingard paraissait un peu soucieux.

- Ce que vous me dites est certes, très intéressant, mais à aucun moment vous n'avez vu Antoine Boulanger et cette Chloé s'embrasser ou même se tenir la main… Qu'est-ce qui prouve qu'ils ont une relation ? Ils sont peut-être de simples amis.

- Rien ne le prouve en effet… Mais croyez-moi, j'ai du flair. On me confie suffisamment d'affaires conjugales pour que je sache reconnaître une liaison amoureuse, même si elle n'en est qu'à son début, assura l'autre.

- Bon, d'accord, mais le flair ne suffit pas, il me faut des preuves et sans tarder.

- Ecoutez, je n'ai pas de preuve pour le moment, mais je ne vous ai pas encore révélé le meilleur...

- Je vous écoute.

- Chloé Lavallée et Antoine Boulanger ont programmé un voyage au Pérou ensemble.

- Au Pérou ?

- Parfaitement... Mais ce n'est pas ce qui est le plus surprenant, ajouta le détective.

- Quoi alors ?

- Le plus étrange, c'est que la date de départ est fixée au 19 juin.

- Le 19 juin ? La même date que celle du mariage ?

- Exactement.

- Mais c'est insensé ! Pourquoi Boulanger s'engagerait il sur des projets aussi incompatibles ? J'ai toujours pensé qu'il était idiot mais pas à ce point tout de même !

- Mon impression est que d'une façon ou d'une autre, il s'est laissé piéger par cette situation. Il devra forcément faire un choix à un moment ou à un autre. Ce que je peux vous affirmer par contre avec certitude, c'est que pour le moment, les deux jeunes femmes n'ont aucune raison d'imaginer que leur projet puisse ne pas aboutir…

- Hum… Vous venez de me donner une idée

- Oui ?

- Ces deux jeunes femmes se connaissent elles ?

- Pas le moins du monde.

- Nous trouverions peut-être avantage à ce qu'elles se rencontrent… Pourriez-vous faire cela pour moi ?

- Euh… C'est-à-dire que cela dépasse le cadre de ma mission.

- Naturellement, je vous paierai pour ce service.

- Mes prestations se limitent généralement au renseignement.

- Lorsque vous dites « généralement », dois-je comprendre que vous êtes prêt à aller plus loin ?

- C'est-à-dire que je dois respecter une certaine déontologie dans mon métier …

- Votre déontologie pourrait-elle s'accommoder d'un doublement de vos honoraires ?

- Un doublement ? Dans ces conditions… Je serais ravi de vous rendre ce petit service, monsieur Ezingard.

Les deux hommes échangèrent un sourire, levèrent leurs verres et trinquèrent pour sceller la poursuite de leur collaboration.

Lorsqu'Antoine gara sa Mercedes sur le parking du plus grand magasin de sport de la région, son moral n'était pas au plus haut. Chloé lui avait fixé rendez-vous pour qu'ils puissent lui acheter un équipement complet de trekking. Son entrevue avec Edouard Delabrigode s'étant soldée par un échec complet, il n'avait désormais plus aucun espoir de pouvoir retarder la date de son mariage avec Eugénie. Comment annoncer cela à Chloé ? Il ne se sentait pas le cœur de lui dire mais tarder davantage pour la mettre au courant n'était pas plus envisageable.

C'est donc d'un pas lourd qu'il se dirigea vers Chloé. La jeune femme l'attendait près du parking moto à l'entrée du magasin. Devant le visage sombre de son ami, elle s'inquiéta pour lui :

- Vous êtes sûr que tout va bien, Antoine ? Vous n'avez pas l'air d'être très en forme aujourd'hui

De nombreux clients passaient près d'eux, sortant ou rentrant dans le magasin, et Antoine jugea que ce n'était ni le meilleur endroit ni le meilleur moment pour discuter. Il se contenta de confirmer qu'effectivement, ce n'était pas la grande forme et ils se dirigèrent ensemble vers l'intérieur du magasin.

Dans le rayon trekking, l'enthousiasme naturel de Chloé reprit le dessus. Elle présenta à Antoine l'ensemble de l'équipement nécessaire, vantant avec force les avantages de tel ou tel matériel. Antoine l'écoutait distraitement, préoccupé par ce qu'il devrait annoncer à Chloé tôt ou tard. Il se prêta de bonne grâce aux essais des chaussures de montagne et des vestes gore tex puis se laissa guider pour le choix d'une gourde, d'une boussole, et d'une lampe frontale.

Lorsque Chloé déposa une couverture de survie dans leur chariot, cela le fit tout de même réagir. Il prit l'objet doré et finement emballé entre les mains et le considéra en fronçant les sourcils. Chloé éclata de rire :

- Ne vous inquiétez pas Antoine, il s'agit juste d'une précaution, mais nous n'aurons sans doute pas à l'utiliser !

Au rayon des sacs à dos, Antoine commença à se détendre. La joie de Chloé était tellement communicative qu'il en arrivait peu à peu à oublier ses contrariétés. Il essaya différents modèles et sélectionna celui qui, dans les sacs de grande taille, semblait présenter le confort maximum. Ils en étaient arrivés au rayon des duvets, un élément crucial selon Chloé, lorsque son sang ne fit qu'un tour. Il venait d'apercevoir Eugénie dans le rayon voisin, de l'autre coté de l'allée centrale. Elle ne semblait pas l'avoir vu mais se dirigeait droit vers eux.

- Bon sang ! Vite ! Venez Chloé ! S'écria-t-il, coupant la jeune femme alors qu'elle était en train de lui expliquer les différences essentielles entre les duvets synthétiques et les duvets en plume d'oie.

Joignant le geste à la parole, Antoine se courba et s'enfuit avec son chariot en direction de l'allée périphérique. Chloé resta un instant interdite, ne comprenant pas quelle mouche venait de piquer Antoine, puis le suivit et eut juste le temps de le voir se précipiter dans un rayon une dizaine de mètres plus loin. Elle força le pas et l'aperçut tournant à nouveau sur la gauche. Elle parvint finalement à le rejoindre au rayon équitation. Il se tenait debout, le nez littéralement collé sur l'étagère entre les selles, les bombes et les cravaches. Elle s'approcha dans son dos :

- Je ne savais pas que vous vous intéressiez à ce point aux chevaux, lança-t-elle en le faisant sursauter.

- Oh … C'est-à-dire que… que…

- Pouvez-vous m'expliquer ce qui vous a pris tout à coup ?

Antoine semblait étonné lui-même de se trouver dans le rayon équitation. Il s'apprêtait à répondre lorsque ce qu'il redoutait se produisit :

- Bonjour Antoine ! Vous pouvez vous vanter de m'avoir fait courir, grand chenapan que vous êtes !

Antoine et Chloé se retournèrent simultanément. Eugénie Delabrigode leur fit face. Elle considéra Chloé de haut et lança un œil interrogateur vers Antoine. Surprise, Chloé en fit de même et Antoine se sentit devenir le point de convergence du regard des deux jeunes femmes.

- Et bien Antoine, expliquez-vous… Continua Eugénie, tout en lançant des œillades régulières vers Chloé.

- M'expliquer ?

- Et oui, que diable. Si vous m'avez laissé un message pour que je vous retrouve dans ce magasin de toute urgence, j'imagine que ce doit être important, mon cher Antoine.

- Un message… Je ne comprends pas fit Antoine. Je ne vous ai pas laissé de message…

- Oh je vous en prie ! Fit Eugénie, ne faites pas tant de mystère, j'ai dû m'éclipser d'une réunion importante de l'association pour vous rejoindre… Mais peut-être voudriez-vous me parler en privé… Ajouta-t-elle, faisant une allusion à peine dissimulée à la présence de Chloé.

- Non, fit Antoine au comble de l'embarras, ce n'est pas nécessaire…

- Et bien alors dites-moi dans ce cas… Est ce à propos de notre mariage ? Demanda Eugénie.

Le mot fit l'effet d'un électrochoc sur Chloé. Interloquée, elle se retourna vers Antoine ; il était silencieux et affichait une mine coupable.

- Votre mariage ? Répéta Chloé au comble de l'étonnement.

- Je… Je voulais vous en parler, répondit-il.

- Comment, Antoine ne vous a pas mise au courant ? Continua Eugénie, savourant l'effet de surprise manifeste que son annonce venait de faire sur cette fille aux allures douteuses. Mais je suppose qu'il n'a pas eu le temps d'informer toutes ses connaissances tant il est vrai que la décision est récente… Car j'imagine que vous faites partie des connaissances d'Antoine ?

- Depuis peu, concéda Chloé sèchement.

- Et bien dans ce cas, sachez que nous serions ravis de votre présence à la cérémonie. Serez-vous libre le 19 juin prochain ?

- Le 19 juin ? Répéta Chloé abasourdie.

- Oui, le 19 juin, confirma Eugénie surprise par la réaction que l'annonce de cette date venait de provoquer

Chloé se retourna brusquement vers Antoine, tournant le dos à Eugénie :

- Antoine ?

- …

- Antoine, dites-moi que ce n'est pas vrai !

- Je… J'avais prévu de vous en parler. ..

- Vous vous mariez le 19 juin ?

- Oui.

- Je n'arrive pas à croire que vous m'ayez caché une chose pareille …

- Ecoutez mademoiselle, qui que vous soyez, convenez que nous n'avons pas à nous justifier sur le choix de la date de notre mariage tout de même ! Intervint Eugénie.

Mais Chloé ne l'écoutait pas, elle continuait de dévisager Antoine, comme si un intrus s'était introduit dans son enveloppe corporelle, incapable de reconnaître l'homme rencontré quelques jours plus tôt.

- Je… Je pensais trouver une solution, fit Antoine à son attention

- Une solution ? répéta Chloé incrédule. Quelle solution ? Comment avez-vous pu me laisser croire que vous m'accompagneriez ! Explosa-t-elle.

Antoine baissa la tête, honteux, incapable de soutenir le regard ardent de Chloé. Eugénie tenta vainement de s'interposer :

- Où devez-vous accompagner cette femme, Antoine ?

Mais elle n'obtint aucune réponse. La tension était palpable entre Antoine et Chloé, dans l'attente d'une explication qui ne venait pas. Cette dernière laissa soudain éclater sa colère :

- Bon sang qu'est-ce que j'ai été idiote de vous faire confiance ! Cria-t-elle en repoussant violemment le chariot vers Antoine.

Dans un geste reflexe, il put l'intercepter et tenta de suivre la jeune femme qui se dirigeait à grand pas vers la sortie.

- Chloé ! Attendez ! S'il vous plait, écoutez-moi !

- Vous écouter ? Fit Chloé en se retournant brusquement. Plus jamais, vous m'entendez, je ne veux plus JAMAIS vous écouter ni même vous voir ! hurla-t-elle avant de le planter au beau milieu de l'allée centrale, sous le regard consterné des clients.

Antoine baissa la tête et contempla pensivement la couverture de survie qu'il avait gardée dans les mains. Les clients un instant attirés par l'incident vaquèrent à nouveau à leurs occupations tandis qu'Eugénie rejoignait Antoine.

- Mon Dieu, Antoine, quel spectacle !

Mais comme il ne la regardait toujours pas, Eugénie continua de l'interroger :

- Antoine, vous me devez des explications !

Antoine releva la tête et regarda Eugénie, comme s'il sortait d'un songe et prenait seulement conscience de sa présence.

- Allons, Antoine, j'attends vos explications. Qui est cette furie ?

- Une amie.

- Et bien vous avez de bien curieuses amies ! Vous avez vu de quelle façon elle était accoutrée, sans parler de ces horribles boucles qui lui percent le visage !

- Et bien il faut croire que cela lui convient…

- A quel endroit devez-vous l'accompagner ?

- Jusqu'à la Cité d'Or…

- La Cité d'Or ? Mais de quoi parlez-vous au juste ?

- De rien. Vous ne pouvez pas comprendre de toute façon.

- Mon Dieu, Antoine, fit Eugénie en prenant un air subitement horrifié, ne me dites pas que cette fille est plus qu'une amie pour vous…

Antoine regarda Eugénie droit dans les yeux et attendit quelques secondes avant de lui répondre.

- Non. Si c'est là tout ce qui vous inquiète, vous pouvez être rassurée…Cette fille était juste une amie pour moi.

- A la bonne heure, fit Eugénie qui ne savait pas très bien si elle devait se satisfaire des explications d'Antoine. Mais au nom du ciel, Antoine, faites en sorte que nous ne nous donnions plus jamais en spectacle comme nous venons de le faire. Nous avons un nom et une réputation à défendre !

- Je comprends et je vous assure que vous les défendez très bien, répondit Antoine.

- Merci Antoine, je savais que vous reviendriez rapidement à la raison, conclut Eugénie, un peu rassérénée.

Puisque Jean-Pierre n'avait aucun moyen de locomotion, Franck lui avait proposé de passer le prendre en ville. Ils s'étaient donnés rendez-vous à 17h sur le parking de la gare. Jean-Pierre l'attendait debout près de l'entrée principale de bâtiment, un simple sac de voyage aux pieds.

- C'est tout ce que vous emportez ? demanda Franck un peu surpris.
- Oui, je… Je voyage toujours léger, déclara simplement Jean-Pierre.

Ils mirent le sac dans le coffre du Kangoo et firent le voyage en silence. Lorsqu'ils arrivèrent, Franck gara sa voiture sous le porche et traversa la cour jusqu'au studio. Il confia un jeu de clés à Jean-Pierre.

- Voilà votre nouveau « chez vous », fit Franck. Le studio est meublé, vous avez un mini four, un micro onde, un grille pain et aussi de la vaisselle. Pour la lessive, vous pourrez utiliser notre machine à laver qui est installée dans le garage. Voilà… Prenez le temps de vous installer et n'hésitez pas à nous faire signe si vous avez besoin de quoi que ce soit.
- Merci beaucoup, Monsieur. C'est parfait !
- OK, Bon ! Et appelez-moi Franck.

Jean-Pierre posa son sac sur une chaise et prit le temps de faire le tour du studio. Depuis combien de temps n'avait-il pas connu le confort douillet d'un logement ? Cela devait faire déjà 5 ou 6 ans… Il caressa délicatement le plan de travail de la kitchenette, suivi le contour de l'évier et glissa les doigts jusqu'à la poignée du meuble vertical posé dans l'angle. C'était un réfrigérateur. Il l'ouvrit et découvrit avec surprise que ses hôtes avaient eu la délicatesse de le garnir de quelques victuailles de base : une bouteille de lait, du beurre, des pots de confiture et même une canette de bière.

Sur le mur adjacent, une huche à pain contenait elle aussi un pain complet. Il se dirigea vers la salle de bain et constata qu'un gel douche et un shampoing avaient été posés à son attention près du lavabo, ainsi que des serviettes propres. C'en était fini des bains douches municipaux. Dorénavant, ce ne serait plus un combat quotidien que de rester propre ! De retour dans la salle principale, il ne résista pas à l'envie de tester le moelleux du matelas ; avec les poings d'abord, puis en s'allongeant complètement dessus. Il prit une profonde inspiration et sourit de contentement.

Cette nouvelle situation était inespérée, il avait l'impression de rêver ! Mais ce n'était pas un rêve, c'était la réalité, et ce, grâce à une jeune fille formidable ! Tout en savourant ses premiers instants dans son studio, Jean-Pierre se fit la promesse de travailler dur pour aider Franck et sa compagne à réaliser leur projet. Il y emploierait toute son énergie. On frappa à la porte. Jean-Pierre se redressa rapidement, comme s'il était pris en défaut et alla ouvrir. C'était Annick. Elle lui adressa un grand sourire.

- Bonjour Jean-Pierre, je peux entrer ?

- Oh oui, bien entendu fit-il en s'excusant presque.

- Voilà, je tenais simplement à vous souhaiter la bienvenue !

- Merci Annick, c'est vraiment très aimable à vous.

- C'est naturel… Et aussi…

- Oui ?

- Avec Franck, nous nous disions que venant d'arriver, vous ne deviez pas avoir prévu de quoi dîner et que vous pourriez vous joindre à nous ce soir…

- C'est-à-dire que… C'est vraiment très gentil, mais je ne veux pas vous importuner, répondit Jean-Pierre

- C'est de bon cœur, vraiment, insista Annick.

- Et bien dans ce cas… Je peux difficilement refuser, déclara Jean-Pierre en rendant son sourire à Annick. Mais je vous rendrai la pareille dès que possible !

- Faites attention, en disant cela vous vous engagez à recevoir cinq personnes dont trois petits monstres. Et ce ne sont pas ceux qui mangent le moins ! Plaisanta Annick.

Jean-Pierre éprouva un sentiment de joie intense lorsque, prenant le pas d'Annick, il referma à clé la porte de son nouveau domicile.

Chloé courait à en perdre haleine. Les cheveux balayés par les bourrasques humides et les yeux embués de larmes, elle courait à s'en rompre le cœur. Elle n'avait pas même pris le temps de se changer, juste celui de garer sa moto sur le parking et de poser négligemment son casque et son blouson sur la selle. Elle s'était engouffrée sur la plage, glissant dans le sable mou, pataugeant dans les flaques, sprintant contre le vent, accélérant alors que son cœur lui réclamait de ralentir et rageant de ne pouvoir avancer plus vite. Les quelques promeneurs qui la croisaient se retournaient sur son passage, intrigués par cette fille à l'étrange allure, qui semblait poursuivre un être invisible, animée par une rage terrible.

Au bout de quelques minutes, Chloé s'effondra dans le sable, les poumons en feu.

Le bas du jean complètement trempé, elle continua d'avancer à genoux, haletant et pestant contre ce terrain qu'elle appréciait tant habituellement, la gorge sèche et un goût de sang dans la bouche. Bientôt, vaincue, elle roula sur le dos et resta étendue sur le sable, les yeux ouverts sur la bruine qui tombait. Un promeneur vêtu d'un ciré jaune et de bottes en caoutchouc, inquiet s'approcha d'elle et lui demanda si tout allait bien. Comme elle ne répondait pas, il lui recommanda simplement de se couvrir et reprit son chemin.

La bruine se transforma en pluie et s'infiltra dans les vêtements de Chloé. Peu lui importait. Etalée sur le sable humide, les bras en croix, elle ne sentait plus rien d'autre que son cœur qui cognait dans sa poitrine. Les larmes se mêlèrent aux gouttes de pluie, et coulèrent le long de ses tempes jusqu'à son cou. Une vague vint lui lécher les doigts de la main droite, elle ne bougea pas davantage. L'incompréhension était totale. Pourquoi Antoine lui avait il caché son futur mariage ? Tout aurait été tellement simple si, dès le départ, lorsqu'elle lui avait demandé de l'accompagner il lui avait dit non… Tandis que là, elle s'était habituée à l'idée qu'ils se rendraient tous les deux dans la Cité d'Or. Et puis il y avait ce rêve, cette voyante… Chloé se mit à rire nerveusement. Dire qu'elle avait cru dur comme fer à ce qui commençait à ressembler à un conte de fées. Vraiment elle avait été trop naïve !

Peu à peu, le rythme de son cœur reprit une fréquence normale et sa respiration devint plus profonde. Un calme réconfortant remplaça la colère qu'elle avait en elle, tandis que des frissons l'envahissaient. Il ne fallait pas qu'elle prenne le risque de tomber malade et de ne plus pouvoir s'entraîner. Non, au contraire, elle devait rester concentrée sur son objectif, la seule chose qui devait lui importer désormais : rejoindre la Cité d'Or. Elle se redressa et regarda devant elle. Des kilomètres de plage s'étendaient jusqu'à l'horizon ; la mer s'agitait sous de sombres nuages menaçants. Elle secoua la tête pour chasser le sable qui collait à ses cheveux, et repartit en direction du parking. Maintenant, elle avait envie de voir Julie. Les deux amies avaient toujours été présentes l'une pour l'autre lorsqu'il s'agissait de consoler un chagrin.

Antoine n'avait pratiquement pas touché au contenu de son assiette, alors que Franck se resservait pour la troisième fois du délicieux veau aux olives préparé par Annick.

- Tu ne veux pas manger un peu plus ? Lui demanda doucement Annick, s'apprêtant à débarrasser les couverts.

- Non… Je te remercie Annick, mais je n'ai pas très faim ce soir, lui répondit Antoine avec un pâle sourire.

- Bon… Très bien, je vais amener le dessert.

- Le dessert ! Le dessert ! Le dessert ! reprirent en chœur les trois enfants

- Du calme les enfants ! Aidez plutôt votre mère à débarrasser, intervint Franck tout en sauçant son assiette.

Annick s'arrêta les bras chargés d'assiettes vides et contempla Antoine. Leur ami avait l'air tellement abattu qu'il aurait fait pitié à une statue.

- Tu sais, lui dit Annick, tu ne dois pas te sentir responsable. Les choses sont comme cela et tu n'y peux rien…

- Je sais … Mais tout de même je lui avais promis…

- C'est vrai, quel dommage que tu ne puisses pas l'accompagner ! Compatit Franck

Les yeux d'Annick lancèrent des éclairs à son mari. Elle lui fit signe de la suivre dans la cuisine prétextant un besoin d'aide pour le dessert. Franck se leva et la suivit docilement laissant Antoine seul à table avec les enfants. Annick referma à moitié la porte de la cuisine et s'adressa à Franck à voix basse pour s'assurer qu'ils ne soient entendus depuis la salle à manger

- Tu es vraiment incorrigible ! Lança Annick

- Ben quoi ? S'étonna Franck

- Ecoute, ce soir on essaie de consoler ton copain, alors ce n'est pas lui rendre service que de lui rappeler sans cesse ce qu'il a manqué. Les regrets ne lui seront d'aucune utilité.

- C'est vrai tu as raison. Je suis vraiment le roi pour mettre les pieds dans le plat, admit Franck. Mais ne t'inquiète pas, je vais faire attention maintenant.

Ils retournèrent dans la salle à manger, munis de petites assiettes et d'un far breton, spécialité d'Annick qui fut accueillie par un concert d'applaudissements de la part des enfants. Annick découpa le far et disposa une part dans chacune des assiettes.

- Dis, tonton Antoine, pourquoi tu as l'air triste ? Demanda Clara

- Triste ? Tonton Antoine n'est pas triste ! Intervint Franck, au contraire maintenant qu'il sait qu'il ne pourra pas accompagner Chloé au Pérou, il sait que cela ne sert à rien de s'apitoyer sur son sort et qu'il faut être fort et aller de l'avant, pas vrai Antoine ? Ajouta-t-il en gratifiant son ami d'une bourrade virile.

Annick leva les yeux au ciel. Décidément, Franck faisait parfois preuve d'autant de psychologie qu'une amibe. Heureusement qu'ils étaient comme cul et chemise tous les deux.

- En fait, ce qui me gène, c'est que je m'étais engagé, expliqua Antoine.

- Bon, ben ça tu ne peux pas revenir en arrière, commenta Annick

- Et puis elle est tellement …Tellement ….

Les deux amis d'Antoine étaient suspendus à ses lèvres, comme s'il s'apprêtait à leur faire une révélation importante.

-...Sympathique.

- Sympathique ? répéta Annick

- C'est vrai, commenta Franck, et on ne peut pas en dire autant de la fille Delabrigode …

Annick foudroya Franck du regard.

- Euh… En tout cas, sur ce point précis, je veux dire précisa t'il d'une tout petite voix. Elle doit avoir d'autres qualités.

- Mais dis-moi Antoine, reprit Annick. Cette « Chloé » … Je ne la connais pas même si j'en ai beaucoup entendu parler ces derniers temps. Cela étant, il me semble que tu en parles d'une façon… Enfin, tu ne serais pas tombé un peu amoureux d'elle par hasard ?

- Tu rigoles ! Réagit vivement Antoine. Nous avons au moins dix ans de différence et elle est… Comment dire ? Elle est très différente de moi !

Comme ses deux amis semblaient considérer ces affirmations comme des faits mineurs et non décisifs, il crut bon d'ajouter pour se justifier qu'il était officiellement fiancé à Eugénie Delabrigode et qu'il était très satisfait de cette situation. Franck était songeur, mais ne prit pas le risque d'intervenir cette fois. Ce fut Annick qui, après un silence, fit le point :

- Bon, je pense, Antoine, que tu te sens mal parce que tu as l'impression d'avoir trahi ta promesse envers cette jeune fille… On ne peut pas dire que ce soit tout à fait faux. Mais en même temps, tu dois tenir compte de circonstances exceptionnelles : il s'agit de ton mariage. Tu ne peux tout de même pas compromettre le restant de ta vie entière pour quelques jours au Pérou !

- Tu crois ?

- J'en suis certaine ! affirma Annick avec force. Et puis, tu nous as dit avoir essayé de modifier les dates de ce mariage, non ?

- Oui, mais Edouard Delabrigode n'a rien voulu entendre.

- Là, tu vois ! Et il a raison cet homme, mets toi un peu à sa place. Il commence à organiser les festivités pour le mariage de sa fille, à réserver les meilleurs cuisiniers, à lancer des invitations et tout à coup, son futur gendre lui demande moins de deux mois avant l'échéance de modifier la date fixée… Si quelqu'un devait changer les dates, c'est cette Chloé, pas toi !

- Tu as raison, fit Antoine un peu réconforté

- Oui, sur ce coup là tu n'as pas été raisonnable ne put s'empêcher d'ajouter Franck avec un regard perplexe envers sa femme.

Ce soir-là, Antoine rentra de bonne heure chez lui. Sur la table du salon se trouvait la documentation que Chloé lui avait apportée. Il ouvrit au hasard une première carte et contempla le tracé surligné, représentant le sentier qu'ils auraient dû emprunter. Une vague de mélancolie le submergea alors que les images des bons moments passés avec Chloé défilaient devant ses yeux.

Il se coucha tôt et son sommeil fut peuplé de rêves étranges. Dans l'un d'entre eux, il appartenait à une civilisation disparue et marchait à l'aurore, accompagné de ses semblables, sur un large sentier taillé dans la montagne. Ils arrivaient sur un sommet qui dominait tous les pitons environnants. Tournés vers l'est, hommes, femmes et enfants se mettaient alors à regarder la lueur orange s'intensifier sur l'horizon jusqu'à ce que le disque lumineux du soleil darde de ses premiers rayons dorés les villages environnants.

- Il me reste combien de temps ?

Il semblait à Chloé que sa question était irréelle. Ses mots raisonnaient curieusement dans le bureau du docteur Coste, tellement la question lui paraissait incongrue. Assis de l'autre coté de la table, le médecin consulta à nouveau les clichés du cerveau de sa jeune patiente, soupira, prit un air grave et répondit :

- C'est assez difficile à estimer, mais c'est une question de mois... Trois ou quatre, six tout au plus ...

Le regard de Chloé s'embua aussitôt et des larmes apparurent au creux de ses paupières. Comment pouvait-on encaisser l'idée brutale de sa propre disparition, et surtout d'une disparition programmée aussi proche. Cela semblait tellement improbable...

- Si peu ? demanda-t-elle faiblement, étouffant un sanglot.

- Malheureusement, oui...Telle qu'elle est placée, la tumeur est inopérable. Je suis sincèrement désolé mademoiselle.

- Je sais bien qu'on doit tous passer par là, mais L'idée de... De mourir si vite me semble tellement... Inconcevable... Je me sens idiote.

- Votre réaction est au contraire très naturelle. C'est une réaction que j'ai malheureusement eu l'occasion de constater souvent.

- C'est tellement inattendu...

- C'est une terrible nouvelle que je viens de vous donner. Par expérience, je sais qu'il peut être utile de la partager avec les gens que vous aimez... Avez-vous des proches qui pourront vous aider dans cette épreuve, mademoiselle ?

Chloé essuya d'un revers de la main une larme qui coulait le long de sa joue, renifla bruyamment et réfléchit à la question que le médecin venait de lui poser.

- J'ai...Une très bonne amie sur qui je peux compter...

- Très bien...

- Et puis mes grands parents adoptifs... Mais ils sont âgés et je me refuse absolument à leur annoncer ça.

- Vous devrez le faire tôt où tard…

- Tôt ou tard ils sauront… Mais je ne suis pas obligée de gâcher les derniers moments que nous allons passer ensemble ! Se révolta Chloé.

Le médecin savait d'expérience que des sentiments de révolte et de colère suivaient souvent l'abattement qui survenait après une telle nouvelle. Il tenait plus que tout à respecter sa jeune patiente et à rester à son écoute. En même temps, son devoir consistait à l'informer et la conseiller au mieux. Il se massa doucement le menton, et attendit quelques instants avant de s'adresser de nouveau à Chloé.

- Je comprends tout à fait votre souhait d'épargner vos grands parents. Ce comportement vous honore… Cependant, vous devez savoir que les symptômes de la maladie vont s'accentuer et…

- …et il arrivera un moment où je ne pourrai plus les cacher, c'est ce que vous voulez me dire ? Le coupa Chloé.

Le docteur Coste contempla Chloé. La jeune femme avait déjà séché ses larmes et arborait maintenant une attitude déterminée. Elle semblait le défier du regard. Elle était manifestement d'un tempérament très combatif et reprenait déjà le dessus sur ses émotions.

- Oui, c'est exactement ce que je voulais dire, confirma le médecin.

- Pendant combien de temps encore pourrais-je cacher les symptômes ?

- Encore une fois je ne peux rien vous affirmer avec certitude, mais je pense que l'on peut raisonnablement tabler sur une période d'un mois et demi… Deux mois.

- Dans ce cas, je pourrai éviter à mes grands parents la vision de ma déchéance.

- Est-ce indiscret de ma part de vous demander comment ?

- J'ai prévu de partir pour la Cité d'Or mi juin…Il est donc probable que je n'en reviendrai jamais...

- La Cité d'Or ?

- Oui, c'est comme ça que j'appelle les cités Inca depuis mon enfance.

- Si je vous comprends bien, vous envisagiez de partir en Amérique du sud au mois de juin ?

- Envisager ? Non, c'est une certitude, je pars !

Le médecin haussa les sourcils, s'éclaircit la gorge, puis reprit la parole, choisissant minutieusement les mots pour éviter de contrarier sa jeune patiente.

- Ecoutez mademoiselle… Je devine à vous écouter lorsque vous évoquez ce voyage, qu'il s'agit là d'un projet qui vous tient particulièrement à cœur… Malheureusement, je crains fort que vous ne soyez obligée d'y renoncer…

- Y renoncer ? S'écria Chloé, c'est tout simplement impossible !

- En fait, il est fort probable que votre état nécessite de courts séjours en hôpital durant les semaines à venir, et même éventuellement une intervention…

- Une intervention, à quoi bon puisque vous avez dit vous-même que cette tumeur n'était pas opérable.

- Effectivement… nous ne pourrons pas retirer cette tumeur. Mais il est fort possible que nous soyons amenés à effectuer des ponctions pour vous soulager et …

- Et ?

- Et vous faire gagner un maximum de temps…

Chloé prit la mesure des dernières paroles du médecin en hochant doucement la tête, puis le regarda droit dans les yeux.

- Gagner du temps ? Allongée dans un lit d'hôpital, en subissant quotidiennement un acharnement thérapeutique voué à l'échec ? C'est tout ce que vous avez à m'offrir docteur ? Siffla-t-elle, alors que ses yeux se remplissaient à nouveau de larmes.

Le médecin, soupira, mal à l'aise :

- J'imagine, mademoiselle Lavallée, à quel point cette perspective peut vous sembler dérisoire, mais c'est malheureusement la seule que je puisse vous donner… Et mon devoir est de vous la proposer. Si je pouvais faire plus, croyez-moi je le ferais.

Chloé réfléchit un instant à ce que venait de lui dire le médecin, se frotta les yeux et le nez, puis regarda à nouveau l'homme qui se trouvait en face d'elle. Cet inconnu n'était pas un ennemi et venait pourtant de bouleverser son existence et son intimité en lui annonçant sa mort prochaine. Il avait terminé ses explications et se taisait, attendant qu'elle reprenne la parole, respectueux du moment tragique qu'elle était en train de vivre. Il était inutile de discuter plus longtemps de tout cela, les choses étaient très claires.

- Y a-t-il autre chose que je doive savoir, demanda Chloé.

- Je vous ai dit l'essentiel... Mais je vois que vous êtes équipée pour circuler en scooter ou en moto ?

- En moto.

- Pour votre sécurité, il faut envisager un autre moyen de transport. Dans les semaines à venir, vous pouvez être sujette à des étourdissements ou des évanouissements qui bien entendu pourraient vous être fatals s'ils survenaient lorsque vous roulez…

- Je comprends, fit Chloé en se levant. Merci pour vos explications, ajouta-t-elle en tendant la main au médecin.

Le docteur Coste salua sa jeune patiente et la gratifia d'un sourire qui se voulait compatissant. Il savait qu'il n'était nul besoin d'ajouter quoi que ce soit car il avait face à lui une jeune fille particulièrement déterminée qui n'en ferait qu'à sa tête aussi longtemps que ses forces le lui permettraient. Il l'accompagna jusqu'à la porte de son bureau, la salua à nouveau et la regarda s'éloigner dans le couloir blanc et morne où tant de gens arrivaient emplis de craintes et d'espoir et repartaient après qu'il eut fait s'écrouler le ciel sur leur tête. Le docteur Coste secoua la tête, il avait beau avoir choisi ce métier par vocation, il y avait des jours où il aurait donné n'importe quoi pour être informaticien, expert comptable ou encore boulanger.

Antoine regarda la plaque qui avait été fixée sur la porte de son tout nouveau bureau. La mention « Département Trading – Directeur » y figurait en lettres dorées. Une certaine Jocelyne avait été nommée pour devenir son assistante, car chaque Directeur disposait d'une assistante particulière. Elle le précéda afin de lui faire découvrir son nouveau domaine.

Elle lui ouvrit la porte et s'effaça pour le laisser entrer. Antoine s'avança et s'arrêta au centre de la pièce pour découvrir l'endroit où désormais, il allait passer l'essentiel de sa vie. A ce poste, comme le lui avait laissé entendre Edouard Delabrigode, il n'était en effet pas question de compter ses heures.

- Alors ? fit Jocelyne en frétillant sur le seuil de la porte.

- Alors ? répéta Antoine distrait.

- Oui, votre nouveau bureau ! Comment le trouvez-vous monsieur Boulanger ?

Antoine regarda à nouveau le magnifique mobilier en acajou, l'élégant fauteuil en cuir blanc et les somptueuses arabesques fraichement peintes sur les murs. Comme à son habitude, Edouard Delabrigode n'avait pas lésiné sur les moyens.

- Oh oui, le bureau ? Il est vraiment très…très bien, se contenta-t-il de répondre à son assistante.

Cette dernière, un peu déçue par la brièveté de la réponse, enchaîna en proposant à Antoine un café, ce qu'il accepta fort volontiers. Lorsqu'elle revint lui apporter, Antoine venait de lancer son ordinateur, et fouillait les tiroirs pour faire l'inventaire du matériel qui avait été mis à sa disposition.

- Si vous avez besoin de quoi que ce soit, surtout n'hésitez pas à me le demander monsieur Boulanger, fit son assistante en déposant un petit plateau sur son bureau

Antoine contempla la tasse en faïence blanche dont s'échappait un agréable parfum de café, ainsi que les trois petits biscuits secs emballés individuellement et disposés sur le plateau.

- C'est parfait Jocelyne. Merci, c'est vraiment très gentil.

- Il n'y a pas de quoi, Monsieur Boulanger... Et puis je voulais vous dire que je suis vraiment ravie de travailler pour vous.

- Vraiment ? Et bien merci, vous êtes très aimable, ajouta Antoine en mettant un demi sucre dans son café.

Il touilla quelques secondes la tasse avant de la porter à la bouche. Le café était délicieux, rien à voir avec celui qu'il prenait au distributeur auparavant. « Excellent » commenta-t-il. Comme Jocelyne restait près de lui, à trépigner comme si elle voulait encore lui dire quelque chose sans oser le faire, Antoine la gratifia d'un haussement de sourcils interrogateur.

- Oui ? J'ai l'impression que vous avez quelque chose à me dire… Je me trompe ?

- Non, monsieur Boulanger, c'est juste que je tenais à vous féliciter pour votre futur mariage avec mademoiselle Delabrigode !

- Mon futur mariage ? fit Antoine étonné.

- Oui, c'est tellement romantique !

- Vous êtes donc au courant ?

- Monsieur Delabrigode ne vous l'a pas dit ? Il a transmis une invitation à tous ses salariés ce matin. Il nous invite tous au vin d'honneur qui se tiendra dans un immense chapiteau construit pour l'occasion dans son parc !

- Vraiment ?

- Oui, regardez votre mail, vous devez être en copie…

Antoine ouvrit sa messagerie et consulta le dossier des messages arrivés. Parmi la quarantaine de nouveaux messages qui lui avaient été transmis depuis la veille au soir se trouvait effectivement celui dans lequel Edouard Delabrigode annonçait en grandes pompes le mariage prochain de son unique fille avec l'un de ses plus fidèles collaborateurs : Antoine Boulanger, Directeur du département Trading. Déjà plusieurs messages de félicitations lui avaient été adressés.

- Oh je sens que votre mariage va être un événement grandiose, Monsieur Boulanger !

- Sans doute… fit Antoine distraitement.

- Mais, excusez-moi, je vous empêche de travailler, je vous laisse. Je suis juste à coté si vous avez besoin de moi.

- Oui… Oui, merci Jocelyne.

Jocelyne referma la porte laissant Antoine seul dans son bureau. Il relut à nouveau le mail du grand patron. Il avait été envoyé à peine vingt minutes plus tôt. La nouvelle était en train de se répandre comme une trainée de poudre chez Crédilis. Bientôt, on ne le considérerait plus comme Antoine Boulanger, l'expert en placements financiers, mais comme Monsieur Boulanger, Directeur du Département trading et surtout : futur gendre du big boss. Nul doute que ce titre lui vaudrait plus de considération que n'importe quelle expertise, aussi pointue soit-elle ! Il soupira et fit faire un demi-tour à l'axe central de son fauteuil. Il se retrouva face à la fenêtre. Aussi loin que portait son regard, on distinguait la ville. Derrière cette forêt urbaine de bureaux, de logement et d'édifices en tout genre se trouvait une campagne qu'il connaissait et appréciait particulièrement, une campagne qui déroulait ses forêts, ses champs, ses prés jusqu'à la mer. Antoine fut soudain assailli par le sentiment désagréable de ne pas être dans la peau du personnage qu'il aurait dû être.

Paul Ezingard filait dans sa Jaguar à une allure nettement supérieure aux vitesses autorisées. Il tenait absolument à arriver à la salle des fêtes du village avant la fermeture de la vente. D'après les indications de son GPS, c'était tout à fait faisable.

Lors de sa dernière entrevue avec le détective, ce dernier lui avait rapporté la façon dont s'était déroulée la rencontre entre Eugénie Delabrigode et cette fille prénommée Chloé. Un simple message de la part d'Antoine Boulanger à l'attention d'Eugénie, avec un prétexte suffisamment vague avait suffi pour provoquer la rencontre. Malheureusement, les faits ne s'étaient pas déroulés selon le scénario prévu. Cette gourde d'Eugénie n'avait même pas envisagé l'hypothèse que son fiancé puisse avoir une liaison avec une autre femme, et finalement c'était l'autre qui était partie en plaquant tout !

Le plan 1 n'ayant pas marché, il était temps de passer au plan 2. En arrivant sur la place du village, Paul Ezingard repéra rapidement l'Austin Mini d'Eugénie Delabrigode. Il se gara un peu plus loin, puis revint en marchant vers l'Austin. Arrivé à la hauteur de la voiture, il vérifia discrètement qu'aucun passant n'était en mesure de le voir, sortit un canif de sa poche et d'un geste rapide, creva le pneu avant gauche. Il se releva rapidement, jeta un nouveau coup d'œil à la ronde, puis se dirigea d'un pas décidé vers l'entrée de la salle des fêtes.

L'association que présidait Eugénie avait réalisé une vente de livres dont les bénéfices étaient destinés à financer la construction d'écoles dans des pays africains. Paul s'avança dans la grande salle. Les stands placés en circonférence ainsi que sur deux allées centrales étaient pour la plupart en train de remballer. Paul Ezingard s'approcha du premier, ramassa sans même les consulter une bonne dizaine de livres, paya le prix convenu et repartit à la recherche d'Eugénie. Il l'aperçut de loin, en train de discuter avec une dame, qui à en juger par son élégance appartenait également à la haute société. Eugénie avait revêtu sa veste et mis son sac à main en bandoulière. Elle s'apprêtait à partir, il était arrivé juste à temps. Au moment où elle prit la direction de la sortie, il se retourna vers le stand près duquel il s'était arrêté et fit mine de consulter les livres. Lorsqu'il sentit Eugénie passer derrière lui, il fit un pas en arrière, provocant intentionnellement une bousculade. Sa pile de livres vola à terre, Eugénie faillit trébucher, mais il la rattrapa à temps. La mine courroucée d'Eugénie Delabrigode laissa place à la surprise lorsqu'elle reconnut l'homme qui la retenait encore par la manche.

- Monsieur Ezingard …

- Mademoiselle Delabrigode, ça par exemple ! Je ne vous ai pas fait mal au moins ?

- Non… Non.

- Excusez-moi, je suis d'une telle maladresse ! Je suis sincèrement navré…

- Ne vous excusez pas, Monsieur Ezingard. Cela peut arriver à tout le monde… Mais je vous avoue que je suis étonnée de vous croiser en ces lieux…

Paul Ezingard afficha un sourire où transparaissaient mille regrets :

- Il est vrai que mon travail ne me laisse guère de disponibilités, mais lorsque j'en ai la possibilité, j'essaie de contribuer, en toute modestie, aux œuvres sociales.

- Vraiment ? fit Eugénie agréablement surprise.

- Oui… J'aimerais faire plus, voyez-vous, mais comme vous le savez, je suis également au service de votre père, un homme tellement admirable qu'on lui consacre volontiers tout son temps disponible, et même davantage, ajouta-t-il en riant. Il se baissa pour ramasser les livres.

Un sourire de contentement s'afficha sur les lèvres d'Eugénie. Vraiment, elle ne connaissait pas Paul Ezingard sous cet aspect. Il était tout à fait charmant. Elle s'agenouilla pour l'aider.

- Vous avez acheté tous ces livres ! Vous êtes sans aucun doute l'un de nos plus importants contributeurs, ajouta-t-elle transportée.

- Oh, c'est si peu de chose, répondit-il modestement

- Je ne savais pas que vous intéressiez à la cuisine… Et encore moins à la couture dit Eugénie en consultant la couverture des ouvrages.

- Ça ? Euh… ils ne sont pas pour moi, fit-il un instant déstabilisé… En fait je compte en faire don à l'hospice municipal…

- Vraiment ? fit Eugénie admirative.

Paul Ezingard accompagna Eugénie jusqu'au au parking. Ils discutèrent encore agréablement quelques minutes près de l'Austin, jusqu'au moment où la jeune femme décida qu'il était temps pour elle de rentrer si elle ne voulait pas être en retard. Ses parents l'attendaient pour diner. Eugénie s'installa dans son Austin, fit démarrer le moteur et baissa sa vitre.

- En tout cas, j'ai été ravie de vous rencontrer Monsieur Ezingard.

- Moi également mademoiselle Delabrigode. Ce fut un plaisir … Mais accordez-moi un privilège : appelez moi Paul.

- A l'unique condition que vous m'appeliez Eugénie ! Fit-elle un brin espiègle.

C'est le moment que choisit Paul Ezingard pour passer à l'acte deux de son scénario. Il fit un pas en arrière en agitant la main fit mine d'apercevoir le pneu à plat au moment où Eugénie enclenchait la première.

- Attendez Eugénie ! Attendez ! Je crois que votre pneu est crevé.

- Oh, voilà qui est contrariant, fit la jeune femme en sortant de sa voiture.

- C'est effectivement fâcheux, dit Paul. Ecoutez, pourquoi ne me laisseriez-vous pas vous raccompagner. Nous appellerons un garagiste sur le chemin, ainsi vous n'arriverez pas en retard chez vous…

- Vous feriez cela pour moi ?

- Bien entendu et avec plaisir Eugénie.

Eugénie s'installa près de Paul Ezingard dans la Jaguar clinquante. L'habitacle était finement décoré de cuir et de boiseries, et agréablement parfumé. Pour être aussi propre, cette voiture devait être passée au nettoyage le jour même se dit Eugénie. Paul Ezingard s'engagea sur la route, vérifia les indications du GPS, puis aborda de façon insidieuse le sujet auquel il voulait en venir.

- Dites-moi Eugénie, votre père a diffusé ce matin un message annonçant votre futur mariage avec l'un de nos collaborateurs : Antoine Boulanger. Savez-vous qu'il travaille actuellement dans mon département ?

- A vrai dire, non. En fait, je connais assez peu l'organisation de Credilis.

- C'est naturel, vous êtes tellement occupée par ailleurs... Mais je dois vous avouer que cette annonce m'a surpris au plus haut point.

- Ah bon ? Expliquez-moi pourquoi.

- Vous expliquer… Je ne suis pas certain que ce soit une bonne idée, fit Paul Ezingard en s'assombrissant.

Le changement d'attitude de Paul Ezingard n'échappa pas à Eugénie. Elle le considéra quelques instants, puis n'y tenant plus, elle l'interrogea :

- Excusez-moi Paul, mais vous semblez… Comment dirai-je, vous semblez peu apprécier Antoine Boulanger ?

- Oh non ! Détrompez-vous, c'est même l'un de nos meilleurs éléments, je vous assure. Mais c'est juste que…

- Juste que ? Reprit Eugénie, impatiente d'en savoir plus.

- Et bien… je crois profondément que certaines personnes, malgré toutes leurs qualités sont inaptes au bonheur…

- Inapte au bonheur ?

- Oui, incapable d'être heureux et incapable de procurer du bonheur autour d'eux.

- Et vous croyez qu'Antoine Boulanger est l'une des ces personnes ?

- Sans aucun doute, et c'est la raison pour laquelle je vous imaginais difficilement ensemble. Mais Antoine a des excuses, croyez-moi. Je connais ce garçon depuis plusieurs années et on peut dire que l'existence ne l'a pas épargné.

- Je sais, il a vécu un grand drame il y a quelques années. Mais avec le temps, peut-être pourra-t-il réapprendre à être heureux ?

- J'aimerais avoir votre optimisme Eugénie, mais je connais les hommes pour les diriger depuis de nombreuses années et je sais à quel point certains traumatismes vous marquent pour la vie...

Ils étaient arrivés. Paul prit le temps de garer la Jaguar le long du trottoir, puis il tourna la tête vers Eugénie et lui lança un sourire qu'il voulut compatissant.

- Voyez-vous, Eugénie, je crois profondément en l'humanité, en ce qu'elle a de meilleur. Les actions que vous menez vers les plus démunis sont admirables. Mais je crois également que dans la vie, pour être efficace nous devons rester forts. Il faut lutter pour les causes qui nous sont chères, mais en évitant de s'identifier à elles. Le médecin doit soigner son patient en veillant à ne pas tomber malade lui même...

- Je ne suis pas certaine de vous suivre complètement...

- Soyez vigilante, Eugénie. Soyez vigilante, et surtout, ne confondez pas passion et compassion...

- Vous croyez que je... Fais fausse route ?

- Non, non, ce n'est pas ce que je voulais dire. Excusez-moi, Eugénie. Je ne voulais pas vous importuner, je n'aurais pas dû vous livrer ainsi le fond de mon cœur... Oubliez ce que je vous ai dit. Vous voilà arrivée, j'ai vraiment été ravi de vous rencontrer.

Eugénie Delabrigode sortit de l'élégante berline et regarda Paul Ezingard redémarrer en lui faisant un petit signe de la main. Dieu, que cet homme était élégant et courtois ! A bientôt 50 ans, il avait conservé la silhouette svelte d'un jeune homme. Il avait le verbe agréable, des goûts raffinés, une excellente situation et un charme indiscutable. Bref, le genre d'homme mûr et rassurant qui ne devait pas laisser les femmes insensibles, se dit Eugénie en actionnant pensivement la télécommande d'ouverture du portail. Elle se demanda s'il était venu à l'esprit de son père que Paul Ezingard aurait également pu faire un prétendant tout à fait honorable pour elle. Mais aussitôt, elle chassa ces pensées impures de son esprit. Non, non, il n'était pas convenable de se poser ce genre de question lorsqu'on était officiellement fiancée à un autre homme. Bien sûr, ce qu'avait dit Paul à propos d'Antoine était quelque peu inquiétant, mais elle devait faire confiance au jugement de son père, plus qu'à tout autre chose, y compris ses propres sentiments.

Antoine se réveilla courbaturé, comme s'il avait couru un semi marathon la veille. Une nouvelle fois, il avait connu un sommeil sans repos, peuplé de nombreux rêves dont il ne gardait que peu de souvenirs. La seule chose dont il se rappelait, c'est que dans tous ses rêves, un visage revenait inlassablement : celui de Chloé.

Il se rendit en traînant les pieds jusqu'à la cuisine, alluma la radio et se prépara mécaniquement un café. Le récepteur diffusait comme tous les matins un flash d'information sur l'activité économique. Dans un geste brusque, Antoine se surprit à fermer la radio. Depuis de trop longues années, la conjoncture économique, les fusions d'entreprise, les cours du Nasdaq et du CAC 40 avaient dévoré l'essentiel de son existence, rongeant son temps jour après jour, semaine après semaine.

Il s'en rendait compte à présent et en éprouvait un écœurement presque physique comme celui qu'on peut ressentir vis-à-vis du chocolat après une crise de foie. C'était comme si un voile de brume s'était levé sur sa vie, comme si soudain la réalité s'offrait à lui dans toute sa cruelle splendeur. Qu'avait été sa vie ces dernières années ? D'ailleurs pouvait-on seulement prétendre qu'il avait vécu ? Il avait passé son temps penché sur des écrans d'ordinateur, jonglant à longueur de temps avec des données abstraites et de l'argent virtuel pour satisfaire les appétits d'une économie non moins virtuelle. A coté de cela existait un monde réel fait de couleurs chatoyantes, un monde solide et concret, un monde authentique dans lequel les gens étaient capables d'éprouver des sentiments humains, un monde où les actes n'étaient pas guidés par la cupidité, un monde où « argent » « croissance » et « réussite » n'étaient pas les maîtres mots guidant tous les actes.

Antoine réalisait tout cela à présent et il savait que cette prise de conscience prenait son origine dans sa rencontre avec Chloé. D'une certaine manière, en effet, la jeune femme lui avait permis cette renaissance. Elle l'avait tout d'abord empêché de commettre l'irréparable lorsqu'ils s'étaient rencontrés pour la première fois sur la falaise. Ensuite, par sa fantaisie et son obstination à vouloir se rendre dans la fameuse Cité d'Or, elle lui avait ouvert les yeux sur un monde et une vie auxquels il avait depuis longtemps renoncé. Il s'en était fallu de peu pour qu'il se joigne à l'aventure, mais les circonstances en avaient décidé autrement.

En se dirigeant vers la salle de bain, Antoine passa devant le petit meuble sur lequel était posée la photo de Sophie. La fameuse photo en face de laquelle il fêtait son anniversaire depuis qu'elle avait disparu… Pour la première fois, il prit conscience d'une chose qui, sur le coup lui sembla tellement incroyable, que cela le laissa pantois. Il venait tout simplement de réaliser que ce n'était plus le fantôme de Sophie qui venait le hanter, mais celui de Chloé. Il n'aurait su dire depuis combien de temps ce changement s'était opéré, mais le fait que Chloé prenne la place de Sophie dans ses pensées lui procurait un sentiment étrange teinté à la fois de soulagement et de culpabilité.

Antoine prit la photo de Sophie, la contempla quelques instants, lui lança un baiser silencieux, puis la glissa dans le tiroir du petit meuble.

Chloé avait passé la journée dans son studio. La matinée, avait été dédiée au rangement et au nettoyage car elle tenait à ce que son studio soit impeccable pour la petite réception qu'elle avait prévu le soir même. L'après midi, elle était allée faire quelques courses dans la superette d'à coté pour y acheter de quoi sustenter ses invités. Ils ne seraient pas nombreux : Julie, Jean-Pierre et Paulette, son ancienne patronne. Elle tenait à leur dire au revoir, car d'ici une semaine, elle serait partie pour le Pérou.

Elle avait repoussé la table le long du mur, près du canapé-lit et débarrassé le plan de travail de son bureau. Celui-ci était désormais orné d'une jolie nappe en papier décorée de motifs ethniques marron et violets. Dans de petits plats, elle avait soigneusement disposé de la tapenade d'olives noires ainsi que des morceaux de carottes et de chou fleur crus, qui étaient délicieux lorsqu'ils étaient trempés dans une mayonnaise maison. Quelques chips, et biscuits apéritifs complétaient le tout, tandis que les toasts qu'elle avait faits en début d'après midi attendaient sagement au frigo dans un plat recouvert de cellophane.

En termes de boissons, des jus de fruits, du coca, une bouteille de vin blanc et une autre de rouge. Le seul alcool fort qu'elle avait acheté était une bouteille de whisky qu'elle avait choisie en pensant que cela ferait sans doute plaisir à Jean-Pierre, seul homme de la soirée… Elle pensa furtivement à Antoine, car lui aussi aurait dû être là ce soir, mais elle chassa aussitôt son image de ses pensées. Les choses ne s'étaient pas déroulées comme elle l'avait souhaité, il ne servait à rien de ressasser les derniers évènements.

Lorsqu'elle eut terminé ses préparatifs, il était 18h30. Ses invités étaient censés arriver à 19h, et son mal de tête revenait. Chloé se rendit dans la salle de bain pour y prendre un peu d'aspirine. Les médicaments se trouvaient dans la petite armoire, juste au dessus du lavabo. Elle s'arrêta un instant devant la glace, scrutant son visage comme si c'était celui d'une inconnue. Depuis quelques temps, de lourdes cernes assombrissaient ses paupières, tandis que sa peau avait pris un teint beaucoup plus pâle. Ses joues s'étaient creusées et elle savait que ce n'était malheureusement pas dû à son entraînement sportif… Au contraire, ces derniers temps, elle avait même dû renoncer à une partie du programme qu'elle s'était fixé car sa résistance physique s'était largement amoindrie. Elle tenait de moins en moins la distance lorsqu'elle partait courir avec

Ben, et devait de plus en plus souvent marcher. L'animal se retournait fréquemment, comme pour surveiller la progression de sa jeune maîtresse. Patient, il s'arrêtait lorsqu'elle s'arrêtait, se posait sur son arrière train et la couvait de ses yeux doux en haletant et en balançant la queue, comme pour lui dire qu'il était avec elle, comme pour l'encourager à tenir bon.

Papy Léon et Mamie Jeanne surtout, s'étaient aperçus de la transformation physique de Chloé et s'en étaient inquiétés à plusieurs reprises :

- Tu te fatigues trop avec tous ces footings, tu devrais te reposer un peu… Tu es sûre que tout va bien, ma chérie ? Lui serinait la vielle dame.

- Mais oui, ma petite Mamie chérie, répondait inlassablement Chloé en s'efforçant d'afficher un sourire joyeux. Je vais bien, comme tu le dis, je suis juste un peu fatiguée, c'est tout…

Un peu rassurée, la vieille dame lui caressait doucement la joue avant de vaquer à nouveau à ses occupations. Lorsqu'elle se retournait, Chloé fermait les yeux et appuyait très fort sur ses paupières pour éviter aux larmes de couler. Une douloureuse boule d'angoisse et de chagrin lui étreignait l'estomac à chaque fois, car elle savait qu'elle voyait Mamie et Papy pour les toutes dernières fois. L'idée de les voir disparaître un jour l'avait souvent hantée, car il était dans l'ordre des choses de voir partir nos grands parents les premiers, mais l'idée de partir avant eux et de les laisser seuls lui était encore plus insupportable, non pas à cause d'elle, car elle s'était peu à peu fait à cette idée, mais surtout à cause du chagrin qu'elle allait leur causer. Même si elle n'était pas responsable, elle avait l'impression de les trahir, de leur jouer un vilain tour qu'ils ne méritaient pas.

Un cognement sur la porte d'entrée, la tira de ses pensées. Elle avala rapidement son cachet, et alla ouvrir. C'était Julie, SA Julie, sa grande amie, tellement précieuse ces derniers temps.

- Alors la miss, tu te pomponnes ? demanda Julie, qui faisait de son mieux pour adopter une attitude légère chaque fois qu'elle voyait Chloé. Tous les moyens étaient bons pour tenter d'oublier cette terrible maladie.

- Tu parles, répondit Chloé, j'en aurais sacrément besoin, t'as vu ma tête ?

- Arrête ! Je te trouve toujours aussi sexy que le premier jour où je t'ai vue ! Plaisanta Julie

Elles se laissèrent aller à un rire joyeux et s'étreignirent quelques instants

- Alors comment te sens-tu ? Fit Julie qui ne pouvait s'empêcher de s'inquiéter pour son amie

- Oh... Avec une dizaine de cachets par jour et presque autant la nuit, je tiens le coup

- Tu ne penses pas que tu devrais tout de même retourner voir ce médecin, il aura peut être un traitement plus adapté à...

- Adapté à quoi ? fit vivement Chloé. Adapté à une personne en sursis pour quelques semaines ? Avaler une pilule magique pour mieux vivre sa mort ?

- Excuse-moi, fit Julie.

- Non... Toi, excuse-moi, répondit Chloé. Tu sais en ce moment, j'ai... J'ai l'impression que le temps me file entre les doigts, j'ai tellement peur de ne pas réussir...Que je me sens énervée... Souvent. Excuse-moi de t'avoir parlé sur ce ton, mais je n'ai pas envie de parler de médecin, de traitements ou d'hôpital. Surtout pas ce soir...

- Moi, je sais que tu vas réussir, ajouta Julie, en embrassant à nouveau son amie.

On cogna de nouveau à la porte. Paulette apparut avec un magnifique bouquet de fleurs dans une main, et un grand sac en plastic dans l'autre. Elle embrassa Chloé et Julie, heureuse de les revoir toutes les deux.

- Je vous ai ramené des pizzas, faîtes maison, fit t'elle.

- Hum ! Formidable ! Répondit Chloé en la débarrassant

Aussitôt, Paulette fronça les sourcils et jeta un regard interrogateur à Julie. Cela faisait près de deux mois qu'elle n'avait pas vu Chloé et la petite mine de son ancienne employée ne lui avait pas échappé. Julie lui fit signe de se taire, profitant du fait que Chloé avait le dos tourné.

Lorsque Jean-Pierre arriva quelques minutes plus tard, les bras encombrés d'une jolie tarte meringuée, ce fut une surprise aussi bien pour lui que pour Paulette. Ni l'un ni l'autre ne s'attendaient à se rencontrer chez Chloé. Jean-Pierre resta quelques instants sans voix, puis se montra extrêmement ravi de revoir Paulette. Ils s'assirent côte à côte sur la banquette et engagèrent aussitôt une conversation soutenue, Jean-Pierre décrivant en détail le projet de gîte sur lequel il travaillait, Paulette lui posant mille questions et n'ayant d'yeux que pour lui.

De leur coté, Julie et Chloé riaient sous cape. Ces deux là étaient à n'en pas douter faits l'un pour l'autre. Il suffisait juste de provoquer un peu le destin, et c'est ce que Chloé avait voulu faire ce soir en leur donnant l'occasion de se croiser à nouveau.

Les verres furent remplis et les toasts circulèrent autour de la table basse. Chloé alla mettre un CD de musiques péruviennes et revint s'asseoir sur un tabouret près de Julie. Entourée de ses amis, elle était aux anges. Aux premières notes de musique, Jean-Pierre releva le nez et parcourut du regard les murs du studio de Chloé. Pas un centimètre carré qui ne soit dédié au Pérou. Il s'attarda quelques instants sur le plus grand des posters, celui auquel Chloé avait accordé une place d'honneur sur son mur. Ce poster montrait un site montagneux d'une extraordinaire beauté au milieu d'une forêt tropicale et abritant la création urbaine la plus stupéfiante et la plus mystérieuse de l'Empire inca.

- C'est bien le Machu Picchu ? demanda Jean-Pierre en tendant son verre vers la photo

- Oui, c'est comme cela que les hommes appellent cette cité depuis qu'ils l'ont découverte en 1911… Pour moi, elle représente la Cité d'Or répondit Chloé, soudain elle aussi totalement absorbée par l'image, pourtant si familière

- C'est vraiment extraordinaire, continua Jean-Pierre en se levant et en s'approchant pour mieux regarder le poster. Comment les Incas ont-ils pu construire un tel monument sur une montagne aussi escarpée…

Quatre paires d'yeux contemplèrent en silence les murailles, les terrasses et les rampes gigantesques bâtis à flanc de falaises vertigineuses, comme des prolongements naturels des escarpements rocheux.

- C'est là-bas que tu comptes te rendre ? Demanda Paulette, interrompant la contemplation du poster.

- Oui… Disons que ce sera l'aboutissement d'une longue marche sur le chemin des Incas.

- Pourquoi l'appelez-vous « la Cité d'Or » demanda Jean-Pierre.

- C'est un terme qui fait référence à un dessin animé que je regardais lorsque j'étais petite. Maman était une passionnée de la civilisation Inca. Elle me racontait des histoires merveilleuses sur les fils du soleil, leurs fabuleux trésors et leurs coutumes. Très tôt, j'ai réalisé que tout cela n'était pas qu'une légende mais avait réellement existé. Cela excitait terriblement mon imagination et souvent je regardais cette photo car elle représentait pour moi le lien entre le dessin animé et la réalité. Je rêvais secrètement de pouvoir y aller un jour et d'y emmener maman... Comme vous le savez, j'ai perdu ma mère très jeune, et mon but est d'y disperser ses cendres. Pour moi, c'est presque comme un… Un pèlerinage précisa Chloé avec un sourire empreint de nostalgie.

Un silence respectueux accueillit cette dernière déclaration. Contrairement à Julie qui connaissait depuis longtemps et en détail le projet de Chloé, Jean-Pierre et Paulette venaient de découvrir l'objectif principal du voyage de Chloé.

- Et donc tu y seras dans une semaine ? Reprit Paulette

- Pas exactement, dit Chloé. Dans une semaine, à cette heure ci, je serais à Lima, la capitale. C'est là que l'avion me dépose. Je dois y passer une nuit avant de rejoindre Cusco, « le nombril du monde » disaient les Incas. Ensuite, il me faudra marcher plusieurs jours avant de rejoindre la Cité d'Or.

- Et bien, je crois que là où elle est, votre maman doit être fière de vous et je porte un toast à la réussite de votre entreprise ! Déclara Jean-Pierre en levant son verre.

La soirée se poursuivit agréablement, en grignotant et buvant tout en discutant autour de la petite table basse. A un moment, Chloé s'excusa auprès de ses invités et se dirigea vers la salle de bain. Ses maux de tête avaient repris de plus belle et elle eut l'impression physique que son cerveau était horriblement comprimé dans sa boite crânienne. Elle plissa les yeux en ouvrant l'armoire de pharmacie car sa vue était devenue subitement trouble. Elle manipula quelques boites, à la recherche des précieux comprimés mais se révéla incapable de lire les inscriptions indiquées sur les étiquettes. Les voix de ses amis se transformèrent en un brouhaha indistinct tandis que des milliers de points noirs obscurcissaient sa vision. Incapable de résister au malaise qui la submergeait, elle abandonna l'armoire faisant tomber des flacons dans le lavabo. Elle voulut rejoindre le salon, à tâtons, comme si une obscurité totale avait envahi la salle de bain, elle parvint à ouvrir la porte. Soudain ses jambes se dérobèrent sous elle et la dernière chose qu'elle entendit dans sa chute fut son prénom, crié par Julie, et un bruit de verre qui se brise.

Eugénie était arrivée en milieu de matinée chez Credilis. Elle s'était dirigée tout droit vers le bureau d'Antoine, et sans prendre la peine de saluer son assistante, avait ouvert la porte de son bureau. Celui-ci, surpris avait relevé la tête et avait constaté que la jeune femme paraissait passablement agacée.

- Ah mon ami, j'ai reçu ce matin une nouvelle fort contrariante ! Mon oncle Benjamin qui devait se joindre à nous pour la cérémonie et le repas du mariage vient de se décommander. Il vit aux Etats-Unis et se trouve, selon ses dires « retenu par une affaire de la plus haute importance » … Mais moi je vous le dis tout net, il a beau s'excuser, ce n'est pas une pratique acceptable car la famille doit toujours passer avant les affaires !

- Je comprends… Vous devez être terriblement déçue de ne pas le voir.

- Ne pas le voir ? Oh non, cela m'est complètement égal. Je ne sais pas si je dois vous l'avouer, mais il se trouve qu'Oncle benjamin a mené une vie pour le moins dissolue. Il vit actuellement avec une femme de couleur…

- Vraiment ?

- Oui... Bien entendu, je n'ai rien contre les gens de couleur, il m'arrive même souvent de les aider au travers de mon association, mais je crois que si Dieu nous a conçu différents au départ, il faut respecter ce choix et éviter ces unions qui mènent à des panachages qui au final dénaturent l'œuvre de notre créateur.

- Vous pensez vraiment ce que vous dites ?

- Tout à fait… Et pour couronner le tout, ils ont eu quatre enfants et ne sont même pas mariés !

- Peut être sont-ils heureux comme cela ? Tenta Antoine.

Eugénie se redressa et le regarda d'un air outré comme s'il venait d'énoncer la plus grande aberration qui se puisse dire.

- Mais enfin Antoine, vous ne réfléchissez pas ? Comment pouvez-vous parler de bonheur ? Là n'est pas la question… Le problème est que cette situation est tout à fait incongrue ! D'ailleurs, je vous le dis, s'il n'en était tenu qu'à moi, Oncle Benjamin ne serait jamais venu à notre mariage, c'est mon père qui a souhaité sa présence.

- Mais dans ce cas, Eugénie, la nouvelle de son désistement devrait vous satisfaire.

- Non, non et non, fit elle énervée, car cela perturbe tout le plan de table !

Elle contourna le bureau pour se placer à coté d'Antoine, et repoussa tous les dossiers étalés sur le plan de travail dans un grand geste pour y étaler une grande feuille de papier blanc. Sur le document avaient été dessinées avec soin toutes les tables, avec le nom des convives.

- Regardez, Antoine, si oncle Benjamin ne vient pas, cela décale toute cette rangée et c'est très ennuyeux car les gens qui devaient se trouver face à face ne le sont plus !

- Il n'y a qu'à remplacer Oncle Benjamin par quelqu'un d'autre …

- Antoine, on voit bien que vous ne vous êtes jamais livré à ce genre d'exercice. C'est un vrai casse-tête, je vous assure. Si je déshabille Paul pour habiller Jacques, je ne fais que déplacer le problème !

- Bien sûr… Fit Antoine évasif.

- A moins que je ne déplace tante Yvonne qui se trouve un peu isolée en bout de table. Elle est veuve, la pauvre. Je peux la mettre à la place d'Oncle benjamin… Oui, comme cela… En plus, tante Yvonne est de fort agréable compagnie… Que pensez-vous de cela mon ami… Antoine… Antoine ! Vous rêvez ?

Antoine sursauta. Comme souvent en ce moment, ses pensées s'étaient à nouveau échappées vers des horizons lointains. Il se concentra et fit mine d'observer attentivement le plan de table.

- Oui… Ah oui, comme cela, c'est parfait, Eugénie… Et pour la famille d'Oncle Benjamin ?

- La famille d'oncle Benjamin ?

- Oui. Vous venez de me dire qu'il a une femme et quatre enfants, cela va faire des trous ailleurs dans votre plan, j'imagine.

- Oh Antoine, vous êtes décidément très distrait en ce moment, je vous ai dit qu'ils n'étaient pas mariés.

- Oui, je l'ai bien entendu. Et alors ?

- Et bien réfléchissez voyons ! Oncle benjamin est le frère de papa, il était compréhensible que nous l'invitions, mais nous n'allions certainement pas inviter une femme avec qui il vit dans le péché depuis plus de vingt ans ! Vous posez parfois de curieuses questions, Antoine.

Chloé se réveilla la tête lourde, comme si elle avait dormi trop longtemps. Elle frissonna, en proie à une sensation de froid et regarda autour d'elle. La première chose qu'elle vit fut le téléviseur en face de son lit, suspendu sur un bras articulé. A sa gauche se trouvait une table sur roulette, une chaise et un fauteuil ainsi qu'une petite table de nuit, avec un téléphone. De l'autre coté, se trouvait une porte. Elle était seule et comprit qu'elle se trouvait à l'hôpital. Elle tenta de se redresser mais fut aussitôt prise d'un vertige et dut se rallonger. Elle passa la main gauche sur son avant bras droit et sentit l'aiguille d'une perfusion sous un large pansement. Ses idées étaient confuses ; elle fit un effort pour rassembler ses souvenirs. Que s'était-il passé ? Elle se remémora la soirée d'adieu qu'elle avait organisée, ses amis présents, le goût des toasts, le poster de la Cité d'Or, la salle de bain et… Plus rien. Elle avait dû s'évanouir. Elle chercha du regard ses habits mais ceux-ci devaient avoir été rangés… Sur sa table de nuit, un petit réveil indiquait 18h… Combien de temps avait-elle dormi ? Était-il possible qu'elle ait dormi plusieurs jours ? A cette idée, un vent de panique l'assaillit : samedi elle prenait l'avion pour le Pérou, pas question de le louper !

Elle poussa sur ses avant bras et tenta de se relever, mais elle parvint à peine à soulever la tête de quelques centimètres et fut prise d'un vertige. Elle retomba lourdement sur son oreiller au moment même où une aide-soignante d'une cinquantaine d'année entrait dans sa chambre. Cette dernière la gronda consciencieusement « Vous ne devez pas tenter de vous lever mademoiselle, vous n'êtes pas en état ! » Elle vérifia la perfusion, et déclara que le médecin allait bientôt passer. En effet, quelques minutes plus tard, le docteur Coste passa la porte, un bloc de papier et un stylo à la main. Il salua Chloé et consulta rapidement les informations indiquées sur le panneau accroché à l'avant du lit.

- Quel jour sommes-nous ? demanda Chloé.

- Lundi, répondit le docteur. Nous vous avons maintenue endormie depuis votre hospitalisation samedi soir…

- Lundi ? reprit Chloé, quand vais-je sortir ?

- D'ici une petite semaine, sans doute répondit le médecin… Il faut d'abord que vous récupériez quelques forces.

- Je … Je dois absolument quitter cet hôpital avant samedi ! dit Chloé en faisant à nouveau un effort pour se redresser.

Le médecin se précipita vers elle pour la maintenir allongée.

- Calmez-vous mademoiselle Lavallée, calmez-vous. Vous n'êtes pas encore en état de vous lever. Et puis concernant la durée de votre hospitalisation, nous serons plus à même d'en décider d'ici quelques jours… En attendant, il faut vous reposer. Comment vous sentez-vous ? lui demanda-t-il aimablement, alors que Chloé, vaincue, avait abandonnée l'idée de se lever.

- J'ai la tête lourde et je me sens très faible…

- C'est normal, vous venez de subir une intervention sous anesthésie générale...

- Vous m'avez opérée ? Je croyais que…Que ma maladie n'était pas opérable.

- La tumeur en effet n'est pas opérable, mais nous vous avons drainé un peu de liquide céphalo-rachidien de façon à vous soulager un peu.

- Du liquide céphalo-rachidien ?

- C'est le liquide qui assure une protection mécanique du système nerveux central et sert de barrière contre les infections. Notre cerveau abrite 4 ventricules qui sont emplies de ce liquide et qui communiquent entre eux… Normalement, une partie du liquide céphalo-rachidien s'évacue naturellement, mais dans votre cas, la tumeur empêche son écoulement et sa résorption normale.

- C'est pour cela que je me suis évanouie …

- Exactement… L'accumulation de liquide céphalo-rachidien cause des hydrocéphalies, c'est-à-dire des distorsions des ventricules du cerveau. Le drain que nous vous avons posé permet de rétablir l'équilibre. Ce n'est pas une grosse opération, mais dans votre cas il était urgent d'agir…

- Je ne vais donc plus subir ce genre de malaise ?

- Hum… Pour quelques temps, en tout cas.

- C'est-à-dire ?

- Pour ne rien vous cacher, mademoiselle Lavallée, les clichés que nous avons pris de votre cerveau indiquent une progression rapide de votre maladie. Vous avez malheureusement une tumeur diffuse et infiltrative…Une tumeur très méchante pour parler simplement, ajouta-t-il en évitant le regard de Chloé.

- Qu'est ce qu'il va m'arriver ?

La jeune femme regarda le médecin. Celui-ci affichait une mine des plus soucieuses et restait silencieux, comme s'il hésitait à répondre directement à la question.

- Je vous en prie, docteur, j'ai le droit de savoir… Je veux savoir ce qui va se passer !

- Bien… Comme je vous l'ai expliqué lors de votre première visite, il est très difficile de prévoir exactement ce que sera l'évolution de votre état dans les semaines à venir… Les principaux symptômes auxquels vous risquez d'être confrontée sont : crises d'épilepsie, partielles ou généralisées, vertiges, céphalées et des troubles liés au fonctionnement du cerveau.

- La mémoire ?

- Oui, c'est une possibilité, mais ce n'est pas la seule… Comme vous le savez, le cerveau est le siège de ce qu'on appelle les fonctions supérieures. Nos fonctions cognitives, nos sens et nos réponses nerveuses sont contrôlés par lui.

- Ce qui signifie ?

- Ce qui signifie que… Selon l'évolution de la tumeur, les troubles peuvent aussi concerner l'équilibre, l'attention, l'orientation dans l'espace, la parole, la vue ou l'ouïe…

Chloé écoutait en silence l'énumération du médecin, à la fois reconnaissante pour son franc-parler mais également effondrée. Des larmes se mirent à couler le long de ses joues.

- Je… Je n'imaginais pas que j'allais dépérir de cette façon…

- Je suis désolé mademoiselle. J'aimerais vraiment pouvoir vous aider…

- Non, je... Je sais que vous faites le maximum… Je vous suis reconnaissante en tout cas de m'avoir parlé franchement…

- Pour le moment vous avez besoin de repos. Je repasserai plus tard pour vous expliquer les protocoles que nous pouvons mettre en place pour tenter de retarder l'évolution de votre maladie et…

- Je ne veux pas passer le temps qu'il me reste, clouée dans un lit d'hôpital, l'interrompit Chloé.

- Je comprends, fit le médecin. Nous en reparlerons plus tard si vous voulez bien. Les visites sont autorisées à partir de demain après midi… Y a-t-il des personnes que vous aimeriez contacter ? Je me rappelle que vous aviez parlé de vos grands parents…

- Mes grands parents ! Sursauta Chloé. Bon sang, ils vont s'inquiéter ! Je… Je dois les appeler !

- Bien, je vais faire vérifier que votre ligne téléphonique a été activée, fit le médecin en rapprochant la table de nuit de Chloé. Avez-vous besoin d'autre chose ?

- Non, merci… Pas pour le moment.

Dans le couloir, les bruits caractéristiques accompagnant la distribution des dîners se faisaient entendre : des portes qu'on ouvre et qu'on referme, les cliquetis des plateaux que l'on dépose sur les tables, le « bonsoir » sonore des aides soignantes de l'hôpital. Le docteur Coste adressa à nouveau un sourire empli de bienveillance à Chloé et l'informa qu'elle pourrait commencer à s'alimenter normalement à partir du lendemain.

Edouard Delabrigode n'avait pas l'habitude de se tromper ou d'hésiter lorsqu'il prenait des décisions. Pourtant, ce matin, il était en proie aux doutes en regardant le tableau de bord de Crédilis. Calé dans le fauteuil en cuir de son bureau, il examinait les colonnes de chiffres et étudiait avec intérêt les courbes d'évolution.

Les résultats de l'activité « trading » dans laquelle il avait fondé tant d'espoir se révélaient plutôt décevants. Les chiffres étaient clairement moins bons que deux mois auparavant, lorsque l'ensemble des opérateurs était encore intégré au département de Paul Ezingard. D'ailleurs, ce dernier n'avait pas manqué de le lui faire remarquer. Son directeur commercial avait il eu plus de flair que lui en prédisant des difficultés liées à la réorganisation de son département ? Il l'avait effectivement mis en garde contre la nomination d'Antoine Boulanger à la Direction du département Trading, mais Edouard Delabrigode avait mis cela sur le compte de la jalousie. Avec le recul, il se devait pourtant d'admettre qu'Antoine n'avait pas, pour le moment, donné l'impulsion qu'il espérait à cette activité qu'il semblait pourtant si bien maîtriser auparavant. Était-il comme le disait Paul Ezingard trop jeune ou trop inexpérimenté pour diriger un service complet et manager des hommes ?

Peut-être avait-il pêché par excès d'optimisme en imaginant qu'Antoine Boulanger pourrait facilement transmettre son savoir faire aux membres de son équipe... Possible, mais ce ne devait pas être la seule explication car au-delà de ces résultats médiocres, Edouard Delabrigode avait constaté que l'attitude d'Antoine Boulanger avait changé depuis quelques temps. Il semblait plus distant et parfois même, il semblait se laisser aller. Il n'était pas rare en effet de le croiser avec une barbe de deux ou trois jours, habillé négligemment et cela faisait un peu désordre à la table de ses cadres supérieurs.

Se pouvait-il que-lui, Edouard Delabrigode, ait fait le mauvais choix ? Bien sûr, Eugénie avait laissé entendre qu'elle en pinçait pour lui, et c'était bien la première fois qu'elle le déclarait de façon aussi ouverte à ses parents. Compte tenu de l'âge d'Eugénie, ils en avaient conclu avec Geneviève que c'était peut-être là l'occasion à ne pas louper pour la marier. De plus, Antoine était doué dans son domaine et semblait promis à un avenir brillant au sein de l'entreprise. Mais tout de même, n'étaient-ils pas allés un peu trop vite en besogne en organisant leur rencontre, puis en promettant à Antoine Boulanger la main de leur fille ?

Edouard Delabrigode rejeta les imprimés qu'il avait dans les mains et secoua la tête pour chasser ses doutes et toutes ces pensées négatives. De toute façon, à quelques jours seulement du mariage, il n'était plus possible de revenir en arrière. Une annulation de dernière minute était tout simplement inimaginable, il ne pouvait pas se permettre un tel scandale.

Non, la meilleure chose à faire était d'avoir une explication franche avec Antoine. Il lui parlerait, une fois le mariage passé, et le jeune homme rentrerait naturellement dans le rang en intégrant le cercle très fermé de la famille Delabrigode. Il épouserait Eugénie, lui ferait de beaux enfants et la descendance de la famille serait assurée. Voilà comment les choses devaient se passer, et les états d'âmes des uns ou des autres devaient passer au second plan.

D'ailleurs à bien y réfléchir, en avait il eu, lui, des états d'âme lorsqu'il s'était marié ? Son union avec Geneviève n'était pas ce que l'on pourrait appeler un mariage d'amour. Issus de familles bourgeoises tous les deux, leurs parents respectifs avaient veillé au grain, et ils ne s'en étaient pas trouvés plus malheureux pour autant ! Au contraire, les mariages arrangés et mûrement réfléchis que l'on pratiquait autrefois tenaient beaucoup plus sur la durée que ceux d'aujourd'hui qui se terminaient dans un cas sur deux par un divorce ! D'ailleurs, l'avènement du PACS qui était en passe de devenir le mode privilégié pour unir femmes et hommes voire personnes de même sexe n'était-il pas la meilleure illustration de la déchéance de ce monde ?

Durant toute la semaine, Chloé reçut la visite de Julie ainsi que celle de Paulette. Elle eut également des conversations quotidiennes avec Jean-Pierre. Celui-ci, n'ayant pas de moyens de locomotion lui permettant de se rendre à l'hôpital, l'appelait tous les jours afin de prendre de ses nouvelles. Ses amis, terriblement attristés par l'annonce de sa maladie, faisaient de leur mieux pour lui témoigner leur sympathie et cela faisait évidemment chaud au cœur de Chloé. Julie passait tous ses après-midis auprès d'elle et ne pouvait s'empêcher de s'apitoyer sur la situation. Curieusement, c'était Chloé qui devait lui remonter le moral. De toute façon, il n'y avait rien à faire, alors pourquoi se morfondre et ajouter une dépression aux symptômes physiques de la maladie ? Non, le mieux qu'elle avait à faire était de profiter pleinement des jours qui lui restaient. Julie regardait alors son amie, éblouie par tant de courage et étonnée de constater à quel point elle semblait s'être détachée de son propre sort. Alors, elle respirait profondément, adressait un sourire réconforté à Chloé et se sentait prête pour aborder avec elle des sujets de conversation anodins.

Cependant, un seul sujet préoccupait Chloé en ce moment : à quel moment allait-elle sortir de cet hôpital ? Et comment se rendrait-elle à l'aéroport ? Il n'était pas question de faire le trajet en moto, un sac sur le dos, comme elle l'avait prévu initialement car elle n'en aurait pas la force. Le train ? Les correspondances n'étaient pas pratiques et elle doutait également d'avoir la force de transiter par les couloirs du métro. Non, l'idéal aurait été d'arriver directement à l'aéroport…

Le jeudi soir, le docteur Coste anéantit ses derniers espoirs. Il n'était pas question selon lui d'autoriser sa sortie avant 4 ou 5 jours, le temps qu'elle ait suffisamment récupéré. Le médecin se montrait d'autant plus affirmatif que Chloé lui avait rappelé son projet de partir au Pérou le samedi même. « Ce serait un véritable suicide » avait-il commenté. Il tenait absolument à s'assurer que Chloé renoncerait définitivement à ce projet, c'était son devoir de médecin.

Le vendredi en début d'après midi, Julie entra dans la chambre de l'hôpital et trouva une Chloé qui paraissait en meilleure forme mais qui semblait soucieuse et arborait un regard sombre. Il n'était nul besoin de lui demander la raison de cet état, Julie le savait fort bien et évita avec soin d'aborder le sujet. Vers 15h, on toqua à la porte et Jean-Pierre apparut, un magnifique bouquet de fleurs printanières à la main. La surprise fit revenir un sourire sur les lèvres de Chloé, très touchée par le geste de son ami. Pendant que Julie disposait les fleurs dans un vase, Chloé interrogea Jean-Pierre :

- C'est très gentil à vous d'être venu Jean-Pierre, cela me touche beaucoup.

- C'est naturel, mademoiselle Chloé

- Comment se passe votre travail à la ferme ?

- C'est vraiment parfait ! Je ne pouvais pas rêver meilleure situation. Jamais je ne vous remercierai assez pour ce que vous avez fait, mademoiselle Chloé… Franck et Annick sont des gens charmants, tout autant que leurs enfants.

- Je ne connais pas sa femme mais le peu de fois que j'ai vu Franck, j'ai pu voir en effet que c'était quelqu'un de sympathique et généreux.

- Tout à fait… D'ailleurs, lorsque je lui ai dit que j'allais venir vous voir cet après midi, il a absolument tenu à m'amener pour m'éviter les correspondances de bus, assez compliquées pour venir jusqu'ici.

- Franck vous a accompagné ? Mais où est-il ?

- C'est-à-dire que … Comme vous vous êtes un peu fâchée avec son meilleur ami, il a pensé que le mieux pour lui était d'attendre sur le parking…

- Quoi, vous voulez dire qu'il n'a pas osé monter ? S'étrangla Chloé. Vous avez son numéro de portable ?

L'instant d'après, Chloé se pencha sur la petite table de nuit pour composer le numéro de Franck. Lorsqu'elle l'eut en ligne, elle se contenta de lui indiquer le numéro de sa chambre : le 323. Quelques minutes plus tard, Franck apparut, l'air penaud au travers de l'ouverture de la porte et salua Julie, puis Chloé

- Je ne pensais pas qu'un grand garçon comme vous puisse être timide à ce point ! Le railla Chloé.

- Je… J'avais peur que compte tenu de ce que vous et Antoine… Enfin je… Bégaya-t-il.

- Ne vous inquiétez pas pour cela, Franck. Après tout, ce n'est pas votre faute et croyez-le si vous le voulez, mais je n'en veux absolument pas à Antoine. Depuis, j'ai réalisé à quel point ma demande était loufoque.

- Vraiment ? Fit Franck soudain ragaillardi. Parce que je peux vous assurer que toute cette histoire l'a terriblement marqué… Et il ne sait pas que vous aviez cette maladie…

- J'en ai parlé hier soir à Franck, expliqua Jean-Pierre.

- J'imagine que vous avez finalement dû renoncer à votre voyage au Pérou, fit Franck.

Chloé ne répondit pas car une idée venait soudain de surgir dans son cerveau. Elle regarda Franck en lui adressant un grand sourire.

- Dites moi Franck, vous êtes venu en voiture ?

- Oui… Avec Jean-Pierre.

- Est-ce que vous voudriez me rendre un grand service ?

- Oui, bien sûr, si je peux faire quelque chose pour vous, dites_-moi…

A ce moment, le docteur Coste entra dans la chambre et vint s'assurer que Chloé allait bien. Il fut satisfait de constater qu'elle récupérait plutôt bien de son intervention mais se retourna vers les visiteurs et leur recommanda de ne pas trop la fatiguer et de ne pas lui imposer de trop longues visites. Franck attendit que le médecin fût sorti et se retourna vers Chloé :

- Alors Chloé, dites-moi ce que je peux faire pour vous.

- Vous allez m'emmener à l'aéroport.

- A l'aéroport... Quand ça ?

- Tout de suite … J'ai un avion à prendre demain, répondit-t-elle en se redressant avec précaution sur son lit.

Franck se retourna vers Jean-Pierre et constata la même incompréhension que celle qui devait s'afficher sur son visage. Julie qui était restée silencieuse s'avança vers Chloé pour l'aider à s'asseoir sur le bord du lit.

- Vous n'êtes pas sérieuse ? Demanda Franck. Le docteur a bien dit qu'il fallait vous reposer...

- Je suis tout ce qu'il y a de plus sérieuse, répondit Chloé en décollant le pansement qui recouvrait l'aiguille de sa perfusion. Je n'arriverai pas à persuader le docteur Coste de me laisser partir, alors je dois prendre les devants.

- Mais vous ne pouvez pas partir au Pérou dans votre état, ce n'est pas raisonnable intervint Jean-Pierre.

- Oui, attendez quelques jours d'aller un peu mieux, insista Franck.

Chloé serra les dents, et retira l'aiguille de son avant bras. Une perle de sang apparut sur sa peau blanche qu'elle essuya à l'aide du bord du drap. Elle s'adressa à Jean-Pierre et Franck :

- Ecoutez, c'est tellement important pour moi d'aller là bas. Vous le savez... Et ne vous trompez pas, je n'irai pas mieux dans quelques temps. Mon état va continuer à se dégrader et si je ne saisis pas ma chance maintenant, je ne la retrouverai jamais !

- Elle a raison, fit Julie, en aidant son amie à se relever.

- Alors vous êtes d'accord ? demanda Chloé à Franck.

Affolé, Franck chercha Jean-Pierre du regard, mais ce dernier avait baissé la tête et souriait aussi. Décidément, cette Chloé n'en faisait qu'à sa tête, et c'était bien ainsi. Franck sentit les yeux de Chloé et de Julie se fixer sur lui, dans l'attente fébrile de sa réponse.

- Je crois que vous devriez accepter, Franck, fit Jean-Pierre.

- Bien, si tout le monde est d'accord, je m'en remets à la majorité !

Chloé lança un « hourra sonore » puis se ravisa aussitôt. Il fallait maintenant quitter l'hôpital en toute discrétion. Jean-Pierre passa la tête dans le couloir. La voie semblait libre. Chloé enfila son blouson de moto sur sa chemise de nuit, vérifia que son portefeuille et ses papiers s'y trouvaient et se dirigea vers la porte de sortie. Après quelques pas, elle fut prise d'un vertige et dut s'appuyer sur Julie. « Je suis restée trop longtemps allongée » se justifia-t-elle. Un peu plus loin dans le couloir se trouvait une chaise roulante près d'une porte de chambre restée entrouverte. Franck approcha et distingua les voix de deux infirmiers en train de parler à une vieille dame qui semblait avoir du mal à bouger. Sans faire de bruit, il saisit la chaise et la poussa vers Chloé. Jean-Pierre et Julie l'aidèrent à s'y asseoir et le petit groupe se dirigea d'un pas décidé vers la porte de l'ascenseur, croisant des visiteurs et du personnel vêtu de blouses blanches. Une voix les interpella au moment où les portes de l'ascenseur s'ouvraient :

- Hep ! S'il vous plait ! Vous là bas… Hep ! Qu'est ce que vous faites avec ce fauteuil roulant ?

Le jeune infirmier qui venait de sortir de la chambre de la vieille dame resta un instant interdit puis, constatant que sa question restait sans réponse, appela son collègue et se précipita dans la direction des quatre compères. Sans demander leur reste, ces derniers s'engouffrèrent dans l'ascenseur emportant dans leur mouvement un homme de petite taille, portant des lunettes et une barbiche, tel le professeur Tournesol. Ce dernier tenta une vague protestation, mais impressionné par la stature de Franck qui se tenait près de lui, préféra finalement se taire. Les portes de l'ascenseur se refermèrent juste sous le nez des deux infirmiers.

Arrivés au rez-de-chaussée, la petite équipe se rua en direction de la sortie, alors que le bruit d'une cavalcade de pas se faisait entendre dans les escaliers. Sans se retourner, Franck accéléra le pas et passa devant le guichet d'accueil où une hôtesse et un médecin étaient en pleine discussion avec des visiteurs. Au passage, Chloé allongea le bras pour accrocher une fontaine d'eau qui s'écrasa derrière eux en répandant une énorme flaque. Bientôt, les deux jeunes infirmiers débouchèrent dans le couloir en criant :

- Arrêtez ! Qu'est-ce que vous faites !

- Oh là là, je crois que ça chauffe, fit Jean-Pierre en se mettant lui aussi au pas de course.

Dans la confusion générale, ils tournèrent vers la gauche et se précipitèrent vers la double porte vitrée qui s'ouvrit automatiquement sur leur passage. Le Kangoo de Franck n'était pas très loin, mais les infirmiers, à peine ralentis par la flaque d'eau se rapprochaient rapidement.

N'écoutant que son courage, Jean-Pierre fit volte face et cria à ses camarades de ne pas l'attendre. Il s'élança vers les infirmiers en hurlant et en faisant de grands moulinets menaçants avec les bras. En voyant cela, les deux hommes stoppèrent net et se consultèrent du regard, ne sachant comment réagir face à un tel comportement. Après tout, ils n'étaient pas payés pour prendre des coups ! Cet intermède permit à Franck, Chloé et Julie de pénétrer dans la voiture et de démarrer en trombe. Soulagé, Jean-Pierre adressa un large sourire à ses poursuivants et s'élança brusquement vers sa droite, plantant là les deux infirmiers qui, perplexes, se contentèrent de le regarder s'enfuir et de récupérer le fauteuil roulant.

Installée à coté de Franck, Chloé ne pouvait s'empêcher de rire en repensant à la tête des deux infirmiers, lorsque ceux-ci étaient arrivés sur le parking et avaient assisté au numéro de Jean-Pierre. Dans le rétroviseur, ils avaient pu constater que ce dernier avait finalement pu s'enfuir, ce qui heureusement lui éviterait des ennuis. Son sourire se figea lorsqu'elle réalisa que cette scène constituerait sans doute la dernière image qu'elle garderait de lui. Elle indiqua à Franck le chemin pour se rendre au foyer. Il fallait qu'elle y récupère son sac à dos, son équipement de trekking et son billet d'avion.

Franck déposa les deux jeunes filles au pied du bâtiment et en profita pour passer un coup de fil à Annick et la prévenir qu'il devait conduire Chloé jusqu'à l'aéroport, ce qui lui prendrait environ quatre heures pour l'aller et le retour. Il expliqua également à Annick que Jean-Pierre rentrerait sans doute avant car ils avaient été contraints de se séparer.

Le sac à dos de Chloé était déjà prêt depuis longue date. Par acquis de conscience, elle vérifia avec Julie son contenu par rapport à la liste qu'elle avait établie. Dès qu'elle fut certaine que l'ensemble de son équipement de trekking s'y trouvait, elle y ajouta la pharmacie que son médecin traitant lui avait prescrite, en particulier le fameux Diamox, un médicament à n'utiliser qu'en cas de mal des montagnes aigu.

Chloé boucla le sac et se changea rapidement sous le regard complice de Julie. La proximité du départ semblait lui avoir redonné une vigueur nouvelle, et ses gestes étaient à nouveau rapides et déterminés. Elle enfila un pantalon de toile, un tee-shirt technique évacuant facilement la transpiration, ainsi qu'une veste coupe vent. Son gore tex et d'autres vêtements chaud se trouvaient déjà dans le fond de son sac, ainsi qu'une popote, quelques sachets de nourriture lyophilisée, une gourde, un duvet prévu pour dormir par des températures de moins vingt degrés et une petite tente igloo. Tandis qu'elle enfilait des chaussettes et ses chaussures de randonnée, Julie soupesa le sac et s'exclama :

- La vache ! C'est super lourd ! Tu ne vas tout de même pas porter tout ça !

- Si … Je prends le strict minimum, il est difficile de faire moins, répondit Chloé en vérifiant la présence des cartes, de la boussole et de son billet d'avion dans une poche latérale. Là bas, je serai seule et je n'aurais pas le droit à l'erreur. Je dois pouvoir m'orienter dans la cordillère des Andes, me nourrir même si je ne croise personne durant plusieurs jours, je dois être prête à affronter des variations de températures extrêmes, la pluie, l'altitude et…

- Arrête-là, coupa Julie, là tu me fais vraiment peur…

Chloé épaula son sac et regarda son amie.

- Ne t'inquiète pas Julie… Je me suis entraînée pour cela. Allez, on y va ?

- On y va, soupira son amie.

Sur le seuil de la porte, Chloé jeta un dernier regard au studio dans lequel elle avait vécu ces deux dernières années, puis engagea la clé dans la serrure, se ravisa et alla chercher l'ours en peluche. Elle le câlina un instant, puis le tendit avec son trousseau de clés à Julie.

- Tiens… Prends soin de nounours, fit-elle d'une voix tremblante.

Julie accepta en silence l'ours en peluche qu'elle serra contre elle dans un geste maternel ainsi que le trousseau de clés qu'elle glissa dans ses poches. Des larmes vinrent baigner ses yeux.

- Tu peux compter sur moi…

- Ecoute, ajouta Chloé. Avant de rendre les clés, si des choses dans mon appartement t'intéressent…

- Arrête ! L'interrompit une nouvelle fois Julie, je sens que tu vas dire des choses affreuses !

- OK, mais sache que ça me ferait plaisir que tu le fasses.

- Ces clés, je te les rendrai à ton retour ! S'exclama Julie sur un ton de défi.

Elles se sourirent en silence puis redescendirent les trois étages du bâtiment. Franck aida Chloé à déposer son sac dans le coffre de la Kangoo et ils reprirent la route.

- Direction l'aéroport ? Demanda-t-il

- Non, pas encore. Je dois passer dire au revoir à mes grands parents et passer prendre maman...

- Votre mère ? Mais je croyais que …

- Oui, je parlais des cendres de ma mère. Elles se trouvent au columbarium du cimetière côtier. Mes grands parents habitent juste à coté.

Lorsqu'ils arrivèrent en vue de la ferme, Chloé demanda à Franck de ralentir et de se garer sur le bas coté. Lorsqu'elle avait appelé ses grands parents pour tenter de les rassurer, Chloé avait retenu ses larmes à grande peine. Mais l'émotion qu'elle avait pu gérer au téléphone, saurait elle la contenir lorsqu'elle serait face à eux ? Par l'ouverture du portail, on voyait une grande partie de la cour avec la maison sur le coté gauche, la grange avec le tracteur sur la droite et le jardin avec le grand chêne devant les champs. Franck coupa le moteur pour mieux respecter l'émotion palpable de Chloé. Soudain, Mamie Jeanne apparut à l'angle de la maison avec Papy Léon lui emboîtant le pas. Ce dernier portait un bac de linge propre que Mamie avait vraisemblablement décidé d'étendre. En silence, ils regardèrent le vieux couple clopiner jusqu'à la corde tendue dans le jardin. Papy Léon posa le bac sur une table et aida Mamie en lui tendant les uns après les autres les vêtements à suspendre. Franck se demanda combien de fois ils avaient pu répéter ces gestes au cours de leur vie commune. Des centaines de fois ? Des milliers de fois ? Il essaya d'imaginer comment ce serait dans 30 ou 40 ans. Aurait-il la chance d'être toujours au coté d'Annick ? Secrètement, il formula le vœu de ressembler un jour à ces deux petits vieux.

Il se tourna du coté de Chloé. Cette dernière complètement absorbée par la scène avait les yeux brillants et souriait avec attendrissement. De la place arrière, Julie lui caressait doucement les cheveux. Un grand chien arriva en jappant et courut autour de Mamie Jeanne et de Papy Léon, soulevant un peu de poussière dans les airs. Papy Léon dut le rabrouer car l'instant d'après, le setter se posait sur son arrière train, près de ses maîtres, la truffe au vent. Papy et Mamie venaient de sortir un grand drap rose, qu'ils tendirent et posèrent avec une certaine difficulté sur la corde tendue. Une vague d'émotion submergea Chloé lorsqu'elle reconnut le drap qui ornait le lit de sa chambre. Mamie tenait à le laver chaque semaine, y compris lorsque sa petite fille n'était pas passée. « C'est tellement agréable de dormir dans des draps frais et bien parfumés » disait-elle lorsque Chloé tentait de lui faire admettre que ce n'était pas nécessaire. Les larmes que Chloé avait trop longtemps contenues déboulèrent tout à coup. L'amour qu'elle ressentait pour eux était trop fort pour qu'elle ait la force de leur dire Adieu.

- Démarrez, fit-elle dans un sanglot.

- Comment ?

- Démarrez ! Je ne me sens pas la force d'aller leur dire au revoir.

A cet instant, le grand chien releva la tête et jeta un regard en direction de la voiture. Il aboya joyeusement, se leva en balançant la queue et s'élança dans leur direction sous le regard de Papy Léon et Mamie Jeanne. Le brave chien avait sans doute perçu la présence de Chloé. Lorsqu'il franchit le portail et arriva sur le bord de la route, il eut juste le temps d'apercevoir la voiture disparaître dans le premier virage. Il se figea sur ses quatre pattes, la tête légèrement inclinée de coté et fixa quelques instants la courbe de la route. Lorsqu'il comprit que sa petite maîtresse ne reviendrait pas, il émit un petit gémissement triste et repartit en trottant en direction du jardin.

Lorsqu'ils arrivèrent au cimetière, Chloé avait eut le temps de se reprendre. Ils se garèrent dans le parking de l'entrée et laissèrent Chloé se rendre seul à l'accueil. Quelques minutes plus tard, elle revint l'air furibond.

- Qu'est-ce qui se passe ? demanda Julie

- Ces idiots ne veulent pas me donner l'urne !

- Mais tu ne leur as pas dit qui tu étais ?

- Bien sûr que si ! Pesta Chloé en brandissant son passeport. Seulement, il parait que je dois présenter une autorisation de la préfecture !

- Zut ! Commenta Franck en regardant sa montre. A cette heure, ça m'étonnerait qu'on trouve encore quelqu'un là bas …

- Bien sûr que non. De toute façon, il parait que je dois faire ma demande par écrit !

- Qu'est-ce que tu comptes faire, alors ? demanda Julie.

- Ce que je vais faire ? Prendre l'urne de toute façon. Franck ? Ce n'est pas une caisse à outils que j'ai aperçue dans votre coffre tout à l'heure ?

- Euh … Oui, hésita-t-il. Mais vous ne comptez tout de même pas…

- Tiens, je vais me gêner !

Quelques minutes plus tard, les trois compères étaient à l'intérieur du Columbarium. Tandis que Franck et Julie s'évertuaient à surveiller les allées et venues des visiteurs, Chloé tentait désespérément de forcer la porte de la loge avec un long tournevis. L'urne funéraire se trouvait à quelques centimètres derrière la paroi transparente.

- Franck ! Venez m'aider, je n'y arrive pas ! Chuchota-t-elle assez fortement pour que ce dernier l'entende.

Ils échangèrent leur place et Franck commença à s'affairer sur la porte. Il introduisit le bout du tournevis dans l'interstice de la porte et pesa lourdement sur le manche. L'encadrement de la porte se déforma sous la pression mais ne céda pas. Le bout du tournevis glissa et Franck se cogna brutalement contre le mur, provocant un bruit qui raisonna fortement dans tout le columbarium. Heureusement qu'ils étaient seuls ! Il s'apprêtait à faire une deuxième tentative lorsque Julie donna l'alerte :

- Attention ! Deux gardiens ! Ils viennent par ici !

Chloé se tourna dans la direction indiquée par Julie et constata qu'effectivement deux gardiens se dirigeaient vers le columbarium d'un pas décidé. Ils étaient encore au bout de l'allée, ils avaient encore le temps de s'enfuir.

- Vite Franck ! Il faut y aller, nous reviendrons plus tard ! Cria Chloé. C'est à cet instant qu'elle aperçut une caméra qu'elle n'avait jamais remarquée dans l'angle de la pièce.

- Zut ! Franck, laissez tomber, ils savent que nous sommes là !

- Bon sang de bon sang de bonsoir ! S'énerva Franck en pesant à nouveau de tout son poids sur le tournevis.

La porte et le tournevis cédèrent en même temps. Sous l'effet de la libération, Franck perdit à nouveau l'équilibre et s'effondra de tout son poids sur le sol. Chloé l'enjamba et saisit l'urne qu'elle cala contre sa poitrine. Elle lui tendit ensuite la main pour l'aider à se relever et ils s'enfuirent juste à temps pour éviter les deux gardes. Etourdi, Franck fit de son mieux pour suivre les deux gazelles au travers du dédale des allées. Chloé semblait avoir récupéré la majeure partie de ses capacités physiques. Ils firent un détour pour semer les gardes qui sans doute, après avoir constaté les dégâts devaient s'être mis à leur recherche et finirent par déboucher sur le parking. Là, ils rejoignirent hâtivement la voiture, et s'éloignèrent aussi vite qu'ils le purent. Franck prit un air faussement réprobateur :

- Chloé, vous allez faire de moi un délinquant ! C'est le deuxième délit que vous me faites faire aujourd'hui ! Qu'est-ce que vous avez prévu pour la suite ?

- Rien, sourit Chloé. Maintenant plus rien ne pourra m'empêcher de réaliser mon projet. En route pour l'aéroport !

Le trajet se déroula dans un silence presque total. Chacun était plongé dans ses pensées. Chloé tenait l'urne tout contre elle et son visage affichait un sourire serein… Le plan de Chloé consistait à trouver un hôtel à proximité de l'aéroport, ce qu'ils n'eurent aucune difficulté à faire. Le vol étant prévu le lendemain à 14h, cela lui laissait largement le temps de se reposer et de se rendre à l'enregistrement sans stress, à son rythme, en veillant désormais à économiser au maximum ses forces. Face à l'hôtel, alors que la nuit était déjà en train de tomber, l'émotion était tangible au moment de se quitter. Même Franck, tout grand et costaud qu'il était ne put retenir une larme de couler. Il l'essuya d'un geste vif et renifla bruyamment avant d'embrasser Chloé.

- Merci Franck… Merci vraiment, je vous dois une fière chandelle, fit la jeune femme.

- Pas de quoi, marmonna-t-il de sa grosse voix.

- Je sais que demain vous vous rendez au mariage d'Antoine.

- Oui... Je suis témoin.

- S'il vous plait, ne lui parlez pas de ce qui s'est passé aujourd'hui, ni de ma maladie. Je ne tiens pas à... Gâcher la fête, vous comprenez ?

- Je comprends... Promis, je ne dirais rien.

Chloé se retourna vers Julie. Un flot de larmes inondait les joues de son amie. En voyant cela, les siennes redoublèrent, ce qui les fit rire. Elles s'embrassèrent puis restèrent serrées l'une contre l'autre, dans une étreinte que ni l'une ni l'autre ne voulait interrompre. Après de longs instants, ce fut Chloé qui prit l'initiative. Elle respira un grand coup et repoussa doucement Julie. C'était le moment de se séparer. Julie s'installa à coté de Franck dans la Kangoo et la voiture s'engagea sur la route. Les deux amies se firent un dernier signe de la main. Longtemps, Chloé resta sur le bord du trottoir, regardant, bien après que la voiture ait disparue dans la circulation, la valse des phares et des feux arrière dans le crépuscule. Puis d'un geste las, elle ramassa son sac à dos, le hissa sur ses épaules et pénétra dans l'hôtel.

Le grand jour était arrivé. La cérémonie civile n'était prévue qu'à 11h30, mais Antoine s'était levé assez tôt pour pouvoir prendre le temps de se préparer. Il avait pris un café, puis avait déjeuné tranquillement, dans le silence. Il était ensuite resté un long moment sous la douche, appréciant particulièrement l'effet relaxant procuré par le jet d'eau chaude. Contrairement à ce qu'il s'était imaginé, il avait parfaitement bien dormi et éprouvait un étrange détachement par rapport aux évènements, un peu comme si ce n'était pas de son mariage dont il s'agissait. Il enfila une chemise blanche fraîchement repassée, puis un pantalon noir et alla se placer devant le grand miroir du couloir pour mettre le reste de sa tenue. Eugénie lui avait expliqué que pour se marier, les hommes de la famille Delabrigode portaient nécessairement une tenue traditionnelle, à savoir une redingote à cinq boutons, une chemise blanche accessoirisée d'une lavallière, un gilet et pour couronner le tout, un chapeau haut-de-forme.

Lorsqu'il fut prêt, Antoine se contempla dans le miroir et haussa les sourcils. Avec cet accoutrement, il ressemblait à un personnage tout droit sorti d'un roman de Charles Dickens et ne se sentait pas très à l'aise pour bouger, mais lorsqu'il avait tenté de négocier avec Eugénie la possibilité de porter un costume classique le jour de leur mariage, cette dernière s'était montrée intraitable. Selon elle, il était absolument inconcevable de déroger à la tradition. Antoine consulta sa montre : 10h30. Franck n'allait plus tarder à arriver maintenant. Ce dernier lui avait proposé de lui servir de chauffeur pour la journée, tandis qu'Annick et les enfants les rejoindraient directement sur place.

Le regard d'Antoine fut attiré par une enveloppe décachetée, posée sur le petit meuble du couloir, juste sous le miroir. Elle était là depuis plusieurs semaines et il n'y avait plus touché depuis le jour où Chloé lui avait remise. Il retira le document qui se trouvait à l'intérieur et le regarda longuement. C'était le billet d'avion, son billet d'avion. Le vol pour Lima était prévu ce jour, à 14h précisément. Dans moins de quatre heures, il serait marié et Chloé serait en train de voler en direction du Pérou et de ses rêves. Antoine rejeta le billet en soupirant et en se disant qu'il aurait mieux fait de le déchirer

A quoi bon remuer le couteau dans la plaie !

La sonnette de la porte d'entrée retentit et Franck apparut affublé d'un élégant costume gris clair et d'un grand sourire:

- Oh dis donc, Antoine, ce que tu es élégant ! Ça me rappelle la photo de mariage de mon arrière grand père ! S'exclama-t-il avec sa bonne humeur coutumière.

- Salut, fit Antoine l'air sombre.

- Hum… Quelque chose qui ne va pas ?

- Non rien… C'est juste que j'ai l'impression d'usurper l'identité de quelqu'un d'autre. Un peu comme si ce n'était pas moi qui devait se marier ce matin.

- Ah ! Je vois… Ecoute, c'est tout à fait normal. Lorsqu'un homme se marie, il se pose plein de questions existentielles. Pour les femmes c'est différent. Tu vois, les femmes, elles pensent à la cérémonie, à leur robe, à leur coiffure, à leur « frou frou », quoi. Nous, les hommes on n'est pas pareils, on s'interroge sur l'avenir, on se demande si on a fait le bon choix et puis on s'angoisse car on a peur de perdre notre liberté. Pour te dire la vérité, j'ai ressenti exactement la même chose le jour où je me suis marié avec Annick.

- Vraiment ?

- Oui, oui, je t'assure, ce que tu ressens est tout à fait banal un jour comme aujourd'hui. Tu sais, le mariage, on s'y prépare pendant des mois et puis lorsque le jour arrive, on commence à se poser plein de questions, du genre «et si j'étais en train de faire fausse route » ou encore « est ce que c'est vraiment la femme de ma vie ?» ou encore «est-ce que je ne suis pas en train de faire une grosse connerie ?», enfin ce genre de chose.

- Oui… C'est exactement ça

- Ah tu vois !

- Mais toi, tu t'es posé toutes ces questions avec Annick ? fit Antoine plein d'espoir

- Euh… A vrai dire, je ne m'en souviens pas, car c'est déjà loin tout ça, mais je suppose que oui bredouilla Franck.

- Ah…

- Mais ne te fais pas de mourrons, ce qui est certain en revanche c'est qu'une fois qu'on y sera tout se passera bien, j'en suis certain !

- Bon, puisque tu le dis…En tout cas je te remercie d'avoir accepté d'être mon témoin, malgré ce qui s'est passé chez Crédilis.

- Ne mélangeons pas les torchons et les serviettes ! D'ailleurs, j'aurais très mal pris le fait que tu le demandes à quelqu'un d'autre ! J'espère seulement que pour le repas, tu ne m'as pas placé à coté de Paul Ezingard, fit Franck.

- Non. Je préfèrerais éviter les bagarres le jour de mon mariage.

- Bon ! Fit Franck en consultant sa montre. Tu es prêt ? Il faut qu'on se mette en route !

Antoine confia les clés de sa Mercedes à Franck qui s'installa au volant, ravi d'avoir l'occasion de conduire le « paquebot » de son ami. Antoine s'assit à coté de lui, muni du bouquet qu'on lui avait livré un peu plus tôt dans la matinée.

Le beffroi de la mairie se détachait de loin sur un fond de nuages gris. Le ciel était sombre sans être menaçant ; la fraîcheur de l'air faisait davantage penser à une journée d'automne qu'à une journée de printemps. Sur le parvis de l'hôtel de ville, une centaine de personnes endimanchées s'était agglutinée, attendant les futurs mariés. Parmi eux, Franck et Antoine reconnurent plusieurs collègues et collaborateurs d'Edouard Delabrigode ainsi que certains notables conviés par le patron de Crédilis. Une boule d'angoisse étreignit Antoine au moment où il ouvrit sa portière. Il prit une profonde inspiration et descendit de la voiture tandis qu'une limousine élégamment décorée venait de se garer à une vingtaine de mètres. Un long tapis rouge avait été déroulé sur les escaliers qui menaient à l'entrée de la mairie. De part et d'autre de cet escalier, des buissons fleuris, encore humides de rosée et soigneusement taillés diffusaient un parfum délicat.

- Dis donc, on se croirait sur la croisette ! Il y a même des photographes. Vu la taille de leur objectif ce doit être des journalistes. C'est chouette, tu vas avoir ton portrait en première page, plaisanta Franck.

- Arrête ! J'ai une de ces boules dans le ventre.

- Ça va aller, mon vieux, c'est juste un mauvais moment à passer, bientôt tu n'y penseras même plus

- Ce que j'aime en toi, c'est que tu trouves toujours les mots pour réconforter !

- Oh… Mais je crois bien que voilà la mariée, fit Franck en indiquant la direction de la limousine. Maintenant, je vais devoir te laisser mon gars et essayer de retrouver Annick et les enfants. Allez, on se voit tout à l'heure pour les signatures !

- Franck !

Mais déjà son copain s'était éloigné. Antoine se sentit terriblement bête, seul avec son bouquet au milieu de la foule qui regardait en direction de la limousine. D'un pas mal assuré, il s'avança en direction de l'élégante voiture.

Eugénie lui apparut au bras de son père, vêtue d'une longue et somptueuse robe blanche découvrant largement son dos et d'un bustier seyant, décoré de discrets motifs floraux. Des gants trois quarts ainsi qu'une petite couronne ornée de perles et de pierres venaient compléter le tableau. Une salve d'applaudissements accompagna la rencontre des futurs époux. Antoine salua Edouard Delabrigode, puis regarda Eugénie. Coiffée d'un chignon sophistiqué, ses traits apparaissaient au travers d'un voile léger en tulle, mi- long. Des ombres à paupières beige, bien estompées, ainsi qu'un fin trait d'eye-liner à la naissance de ces cils mettaient en valeur son regard d'une façon inhabituelle. De la même façon, le contour de ses lèvres avait été accentué avec un crayon d'une couleur proche de celle de son rouge à lèvres. Antoine restait figé avec son bouquet à la main.

- Et bien, mon cher ami, vous semblez désorienté, fit Eugénie

- Non… Non, vous êtes vraiment ravissante, répondit Antoine, sincère.

- Merci Antoine, vous êtes très élégant également … Mais, oh mon Dieu, votre veste !

- Qu'est-ce qu'elle a ? fit Antoine soudain inquiet.

- Elle est toute froissée ! Ne me dites pas que vous l'avez gardée sur vous lorsque vous vous êtes assis dans la voiture !

- Euh… C'est-à-dire que… Je suis désolé.

- Bon, intervint Edouard Delabrigode, quoiqu'il en soit nous n'avons plus le temps de passer au pressing, n'est-ce pas ? Fit-il à l'attention de son épouse qui s'évertuait déjà à défroisser la veste d'Antoine. Et puis, mon garçon, allez-vous garder ce bouquet toute la journée ?

Perdu, Antoine tendit à Eugénie le bouquet qu'elle accepta d'un air pincé, puis s'avança lentement à ses cotés en direction du tapis rouge. Les gens s'écartaient sur leur passage, formant une haie d'honneur. Au milieu des visages souriants, inconnus pour la plupart, Antoine avait de plus en plus l'impression de ne pas être à sa place dans cette cérémonie. Il avançait tel un automate n'ayant plus aucun contrôle de son destin, les jambes molles, presque flageolantes. Dans son esprit, les questions se bousculaient de plus en plus rapidement. Avait-il vraiment envie d'épouser Eugénie ? Etait-il normal que depuis deux mois, toutes ses pensées aient été destinées à une autre femme qu'Eugénie ? Incapable de trouver une réponse, il continuait d'avancer, presque au bord du malaise.

Il était sur le point de vaciller, lorsqu'un mouvement se fit percevoir dans un buisson juste devant eux. Un gros crapaud sortit des frondaisons et se fraya un passage avant de s'arrêter au beau milieu d'une marche, face à eux, stoppant net la procession.

- Oh mon Dieu ! s'écria Eugénie,

- Quelle horreur ! Enchaîna Geneviève Delabrigode. Edouard, il faudra te plaindre auprès des services de la mairie, comment peut on laisser de telles immondices prospérer dans les jardins municipaux !

- Papa, fais venir quelqu'un pour nous en débarrasser ! Supplia Eugénie

L'affolement provoqué par le batracien eut l'effet d'un électrochoc pour Antoine. Le souvenir du sauvetage des crapauds sous la pluie avec Chloé lui revint en bloc. L'image de la jeune femme riant aux éclats, ruisselante sur la chaussée et se démenant pour éviter aux crapauds de se faire écraser s'afficha avec une netteté surprenante dans son esprit.

Un grand sourire s'afficha sur le visage d'Antoine. Sans plus se soucier du remue ménage provoqué par le crapaud, il s'accroupit et tendit lentement les mains vers l'animal afin de ne pas l'effrayer. Ce dernier, perdu au milieu de la foule des humains sembla trouver le geste plutôt rassurant et s'avança vers le creux protecteur et providentiel.

- Mais que… Mais… Antoine, au nom du ciel que faîtes vous ? Fit Eugénie.

- Enfin, relevez-vous mon garçon ! Les gens vous regardent, vous allez déchaîner les commérages ! Le sermonna Geneviève Delabrigode.

- Antoine, vous avez perdu la raison, ce n'est pas à vous de faire cela ! ajouta Edouard Delabrigode.

Le jeune homme se redressa, couvant le crapaud au creux de ses mains. Eugénie recula d'un pas, le revers de la main sur sa bouche pour cacher son aversion. Autour d'eux, les gens témoins de l'incident affichaient des mines surprises et attendaient la suite des évènements.

- Antoine ! C'est dégoutant ! Reposez cette chose nauséabonde immédiatement et allez vous laver les mains, vous allez vous rendre malade insista Geneviève Delabrigode tandis que des hauts-le-cœur soulevaient la poitrine de sa fille.

Mais Antoine ne semblait plus entendre les protestations qui fusaient autour de lui, il souriait béatement tout en caressant doucement le dos du crapaud. Enfin, il releva la tête et aperçut non loin de lui Franck qui se tenait aux coté d'Annick et de leurs enfants. Ce dernier, l'air soucieux lui lança un regard interrogateur. Alors, Antoine ôta son couvre-chef et y déposa délicatement le crapaud, provoquant un nouvel élan de répugnance de la part de la famille Delabrigode. Il se redressa et jeta un regard à la ronde comme s'il découvrait subitement la foule en train de l'observer. A nouveau, un large sourire s'afficha sur son visage. Il se tourna vers Eugénie, réfugiée contre sa mère.

- Eugénie… Je suis désolé… Je suis sincèrement désolé.

Et sans plus d'explication, il descendit quatre à quatre les marches sous le regard interloqué des invités et fila tout droit vers Franck.

- Bon sang, qu'est-ce que tu fabriques avec ce crapaud ? Lui chuchota ce dernier

- Bonjour les enfants, bonjour Annick ! fit Antoine à haute voix, sans prendre la peine de répondre à son ami.

- Dis, tu me fais voir ta grenouille tonton Antoine ? fit le petit Louis.

- En fait, ce n'est pas une grenouille, répondit Antoine, juste un joli crapaud, regarde comme il est gentil fit-il en se penchant pour montrer l'animal

- Ohhh ! firent les enfants impressionnés.

- Antoine, ce n'est pas le moment d'apprivoiser cette bestiole, ta belle famille est au bord de l'évanouissement ! Le gronda Franck.

- Annick, est-ce que tu me permets de t'emprunter Franck pour quelques heures ? demanda Antoine tandis que les enfants observaient très intéressés le batracien dans sa demeure improvisée.

Annick et Franck se regardèrent sans comprendre. Antoine était-il devenu fou ?

- Alors Annick ? Je t'en prie, insista Antoine, c'est très important…

- Oui… Bien sûr, hésita Annick. Mais…Tu es certain que tout va bien ?

- Rassure-toi, je ne me suis plus senti aussi bien depuis des années ! répondit Antoine, rayonnant. Et devant la mine non convaincue de ses amis, il ajouta : Ecoutez, je vous expliquerai, mais pour l'instant, j'ai besoin que Franck m'emmène quelque part et il faut absolument que l'on parte tout de suite !

- Mais… Et tout ça ? Et ton mariage ? fit Franck en indiquant les dizaines de personnes qui les observaient tout en se tenant à un écart respectable.

- Je ne me marie plus.

Une fois qu'ils furent dans la Mercedes, Franck démarra et s'échappa aussi vite qu'il le put du parvis de la mairie car il n'appréciait pas particulièrement le fait de se donner en spectacle. Une bruine fine avait commencé à tomber sur la ville, rendant la chaussée luisante. Il jeta un coup d'œil à Antoine ; celui-ci semblait perdu dans la contemplation de son crapaud.

- Bon sang, Antoine, j'aimerais savoir quelle mouche t'a piqué. Et est ce que tu peux m'expliquer où l'on va ?

- On passe d'abord chez moi, j'ai quelques affaires à récupérer et puis ensuite on file à l'aéroport.

- A l'aéroport ? Où est-ce que tu pars ?

- Je pars pour la Cité d'Or, comme je l'avais promis à Chloé !

- Ce n'est pas vrai ! Qu'est-ce que vous avez tous à vouloir partir là bas ? Et puis d'abord Chloé est… Enfin, je croyais que Chloé était déjà partie, fit Franck se souvenant de la promesse qu'il avait faite à Chloé de ne pas dévoiler à Antoine son entrevue avec elle.

- En fait, le décollage est prévu dans deux heures trente précisa Antoine en consultant sa montre. Ça devrait être suffisant pour que l'on arrive à temps, non ?

- Ouais… Faut quand même pas trop traîner, grommela Franck en appuyant un peu plus sur le champignon. Mais ta belle famille, enfin ton ex-future belle famille risque de prendre très mal la chose … Comment tu comptes faire à ton retour ? Tu as pensé à Eugénie Delabrigode, à son paternel et à ton poste de Directeur ?

- Oui, fit Antoine pensivement. En fait, je ne retournerai pas chez Crédilis…

- Mais enfin, qu'est-ce que tu racontes ? Tu es un cador de la finance et ils ne peuvent pas se passer de toi ! Et tu as… Enfin, en tout cas tu avais jusqu'à aujourd'hui une voie royale toute tracée devant toi.

- Tu sais, personne n'est irremplaçable et tu vois Franck, tout à l'heure lorsque j'étais en train de monter les marches de la mairie j'ai soudain réalisé que je ne tenais pas forcément à épouser Eugénie Delabrigode, ni à faire partie de sa famille. Pour mon travail, c'est pareil, je ne suis pas certain d'avoir envie de continuer, j'ai l'impression que mon destin est ailleurs.

- Où ça ? Au Pérou ?

- Peut-être…

- Qu'est ce qu'il ne faut pas entendre ! J'en connais plus d'un qui se damnerait pour prendre la place et le salaire que le vieux briscard t'a réservés chez Crédilis, et d'un seul coup, Monsieur fait la fine bouche et décide de tout plaquer pour faire une virée chez les Aztèques ?

- Pas les Aztèques, les Incas …

- Ah, les Incas, excuse-moi, mais vu d'ici c'est à peu près la même chose ! Et alors cette envie t'a pris d'un seul coup, comme ça ?

- J'ai eu comme une illumination

- Une illumination, juste le jour de ton mariage ?

- Oui… J'avoue que ces derniers temps, je n'avais plus les idées très claires. En tout cas, jusqu'à ce que je croise ce petit crapaud.

- Qu'est-ce qu'il vient faire dans l'histoire ton crapaud ?

- Ben, c'est un peu compliqué à expliquer, mais c'est un peu grâce à lui que j'ai compris tout ça.

- Quoi ? Tu veux dire que c'est ce machin gluant dans ton chapeau qui t'a expliqué que tu devais annuler ton mariage et partir à l'autre bout du monde ?

- En quelque sorte, oui.

- Oui, ben je te dis qu'il a de la chance de ne pas être comestible ton crapaud parce que je te promets qu'il finirait dans une casserole ! Bon, en tout cas maintenant, je vois … En fait non, je ne vois rien du tout. J'avoue que j'ai un peu de mal à te suivre, mais bon, puisque tu es persuadé que c'est ce que tu dois faire…

- Merci Franck, j'apprécie vraiment d'avoir un ami tel que toi !

Lorsqu'ils arrivèrent chez lui, Antoine se précipita dans sa chambre, tira un vieux sac de voyage d'une étagère et glissa rapidement les vêtements qui lui semblaient le plus appropriés pour le voyage. Quelques tee-shirts et des sous vêtements, deux gros pulls, une paire de gants en polaire et un bonnet, trois ou quatre paire de chaussettes de laine ainsi qu'une veste imperméable. Il n'était pas équipé pour un trekking en montagne, mais peut-être auraient-ils le temps de faire quelques achats avec Chloé, une fois sur place. Il redescendit précipitamment dans le salon et alla chercher les cartes laissées par Chloé ainsi que le billet d'avion qu'il avait bien failli déchirer, ajouta sa paire de lunettes de soleil et son téléphone mobile. Il s'assura d'avoir son passeport et sa carte bleue sur lui, ferma les persiennes et jeta un dernier coup d'œil à sa maison avant de la refermer et de se diriger au pas de course vers la voiture dans laquelle Franck l'attendait, moteur tournant. Son équipement était sans aucun doute incomplet, mais au moins il avait l'essentiel : son billet aller pour le Pérou !

Sur la nationale qui les menait vers l'autoroute, Antoine demanda à Franck de s'arrêter le long d'une petite zone marécageuse. Là, il fit ses adieux au crapaud, le libérant dans un nouvel espace de liberté. Il regarda un instant l'animal s'éloigner et se fondre dans les hautes herbes, puis rejoignit Franck qui s'impatientait dans la voiture. Le trajet s'effectua dans un silence relatif. Antoine profitait de ce moment d'attente pour se détendre, tout en s'interrogeant sur la façon dont Chloé l'accueillerait à l'aéroport. De son coté, Franck conduisait les yeux rivés sur la chaussée, soucieux. Antoine n'était pas au courant de l'affreuse maladie de Chloé. La jeune femme avait insisté pour qu'il n'en parle pas, de façon à éviter d'assombrir le mariage d'Antoine avec une nouvelle triste… « Pour ne pas gâcher la fête » avait-elle précisé. Mais maintenant qu'il était clair que ce mariage n'aurait pas lieu, devait-il informer son ami de l'état de santé de Chloé ? Franck hésita quelques instants, mais se ravisa en repensant à la promesse qu'il avait faite à Chloé. De toute façon, il était clair que cette nouvelle ne changerait rien à la détermination d'Antoine. Il était décidé à rejoindre Chloé et il était sans doute préférable que ce soit elle qui lui parle.

A 13h15, alors qu'ils n'étaient plus qu'à une vingtaine de kilomètres de l'aéroport, la circulation ralentit subitement. Des files de voitures s'agglutinèrent sur l'autoroute et se mirent à avancer au pas. Tiré de ses pensées, Antoine releva la tête et consulta sa montre.

- Qu'est ce qui se passe ? Fit-il à l'attention de Franck.
- Je n'en sais rien… Un accident peut être…
- On est encore loin de l'aéroport ?
- C'est la prochaine sortie… mais cela signifie qu'on est bloqué.

Une boule d'angoisse submergea Antoine ; Il regarda à nouveau sa montre, puis focalisa son attention sur l'horizon pour tenter d'apercevoir la raison de l'embouteillage.

Au même moment, Chloé s'avançait vers une jeune femme brune et souriante pour faire enregistrer son sac à dos qu'elle avait pris soin de placer dans un grand sac en plastique transparent. Elle présenta son titre de transport ainsi que son passeport et conserva avec elle un petit sac de voyage dans lequel elle avait soigneusement placé l'urne funéraire de sa maman, ainsi que quelques feuilles de papier vierge, un stylo, des magazines achetés quelques minutes plus tôt dans une boutique ainsi que ses cartes de voyage. Le voyage allait durer 14 heures, elle en profiterait pour lire, visualiser à nouveau le chemin qu'elle devrait emprunter et se reposer. Dès que les formalités furent terminées, on l'invita à se rendre dans la salle d'embarquement via le portique de détection.

A 13h30, la circulation se fluidifia. Franck et Antoine dépassèrent une dépanneuse ainsi que quatre véhicules impliqués dans un carambolage. Ils purent reprendre une allure normale, mais ils avaient perdu de précieuses minutes. Le panneau annonçant la sortie apparut sous leurs yeux à 13h45. Antoine n'en finissait pas de regarder sa montre, tandis que Franck filait à toute allure sur la file de gauche, profitant de la puissance de la grosse berline. Les quelques secondes perdues à attendre leur passage au péage leur semblèrent interminables. Pendant ce temps, les passagers du vol Paris-Lima étaient invités à se diriger vers l'avion. Après une ultime vérification des billets, Chloé fut l'une des premières à pénétrer dans l'appareil. Son siège était situé dans le fond, dans la rangée centrale. Elle installa ses affaires dans le petit filet fixé sur le dos du siège qui lui faisait face, et rangea son sac dans le coffre à bagages. Durant plusieurs minutes, elle observa le manège des voyageurs qui progressaient et se croisaient dans un brouhaha incessant, cherchaient leur place, s'asseyaient puis se levaient à nouveau pour récupérer un objet dans leur bagage à main. Une dame d'un certain âge s'assit à sa gauche en lui adressant un large sourire, puis ce fut une famille sud-américaine qui prit place sur les sièges situés à sa droite. Elle s'enfonça dans son fauteuil et prit une profonde inspiration. Voilà, l'aventure allait commencer !

Il était 13h52, lorsque Franck arriva en faisant crisser ses pneus sur la zone de dépose minute. Antoine salua son ami dans l'urgence, saisit son sac et se rua dans l'aérogare. Avec un peu de chance, l'avion partirait avec un peu de retard ? Cela arrivait tellement souvent, alors pourquoi pas cette fois ? A l'intérieur, une multitude de panneaux lumineux délivraient des informations sur les vols du jour. Pour éviter de perdre encore plus de temps, Antoine se rua vers le premier guichet libre et déclara qu'il devait prendre le vol de 14h pour Lima. La guichetière consulta rapidement son écran et se déclara désolée, l'embarquement était clos et il n'était plus possible de prendre ce vol. Antoine tenta vainement de négocier mais se heurta à une fin de non-recevoir. Au comble du désespoir, il retourna lentement sur ses pas en direction de la sortie.

L'avion du vol Paris-Lima se dirigeait maintenant vers la piste d'envol. Chloé observait avec attention les démonstrations de sécurité. Elle n'avait pas eu souvent l'occasion de prendre l'avion et en tout cas jamais de long courrier. L'ambiance était euphorisante, l'instant était magique, presque irréel. Elle ne parvenait pas à réaliser que bientôt elle foulerait les chemins de la Cité d'Or. Elle pensa à sa mère et sentit immédiatement une boule de chaleur se former dans son estomac. Comme maman aurait aimé être là, pensa-t-elle.

Antoine franchit le sas de sortie de l'aérogare et se retrouva nez à nez avec Franck. Le bruit caractéristique d'un réacteur s'amplifia non loin de là, indiquant le décollage imminent d'un avion. Les deux amis levèrent la tête vers le ciel et virent jaillir le fuselage d'un appareil derrière la tour de contrôle. En silence, ils regardèrent l'avion s'élever dans les airs, décrire un large virage dans le ciel puis prendre une trajectoire rectiligne avant de disparaître dans les nuages.

- Cette fois, c'est foutu, déclara Antoine, abattu.

Franck regarda son ami et sut qu'il devait faire quelque chose. Il lui tapa sur l'épaule dans un geste de réconfort :

- Ecoute, tout n'est peut être pas perdu…

- Qu'est ce que tu veux dire ?

- Tu connais l'itinéraire que Chloé doit emprunter ?

- C'est-à-dire que j'ai les cartes avec le tracé, mais… Je sais à peine me repérer dans une ville, alors tu imagines là bas… Et puis de toute façon, j'ai raté l'avion.

- Ecoute, ce genre de vol, il doit bien y en avoir un par jour, ou un tous les deux jours. Avec un peu de chance tu pourras prendre un vol demain et la rejoindre. Une fois sur place, tu pourras t'adresser à un guide ou à des autochtones pour te faire aider et partir sur sa trace…

- Avec un ou deux jours de retard sur elle ?

- Ben oui, il va falloir tracer mon gars… Mais tu es motivé, n'est-ce pas ?

- Oui

- Et puis, si je me souviens bien du rêve de Chloé, tu la rejoignais bien à un moment sur le sentier des Incas ?

- Effectivement…

- Tu vois, il n'a jamais été prévu que tu partes en même temps qu'elle !

Franck observa Antoine. Son regard, fixé sur l'horizon trahissait une intense réflexion. Peu à peu, ses yeux se mirent à briller et à afficher une forte détermination. Il hocha plusieurs fois de la tête et sourit à son ami. Sans avoir besoin de parler davantage, ils pénétrèrent à nouveau dans l'aérogare.

Assise prés du hublot, Chloé contempla longuement les contours de la ville s'éloigner. On distinguait encore nettement l'aéroport, ainsi que les principales voies d'accès y menant. Des milliers de véhicules formaient une chaine ininterrompue sur les routes. Chloé songea qu'à l'intérieur de chacune se trouvait une ou plusieurs personnes, avec leur propre vie, leurs projets, leurs problèmes. Une partie d'entre elles allait prendre un avion et s'envoler pour des destinations lointaines aux quatre coins du monde, certains venaient simplement rechercher un parent, d'autres, coincés dans ces embouteillages avaient même peut-être loupé leur avion. Bientôt, elle-même serait très loin de ce tumulte urbain. Elle eut un pincement au cœur en pensant qu'il s'agissait sans doute de la dernière image de la France qu'elle emportait avec elle.

Au bout de quelques minutes de vol, elle profita de l'autorisation donnée par le commandant de bord pour détacher sa ceinture et abaisser la tablette qui lui faisait face. Elle tenta de s'intéresser pendant quelques minutes aux catalogues laissés à disposition de chaque passager. Consignes de sécurité, informations sur les vols des compagnies aériennes et publicités, toujours la même chose. Animée d'une envie subite, elle reposa les magazines sur la tablette et se leva pour prendre le petit sac qu'elle avait emporté à bord. Tout au fond se trouvait les restes de sa maman. Pour rien au monde elle n'aurait accepté de déposer l'urne dans le bagage de soute. Les bagages étaient trop maltraités lors du déchargement, lorsqu'ils n'étaient pas tout simplement égarés ou envoyés vers de mauvaises destinations. Pas question de prendre le moindre risque. Elle effleura tendrement le vase, puis saisit un stylo ainsi que le petit carnet qu'elle avait emporté. Tandis que les nuages enveloppaient l'avion d'un manteau cotonneux, elle commença à rédiger une lettre.

La nuit avait été courte, l'hôtel bruyant. Antoine referma en baillant le roman policier qu'il avait eu le temps d'acheter avant son départ et consulta le grand écran suspendu au dessus de la tête des passagers ; des informations concernant le vol s'affichaient alternativement avec une carte présentant la trajectoire suivie par l'avion. A présent, ils étaient à 10 000 mètres d'altitude, quelque part au dessus de l'océan Atlantique, vraisemblablement à plusieurs milliers de kilomètres de la première terre. A cette pensée, Antoine qui n'était guère habitué à quitter les limites de son département, ne put s'empêcher de réprimer un frisson. La température extérieure était de moins 40 degré Celsius, le vol devait durer 14 heures environ, et compte tenu du décalage horaire, l'arrivée était prévue à 19h, heure locale.

Franck avait vu juste. Il existait un vol quotidien vers Lima. Avec un peu de chance, il trouverait une correspondance rapide pour Cusco et parviendrait à s'engager sur le sentier des Incas avec un décalage de 24h par rapport à Chloé. Ensuite, il lui suffirait de doubler la première étape pour la rejoindre ; ce serait sans doute difficile physiquement, mais possible car Chloé lui avait expliqué qu'elle comptait débuter la randonnée par deux ou trois étapes relativement courtes pour laisser le temps à leur organisme de s'acclimater à l'altitude.

Les écrans s'éteignirent puis les hôtesses se dirigèrent vers les extrémités de l'appareil et revinrent en poussant des chariots pour la distribution du dîner. Antoine dégusta avec plaisir le plateau repas, composé d'un assortiment de crudités et de charcuteries, d'un pavé de saumon rose, d'un morceau de camembert et d'une part de tarte aux pommes, le tout arrosé d'un vin de bordeaux. Le repas dura environ 20 minutes, après quoi il fut proposé du café ou du thé aux passagers. A l'heure française, il devait commencer à être tard, et Antoine sentait la fatigue le gagner. Les écrans s'allumèrent à nouveau pour proposer un film aux passagers. Certains d'entre eux, équipés d'un masque anti lumière avaient mis leur siège en position allongée pour commencer leur nuit, et s'étaient déjà refugiés dans les bras de Morphée. Antoine plaça les écouteurs sur ses oreilles décidé à suivre le film, mais la fatigue et les émotions des dernières heures eurent rapidement raison de lui et il ne tarda pas à s'endormir profondément, bercé par le ronronnement des réacteurs.

Lorsqu'il s'éveilla, Antoine mit plusieurs secondes avant de réaliser où il se trouvait. Les écrans indiquaient à nouveau la position de l'avion. Celui-ci survolait le continent sud américain et avait déjà commencé à amorcer sa descente vers la capitale Péruvienne.

Lorsqu'Antoine posa pied à terre, il était environ 19h, mais la nuit avait déjà enveloppé Lima. A la sortie de l'aéroport, il prit le premier taxi venu et demanda dans un espagnol approximatif au chauffeur de le conduire à un hôtel. Un peu plus tôt, il avait pu réserver un vol pour Cusco qui partait tôt le lendemain matin. La capitale Péruvienne ne lui dévoila que quelques grandes artères auxquelles se ramifiaient des ruelles sombres dans lesquelles des passants se déplaçaient lentement, ombres parmi les ombres. Le chauffeur qui avait pris soin de verrouiller ses portières avant de débuter la course, lui déconseilla de s'aventurer ailleurs que dans les rues principales de la ville. Aux croisements, Antoine eut la surprise de constater que de nombreux vendeurs profitaient de l'arrêt des files de voitures pour proposer des produits aussi divers et variés que du chocolat, des chewing-gum ou du papier toilette aux conducteurs. L'hôtel dans lequel Antoine passa la nuit était situé à dix minutes environ de l'aéroport. L'établissement proposait également une restauration sur place, aussi Antoine ne prit-il pas le risque de s'aventurer à l'extérieur, préférant se concentrer sur son objectif principal qui consistait à rejoindre Cusco au plus vite.

Ma Chère maman,

Je crois bien que c'est la première fois que je t'écris, mais il est vrai qu'au moment où tu es partie, je savais à peine lire.

Peux-tu imaginer, ma chère maman, qu'aujourd'hui, je pars pour ce lieu mystérieux dont tu m'as si souvent parlé lorsque j'étais petite ? Te souviens-tu d'Esteban et de Zia, les petits compagnons de mon enfance ?

Dans deux jours à peine, je foulerai à mon tour le sentier des Incas jusqu'à cet endroit magique que tu aimais tant. Te souviens-tu de ce poster accroché dans ma chambre ? De cette image que je regardais chaque soir, blottie dans tes bras, pendant que tu me racontais tes histoires ? Peux-tu imaginer, ma chère maman, que demain, je pars pour la Cité d'Or ?

Comme ce fut le cas pour toi autrefois, la vie me joue un bien vilain tour. La nouvelle a été brutale, je ne m'y attendais pas. Moi qui pensais avoir la vie devant moi, je dois me hâter pour aller jusqu'au bout de notre rêve...

Je trouve cela terriblement injuste et cela me donne envie de hurler ma rage mais, en même temps, je ne veux perdre aucun des instants qu'il me reste. Ces instants, je veux les consacrer à ce voyage vers la Cité d'Or. Là où tu te trouves, tu dois te dire que je suis terriblement têtue, ou tout simplement folle de vouloir entreprendre ce voyage à tout prix... Quand ta petite fille de 5 ans t'a fait cette promesse, tu ne devais pas te douter qu'elle la tiendrait quinze ans plus tard !

Ces derniers temps, mon état s'est beaucoup dégradé. Ma condition physique diminue rapidement et je sais que je ne dois pas perdre de temps. Mais n'aie pas peur ma petite maman, je me suis entraînée et j'irai jusqu'au bout...

Après toi, des personnes m'ont beaucoup aidée à grandir. J'aurais voulu leur dire au revoir, leur consacrer plus de temps avant de partir.

Mais le temps me manque. J'ai peur, maman. J'ai peur parce que tous ces gens je ne les reverrai pas. J'ai peur parce que là bas je serai seule...

Papy Léon et Mamie Jeanne, vous avez tant fait pour moi, pardonnez-moi. Je sais que ce voyage sera sans retour, et j'ai le sentiment de vous abandonner lâchement. Avec ma maman, vous êtes les personnes que j'aime le plus au monde. Adieu ma grande Julie, mon amie... Trouve-toi un homme qui soit beau, généreux et te fasse plein d'enfants ; mais surtout, veille à ce qu'il te mérite ! Adieu Jean-Pierre, Adieu Paulette, j'espère que la vie sera plus douce avec vous à l'avenir. Adieu Antoine, adieu Franck, j'aurais aimé vous connaître davantage, je vous trouvais rigolos. Adieu tous, je pars retrouver ma maman.

Et si malgré tous mes efforts les forces viennent à me manquer et que j'échoue, puisse celui qui lira cette lettre mêler mes cendres aux tiennes et achever la route pour nous.

Je t'aime ma petite maman
Ta Chloé, pour toujours

Le lendemain, Antoine se réveilla aux aurores. Le taxi de la veille, à qui il avait donné rendez-vous vint le chercher comme convenu et l'emmena rapidement à l'aéroport. Plus que jamais, la ville lui apparut terne et peu accueillante. Ils traversèrent des quartiers, dont les bâtiments semblaient pour la plupart inachevés et diffusaient une impression de désolation. Antoine se demanda si cet état d'inachèvement général était lié à des financements défaillants ou à des raisons fiscales mais renonça à poser la question au chauffeur. Les rares passants qu'ils croisaient marchaient tête baissée, contraints d'avancer dans une brume grise que seules des bourrasques poussiéreuses venaient tourmenter. Antoine ne fut pas mécontent de quitter Lima.

L'avion en partance pour Cusco était un petit appareil qui devait comporter tout au plus une cinquantaine de places. Antoine jeta un coup d'œil à la ronde et constata que mis à part un couple de randonneurs Allemands assis non loin de lui, il était le seul européen. L'avion s'éleva dans un vrombissement sonore et ne tarda pas à s'extraire de la gangue grisâtre qui enveloppait Lima. En quelques minutes, l'appareil perça les nuages et une clarté éblouissante projeta mille feux au travers des hublots, embrasant l'intérieur de la carlingue. Antoine plissa les yeux, appréciant la lumière rassurante du soleil, le Dieu des Incas. Il savait que nulle part ailleurs dans le monde, on ne vouait une telle vénération à l'astre diurne. Bientôt, ils atteignirent une barre rocheuse impressionnante dont les sommets enneigés s'étendaient jusqu'à l'horizon. Antoine contempla les montagnes les plus hautes qui lui ait été donné de voir : la mythique cordillère des Andes dont certains sommets avoisinaient les 7000 mètres. Quelque part, au milieu de ce déchainement vertical de la nature se trouvait la fameuse Cité d'Or de Chloé. L'avion longea cette barrière sans toutefois s'y aventurer. Depuis son siège, il semblait à Antoine que certaines lignes de crête s'élevaient à une altitude supérieure à celle à laquelle volait son avion. Bientôt, le commandant de bord annonça la descente vers Cusco. Curieux, Antoine se pencha sur son hublot et admira un vaste plateau sur lequel les habitations et les collines alternaient en un mélange saisissant d'ocres, offrant un contraste surprenant avec le bleu profond du ciel. L'agglomération de Cusco s'étendait largement sur la vaste plaine, jusqu'aux premiers contreforts de la toute proche cordillère des Andes. Compte tenu de la façon dont les sommets environnants dominaient la ville de Cusco, Antoine avait peine à imaginer que celle ci était bâtie à une altitude moyenne de 3400 mètres.

Lorsqu'il sortit de l'aéroport, il fut surpris et charmé par l'atmosphère étrange et cosmopolite de la ville. L'air était pur et sec ; les habitants étaient souriants et portaient indifféremment des habits occidentaux ou le costume traditionnel des indiens Quechua. Des femmes se promenaient, portant sur leur dos des bébés aux joues rouges, enveloppés dans des étoffes aux couleurs chatoyantes. Leur costume se composait d'un chapeau rond, rouge et noir orné de figures géométriques, d'une chemise blanche bordée de rouge sur le contour des manches et du col et d'une robe noire avec des motifs blancs et rouges. Hommes et femmes étaient également équipés d'un poncho au fond rouge et aux dessins multicolores représentant des fleurs, le soleil ou des étoiles. Des vendeurs proposaient ça et là tapis colorés, poncho et objets d'artisanat. Il acheta pour une bouchée de pain un Ocarina, un petit instrument de musique traditionnelle, à un gamin souriant.

Quelques véhicules circulaient sans toutefois gêner la progression des piétons. L'existence semblait s'écouler paisible et heureuse dans la capitale Inca.

Sac sur le dos, Antoine se dirigea au hasard des rues vers ce qui semblait être le centre de la ville. Il longea des maisons aux façades blanches ainsi que des bâtiments construits sur les fondations des anciens temples Incas. Antoine avait lu qu'à leur arrivée, les espagnols avaient détruit les anciens lieux de culte pour rebâtir églises et autres bâtisses. Encore aujourd'hui, on distinguait nettement dans le bas des constructions, les alignements impeccables des pierres taillées avec minutie par les Incas. Il déboucha sur une place dégagée et arborée où des échoppes proposant des produits artisanaux alternaient avec de petits restaurants. Des bancs étaient à la disposition des promeneurs et Antoine en choisit un pour faire une pause et décider du programme à venir. A peine s'était-il assis qu'un jeune autochtone s'approcha de lui et lui demanda en Anglais s'il recherchait un endroit pour se loger. C'était peut être l'occasion à saisir. Antoine lui expliqua qu'il cherchait surtout une personne capable de le guider à travers la montagne Péruvienne. Son interlocuteur sut immédiatement qu'il était Français et lui répondit qu'il connaissait justement un très bon guide parlant le français, qui serait disponible pour le conduire là où il le voulait. Antoine se montra intéressé et l'homme sortit un portable pour passer un appel.

Ils n'attendirent pas plus de vingt minutes avant qu'un homme âgé d'une trentaine d'année environ se présente à eux. L'homme était de petite taille, habillé d'un jean d'un pull-over gris et de baskets. Sa peau était mate et ses yeux d'un noir profond. Après avoir échangé quelques mots avec son congénère, il s'adressa à Antoine dans un Français impeccable :

- Bonjour Monsieur, je m'appelle Edwin, je suis guide.

- Enchanté... Antoine Boulanger, fit Antoine en se levant et en lui tendant la main. J'ai besoin d'un guide pour m'accompagner sur ce sentier, expliqua Antoine en sortant de sa poche la carte que lui avait laissé Chloé.

Le jeune homme sembla étudier quelques instants le visage d'Antoine, puis prit la carte et l'examina attentivement, hochant la tête.

- C'est une randonnée qui prendra une dizaine de jours. Etes-vous équipé pour cela, fit-il en pointant un doigt vers le sac d'Antoine.

- Oui, enfin … Je pense que oui.

- Nous devrons faire le point sur votre matériel et emporter de la nourriture car nous traverserons peu de villages.

- Je vois… Il y a autre chose que je dois vous dire, Edwin. Je dois rejoindre une personne partie sur ce sentier depuis deux jours.

Cette déclaration eut l'air de provoquer la méfiance du jeune Péruvien, aussi Antoine s'empressa-t-il d'enchaîner :

- Ne craignez rien Edwin, cette personne est juste mon amie. Nous avions prévu de partir ensemble, mais nous nous sommes un peu disputés. Elle est arrivée au Pérou il y a deux jours et j'aimerais simplement la retrouver au plus tôt.

- Je comprends, fit Edwin.

- Nous devrons donc partir au plus tôt… Je propose de le faire aujourd'hui, dès que vous aurez rassemblé votre matériel.

Le jeune homme scruta une nouvelle fois Antoine dans les yeux, avant de reprendre la parole :

- Depuis quand êtes-vous arrivés à Cusco ?

- Je suis arrivé ce matin.

- Vous venez de Lima je suppose ?

- Exactement.

- Donc, nous partirons demain en début d'après midi.

- Mais… Pourquoi ?

- Vous devez tout d'abord prendre le temps de vous acclimater à l'altitude.

- Mais c'est ridicule… Regardez, je suis en pleine forme, et puis ce n'est pas la première fois que je randonne en montagne !

- Ce n'est pas une question de forme, mais vous êtes passés brutalement du niveau de la mer à une altitude de 3300 mètres et cela nécessite une acclimatation

- Ecoutez, je me sens parfaitement bien s'emporta Antoine, et puis si nous perdons encore 24h je perds aussi tout espoir de rattraper mon amie !

- Sans un minimum d'acclimatation, vous risquez au mieux d'être très malade, et au pire une embolie pulmonaire.

- Ecoutez moi Edwin, tout ce que je vous demande, c'est de me montrer la route, pas d'être mon médecin personnel ! Je suis prêt à assumer tous les risques.

- Demain, en début d'après midi, persista le jeune Péruvien. Je ne suis pas prêt à prendre le risque.

Antoine s'arrêta de parler, soudain convaincu qu'il ne parviendrait pas à faire changer d'avis le guide. Il remit nerveusement son sac sur le dos, arracha la carte des mains d'Edwin et lui déclara qu'il venait de perdre un client. Furieux, il lui tourna le dos, traversa la place d'un pas rapide et gravit avec empressement un escalier qui menait vers une église. A peine eut-il posé le pied sur le parvis qu'il fut saisi d'un étourdissement. Incapable de poursuivre sa course, il tourna la tête à la recherche d'un endroit où s'asseoir tandis que dans sa poitrine, son cœur semblait s'affoler. Pendant quelques secondes, il eut l'étrange impression que les images captées par ses yeux parvenaient avec un léger décalage à son cerveau ; enfin, il trouva une rambarde contre laquelle il alla s'appuyer en chancelant.

- Vous devriez commencer par vous allonger une heure ou deux, fit une voix derrière lui. Si vous le voulez, je peux vous loger cette nuit. Nous partirons demain en début d'après midi.

Antoine regarda Edwin sans pouvoir répondre. Il tira sur le col de son tee-shirt et leva la tête, la bouche grande ouverte, à la recherche d'oxygène. Son cœur peinait à reprendre un rythme normal. Edwin en profita pour continuer.

- Demain, vous supporterez déjà nettement mieux l'altitude, vous verrez. Et puis, si votre amie est arrivée il n'y a que deux jours, elle a sans doute aussi pris le temps de s'acclimater… Elle est peut-être même encore à Cusco. Savez-vous si elle avait prévu d'assister à l'Inti Raymi ?

- L'Inti Raymi ?

- C'est une grande cérémonie qui date de la période Inca. A cette époque, La population, venait des quatre coins de l'Empire et se réunissait pour l'occasion à Cuzco. Les Espagnols l'ont ensuite interdite car ils considéraient qu'il s'agissait d'une pratique païenne.

Antoine réfléchit quelques instants. Il était tout à fait possible que Chloé ait décidé d'assister à ce genre de cérémonie, elle était suffisamment passionnée par l'histoire Inca pour cela. De toute façon, avait-il vraiment le choix ? Il avait manifestement présumé de ses forces et le jeune homme qui se tenait à ses cotés lui inspirait plutôt confiance ; il semblait cultivé, semblait connaître parfaitement la montagne et pour couronner le tout, parlait admirablement le français.

- C'est bon, céda Antoine en tendant la main vers Edwin. J'accepte vos conditions.

- Vous faites le bon choix, le félicita le jeune Péruvien.

Antoine se releva, les jambes flageolantes. Edwin insista pour porter son sac et le conduisit au travers d'un dédale de ruelles jusqu'à une maison d'aspect modeste dans laquelle ils furent accueillis par une dame d'un certain âge habillée d'un costume arborant de vives couleurs dans les teintes de rouge, de jaune, de vert et de blanc. Tout en continuant de s'affairer sur une vieille table en bois, elle s'adressa à Edwin dans un langage inconnu d'Antoine. Bien que la principale langue parlée au Pérou soit l'espagnol, Antoine savait que le quechua, l'une des principales langues amérindiennes, restait fortement utilisé. La dame préparait un repas à base de pommes de terre et de légumes qui ressemblaient à de gros piments tout en dévisageant Antoine, qui en éprouva un certain malaise. Après quelques échanges verbaux, Edwin se retourna vers Antoine :

- C'est ma mère, expliqua-t-il. Ce soir vous dormirez dans ma chambre.

- Vous êtes sûr que je ne vous dérange pas ? S'inquiéta Antoine.

- Pas du tout, vous êtes mon client, n'oubliez pas.

Antoine ne fut pas mécontent de pouvoir s'allonger. Par la fenêtre, il pouvait apercevoir les tuiles rouges des toits environnants ainsi qu'une immense colline ou le mot « PERU » avait été dessiné en grand. Cela lui fit penser à Hollywood et il sourit en imaginant le décalage qui pouvait exister entre les deux cités. Il s'éveilla deux heures plus tard en proie à un mal de crâne ainsi qu'à une légère nausée. Il fouilla dans son sac et sortit un comprimé d'aspirine de la petite pharmacie qu'il avait emportée. « Le mal des montagnes » songea-t-il, un peu surpris de constater à quel point les prévisions d'Edwin concernant l'évolution de son état se révélaient exactes et précises. D'après son jeune guide, il risquait fort d'éprouver ce type de désagréments durant trois jours au moins.

Edwin lui avait expliqué que les bus transportant des touristes étaient en général équipés de caisson hyperbare car il n'était pas rare que des personnes déclenchent un mal aigu des montagnes en franchissant des cols à plus de 4000 mètres. C'était parfois le seul moyen d'éviter la mort au malade en attendant de pouvoir le redescendre et de consulter un médecin. Antoine songea qu'il avait bien fait de suivre les conseils d'Edwin mais ne put s'empêcher de s'inquiéter pour Chloé. La jeune femme était certes bien entraînée et avait parfaitement bien préparé son voyage, mais ce type d'accident était manifestement difficilement prévisible.

Antoine avait accepté la proposition d'Edwin qui consistait à assister à l'Inti Raymi, la plus grande fête de l'année, qui se déroulait justement ce jour. Il était en effet fort possible que Chloé ait décidé d'assister à cette cérémonie directement inspirée des rituels de l'empire Incas. Vers midi, Edwin vint chercher Antoine. Au dehors, une foule bigarrée s'était assemblée sous un soleil éclatant et donnait à la ville l'aspect d'une ruche en effervescence. Edwin indiqua une camionnette garée le long d'un trottoir à Antoine. Après avoir échangé quelques mots avec le chauffeur le guide fit grimper Antoine sur la plateforme arrière. Plusieurs autochtones s'y trouvaient déjà, assis en rangs serrés sur de maigres bancs de bois. Ils discutaient, buvaient et riaient bruyamment, manifestement ravis de se trouver là. La camionnette s'ébranla et prit la direction des hauteurs de la ville en se frayant un chemin au milieu de la foule. Tout autour d'eux, les gens prenaient la même direction, entassés dans de vieilles voitures, en bicyclette, recroquevillés à quatre sur un simple scooter ou tout simplement à pied. Aussi loin que pouvaient porter leurs regards, des dizaines de milliers de personnes s'étaient mises en mouvement et semblaient converger vers un même endroit. Antoine qui avait oublié son mal de tête ne se lassait pas du spectacle.

- Tous ces gens se rendent à l'Inti Raymi ? demanda Antoine

- Oui. Ils se dirigent vers Sacsayhuaman. C'est un site Inca à environ deux kilomètres du centre de Cusco.

- C'est vraiment extraordinaire...

- C'est le même spectacle tous les 21 juin, le jour le plus court de l'année.

- Le solstice d'hiver, murmura Antoine, réalisant soudain qu'il se trouvait dans l'hémisphère sud.

- Avant l'arrivée des espagnols à Cuzco, continua Edwin, les Incas adoraient le Soleil car ils considéraient qu'il est la source principale de vie. Le jour où le soleil était le plus éloigné de Cusco était aussi le jour du début de son retour. C'est pour cette raison que les anciens habitants de notre territoire honoraient le Dieu Soleil le jour du solstice d'hiver. Nos anciens savaient que ce jour annonçait le retour de la fertilité de la terre.

- Et aujourd'hui, vous perpétuez les traditions... C'est fascinant, commenta Antoine

- Exactement. Aujourd'hui encore, nous honorons le soleil pour que les récoltes soient abondantes et que la famine ne tombe pas sur nos villages.

La camionnette déboucha bientôt sur un vaste plateau cerné de collines. Les ruines de Sacsayhuaman apparurent au cœur d'une nature majestueuse. Le chauffeur gara la camionnette sur le bas coté, et les hommes en descendirent prestement, pressés de se joindre à la foule amassée sur les pentes des collines qui cernaient les ruines de la citadelle Inca. Malgré l'empressement manifeste de ses compagnons, Antoine ne put s'empêcher de s'arrêter pour mieux contempler les restes de l'immense forteresse. Devant eux trois remparts parallèles disposés en zigzag, s'étendaient sur plusieurs centaines de mètres. Les murailles étaient constituées de blocs monolithiques, de taille variable, tellement bien assemblés et encastrés qu'il eut été impossible de glisser une feuille entre deux d'entre eux. Des escaliers et des portes trapézoïdales reliaient les constructions. Mais ce qui était le plus surprenant, c'était la taille démesurée des blocs. Certains étaient si grands qu'on pouvait difficilement imaginer qu'ils avaient été placés là par des êtres humains ne disposant d'aucun moyen technique moderne. Edwin, qui précédait Antoine s'était retourné et l'attendait, un large sourire sur les lèvres. Il avait souvent eu l'occasion de faire découvrir le site de Sacsayhuaman à des touristes, et savait qu'on n'échappait pas à l'étonnement en le découvrant pour la première fois. Lui-même ne pouvait s'empêcher de l'admirer, bien qu'il y soit venu des dizaines de fois.

- C'est le premier site Inca que vous voyez ? S'enquit-il auprès d'Antoine.

- Oui… Et je vous avoue que je trouve cela très impressionnant. J'ai du mal à croire que des hommes aient pu bâtir des constructions aussi imposantes sans grue ni camion.

- C'est vrai… Et c'est d'autant plus surprenant que les Incas ne connaissaient pas la roue.

- Vraiment ?

- Oui. Rendez vous compte que le plus grand de ces blocs mesure 9 m de haut, 5 m de large et 4 m d'épaisseur ; son poids a été estimé à 350 tonnes. Aujourd'hui encore, la technique utilisée pour transporter et assembler de telles masses reste un mystère.

- C'est réellement incroyable, répéta Antoine, subjugué.

Edwin laissa Antoine admirer le site pendant quelques instants encore, puis l'invita à le suivre. Ils se dirigèrent vers une colline proche, se mêlant à la foule afin de trouver un endroit où s'asseoir. Tout autour d'eux, des milliers de Péruviens étaient venus participer à la fête en famille et s'étaient répartis en un immense arc de cercle face aux ruines de Sacsayhuaman. Chacun avait apporté de quoi boire et manger car la cérémonie devait durer plusieurs heures. Aussi loin que leur regard pouvait porter, hommes, femmes et enfants attendaient patiemment que le spectacle commence. Ça et là, des vendeurs ambulants proposaient des boissons et sandwiches, qu'ils préparaient autour de barbecues improvisés. Certains avaient préparé de la chicha, boisson locale fermentée à base de maïs, dans de grands bidons dépareillés et distribuaient le breuvage à l'aide de louches. C'était une véritable explosion de couleurs, d'odeurs de nourriture grillée, de cris, d'appels et de rires qui donnait à Antoine l'impression de participer à une immense kermesse. En contrebas, une tribune avait été érigée en bonne place et accueillait quelques dizaines de privilégiés, de type européen pour la plupart. Equipés de larges chapeaux et de lunettes pour se protéger du soleil, ils patientaient également en discutant et en garnissant fréquemment leurs visages et avant bras de crème solaire.

Fasciné, Antoine regardait cette foule immense et se disait que si Chloé était là, il était peu probable qu'il puisse la retrouver. Il se consola en pensant que de toute façon, il était beaucoup plus sage de suivre les conseils d'Edwin. La fatigue du voyage et l'altitude inhabituelle faisaient qu'il ne se sentait pas au mieux de sa forme. Il était préférable de débuter l'effort physique après un minimum d'acclimatation, il en était persuadé maintenant. De plus, Edwin semblait être un guide compétent ; il était de nature calme et posée, connaissait manifestement le pays et ses coutumes, ce qui était plutôt rassurant pour Antoine, peu habitué à tant de dépaysement. Dans le flot de pensées qui traversait son esprit, il en eu une, furtive, pour Crédilis et ses collègues de travail… Dieu que tout cela paraissait déjà loin ! Comment des lieux et des ambiances aussi différents pouvaient-ils coexister sur cette petite planète ? S'ils avaient pu vivre ne serait-ce qu'une heure de son quotidien, il est probable que les habitants de Cusco auraient trouvé la vie d'Antoine bien étrange et singulière…

Soudain un frémissement parcourut la foule suivi d'un silence profond. Par la partie supérieure du site venaient d'apparaître quatre groupes de personnes vêtues de costumes multicolores. Des hommes et des femmes firent irruption en dansant avec une détermination et une joie inhabituelle, prenant peu à peu possession du vaste espace qui s'étendait au pied des murailles. Edwin expliqua à Antoine que ces groupes de personnes représentaient les délégations des quatre quartiers de l'empire. C'était un véritable cortège de couleurs et de mouvements accompagné par la musique envoûtante des flûtes de Pan, des trompettes en cornes et des tambours.

Chaque délégation alla déposer des offrandes au pied de la première enceinte, tandis qu'apparaissaient les musiciens, les prêtres, les nobles, les vierges et les guerriers incas. Ces derniers portaient fièrement des étendards flamboyants et prirent possession de la seconde enceinte. Les danses et les chants se succédèrent jusqu'au moment où un immense murmure traversa la foule.

Précédé par ses guerriers, l'Inca apparut dans la zone supérieure de Sacsayhuaman, porté sur un trône étincelant d'or et d'argent. Antoine ne pouvait détacher ses yeux du spectacle, complètement ensorcelé par l'ambiance féérique et mystérieuse. La procession se dirigea majestueusement vers chaque délégation pour recevoir les salutations et les hommages de ces dernières. Enfin, l'Inca descendit de son trône, traversa le porche de la première enceinte et monta sur un promontoire pour présider la cérémonie.

Près de lui, les statues du condor, du puma et du serpent avaient une place privilégiée : ils représentaient le monde des cieux, et donc des dieux, le monde du milieu, celui des hommes et enfin le monde souterrain. Assisté des grands prêtres, l'Inca prit dans ses mains un verre d'or empli de chicha sacrée et l'offrit à son père le soleil comme échantillon d'amour filial. Il versa ensuite le contenu dans un canal creusé dans la pierre. Les rites qui se succédèrent restèrent énigmatiques pour Antoine et puis Edwin se pencha pour lui chuchoter que le moment de la « mocha » était venu.

Un grand récipient empli de brindilles fut déposé aux pieds de l'Inca. Ce dernier s'approcha d'un énorme miroir d'or concave et l'orienta de façon à concentrer les rayons du soleil sur le récipient. Dans un silence presque surnaturel, la foule semblait retenir son souffle, attendant religieusement que le miracle se produise. Et subitement le prodige espéré eut lieu : le feu sacré s'alluma et la joie explosa. Le père soleil venait de renouveler sa confiance et sa protection à son fils préféré et à tout un peuple. En remerciement, l'Inca imité par son peuple entonna l'hymne au soleil. Enfin, dans une ambiance de joie et d'allégresse, l'Inca délivra son message final, tandis que le feu obtenu était distribué symboliquement aux quatre délégations, pour que celles-ci puissent l'emporter dans leurs régions d'origine. Cette nuit-là, Antoine sombra dans un sommeil sans rêve, motivé plus que jamais à retrouver la jeune femme qui avait fait irruption dans sa vie quelques semaines plus tôt.

Eprouvée par plusieurs heures de marche, Chloé se laissa littéralement tomber sur un rocher. A demi allongée sur son sac à dos, elle resta immobile quelques minutes le temps de reprendre sa respiration, puis se libéra des sangles qui meurtrissaient ses épaules. Peu à peu, son rythme cardiaque s'apaisa, et elle se redressa pour permettre à l'air de circuler sur son dos trempé de sueur. En réprimant un frisson, elle enfila rapidement sa veste polaire et s'abandonna un instant à la contemplation du panorama. Comme dans ses rêves, elle était entourée de paysages d'une beauté époustouflante. De larges vallées verdoyantes s'étendaient à perte de vue, barrées de part et d'autre par des sommets enneigés dont les pieds se perdaient dans la forêt tropicale. Depuis le début de son périple, elle avait traversé des canyons, longé les ruines d'anciennes cités Inca, suivi le cours des rivières et traversé des immensités sans rencontrer âme qui vive. La réalité et la splendeur de la montagne andine dépassaient de loin tout ce qu'elle avait pu imaginer.

Sur l'horizon, de larges bandes orange s'étiraient dans le ciel, annonçant le lever imminent du soleil. Chloé se laissa envoûter par le décor et attendit que le premier rayon jaillisse au sommet d'une crête et inonde la vallée d'une douce lumière dorée. A cet instant précis, elle eut le sentiment de communier avec la nature et de comprendre intimement pourquoi, en d'autres temps, des hommes avaient fait de l'astre du jour leur Dieu tout puissant. Instinctivement, elle glissa la main au creux de son sac pour toucher l'urne funéraire, méticuleusement blottie au milieu de ses affaires, une façon de partager cet instant avec sa mère. Elle aurait tant aimé assister à ce spectacle…

Elle s'attarda une dizaine de minutes, se délectant du spectacle du matin naissant, puis décida qu'il était temps de repartir. Elle prit soin de se redresser lentement et s'appuya sur le rocher pour étirer un peu ses muscles. Ses jambes lui semblaient lourdes comme jamais elles ne l'avaient été. Son chemin était en fait beaucoup plus difficile qu'elle ne l'avait imaginé. Cela tenait surtout, elle en était parfaitement consciente, à sa condition physique que la maladie avait maintenant largement entamée. Elle avait minutieusement préparé son parcours sur des cartes, s'était entraînée durement pendant de longs mois, s'était préparée au mal des montagnes et avait anticipé toutes les difficultés imaginables, toutes sauf une : cette cochonnerie qui grandissait insidieusement dans son crâne. Une saleté qui commençait à lui provoquer de sérieux troubles.

Plusieurs fois, elle avait dû s'arrêter en proie à des pertes d'équilibre ou à des maux de tête fulgurants. A deux reprises, une lumière éblouissante avait surgi devant ses yeux, comme si mille soleils s'étaient brusquement levés devant elle. Aveuglée, elle avait du s'arrêter net, perdant soudain tous ses repères. Cette lueur intense qui lui brulait les rétines n'existait qu'en elle-même, n'était qu'une des manifestations d'un cerveau atteint par un mal incurable. Ces épisodes lui avaient fait craindre le pire : devoir s'arrêter au beau milieu du chemin. Et pourtant, à chaque fois, miraculeusement, ses malaises s'étaient lentement estompés jusqu'à disparaître complètement et elle avait pu reprendre la route, courageusement, profitant du moindre répit pour avancer vers son but. Malgré toutes ces difficultés, sa motivation restait intacte et cela lui avait permis de respecter à peu prés la progression qu'elle s'était fixée. Mais pour combien de temps encore ? Cette question lancinante revenait sans cesse, mais tout au fond d'elle-même, elle se répétait qu'elle devait tenir coûte que coûte pour aller jusqu'au bout et honorer sa promesse.

Ses étirements terminés, Chloé se pencha vers son sac à dos et sortit un sachet de fruits secs qu'elle avait acheté à Cusco. Elle se força à en engloutir quelques uns pour reprendre un peu de force. Depuis quelques jours, elle avait perdu tout appétit et il lui était devenu pénible d'absorber quoique ce soit. Il le fallait pourtant pour espérer tenir le coup. Malgré les efforts qu'elle faisait pour s'alimenter, elle avait perdu du poids et avait déjà dû resserrer sa ceinture de deux crans. Son pantalon de randonnée lui semblait trop grand et son sac pesait lourd sur ses épaules. Elle mastiqua consciencieusement les fruits, ingurgita quelques gorgées d'eau à sa pipette, puis s'arc-bouta pour enfiler son sac à dos.

Face à elle, le chemin serpentait délicatement dans la vallée le long d'une forêt d'eucalyptus. Une marche plutôt tranquille sur un terrain relativement plat avec quelques montées faciles l'attendait. Elle se fixa comme objectif d'atteindre pour midi un petit hameau qu'elle avait repéré sur la carte. Elle pourrait y déjeuner avant de s'attaquer à un premier col de très haute altitude.

Le bus gravissait la montagne depuis plus de deux heures sur des pistes caillouteuses lorsque le conducteur pila brusquement. Le véhicule dérapa dans un bruit strident, faisant jaillir des gerbes de gravier et s'immobilisa près du précipice. Intrigué, Antoine releva la tête pour tenter d'apercevoir la raison de cet arrêt brutal. Lorsque le nuage de poussière se dissipa, il constata que de gros blocs de rochers récemment détachés de la falaise recouvraient une partie du chemin, le rendant impraticable.

Le conducteur laissa le moteur tourner et sortit faire un état des lieux. La dizaine de passagers présents dans le bus alla s'agglutiner à l'avant afin de commenter la situation. Le bavardage cessa immédiatement lorsque le conducteur réapparut, brailla une courte phrase et reprit prestement position sur son siège. Les passagers regagnèrent rapidement leur place et tendirent le cou pour suivre le déroulement de l'opération tandis que le conducteur enclenchait la première.

- Que se passe-t-il ? demanda Antoine à Edwin assis à ses cotés

- Une partie de la falaise s'est éboulée sur le chemin. Le conducteur pense que nous pouvons passer.

Antoine se releva légèrement pour évaluer à nouveau la situation. Entre la falaise et le bord du précipice, le sentier devait faire un peu plus de trois mètres dans sa plus grande largeur. Les éboulis occupaient environ la moitié de cette largeur et il semblait complètement impossible de passer là ! Dans un silence où se devinait l'anxiété générale, le conducteur engagea prudemment l'avant du bus au niveau des éboulis. Sur la droite, le flanc dénudé de la montagne tombait à pic. Pas l'ombre d'un arbre ou d'un rocher susceptible de bloquer le bus dans sa chute éventuelle. Si on tombait à cet endroit, la course se terminait dans une rivière qui coulait dans un canyon quatre cent mètres plus bas. Antoine risqua un regard par la vitre et se demanda comment les roues du bus pouvaient encore prendre appui sur le sol ferme. Le vieux véhicule s'ébroua au passage des premières pierres, hoqueta et trembla en tentant de forcer le passage puis finit par caler après un dernier sursaut le rapprochant dangereusement du vide. Le conducteur lâcha un juron et sauta à nouveau du bus pour faire le point sur la progression. Celle-ci se révéla dérisoire compte tenu des efforts déployés. Au bout de quelques minutes, le conducteur décida au grand soulagement d'Antoine qu'il leur fallait changer de stratégie et faire marche arrière.

Le soulagement fut de courte durée, car le demi-tour étant impossible, la marche arrière sembla bien plus longue et périlleuse que la tentative de passage de l'éboulis. Les passagers se tordaient le cou et criaient des indications au conducteur, générant un tel brouhaha qu'il semblait impossible à ce dernier de comprendre quoi que ce soit. Antoine chercha sa ceinture mais se ravisa en se disant qu'elle serait parfaitement inutile en cas de chute. Il tenta ensuite de se rassurer en se disant qu'au moins, le conducteur disposait de deux rétroviseurs, ce qui n'était pas toujours le cas sur les véhicules qu'il avait croisés depuis son arrivée ! Au bout d'une vingtaine de minutes, ils croisèrent l'embranchement d'une autre piste sur laquelle ils purent à nouveau progresser en marche avant. La nouvelle voie, encore plus étroite que la précédente était couverte de profondes ornières. Le bus progressait très lentement, en tanguant de droite à gauche, frôlant tour à tour la paroi rocheuse de la falaise puis le vide. Au bout de deux heures épuisantes qui occasionnèrent à Antoine un bon nombre de bouffées de chaleur, le bus s'arrêta enfin près d'un hameau encerclé par les montagnes.

- Nous sommes arrivés fit Edwin

- Pas trop tôt ! Commenta Antoine, ravi d'arriver sain et sauf à destination. Il descendit du bus et adressa un petit signe au conducteur qui avait malgré tout réussi à les tirer de ce mauvais pas, faisant ainsi preuve d'un grand professionnalisme.

- Comme il est déjà tard, nous allons descendre par ce chemin et établir notre campement un peu plus bas. Demain, nous commencerons à marcher tôt.

Ils récupérèrent leur sac dans le coffre du bus, saluèrent une nouvelle fois le conducteur, puis marchèrent une vingtaine de minutes avant d'atteindre le lit d'une petite rivière où coulait un mince filet d'eau. Ils installèrent la tente sur la berge, sortirent matelas et duvets, et firent chauffer un peu d'eau sur un petit réchaud tandis que le soir tombait déjà. Avec la nuit, la température baissa rapidement. Ils mangèrent un plat à base de quinoa, remplirent les gourdes en prenant soin d'y jeter une pastille de désinfectant, puis se glissèrent dans leur duvet pour la nuit.

Antoine resta quelques minutes éveillé, profitant du calme pour repasser le film de son voyage. Il n'était parti que depuis trois jours mais il lui semblait que cela faisait trois semaines. La respiration régulière d'Edwin lui indiqua que son compagnon s'était endormi. Seul avec ses pensées, Antoine laissa l'image de Chloé s'imposer dans son esprit. Allait-il bientôt revoir la jeune femme ? Comment prendrait-elle son arrivée ? Quels allaient être leurs premiers mots. C'est en proie à toutes ces questions qu'il sombra dans un sommeil profond, happé par la fatigue de la journée. Il aurait sans doute glissé dans l'inconcience jusqu'au petit matin si un mal de crâne n'était pas venu le perturber au milieu de la nuit. Edwin, très prévoyant, lui avait conseillé de laisser ses aspirines à portée de main. Il prit son remède et ne tarda pas à se rendormir.

Il faisait encore nuit lorsque le jeune guide réveilla Antoine. Ce dernier mit quelques secondes à réaliser qu'il était en train de bivouaquer dans la Cordillère des Andes à plus de trois mille mètres. Il desserra la capuche de son duvet et ouvrit la fermeture Eclair. Aussitôt, il fut assailli par un froid mordant. A l'extérieur de la tente, Edwin, coiffé d'un bonnet de laine et chaudement habillé s'affairait. Il tendit à Antoine un verre en plastic orange empli d'un liquide chaud. Assis à l'intérieur de son duvet, Antoine remercia son guide et lui demanda ce dont il s'agissait.

- « Mate de coca » expliqua Edwin. C'est une infusion à base de feuille de coca. Buvez, c'est excellent pour le mal des montagnes.

Antoine ne se fit pas prier, trop heureux de pouvoir ingurgiter quelque chose de chaud et de sucré avant d'affronter le froid. Il prit soin d'enfiler polaire et coupe vent avant de s'extirper de son duvet, puis glissa ses pieds en frissonnant dans ses chaussures glacées. Dehors, le ciel brillait de mille étoiles. Une pellicule blanche avait recouvert la tente et le sol. Ils déjeunèrent en silence et plièrent rapidement bagage alors que les premières lueurs apparaissaient à l'est.

- Nous sommes allés aussi loin que nous le pouvions en bus expliqua Edwin. Cela nous a permis de gagner au moins une journée de marche par rapport au trajet prévu par votre amie. Maintenant, nous devons marcher pour la rattraper

- Alors, allons-y sans perdre une minute ! fit Antoine,

La journée sembla difficile à Antoine, peu habitué à la randonnée en montagne. Ils marchèrent trois heures durant sur un sentier qui s'éleva jusqu'à un col situé à 4200 mètres d'altitude. Antoine avait le souffle court et les jambes lourdes. Régulièrement, il devait s'arrêter pour récupérer un peu avant de reprendre la longue progression. En guide avisé, Edwin s'appliquait à donner à leur marche un rythme adapté. De temps en temps, il s'arrêtait et sortait de son sac un sachet empli de feuilles de coca. Antoine s'était rapidement familiarisé avec la cérémonie qui accompagnait invariablement la prise de ce remède ancestral. Il fallait saisir trois feuilles entre les doigts, les pointer en direction des montagnes et souffler sur elles pour honorer la « pacha mama », la terre, mère nourricière de tous les hommes. Ensuite seulement, il était possible de glisser les feuilles dans la bouche pour les mâcher durant une vingtaine de minutes. Le goût n'était ni agréable ni désagréable. Il semblait à Antoine qu'il était en train de mâcher des feuilles d'épinard. Quoiqu'il en soit, les vertus de ce remède étaient admises depuis longtemps par tous les paysans qui l'utilisaient essentiellement pour combattre la faim et le mal des montagnes, mais également un grand nombre d'autres symptômes. Du haut du col, Antoine contempla les kilomètres de montagnes, de vallées andines, de rivières et de forêts tropicales qui le séparaient de la fameuse Cité d'Or. Quelque part, là, entre cette cité et lui, Chloé était en train de marcher vers son objectif. A cette pensée, Antoine se ragaillardit, et de nouvelles forces refluèrent dans ses muscles tandis qu'ils abordaient la descente.

Le cauchemar était revenu, sauf que cette fois, il ne s'agissait pas d'un rêve. La Cité d'Or se trouvait désormais à moins de deux jours de marche. Chloé touchait presque au but et pourtant, pour la première fois le doute s'installa dans l'esprit de la jeune femme.

Près des sommets, de gros nuages noirs s'étaient agglutinés, dissimulant les pics et les neiges éternelles. Une brume sombre s'était déployée, imbibant le paysage d'une ambiance hostile. Une brise froide s'était levée et renforçait encore le sentiment d'inconfort. Chloé s'arrêta un instant et frissonna en contemplant le paysage. Les montagnes sacrées affichaient maintenant une noirceur menaçante et semblaient plus hostiles que jamais. Il semblait que la nature entière s'unissait pour dire à Chloé : « Va-t-en ! Retourne d'où tu viens ! » Luttant contre la peur, la jeune femme se remit en marche tandis qu'un grondement inquiétant se faisait entendre dans le lointain. Ses jambes étaient plus lourdes que jamais et chaque pas lui demandait maintenant un effort démesuré. Mais elle voulait continuer à lutter, lutter jusqu'au bout…

Tandis que l'obscurité étendait son emprise, Chloé s'arrêta une nouvelle fois. Malgré tous ses efforts et toute sa volonté, elle n'avait plus la force de porter une charge aussi lourde. Alors, elle posa son sac et l'ouvrit dans le but de l'alléger. Elle décida de garder le strict nécessaire. Elle déposa sur un rocher son réchaud et les sachets de nourriture lyophilisée qui lui restaient ; de toute façon, elle peinait de plus en plus à ingurgiter quoi que ce soit. Quelques barres de céréales devraient lui permettre de tenir jusqu'à la cité, après on verrait… Mais y aurait-il un après ? Elle se déchargea également d'une partie de ses vêtements ainsi que de quelques accessoires de sa trousse de toilette. Elle hésita un peu avant de vider une partie de sa gourde, mais le fit tout de même en songeant que les rivières étaient nombreuses et qu'elle devrait pouvoir se ravitailler dans quelques kilomètres. De toute façon, elle n'avait plus le choix, elle devait le faire si elle voulait espérer encore avancer. Les larmes aux yeux, elle abandonna cette partie d'elle-même dans ce coin perdu du monde et remit son sac à dos. Elle reprit sa progression, plus lentement que jamais, un peu à l'image de ces alpinistes à l'approche des plus hauts sommets, luttant contre la déclivité et le manque d'oxygène. Son sac était sensiblement plus léger, mais Chloé se sentait plus faible que jamais. Son cœur battait la chamade et elle devait batailler pour lever les pieds et éviter qu'ils ne buttent sur les rochers. Au bout de quelques minutes, la jeune femme s'arrêta une nouvelle fois pour reprendre sa respiration. Un grondement plus fort roula sur les sommets et la pluie fit son apparition. Quelques gouttes d'abord, puis une averse plus drue obligea Chloé à enfiler son gore tex.

Le visage mouillé et la rage au ventre, elle fit des efforts surhumains pour continuer, plissant les yeux et soufflant à chaque pas. Mais plus les minutes passaient et plus sa progression était laborieuse.

Elle lutta encore, tentant de reprendre une foulée normale, en vain. La nature se déchainait et ses dernières forces l'abandonnaient, rejetant inexorablement la Cité d'Or vers un horizon inatteignable. Ses pieds étaient comme collés sur le sol et le simple fait de les soulever lui demandait un effort insurmontable. Au bord de la paralysie, Chloé lâcha un cri de rage et tenta désespérément de faire un nouveau pas. Mais ses jambes ne répondaient plus, tout son corps la trahissait. Incapable d'aller plus loin, elle trébucha et s'affala de tout son long sur le sentier détrempé. Vaincue, elle lâcha prise et s'abandonna aux pleurs, face contre terre, coincée sous son sac. Les cailloux saillants lui meurtrissaient les côtes et sous sa joue gauche, ses larmes se mêlaient à la pluie charriée par le sentier. Alors, à nouveau, elle pensa à sa maman, sa pauvre maman à qui elle avait promis qu'elle irait jusqu'à la Cité d'Or. Non ! C'était trop injuste ! Elle ne pouvait pas échouer si près du but !

Le visage noyé de larmes et de boue, elle planta ses ongles dans la terre et tenta de ramper. Elle voulut appeler à l'aide, hurler son désespoir à la face du monde, mais son cri fut emporté et dissous par le vent. Dans la clameur terrible de la montagne en colère, Chloé s'affaissa un peu plus, grelottant, perdue, seule au monde, face à son destin. Alors tandis que le tonnerre redoublait d'intensité, elle cessa brusquement le combat. Le sentier s'était transformé en un véritable ruisseau et l'eau coulait dans son vêtement, mais peu lui importait maintenant. La sensation de froid la quitta peu à peu et elle se mit à respirer plus calmement. Elle ne sentait plus ses jambes ni ses bras, comme si elle était devenue insensible à la douleur. La Montagne continuait de vociférer sa colère mais le tumulte lui semblait plus lointain. Elle ferma les yeux et une étrange paix s'installa en elle. L'image de sa mère lui souriant lui apparut. Alors Chloé se mit à sourire aussi. Elle ne verrait pas la Cité d'Or, mais peu importait. Elle était allée au bout de ses forces, c'est tout ce qui comptait… Sa maman pouvait être fière d'elle.

Le village se situait à environ 500 mètres en contrebas et déjà une horde d'enfants curieux, mystérieusement prévenus de leur arrivée avait couru à leur rencontre pour les accompagner. Antoine considéra un instant les petits garçons et les petites filles qui marchaient à leur côté. Leurs visages noirs de crasse et leurs vêtements déchirés indiquaient qu'ils vivaient dans une grande pauvreté, et pourtant, ils ne semblaient pas malheureux. Au contraire, ils échangeaient des regards complices et riaient sous cape en dévisageant Antoine. Ils ne devaient pas voir souvent d'étrangers. Antoine demanda à Edwin ce que ces enfants faisaient de leur journée dans un endroit aussi isolé. Edwin tendit la main en direction d'un autre village, situé sur une montagne qui leur faisait face et expliqua que, comme tous les enfants, ils allaient à l'école. A vol d'oiseau, ce village n'était pas très éloigné, mais le rejoindre imposait une sévère descente dans la vallée et une montée non moins abrupte. Antoine s'en étonna si bien qu'Edwin demanda confirmation aux gamins. D'une seule voix, ils confirmèrent ce fait et expliquèrent qu'il leur fallait environ deux heures chaque matin pour gagner à pied leur école, et autant pour revenir le soir. Manifestement, ils le faisaient sans se plaindre et considéraient comme une grande chance le fait de pouvoir s'instruire.

Subjugué, Antoine eut une pensée pour tous les petits occidentaux qui rechignaient parfois à l'idée de devoir se lever pour prendre le bus et aller à l'école. Pouvaient-ils imaginer que d'autres enfants du même âge acceptaient avec plaisir de marcher quatre heures par jour pour bénéficier d'une scolarité ?

Ils croisèrent un groupe de femmes en train de laver indifféremment linges et casseroles dans une maigre rivière qui coulait aux abords du village. Un peu plus loin, de grosses briques de terre séchaient dans un champ, en prévision de la construction d'une maison. Edwin expliqua à Antoine que lorsqu'un couple se mariait, l'ensemble du village était invité à la fête et contribuait à la construction de l'habitation. Ce travail leur prenait une à deux semaines. Bien entendu, il s'agissait de demeures modestes, sans eau courante ni électricité, bien souvent formée d'une seule pièce au rez-de-chaussée et d'un étage destiné à faire sécher les récoltes de maïs. Mais, encore une fois, les conditions de vie très rudes ne semblaient pas atteindre les habitants. Ils ne possédaient que peu de choses mais savaient s'en contenter. Ils acceptaient avec philosophie les contraintes du climat et de l'altitude sur leurs conditions de vie. Lorsqu'elles étaient bonnes, ils savaient épargner une partie de leur récolte en prévision d'années plus difficiles. Certains champs de pommes de terre étaient cultivés jusqu'à une altitude de 4800 mètres, dans des endroits inaccessibles aux engins mécaniques. Lorsqu'elles étaient extraites de la terre, on laissait les petites pommes de terre exposées au gel toute une nuit durant. Le lendemain, les femmes se chargeaient de les piétiner pour en extraire toute l'eau. Le légume noirci par la gelée et déshydraté pouvait ainsi se conserver 5 ans. Cette situation était-elle moins enviable que celle des occidentaux, qui couraient leur vie durant pour accumuler toujours davantage de richesses, sans jamais s'en satisfaire ? Ici, pas d'ordinateur, de télé ou de jeu vidéo pour les enfants, mais ceux-ci formaient une bande soudée, courant et riant sur les pistes du village. Ici, pas de voiture ni de villa somptueuse, mais pas de pollution non plus, pas plus que de SDF dans les rues. Ce constat était un peu perturbant, il rappela à Antoine une phrase qu'il avait lue quelque part « Plus on a, moins on est ». Tout à coup, la maxime prenait toute sa signification.

Ils pénétrèrent dans le village entourés des enfants et s'arrêtèrent près d'un bac sur la place centrale. Le vent soulevait des nuages de poussière sur les pistes que se partageaient quelques chiens ainsi que des cochons noirs vraisemblablement échappés d'un enclos. Antoine remarqua que l'horizon se bouchait et qu'une masse nuageuse noire s'agglutinait sur les sommets. Edwin avait décidé de bivouaquer près du village, mais une inquiétude vive traversa son esprit en pensant à Chloé. Elle devait être un peu plus loin, seule dans ces montagnes, exposée à tous les risques. Un sombre pressentiment s'empara de lui.

Antoine possédait une photo de Chloé sur son portable. Elle l'avait prise elle-même lorsqu'ils étaient allés faire du parapente. Elle s'était placée près de lui et avait tendu le bras pour qu'ils soient côte à côte sur le cliché « Pour immortaliser l'instant » avait-elle déclaré. Antoine sortit son téléphone mobile et retrouva rapidement la photo. Le sourire rayonnant de Chloé, près de son visage lui fit un pincement au cœur. Quel idiot ! Comment avait-il pu laisser partir cette fille ? Il montra la photo à Edwin et lui proposa de s'adresser aux gens du village pour vérifier si Chloé était passée par là. Ils ne pouvaient pas l'avoir manquée. Edwin s'adressa aux enfants en espagnol. La photo provoqua de nombreux rires, surtout lorsqu'ils reconnurent Antoine. A leur tour, ils souhaitaient être pris en photo et piaillaient d'impatience. Antoine céda à leur caprice et fit à chacun un portrait dans la plus grande confusion car certains petits malins après être passés se glissaient à nouveau dans la file pour tenter d'y revenir deux fois. « Bon sang, combien sont-ils ? S'exclama Antoine, je ne vais jamais m'en sortir »

Les gamins étaient maintenant trop énervés pour donner une réponse claire à la question d'Edwin. Certains déclaraient avoir vu Chloé, d'autres certifiaient le contraire, impossible de se faire une opinion définitive. Antoine mit fin à la séance photo et suivit Edwin en direction de la première maison. Ils pénétrèrent dans une petite cour dans laquelle quelques femmes s'étaient réunies pour travailler la laine. Assises à même le sol poussiéreux, elles poursuivaient leur travail de tissage tout en bavardant. Il aurait été très difficile de leur donner un âge mais la plus âgée devait avoir plus de 70 ans. Edwin s'adressa à elle et lui montra la photo de Chloé. Tout en continuant son travail, elle fit de grands mouvements affirmatifs de la tête et fronça les sourcils en faisant de nombreux commentaires. Edwin lança un regard soucieux à Antoine, puis posa à nouveau la question aux autres femmes. Toutes voulaient voir la photo de la jeune femme. Après quelques minutes de palabres, Antoine qui ne tenait plus en place s'adressa à Edwin :

- Bon alors, elles ont vu Chloé ou pas ?

- Oui, elles l'ont bien vu. Elle est passée ce matin même …

- Ce matin ? Mais cela signifie qu'elle n'a que peu d'avance sur nous ?

- D'après ces femmes, votre amie semblait très affaiblie…

- Affaiblie ? Comment ça ?

- Elles ont tenté de la dissuader de continuer mais elles ne parlent que le Queschua et ne pouvaient pas se faire comprendre. De plus, votre amie semblait déterminée à poursuivre.

Une boule d'angoisse étreignit l'estomac d'Antoine. Il jeta à nouveau un regard en direction des montagnes. Il ne s'agissait plus d'un simple pressentiment, Chloé était en difficulté, il fallait l'aider ! Sans un mot il repartit vers le banc où ils avaient laissé leur sac, rangea son téléphone mobile et se prépara à repartir. « Bon sang, si au moins il y avait du réseau, songea-t-il, il suffirait tout simplement d'appeler Chloé »

- Que faites-vous ? demanda Edwin

- Nous devons nous remettre en route, Chloé n'est plus très loin et elle a peut-être besoin d'aide, déclara Antoine en terminant de boucler son sac.

- Ecoutez, continua Edwin en jetant un coup d'œil en direction des montagnes, un orage se prépare et la nuit ne va pas tarder à tomber, ce n'est pas prudent de repartir maintenant. Dormons ici et nous repartirons dès l'aurore.

- Impossible, je ne peux pas attendre, Chloé est peut être en danger.

- Elle s'apprête sans doute à passer la nuit et l'orage sous sa tente. C'est vous qui allez vous mettre en danger si vous repartez maintenant !

Antoine regarda son guide. Réfléchit quelques secondes, puis se ravisa et ouvrit à nouveau son sac. De la poche intérieure il sortit un portefeuille et du portefeuille, il sortit quelques billets qu'il tendit à Edwin. Ce dernier le regarda incrédule :

- Que faites-vous ?

- Je pense que vous avez raison. Je n'ai pas le droit de vous faire courir un risque, alors je vous paye le prix convenu. Merci pour tout Edwin, votre aide m'aura été précieuse.

- Je ne peux pas accepter cet argent. Mon travail n'est pas terminé.

- Ecoutez, je comprends votre réaction, mais Chloé n'est plus très loin maintenant et si je reste sur ce sentier, je ne devrais pas avoir de difficulté à la retrouver. Prenez cet argent Edwin, vous l'avez amplement mérité, je vous remercie pour tous vos conseils et votre gentillesse. Sans vous, je n'aurais pas pu arriver jusqu'ici.

A regret, le jeune guide finit par accepter l'argent. Antoine enfila son gore-tex, plaça sa lampe frontale sur son front puis remit son sac sur les épaules. Les deux hommes se saluèrent en silence et se séparèrent. Edwin regarda la silhouette d'Antoine disparaître dans les ténèbres tandis qu'un premier coup de tonnerre retentissait dans le lointain.

La montagne grondait de toute part. Les roulements de tonnerre éclataient dans un vacarme assourdissant que les parois rocheuses renvoyaient dans un écho effroyable. La foudre jaillissait de toute part, illuminant l'espace d'un instant une nature déchainée et malveillante. Il semblait à Antoine qu'il marchait dans un stade colossal dans lequel des dieux en colère, installés sur les tribunes lançaient de titanesques « holà » dans le but de l'effrayer. Mais rien n'aurait pu le faire renoncer. Bravant les éléments déchainés, la nuit et la peur, il continuait d'avancer, suivant inexorablement le halo de sa lampe frontale, décidé à retrouver Chloé, quel qu'en soit le prix à payer.

La bataille était rude. Marcher dans de telles conditions relevait de l'exploit et Antoine se surprenait lui-même. Sa motivation demeurait intacte et il parvenait à maintenir le cap, rageant, soufflant, plissant les yeux pour éviter au mieux les trombes d'eau qui s'abattaient sur lui. Au bout d'une heure de marche cependant, un engourdissement général gagna ses membres. La pluie s'était insinuée dans ses chaussures et un froid mordant commençait à le gagner. La fatigue et la faim l'obligèrent bientôt à ralentir mais il ne céda pas à l'envie de s'arrêter pour avaler une barre de céréales. Son intuition lui disait qu'il fallait continuer, que Chloé avait besoin de lui et que s'il s'arrêtait ici il ne pourrait peut être plus repartir.

Une bourrasque plus forte que les autres fit voler un objet mou dans ses jambes. Il orienta sa lampe frontale vers ses pieds pour voir ce dont il s'agissait. Un tee-shirt ! Un tee-shirt de randonnée dont la taille pouvait fort bien correspondre à celle de Chloé. Il le ramassa et fit quelques pas avant que son regard ne soit à nouveau attiré par un éclat argenté. Près d'un rocher, plusieurs sachets de nourriture lyophilisée ainsi qu'un réchaud et des gamelles en inox avaient été abandonnés. Si tout ceci appartenait à Chloé, qu'est-ce que cela pouvait signifier ? Un sentiment d'urgence s'empara d'Antoine. Le doute n'était plus permis. Les indiennes avaient évoqué la faiblesse de Chloé. Si cette dernière en avait été réduite à abandonner une partie de son matériel sur le chemin, c'est qu'elle devait être en grande difficulté ! Plus décidé que jamais, il redoubla d'effort et parvint à accélérer.

Il ne se passa pas plus de dix minutes avant que dans la lumière d'un éclair il n'aperçoive une forme rouge, ressemblant à s'y méprendre à un sac à dos. Oubliant toutes ses courbatures, il se mit à courir. Une personne gisait sous le sac, inconsciente. Dans un seul geste, il se débarrassa de son sac qui roula dans les rochers quelques mètres plus bas et s'agenouilla. Bon sang, c'était bien Chloé ! Affolé, il la dégagea de son sac et la prit dans ses bras. Sous la lumière blafarde de sa lampe, le visage de la jeune femme lui apparut d'une blancheur cadavérique. Il l'appela, cria son nom tout en tentant de la protéger du déluge qui continuait de s'abattre sur la montagne andine. Rien n'y faisait, Chloé ne répondait pas. Au comble de l'effroi, il l'allongea du mieux qu'il le put sur le sac à dos et se pencha sur elle pour la protéger.

Avec angoisse, il saisit les mains glacées de la jeune femme et chercha son pouls. Au bout de quelques secondes qui lui parurent interminables, il parvint à sentir de faibles pulsations. Dieu merci, elle était vivante ! Alors, il releva la tête et regarda tout autour de lui, la végétation rase n'offrait aucun abri et il ne se sentait pas la force de redescendre au village en portant la jeune femme sur son dos. La seule solution était de monter la tente. Au mépris de sa propre sécurité, il ôta son gore-tex en le faisant glisser par le cou pour éviter de l'ouvrir et de l'exposer à la pluie. Dans son affolement, il oublia complètement la lampe qu'il portait au front. Celle –ci tomba et se fracassa sur un rocher. Antoine tenta désespérément de la rallumer. Avec un juron, il la lança dans un geste rageur puis s'appliqua à recouvrir le corps de la jeune femme avec son vêtement de pluie. Au moins cela la protégerait un peu. Ensuite, il tenta de se frayer un chemin parmi les rochers et les éboulis. Il chercha à tâtons son sac et parvint assez rapidement à le retrouver. Tandis que l'eau glaciale dégoulinait dans son dos, il ouvrit grand son sac pour trouver la petite tente de bivouac qui s'y trouvait. L'eau inonda immédiatement le contenu de son sac, mais peu lui importait, cette tente était leur seule chance.

Il revint près de Chloé et balaya rapidement le sol à l'aide de ses pieds pour trouver un endroit plat où monter la tente. Dès qu'il en trouva un à peu près convenable, il se mit à genoux pour construire l'abri. Dans l'obscurité totale, ce n'était pas chose aisée. Pour couronner le tout, c'est ce moment précis que choisit l'orage pour redoubler d'intensité. Grelottant, Antoine profitait de chaque éclair pour déployer son matériel. Les doigts gourds, il posa près de lui les piquets et les sardines, puis commença à déplier la toile. Sous l'effet du vent, celle-ci se dressa aussitôt comme un drapeau et claqua violemment. Antoine l'avait retenue in extremis d'une main. Il se leva pour tenter de la rabattre mais une rafale plus forte le fit trébucher. Dans un réflexe de protection, il tendit les mains vers l'avant et lâcha la toile qui fût immédiatement happée dans l'obscurité en direction des précipices. Le découragement s'abattit sur Antoine. Il ne pouvait pas lutter contre la montagne déchainée. Transi de froid il s'approcha de Chloé et chercha son visage du bout des doigts. La jeune femme respirait à peine. Sans doute y avait il une tente dans son sac, mais tenter de la construire seul, dans l'obscurité complète et la tempête était peine perdue. Résigné, il lui prit la main et s'allongea près d'elle. Les éclairs déchiraient le ciel et le bruit fracassant du tonnerre résonnait de façon ininterrompue, comme si des montagnes toutes entières s'effondraient. Ils étaient là, sans aucune protection, offerts en pâture au courroux des dieux et une conviction effrayante s'imposait dans l'esprit d'Antoine : ils seraient tous les deux morts de froid avant l'aube. Chloé lui avait sauvé la vie et il allait finalement la perdre au moment même où il y reprenait goût, en tentant de la sauver à son tour. L'ironie du destin sans doute…

C'est au moment où tout espoir semblait perdu qu'un éclat de lumière attira l'attention d'Antoine. Celui-ci apparaissait de façon discontinue en contrebas de la montagne entre deux éclairs. Antoine se redressa en se demandant s'il avait été la proie d'une hallucination et se força à fixer son regard dans cette direction. La lueur était toujours bien là, elle vacillait faiblement entre les rochers et s'approchait lentement. C'est pratiquement lorsqu'il fût à ses pieds qu'Antoine reconnut Edwin.

A des milliers de kilomètres de là, un homme trépignait d'impatience. Son épouse le regardait se ronger les ongles toute la journée, incapable de tenir en place ou de se concentrer sur la moindre activité, c'était Franck. Annick s'approcha de lui. Depuis le début de la matinée, il tournait en rond dans la cuisine tel un enfant qui s'ennuie. Affectueusement, elle prit ses mains entre les siennes et tenta à nouveau de le raisonner :

- Ecoute, cela ne fait que cinq jours qu'il est parti. Tu ne devrais pas t'inquiéter autant, nous aurons certainement des nouvelles demain, ou après demain…

- C'est déjà ce que tu m'as dis hier, bougonna Franck

- Je sais, et c'est peut être ce que je te dirai demain, mais que veux-tu, nous n'allons tout de même pas prendre l'avion à notre tour pour rejoindre Antoine au Pérou tout de même !

- …

- Si ?

- Non, non, bien sûr, ronchonna Franck en enlaçant sa femme, mais j'avoue que son silence me tracasse.

- Antoine n'a sans doute pas la possibilité de téléphoner, n'oublie pas qu'il se trouve en montagne.

- Il aurait tout de même pu me passer un petit coup de fil à son arrivée à Lima, juste pour me dire qu'il était bien arrivé, et que tout allait bien, insista Franck.

- Et après ?

- Comment ça, « et après » ?

- Et bien, le deuxième jour, je suis certaine que tu te serais autant inquiété !

- Mais tu comprends, Antoine est quelqu'un de fragile. Tu sais à quel point il est vulnérable. Alors là bas, si loin, si seul… Non, je ne comprends pas qu'il ne m'ait pas appelé.

- Tu connais bien Antoine, mon chéri, mais tu oublies une chose essentielle, ajouta Annick avec un petit sourire espiègle.

- Ah bon, laquelle ?

- Il est amoureux !

Ce dernier mot coupa court à la conversation. Franck eu l'air d'abord surpris, prit quelques secondes pour réfléchir à ce que venait de dire son épouse, et un grand sourire éclaira son visage. Comme toujours, son petit bout de petite femme avait raison. Elle avait trouvé les mots pour l'apaiser, elle était vraiment formidable. Il l'enlaça tendrement, puis déclara qu'il allait donner un coup de main à Jean-Pierre et Paulette. Les travaux progressaient rapidement, mais il restait encore beaucoup à faire.

Pas très loin de là, un autre homme pensait à Antoine. C'était Edouard Delabrigode. Du haut de son bureau, il regardait par la vitre l'ensemble de son domaine et repensait aux évènements du week-end précédent. Le mariage avorté d'Eugénie et d'Antoine avait provoqué un véritable cataclysme dans la vie bien rangée de sa famille. Incapable d'encaisser ce qu'elle considérait comme une humiliation suprême pour leur famille, Geneviève avait même du se placer sous tranquillisant. Elle ne supportait pas l'idée que ce désastre soit le principal sujet de tous les potins du coin. Edouard Delabrigode se sentait moins amer. A l'origine, il était responsable de l'incident, car après tout, il ne s'agissait que d'un incident et il ne fallait pas y accorder plus d'importance que cela en avait.

En planifiant l'accession d'Antoine aux plus hautes responsabilités de CRÉDILIS ainsi que le mariage des deux jeunes gens, il n'avait pas recherché autre chose que leur bonheur et la garantie d'un avenir doré pour les deux tourtereaux. Antoine, il en restait persuadé, était quelqu'un de bien. Mais peut-être avait-il, sans s'en rendre compte, cherché à manipuler Antoine et Eugénie ? Son plan avait échoué, le jeune Antoine Boulanger ne serait jamais son gendre et c'était peut être mieux ainsi. De son coté, Eugénie s'était remise bien plus rapidement que sa mère de l'événement. Il faut dire que ce vieux requin de Paul Ezingard s'était montré étonnamment prévenant envers sa fille, et que cette dernière semblait avoir fort apprécié cette sollicitude. Edouard Delabrigode était loin d'être dupe, mais il se prit à sourire en pensant qu'après tout, les choses se déroulaient sans doute comme elles devaient se dérouler.

Dans leur ferme côtière, Papy Léon et Mamie Jeanne continuaient de mener leur existence tranquille. Plusieurs fois par jour, ils avaient une pensée pour Chloé. Bien sûr, ils auraient nettement préféré que leur petite fille soit moins sportive et plus casanière, qu'elle ne s'aventure pas dans des pays lointains, mais on ne change pas le caractère des gens. Le plus sage est de s'en accommoder. N'ayant jamais voyagé bien loin, ils avaient un peu de mal à imaginer ce à quoi pouvait ressembler le Pérou. Chloé leur en avait parlé comme d'un pays merveilleux, presque magique. Ils la croyaient mais préféraient ne pas penser à la distance qui les séparait de leur petite fille. De toute façon, elle leur avait bien dit de ne pas s'inquiéter, que là où elle se trouvait, elle ne pourrait pas les appeler. Elle leur avait aussi promis qu'elle leur enverrait une lettre pour leur donner de ses nouvelles. Alors ils continuaient de mener l'existence qu'ils avaient toujours menée, préférant ne pas évoquer le sujet. Tous les matins, Papy Léon guettait l'arrivée du facteur et allait, trottin trottant, relever le contenu de la boîte à lettre. Il revenait les mains chargées de publicité avec parfois une facture, mais sans la lettre. En rentrant dans la maison, il prenait bien soin de cacher sa déception car Mamie Jeanne, même si elle n'en parlait pas, attendait ce courrier tout autant que lui. Mais depuis la vitre de sa cuisine, Mamie Jeanne observait Papy Léon, et savait, rien qu'à son pas, que la lettre n'était pas arrivée et qu'il s'en trouvait un peu triste. Alors, elle replongeait les mains dans son évier, et s'appliquait à prendre un air détaché lorsqu'il revenait. C'est ainsi lorsqu'on vit de longues années ensemble, on fait mine de ne pas se rendre compte, et, en silence, on trouve les gestes pour consoler l'autre…

Chloé ouvrit les yeux sur une toile de couleur kaki. Elle mit quelques instants à réaliser qu'elle se trouvait dans sa tente … Comment cela était il possible ?… Elle fit un effort pour se souvenir. Il y avait ce village, et puis la montée très rude… Un orage terrible… la pluie, le froid, le tonnerre… Ses forces qui l'abandonnaient, et enfin l'idée que cette fois elle ne s'en sortirait pas… Avait-elle néanmoins réussi à monter sa tente dans un dernier sursaut d'énergie ? Elle n'en gardait aucun souvenir. Elle fit glisser la fermeture Eclair de son duvet et se redressa pour s'asseoir. Elle respira un grand coup pour faire passer le vertige qui la prit aussitôt. « Pas d'impatience. Surtout, des gestes lents. Ménage-toi Chloé ! » Se dit-t-elle pour se donner du courage.

Elle rouvrit les yeux et constata avec surprise qu'elle portait un tee-shirt qu'elle ne connaissait pas. Cela signifiait forcément que quelqu'un l'avait secourue après qu'elle ait sombré dans l'inconscience. Elle fit glisser la fermeture Eclair de la tente et passa la tête par l'ouverture. Aussitôt, elle fût éblouie par la lumière d'un soleil déjà haut dans le ciel. Elle avait vraisemblablement dormi des heures et des heures… Lorsqu'elle releva lentement la main qu'elle avait placée en visière devant ses yeux, elle eut tout d'abord un brusque mouvement de recul en constatant que quelqu'un se tenait accroupi dans le contre jour, juste devant elle. Elle plissa les yeux pour mieux voir le visage qui lui faisait face et resta quelques instants sans voix : Antoine Boulanger était là, il lui souriait. Comment cela était-il possible ?

- Antoine ? Parvint-elle à articuler, au comble de l'étonnement, mais que… Comment avez-vous …

- Chut… Ne parlez pas, Chloé, vous devez éviter de vous fatiguer. Tenez, buvez ça, fit-il en lui tendant un bol contenant un liquide dont la couleur hésitait entre le jaune et le vert.

Tout en fixant Antoine, comme s'il s'agissait d'un mirage qui allait bientôt s'évaporer, Chloé porta le breuvage à ses lèvres. Il s'agissait d'une sorte de thé à la saveur de verdure qu'elle n'avait jamais bu auparavant, mais dont le goût sucré et la chaleur étaient particulièrement appréciables. Elle en but une grande gorgée et fut surprise de constater que son estomac semblait bien l'accepter.

- Qu'est ce que c'est ? Demanda-t-elle.

- Mate de Coca… Tisane de coca, répondit Antoine.

- Et bien, je vois que vous vous êtes vite fait aux coutumes locales, plaisanta-t-elle en portant à nouveau le bol à ses lèvres desséchées par le soleil.

Antoine restait silencieux, il ne pouvait détacher son regard du visage émacié de Chloé. Sous ses yeux, de larges cernes soulignaient ses paupières et tranchaient avec la pâleur de son teint. Elle semblait flotter dans le tee-shirt et les os de ses épaules amaigries saillaient à travers le tissu. Elle devait avoir perdu au moins 6 ou 7 kilos depuis la dernière fois qu'ils s'étaient vus.

Chloé jeta un coup d'œil derrière Antoine, une autre tente avait été plantée près de la sienne. Un peu plus loin, des vêtements, dont les siens, avaient été étalés sur des rochers pour qu'ils sèchent au soleil. Antoine suivit le regard de Chloé. Un peu embarrassé, il crut devoir se justifier.

- Vous étiez complètement trempée et frigorifiée hier soir, j'ai dû vous…

- Il n'y a pas de souci, Antoine. Vous avez fait exactement ce qu'il fallait faire.

Un nouveau silence s'installa. Chloé savourait réellement l'effet énergisant de sa tisane. Après quelques instants, elle s'adressa à Antoine :

- Antoine, rassurez moi. Confirmez-moi seulement que je ne suis pas en train de rêver, fit Chloé.

- Non, vous ne rêvez pas. Je suis bien là… En chair et en os, comme on dit… En fait, tout ceci, la situation est… Très surprenante pour moi… Je… En fait, lorsque nous nous sommes perdus de vue, je ne savais plus très bien où j'en étais…Je crois que je m'étais habitué à votre présence…. Plus les jours passaient, et plus, je me rendais compte que… Que …

Antoine semblait avoir des difficultés à s'exprimer et ses mots avaient un tel accent de sincérité que Chloé était suspendue à ses lèvres, comme dans l'attente d'une importante révélation.

- En fait, plus le temps passait, et plus je me rendais compte que …

- Oui ? L'encouragea doucement Chloé.

- Que… Que vous me manquiez et que… J'avais fait une terrible erreur de vous laisser partir seule.

- C'est merveilleux, fit Chloé radieuse. Et ce disant, elle tendit la main pour caresser la joue d'Antoine dans un geste presque maternel. Et puis une pensée sembla la troubler.

- Mais, votre mariage ? Eugénie Delabrigode ? Comment avez-vous...

- Il n'y pas eu de mariage, coupa Antoine.

- Pas de mariage ? Répéta Chloé l'air grave.

- Non. C'était une erreur. Je… Nous n'étions pas faits l'un pour l'autre… Je n'étais pas à ma place à cet endroit. Heureusement qu'il y a eu ce crapaud. Il est venu juste à temps.

- Le crapaud ? Quel crapaud ?

- Oh juste un crapaud qui passait par là et qui m'a fait penser à vous…

- Penser à moi, un crapaud ? S'insurgea Chloé

- Oui … Enfin, non ! Disons, pas directement...

Puis voyant que Chloé s'amusait à simuler la jeune fille outragée, Antoine se reprit en souriant.

- Tout ceci pour vous dire que la situation n'est pas banale pour moi. Samedi dernier, je me suis littéralement enfui de mon propre mariage. Franck m'a conduit jusqu'à l'aéroport et j'ai suivi votre trace jusqu'à Cusco. Ensuite, Edwin est entré en jeu.

- Edwin ?

- Le jeune guide péruvien à qui nous devons tous deux la vie, fit Antoine en s'écartant et en pointant du doigt une silhouette qui se tenait prés d'une rivière à une centaine de mètres de là. J'avais vos cartes et votre itinéraire. Il m'a conduit jusqu'à vous.

- Vous avez fait tout ce voyage, tous ces kilomètres rien que pour moi ? Fit Chloé incrédule.

- Pour vous… Et pour moi aussi je crois…

- C'est inouï, incroyable, extraordinaire !

Dans un élan de spontanéité, elle sauta au coup d'Antoine et se serra très fort contre lui.

- Merci, merci Antoine !

Surpris et légèrement gêné, il hésita un instant avant de poser ses mains sur le dos de Chloé. Au travers de ses vêtements, il parvenait à sentir les côtes de la jeune femme ainsi que les battements de son cœur. Inexplicablement, le sien était en train de s'emballer et battait presque plus fort que lors de la terrible ascension. Chloé dut s'en apercevoir, car elle s'écarta, et le regarda avec un petit sourire. Elle ouvrit la bouche pour parler mais fut prise d'une violente quinte de toux. Elle se rejeta en arrière et mit une bonne minute avant de retrouver le calme. Cette simple toux semblait à nouveau l'avoir abattue. Cela acheva d'inquiéter Antoine :

- Bon sang Chloé ! Vous ne semblez pas du tout dans votre assiette.

- J'avoue que ce n'est pas la grande forme, fit Chloé.

- Vous devriez rencontrer un médecin au plus tôt, vous avez sans doute le mal des montagnes. C'est très courant ici.

- Non… Ce n'est pas le mal des montagnes. Mais parlons d'autre chose, voulez-vous ?

- D'accord … Mais je vous promets que je ne vous laisserai pas compromettre une nouvelle fois votre santé.

- M'aiderez-vous à rejoindre la Cité d'Or ?

- Vu votre état, je ne suis pas certain que ce soit la meilleure idée, insista Antoine. Il serait plus prudent de rejoindre la vallée. Edwin peut nous y aider.

- Antoine, vous savez que je ne renoncerai pas.

- Vous risquez votre vie, Chloé !

- Ma vie n'aura eu de sens que si je rejoins la Cité d'Or !

- Vous êtes décidément toujours aussi excessive, soupira Antoine.

- Et puis surtout, continua Chloé, maintenant s'il y a une chose dont je suis certaine, c'est que sans vous, je ne pourrai pas y arriver.

- Et de plus, je dois avouer que vous avez de la suite dans les idées...

- C'était écrit, Antoine ! Tout était écrit ! Est-ce que vous vous rappelez le rêve que je vous ai raconté ? J'étais trop faible pour continuer à marcher, et vous étiez là, tout comme aujourd'hui. C'est grâce à vous que je suis en vie, et ensemble nous irons jusqu'à la Cité d'Or

- Et c'est aussi grâce à vous que je suis en vie... J'imagine que d'une certaine manière nos destins sont scellés... Je vous accompagnerai Chloé, mais si je juge que le risque est trop important je vous ferai descendre cette fichue montagne, de gré ou de force.

- Très bien, cela me convient fit Chloé, satisfaite.

Edwin s'était approché. Sa mission était terminée et il venait de boucler son sac pour repartir vers Cusco. Antoine lui présenta Chloé et déclara qu'ils étaient décidés à poursuivre jusqu'à « la Cité d'Or ». Le guide comprit rapidement qu'il ne parviendrait pas à les faire changer d'avis, alors il leur prodigua de précieux conseils. Chloé était faible, mais le sommeil et la tisane lui avaient fait reprendre des forces improbables. Comme elle avait beaucoup de mal à s'alimenter, Edwin insista malgré leurs protestations pour leur laisser son sachet empli de feuilles de coca. Selon lui, aucun remède ne présentait autant de vertus que cette plante. Enfin, ils optimisèrent les sacs pour faire en sorte que Chloé n'ait presque plus rien à porter.

En théorie, la cité ne se trouvait plus qu'à une seule journée de marche. Mais compte tenu de la situation, Edwin leur conseilla de couper l'étape en deux. Il leur indiqua sur la carte une bergerie qu'ils pourraient rejoindre à mi-chemin, moyennant un petit détour. Il connaissait bien les quelques indiens qui vivaient là et savait que Chloé et Antoine seraient bien reçus. Les deux jeunes gens le remercièrent chaleureusement, et ce n'est pas sans un pincement au cœur qu'Antoine vit disparaître la silhouette d'Edwin dans les méandres de la montagne Andine.

Il n'était pas encore onze heures du matin, et Chloé, avec son enthousiasme habituel proposa de partir sans attendre. « De cette façon, nous pourrons rejoindre la bergerie avant la tombée du jour » expliqua-t-elle. En effet, cette dernière n'était pas très éloignée et même en marchant très lentement, cela paraissait jouable. Antoine, pourtant, était face à un dilemme : d'un coté, l'état de santé de Chloé incitait à ce qu'ils prennent une journée complète de repos. D'un autre coté, en retardant le départ, ils resteraient une journée de plus en très haute altitude et ils prenaient le risque de voir encore l'état de Chloé s'aggraver. De plus, il semblait urgent à Antoine que Chloé rencontre un médecin. Donc il accepta.

Ils plièrent rapidement la tente de Chloé. Celle-ci serait suffisante pour deux à condition de laisser les sacs dehors. C'est lorsqu'ils se mirent à marcher qu'Antoine mesura réellement l'état de faiblesse de Chloé. Malgré les sourires qu'elle lui lançait régulièrement, il sentait sa souffrance. Chaque pas lui coûtait un effort énorme. Malgré cela, elle restait totalement concentrée sur son objectif : rejoindre coûte que coûte la Cité d'Or. Elle avançait vaillamment sans jamais se plaindre. Sa détermination impressionnait Antoine.

Ils franchirent un premier col, puis un second situé à 4300m. Antoine surveillait Chloé d'un œil inquiet. Le bruit de sa respiration se faisait de plus en plus rauque. Tous les dix mètres, elle devait s'arrêter deux ou trois minutes pour reprendre son souffle. Ils suivirent ensuite un très long sentier qui descendait en suivant le tracé d'une vallée puis rejoignirent un complexe de terrasses où l'on pouvait voir les ruines d'anciennes constructions Inca. Antoine s'arrêta net. Grâce à la carte, il savait qu'à partir de là, un autre sentier permettait de rejoindre une ville. La descente semblait raide et fatigante mais il avait la certitude que continuer plus loin serait une pure folie compte tenu de l'état de Chloé.

- Que faites-vous demanda-t-elle ?

- Chloé… Je sais à quel point vous tenez à rejoindre la Cité d'Or, mais je refuse de continuer dans ces conditions.

- Je peux y arriver, affirma-t-elle.

- Je suis persuadé du contraire, regardez-vous, vous tenez à peine debout. Vos lèvres sont bleues, vous respirez avec difficulté, vous présentez tous les signes de l'œdème pulmonaire.

- Je ne savais pas que vous étiez aussi médecin.

- Très drôle ! Je ne suis peut être pas médecin, mais je me suis renseigné, et Edwin m'en a longuement parlé. Savez-vous que des touristes sont déjà morts dans des bus qui passaient des cols à plus de 4000m, victimes d'un œdème pulmonaire ?

- Et alors ?

- Et alors, contre le mal des montagnes, le seul remède c'est le caisson hyper-bare ou une redescente rapide. Comme nous n'avons pas de caisson, nous allons redescendre.

- Je vous croyais pourtant mon ami, siffla Chloé, redescendez si vous voulez, moi je continue !

- Mais bon sang, quelle tête de mule vous faites ! Qu'est ce qui vous empêche de descendre vous faire soigner puis de revenir lorsque vous aurez retrouvé la forme ! Tenez, je m'engage même à revenir avec vous dans ce foutu pays si vous me le demandez ! S'énerva Antoine

- J'apprécie vraiment votre sollicitude.

- Et en attendant vous ne répondez toujours pas à ma question ! Pourquoi tant d'obstination ? Persista Antoine manifestement fâché de la tournure que prenait leur conversation.

- Vous voulez vraiment le savoir ? Lui cria Chloé à la face.

- J'aimerais bien, oui ! hurla Antoine à quelques centimètres du visage de la jeune femme.

Celle-ci sembla retrouver toute sa sérénité. Elle fixa Antoine dans les yeux et parla calmement, sur un ton qui fit immédiatement baisser la tension :

- Parce que je vais mourir, Antoine…

- Quoi… qu'est-ce que vous dites ? Fit-il décontenancé.

- Je sais que vous voulez m'aider, Antoine, mais redescendre maintenant ne me serait d'aucune utilité car de toute façon, je vais mourir.

- Qu'est-ce que vous me racontez, bredouilla Antoine. Vous allez mourir ? Bien sûr que vous allez mourir, moi aussi je vais mourir, tout le monde va mourir un jour… Ce n'est pas une raison pour précipiter l'événement.

- Dites-moi, continua Chloé, que feriez-vous si vous saviez qu'il ne vous reste que quelques semaines à vivre ?

- Quelle curieuse idée !

- Vous ne vous êtes jamais posé la question ?

- Si, sans doute… Répondit Antoine un peu mal à l'aise. C'est un peu comme se poser la question de savoir ce qu'on ferait si l'on gagnait le gros lot au loto.

- Alors, insista Chloé, que feriez-vous ?

- Et bien, commença Antoine, je pense que j'aimerais revoir ceux qui me sont chers… Je rendrai visite à mes véritables amis… Ils ne sont pas nombreux, mais oui, il est certain que j'aimerais les revoir une dernière fois.

- Comme je vous comprends, fit la jeune femme pensive. Quoi d'autre Antoine ?

- Heu… Et bien je crois que j'aimerais me rendre à cet endroit que j'aime tant sur la falaise.

- Oui, c'est une excellente idée ! C'est curieux de constater à quel point certains lieux nous marquent pour la vie entière… Et que feriez-vous encore Antoine ?

- Et bien… Si c'est la saison, je m'offrirais un kilo de cerises pour faire un clafoutis que je dévorerais tout entier.

- Péché de gourmandise ? Fit Chloé, avec un pâle sourire.

- J'avoue.

- En ce qui concerne les plaisirs de la bouche, je pense que j'opterais pour un délicieux confit de canard comme seuls Papy Léon et Mamie Jeanne savent les préparer, précisa Chloé, un sourire rêveur sur les lèvres. Quoi d'autre Antoine ? Que feriez-vous si vous n'aviez que quelques semaines à vivre ?

- Et bien... Je suppose que je m'arrangerais pour payer mes dernières factures, honorer mes dettes, mes engagements, continua Antoine, perplexe.

- Et vos promesses ?

- Oui, bien sûr… Mais pourquoi toutes ces questions ?

- Auriez-vous des regrets si vous deviez mourir demain ?

- Je vous trouve lugubre aujourd'hui.

- Allez, Antoine, auriez-vous des regrets ?

Une ombre traversa les prunelles d'Antoine et sa voix chevrota imperceptiblement

- Des regrets ? Oui … Par rapport aux personnes que j'aimais… Et qui ont disparu. Oui, mon regret serait de ne pas leur avoir suffisamment dit que je les aimais… Parce que maintenant, quoiqu'il arrive, je devrai vivre avec ce regret toute ma vie, conclut-il d'un ton où perçait une profonde tristesse.

- Ne soyez pas trop dur avec vous même, lui dit doucement Chloé. C'est le genre de regret que nous devons tous supporter… Moi ce que je regrette, c'est de ne pas connaître l'avenir, les futures découvertes, les voyages sur d'autres planètes… On participe à l'histoire du monde, et cette histoire nous en sommes tantôt les acteurs, tantôt les spectateurs. Mais ce qui est frustrant, c'est qu'on ne peut vivre qu'un court épisode de cette histoire parce que nous ne faisons que passer. Parfois j'aimerais pouvoir mettre ma vie en suspens et garder le temps qu'il me reste pour vivre des morceaux de cette histoire dans cent ans, dans mille ans…

- C'est une curieuse idée, répondit Antoine, mais quoiqu'il en soit, nous sommes toujours prisonniers du temps et de l'espace.

- Et vous trouvez que votre espace et votre temps ne sont pas suffisamment importants ?

- Cela dépend… En ce qui concerne l'espace, on peut se déplacer facilement jusqu'à l'autre bout de la planète de nos jours. Je trouve que c'est bien suffisant… Quant au temps, le temps dont on dispose sur terre, c'est une inconnue...

- Pas toujours, dit doucement Chloé

- Que voulez-vous dire ?

- Et bien, souvent, plus on avance en âge et plus on calcule le temps qu'il nous reste. D'une certaine manière, plus on se rapproche de l'échéance, et plus l'incertitude diminue.

- C'est vrai, dit Antoine, mais c'est surtout vrai pour les personnes âgées, j'espère que vous ne vous sentez pas concernée !

- Antoine, je vais mourir bientôt.

- Qu'est ce que vous racontez ?

- Ce n'est pas une plaisanterie. J'ai … J'ai une saloperie de tumeur dans la tête et il me reste très peu de temps.

La déclaration de Chloé fit à Antoine l'effet d'un coup de poing en pleine face. Il la regarda pendant plusieurs secondes sans pouvoir parler, le cerveau en ébullition, incapable d'assimiler la nouvelle. La jeune femme lui souriait doucement, comme pour s'excuser du choc qu'elle venait de lui infliger. Elle ne plaisantait pas et Antoine sentait une sourde révolte monter en lui.

- Ce …ce n'est pas possible, parvint-il à dire

- …

- Pourquoi ? Pourquoi vous ? Ce n'est pas possible… On doit pouvoir soigner ce genre de choses de nos jours… Il y a certainement quelque chose à tenter ! S'exclama Antoine, la voix tremblante.

- Rien, Antoine… Il n'y a malheureusement rien d'autre à faire que d'accepter.

- Non, ce n'est pas possible, répéta-t-il, en proie à une confusion totale.

- Je suis désolée, fit Chloé en posant la main sur son bras pour le consoler.

Incapable de se contenir, Antoine se dégagea brusquement et se détourna de la jeune femme. Il fit quelques pas chaotiques en direction d'un promontoire qui dominait la vallée et s'arrêta face au vide. Chloé fit un mouvement vers lui mais se ravisa. Son ami avait besoin d'être un peu seul. Les yeux brouillés, Antoine regardait sans les voir les montagnes dont les cimes enneigées se détachaient sur le bleu du ciel. Incapable de faire face au tumulte qui agitait ses pensées. Il se mit alors à hurler comme jamais il ne l'avait fait, beuglant comme un animal blessé à mort, conspuant tant qu'il le pouvait contre cette vacherie de destin qui allait encore lui retirer l'une des seules personnes à qui il tenait encore dans ce monde définitivement pourri. Lorsqu'il se fut suffisamment époumoné et que toute sa rage fut réduite à une misérable plainte, il se laissa tomber sur les genoux, aphone et à bout de force, la bouche ouverte sur un filet de bave, figée sur un spasme de douleur. Abattu, il se mit à pleurer comme un enfant inconsolable, plusieurs minutes durant, jusqu'à ce qu'il sente la présence de Chloé près de lui.

La jeune femme s'était approchée prudemment, attendant le meilleur moment pour intervenir. Cette fois, il ne la repoussa pas lorsqu'elle approcha la main pour lui caresser délicatement les cheveux. Antoine s'en voulut d'avoir eu cette réaction, Chloé n'était pas responsable.

- Pardonnez-moi, dit-il, je… Je ne sais pas ce qui m'a pris…

- Ne vous tracassez pas pour ça, répondit Chloé. J'ai réagi assez violemment lorsque j'ai appris que j'avais cette maladie. Et puis je me suis fait à cette idée… Il n'y a pas d'autre choix, Antoine.

Chloé lui souriait. Elle était au bord de l'épuisement physique mais elle avait toujours cette présence et cette faculté d'attention surprenante, et puis aussi cette petite flamme qui brillait au fond des yeux. Elle semblait tellement sereine malgré le tragique de la situation, qu'à ses cotés, Antoine se laissa peu à peu gagner par une douce quiétude. Et puis elle était belle… Très belle. Malgré ses cernes, son visage émacié et ses cheveux défaits, elle dégageait un charme étrange, un charme envoutant qu'Antoine tentait confusément de repousser. Et pourtant, à cet instant précis, s'il avait pu échanger sa place avec celle de Chloé, prendre sa maladie pour lui rendre la santé, il n'aurait pas hésité un instant.

Il repensa à la discussion qu'ils venaient d'avoir ensemble. Il comprenait mieux maintenant. Le plus important pour Chloé était d'honorer la promesse faite à sa mère. Il devait l'aider à réussir, c'était le moins qu'il puisse faire pour elle. L'histoire de leur rencontre était trop singulière pour se terminer maintenant. Désormais, quoiqu'il arrive, ils iraient jusqu'à la Cité d'Or, il en eut la certitude.

Le reste du chemin était en descente. Chloé avait retrouvé un sursaut d'énergie et ils parvinrent malgré tout à rejoindre assez facilement le plateau sur lequel se trouvait la bergerie. Ce plateau, cerné par les pics était lui-même situé à 3900m d'altitude. Il se situait dans le prolongement de la vallée et faisait face à un magnifique glacier. Des troupeaux de Lamas et d'Alpagas broutaient paisiblement l'herbe rase à proximité de quelques cabanes dont la principale particularité était qu'elles avaient été construites avec des pierres de tailles étonnamment diverses.

Sur le coté d'une habitation, deux hommes étaient occupés à couper de la viande d'un animal fraichement abattu sur un rocher qui faisait office de table. Une rigole taillée dans la pierre permettait au sang d'être évacué vers un pot de terre cuite. Ils accueillirent Antoine et Chloé avec le sourire. L'un deux parlait Espagnol et confirma à Chloé qu'ils pouvaient installer leur tente à proximité de la rivière en contrebas. L'homme remarqua que Chloé était faible et qu'elle avait besoin d'un soutien pour marcher. Il lui dit qu'elle avait besoin de soin et de repos puis échangea quelques mots avec son compagnon.

D'un seul geste, ils se levèrent et invitèrent Chloé et Antoine à les suivre jusqu'à l'une des habitations. A l'intérieur, un vieil indien Quechua, assis en tailleur à même le sol broyait des herbes dans un bol de terre cuite, à la lueur de braises qui achevaient de se consumer dans l'âtre d'un foyer. Après un bref échange avec ses congénères, le vieillard étudia Chloé et l'invita à s'asseoir devant lui. Elle lança un regard à Antoine et vint se placer en tailleur à la hauteur du vieil homme. Ce dernier lui saisit les mains et commença à l'examiner attentivement. Son regard semblait porter plus loin que Chloé, comme s'il avait la capacité de voir en transparence dans son corps. A la grande surprise d'Antoine, l'attitude du vieil homme changea subitement lorsqu'il arriva au niveau de sa tête. Il s'agita et désigna le crâne de Chloé tout en faisant un commentaire dans un dialecte incompréhensible. L'indien qui parlait espagnol expliqua à Chloé que leur chaman allait s'occuper d'elle, puis qu'elle et Antoine viendraient partager leur repas.

Retenant leur souffle, Antoine et Chloé assistèrent à un bien curieux spectacle. Leur hôte commença par allumer de petits bâtons d'encens dans des coupelles disposées autour de lui. Ensuite, il prit un récipient de terre cuite dans lequel il se mit à broyer un mélange de plantes et de racines auquel il ajouta un peu d'eau. Il tendit ensuite le récipient à Chloé en lui indiquant par des signes éloquents qu'elle devait boire. Celle-ci obéit en réprimant une grimace et rendit la coupe vidée de son contenu. Visiblement satisfait, l'homme versa ensuite un peu d'eau dans un vase et souffla dedans à plusieurs reprises. En recevant l'air, le vase émettait un son aigu et monotone qui s'insinua jusqu'au plus profond de leur âme, éveillant inexorablement leur conscience. La sensation était à la fois bizarre et agréable, Chloé avait l'impression d'accéder à une partie inconnue d'elle-même.

Lorsque le vieil homme reposa le vase, ce fut pour ramasser une coupelle dans laquelle brûlait l'encens. Il souffla la fumée sur la tête de Chloé, l'obligeant à plisser les yeux et agita un rameau au dessus d'elle tout en entonnant une ritournelle entêtante. Enfin, il se plaça derrière la jeune femme et déplaça lentement ses mains à quelques centimètres de son crâne. Chloé ne put réprimer une convulsion, elle commença à s'agiter, mais le vieillard lui imposa fermement de rester en place. De temps en temps, il agitait les mains vers le bas, comme pour se débarrasser d'une matière visqueuse qui lui aurait collé à la peau. Pour le coup, la sensation était très déplaisante. Une impression de chaleur intense à la limite de la brûlure.

La cérémonie prit fin aussi rapidement qu'elle avait débuté. Le vieux chaman les congédia, leur faisant comprendre que c'était terminé. Antoine et Chloé hochèrent la tête en signe de remerciement et le laissèrent vaquer à ses occupations. Dès qu'ils furent dehors, Chloé se massa vigoureusement l'arrière du crâne.

- Bon sang, est-ce qu'il me reste des cheveux ? J'ai cru qu'il allait me brûler le crâne ! Glapit-elle

- Comment cela vous brûler le crâne ? S'étonna Antoine

- Et bien, je ne voyais pas ce qu'il faisait derrière moi, mais ce qu'il m'a posé sur le crâne était bouillant !

Devant l'air éberlué d'Antoine, Chloé s'arrêta :

- Quoi ? J'ai dit une bêtise ?

- Chloé, Cet homme n'a rien posé sur votre tête.

- Vous vous moquez de moi ?

- Pas du tout. Je ne l'ai pas quitté des yeux et je vous assure qu'il n'a absolument rien posé sur vous et qu'il a gardé ses mains en permanence à 10 centimètres de votre crâne.

Chloé vit qu'Antoine ne plaisantait pas. Elle se retourna vers la cabane où elle venait de participer à l'étrange rituel. Certaines choses étaient faites pour être vécues, pas pour être comprises.

La nuit était tombée, rapidement comme elle le fait sous les latitudes tropicales. Ils rejoignirent une dizaine d'hommes et de femmes assemblés autour d'un feu qui brûlait sous un four de pierres improvisé. Avec la tombée de la nuit, un net rafraîchissement avait conduit les uns et les autres à revêtir les ponchos colorés. Antoine et Chloé en firent de même avec une polaire. Du vin chaud fut distribué, et selon le rituel, chacun versa la première goutte de son breuvage sur les pierres brûlantes, en l'honneur de Pachamama, la terre nourricière. Chloé expliqua à Antoine que le peuple indien ne prélevait dans la nature que ce dont il avait besoin pour se nourrir et vivre et offrait en retour aux esprits nourriciers une offrande en remerciement. On pouvait tout offrir, à partir du moment où cela venait du fond de notre cœur.

Le liquide apaisa la gorge irritée d'Antoine et réchauffa le cœur de Chloé. La lune s'était levée et projetait une lumière irréelle sur le glacier, le rendant presque phosphorescent. Serrés l'un contre l'autre, Chloé et Antoine avaient le sentiment de vivre l'un de ces moments uniques, qu'on garde à jamais gravés dans la mémoire. Les indiens discutaient joyeusement, heureux de faire partager leurs coutumes à leurs visiteurs.

A l'aide de longs bâtons, les hommes jetèrent des tubercules sur les braises puis écroulèrent le four de pierre. Ils lancèrent ensuite des tranches d'agneau à même les pierres brûlantes et recouvrirent le tout de paille puis de terre. Une odeur appétissante vint lécher les narines de Chloé et d'Antoine. L'homme qui parlait espagnol leur expliqua que la nourriture serait prête dans à peu près 30 minutes.

Le repas pris à 3900m d'altitude sous un ciel étoilé fut un ravissement pour les yeux et pour les papilles. Complètement subjugués par la magie de l'instant, Antoine et Chloé en oublièrent tous leurs soucis.

Lorsque fut venu le moment de se coucher, Antoine et Chloé rejoignirent leur tente éclairée de lune près de la rivière. Chloé se glissa dans son duvet la première, laissant à Antoine le soin de refermer la porte. Lorsqu'il se retourna, elle s'était débarrassée de sa veste polaire et le fixait intensément, comme si elle voulait communiquer avec lui sans parler. Assise sur son duvet, elle fit prestement glisser son tee-shirt par la tête, laissant apparaître sa peau dénudée. Paralysé, Antoine sentit son cœur bondir dans sa poitrine.

Son regard glissa des boucles brunes sur le cou fin et délicat de Chloé, puis sur ses bras décharnés et enfin sur ses seins ronds et diaphanes sous lesquels il devinait de petites veines bleutées. Au dessus de ses côtes apparentes, sa poitrine semblait être la seule partie charnue de son corps. Elle se soulevait et s'abaissait rapidement, au rythme de sa respiration. Malgré sa maigreur maladive, elle était étonnamment belle, incroyablement désirable. Un tremblement secoua le corps de la jeune femme, et son regard se fit pressant. Antoine s'approcha d'elle, submergé par une émotion inouïe. Chloé semblait tellement fragile et vulnérable. Lorsqu'il fut à quelques centimètres d'elle, il la fixa dans le fond des yeux, tiraillé entre le désir violent de la posséder et celui de la protéger.

Alors, elle l'attira contre elle et commença à le déshabiller. Avec ses lèvres, il parcourut doucement le pourtour de sa nuque et sentit les frissons envahir le corps de la jeune femme. Il posa les mains sur ses hanches et s'enivra quelques instants de son odeur musquée. Ses mains glissèrent lentement sur la peau douce. Il sentit les seins de la jeune femme se gonfler de désir, et son abdomen se creuser lorsqu'il fit glisser sa main vers son ventre.

Chloé se tortilla pour mieux se coller à lui. Elle lui saisit la tête à deux mains et l'embrassa avec fougue. Avec des gestes maladroits, ils finirent de se débarrasser de leurs vêtements, pressés par l'urgence, emportés par un désir impérieux, empressés de mettre fin à son doux supplice. Ils firent l'amour avec une exaltation neuve qui les émerveilla l'un et l'autre, s'abandonnèrent avec délice l'un à l'autre, faisant un pied de nez au destin cruel qui avait programmé de les séparer bientôt.

Lorsque fourbus de fatigue ils retombèrent, transpirants et haletants sur leur sac de couchage, la voie lactée fendait déjà le ciel étoilé. Ils se glissèrent rapidement sous les duvets pour ne pas prendre froid. Antoine s'allongea contre le dos de Chloé épousant parfaitement ses courbes, sa bouche collée tout contre sa nuque. Elle s'endormit bercée par son souffle chaud.

Antoine avait réglé l'alarme de sa montre sur 5h30. Il se sépara délicatement de Chloé. Elle respirait doucement, encore profondément endormie. Il enfila ses vêtements et fit glisser très lentement la fermeture Eclair de la tente pour éviter de l'éveiller. Il poussa un juron en constatant que ses chaussures et ses chaussettes étaient restées à l'extérieur de la tente. Ces dernières, étaient complètement raides sous l'effet combiné de la transpiration et du gel. Il les frictionna pour les assouplir et les enfila en réprimant un cri.

Le ciel était encore noir et piqué de milliers d'étoiles. Le silence n'était troublé que par le bruit apaisant de l'eau coulant dans le lit de la rivière. Comme il avait vu faire Edwin, il prépara une infusion de feuilles de coca et retourna vers Chloé. Il se pencha vers elle, et l'embrassa. Un sourire illumina le visage de la jeune femme, avant même qu'elle n'ouvre les yeux. En silence, elle se redressa, couvrant ses épaules du duvet, et accepta avec plaisir le bol que lui tendait Antoine.

- C'est le grand jour ! Fit-elle radieuse.

- C'est le grand jour, confirma Antoine. Comment te sens-tu ?

- Très bien !

Ils déjeunèrent rapidement et plièrent bagage. Equipés de lampes frontales, ils abandonnèrent avec un petit pincement au cœur, ce lieu emprunt de magie. Ils longèrent les cabanes silencieuses ainsi que les troupeaux d'alpagas et de lamas. Quelques bêtes allongées levèrent la tête sur leur passage avant de se rendormir.

Ils cheminèrent sur un étroit sentier jusqu'au lever du jour puis passèrent par un tunnel Inca creusé dans la roche par les anciens habitants de la Vallée Sacrée. Ils débouchèrent rapidement sur une forêt tropicale luxuriante, véritable lieu d'enchantement. La fatigue gagnait rapidement Chloé, mais elle était heureuse. Tout en marchant près d'Antoine, elle repensait à ces moments de bonheur qu'elle avait vécus auprès de sa maman, lorsqu'elles regardaient ensemble les documentaires sur la civilisation Inca.

Lorsque le sentier se faisait plus raide, Antoine était obligé de la soutenir. Il le faisait également lorsqu'ils longeaient de vertigineux précipices, craignant plus que tout qu'elle ne trébuche vers le vide. Mais au fur et à mesure que les heures s'écoulaient, Chloé sentait son esprit s'embrumer. Des images du passé venaient se mêler à celles, bien réelles qui défilaient devant ses yeux. Un moment, elle eut même l'illusion de reconnaître le visage d'Esteban sous les traits d'Antoine. A nouveau, elle cavalait avec son ami imaginaire sur les sentiers merveilleux des mystérieuses Cités d'Or.

Antoine transpirait tout ce qu'il pouvait, supportant presque tout le poids de Chloé. La jeune femme avait maintenant perdu toute sa lucidité, mais continuait d'avancer, pas par pas, par pur automatisme, sans doute poussée par une volonté qui continuait d'agir au delà de sa conscience. Harassé, le dos brisé et les paupières gonflées de larmes, Antoine serrait les dents. Il fallait avancer, continuer, ne surtout pas céder au découragement… Tout faire pour arriver à temps. Alors il redoubla d'efforts et alla au delà de ce qu'il pensait être ses limites, prêt à mourir d'épuisement pour Chloé. Il grimpa avec acharnement une montagne escarpée, et au moment où il s'y attendait le moins, déboucha sur un col et une vision qui le cloua sur place.

Devant lui, en contrebas, se dressaient les ruines d'une cité admirablement bien conservée. Les constructions de pierre se déployaient sur une colline basse et étroite, délimitée par deux pics escarpés et un canyon vertigineux au fond duquel grondait un fleuve. Comme dans un rêve, les sommets couverts d'une végétation luxuriante allaient se perdre dans les nuages, rendant la cité invisible depuis la vallée. Des temples, des demeures royales, des places, des fontaines et des escaliers taillés avec la plus grande précision se succédaient offrant la vision spectaculaire d'un mariage idéal entre la nature et une œuvre humaine. La vue d'un tel spectacle ne pouvait que susciter émerveillement et admiration pour ceux qui l'avaient bâti. Nul doute qu'il s'agissait de la Cité d'Or que Chloé poursuivait dans ses rêves depuis si longtemps…

Antoine s'était assis avec Chloé contre un rocher. La jeune femme était inconsciente. Il l'appela et lui tapota doucement la joue. Elle s'éveilla et parut surprise de voir Antoine. Ce dernier s'écarta pour qu'à son tour, elle profite du spectacle. Aussitôt, Chloé reconnut la surprenante perfection et la beauté des murs de la Cité d'Or. Ebahie, elle lança un regard empreint d'une infinie reconnaissance à Antoine et se replongea immédiatement dans la contemplation de la cité mythique. Selon un certain angle de vue, elle avait la forme d'un condor majestueux volant au dessus des montagnes.

Une douleur foudroyante lui traversa la tête, lui rappelant que le temps était compté, qu'elle ne devait pas s'attarder trop longtemps, à l'image des alpinistes qui aussitôt le sommet atteint, doivent entreprendre la descente. Alors, elle se pencha vers le sac à dos, et plongea les mains à l'intérieur. Lorsqu'elle eut saisi le petit vase qu'elle transportait précieusement depuis le début de son périple. Antoine l'aida à se relever. Et là, surplombant la cité sacrée des Incas, elle présenta les cendres de sa maman au vent. Elles furent emportées dans un tourbillon et scintillèrent quelques instants au soleil avant de se disperser au dessus de la Cité d'Or.

Elle avait réussi, elle avait tenu sa promesse ! Sa maman pouvait être fière d'elle ! Le cœur libéré, elle se tourna vers Antoine, l'homme qui l'avait aidé, l'homme qu'elle aurait pu aimer. Une sensation de bien-être était en train de l'envahir progressivement. Tout ce qui l'entourait semblait baigner dans une lumière douce et amicale dont l'intensité augmentait imperceptiblement. Elle se tourna une dernière fois vers la Cité d'Or, car bientôt, la clarté serait trop forte pour qu'elle puisse continuer de la regarder. Elle réalisa qu'Antoine la tenait dans ses bras. Un picotement à l'effet anesthésiant parcourait l'ensemble de sa peau. Elle ne sentait plus ses jambes ni ses bras.

La lumière était devenue éblouissante mais étrangement, elle était amicale. Toute douleur avait disparu, et Chloé se sentait au firmament de la plénitude. Pourquoi Antoine pleurait-il ? Il aurait dû être heureux lui aussi… Il lui parlait, mais Chloé n'entendait plus. Sa bouche faisait des mouvements un peu bizarres, comme dans les films muets. Elle eut envie de lui dire de ne pas s'inquiéter, qu'elle se sentait merveilleusement bien, mais aucun son ne sortit de sa bouche. Son corps ne lui appartenait plus, mais c'était sans importance. Le moment était venu. Alors, sans regret et le cœur en paix, Chloé s'abandonna à la clarté et se laissa submerger par la lumière.

La route départementale était déserte, comme bien souvent à cette heure matinale le dimanche. Antoine la délaissa pour emprunter la piste blanche qui menait au petit parking aménagé près de la falaise.

Il se gara face à la mer et tapota d'un geste affectueux le volant du vieux break. Par chance, il avait pu le retrouver au retour de son voyage. Il gisait au fond du parking de la concession, attendant d'être embarqué pour la casse. Lorsqu'il avait annoncé son intention de l'acheter, le vendeur des voitures d'occasion l'avait dévisagé « C'est une très mauvaise affaire, une véritable épave et à vrai dire, c'est une reprise que nous n'envisageons même pas de revendre » lui avait indiqué l'homme. A force d'insister, Antoine était reparti avec le vieux break, cédé par la concession pour un euro symbolique. Il avait conduit la voiture jusqu'à un petit garage familial, où l'on acceptait encore de réparer les voitures que d'autres portaient au rebus. Le vieux break en était ressorti, non pas rutilant comme du temps de sa première jeunesse, mais avec quelques défauts corrigés, à commencer, par celui du blocage des portières, qui n'était pas le moindre.

Antoine sortit de sa voiture et inspira une profonde bouffée d'air iodé. Il avait à peine dormi, mais se sentait merveilleusement bien. Il contempla un instant l'immense falaise blanche qui longeait la mer, et s'engagea d'un pas décidé sur le chemin qui serpentait au milieu des herbes folles et des genêts. Au bout de quelques minutes, il atteignit le haut de la colline et traversa quelques fourrés pour rejoindre son endroit préféré. Il s'arrêta au bord de la falaise et s'assit sur une pierre. Il ferma les yeux pour mieux apprécier les odeurs marines qui se mélangeaient aux bouffées odorantes du printemps. Cent cinquante mètres plus bas, les vagues continuaient de se briser sur le pied de la falaise dans un mouvement incessant et un grand fracas d'écume blanche. Les choses paraissaient parfois éternelles, elles ne l'étaient jamais.

De sa poche, il sortit l'ocarina acheté à Cusco à un petit Péruvien et le porta à sa bouche. Il fit jaillir du petit instrument quelques notes, pas toujours harmonieuses, mais qui venaient du fond de son cœur. C'était sa façon à lui de rendre hommage à cette mer qu'il aimait tant. Si son voyage vers la Cité d'Or lui avait appris une chose, c'était bien cela : savoir rendre hommage à cette nature qui nous donne tant.

Lorsqu'il lui arrivait d'être seul, il pensait invariablement à Chloé. Sa rencontre avec la jeune femme avait complètement bouleversé sa vie. En l'entraînant dans cette extravagante aventure, elle lui avait appris à vivre le cœur léger, à ne pas s'attarder sur les choses matérielles, à vivre au présent et selon ses envies. Grâce à elle, il avait pris conscience du caractère éphémère de chaque chose et savait maintenant que le bonheur se trouvait rarement lorsqu'on le recherchait avec avidité, mais résidait là, tout près, dans la détente et l'abandon, au plus profond de soi… « Ne pas s'inquiéter, ne pas s'attacher, ne pas juger, laisser le jeu se faire tout seul et profiter de chaque instant »

Antoine avait abandonné la finance et travaillait désormais avec Franck, Annick, Jean-Pierre et Paulette sur le gite. Chacun contribuait selon ses possibilités : le bricolage et l'entretien des chalets, l'élaboration des repas pour les clients, ou encore la vente de produits fermiers sur les marchés. Annick et Paulette se complétaient merveilleusement bien lorsqu'il s'agissait de fabriquer confitures, gâteaux ou autres produits du terroir. Bien sûr, la préparation des pizzas incombait entièrement à Paulette. Leur réputation avait déjà largement franchi les frontières du département. Franck, avec l'aide de Jean-Pierre avait construit une mini ferme qui ravissait les plus jeunes. Les enfants pouvaient s'y rendre pour caresser et nourrir poules, chèvres, canards et moutons. Ils avaient la possibilité de faire des balades sur des poneys. Franck avait même en tête un projet d'écurie, mais Annick devait ralentir ses ardeurs compte tenu de l'investissement que cela supposait. Ce serait pour plus tard. Déjà, les réservations étaient nombreuses, et les clients très satisfaits de leur séjour laissaient des commentaires élogieux sur le livre d'or qu'Annick avait tenu à mettre en place. De son coté, Antoine avait revendu sa maison et était venu habiter, au moins temporairement, à la ferme au milieu de tous ses amis. Il avait investi une partie de son argent dans une formation d'accompagnateur de moyenne montagne. Encore une chose que son trekking au Pérou avait sans doute déclenchée. De nombreuses personnes parmi celles qui séjournaient dans la ferme manifestaient leur souhait de découvrir la région. Antoine connaissait bien le secteur, il organiserait visites et randonnées côtières pour les clients du gite. Certes, tout comme son ami Franck, il gagnerait moins d'argent que chez Crédilis, mais cela était sans importance, le bonheur ne se mesurait pas en euros.

Antoine se releva, rangea l'ocarina dans sa poche et repartit en direction de sa voiture. Il ne voulait pas faire attendre Papy Léon et Mamie

Jeanne. Nul doute qu'ils se seraient inquiétés s'il était arrivé en retard. Lorsqu'il pénétra dans la cour de la ferme, Ben déboula aussitôt et lui fit une telle fête, qu'Antoine put difficilement embrasser les deux vieillards. Tous deux avaient sorti leurs habits du dimanche. Papy portait son plus beau costume, ainsi qu'une cravate. Mamie s'était parée d'une élégante robe à fleur. « C'est que nous n'avons pas l'habitude de nous rendre en ville » expliqua t'elle.

Antoine les fit entrer dans sa voiture et prit la direction de la métropole, distante d'une vingtaine de kilomètres. En passant sur la nationale, près de son ancienne habitation, il se surprit même à avoir une pensée pour madame Trottin et plaignit de tout cœur ses nouveaux voisins. Ils se dirigèrent vers le Centre Régional Hospitalier et se garèrent sur un parking encombré, non loin des urgences, à l'endroit même où il était venu avec Chloé juste après leur accident. Papy et Mamie marchaient d'un petit pas pressé, et semblaient tout excités. Ils pénétrèrent dans un bâtiment clair, et une vaste salle d'accueil dont les murs étaient recouverts de dessins d'enfants. Antoine guida Papy et Mamie dans le dédale de couloir. Il savait exactement à quel endroit ils devaient se rendre puisqu'il s'y trouvait encore quelques heures auparavant.

Ils sortirent de l'ascenseur au deuxième étage et longèrent un couloir au ton pastel. Muni d'un joli bouquet qu'il avait pris soin d'acheter, Antoine frappa doucement à la porte et entra.

Chloé était étendue sur un lit, près d'un ourson en peluche. Elle voulut se redresser lorsqu'elle les vit entrer, mais Antoine se précipita pour lui imposer une position allongée.

- Reste allongée mon amour, tu dois d'abord récupérer, tu sais ce que les médecins ont dit.

- Depuis quand tu écoutes les médecins ? Plaisanta-t-elle. Embrasse-moi, plutôt que de me gronder !

Antoine s'exécuta sans se faire prier, puis laissa Papy Léon et Mamie Jeanne faire de même.

- Comment te sens tu ma chérie ? Tu n'es pas trop fatiguée ? S'inquiéta Mamie Jeanne

- Je me sens merveilleusement bien, répondit Chloé, plus épanouie que jamais.

- Et elle ? Comment va-t-elle ?

- Très bien. Elle dort pour le moment…

- On peut la voir ? Continua sa grand-mère impatiente

- Bien sûr, fit Chloé, radieuse.

Antoine invita les grands parents à se déplacer sur le coté gauche de la pièce. Près du lit de Chloé se trouvait un petit berceau transparent, à roulette, et emmitouflée sous les couvertures, une petite fille née dans la nuit dormait paisiblement.

- Elle ne va pas tarder à se réveiller et à réclamer à manger, fit Chloé, absorbée tout comme Antoine et ses grands parents dans la contemplation du petit être.

C'est à cet instant qu'on frappa à la porte. Julie apparut aux cotés de Kevin, son nouvel amoureux. Elle se précipita dans les bras de son amie, et offrit à la petite fille un magnifique lapin en peluche.

- Je crois qu'elle va l'adorer, commenta Chloé. Il ressemble un peu à son papa !

Quelques minutes plus tard ce furent Franck, Annick, et leurs enfants, accompagnés de Jean-Pierre et Paulette qui pénétrèrent dans la chambre. Chacun était armé d'un bouquet de fleurs ou d'un paquet cadeau destiné au bébé. Lorsque le docteur Coste pénétra dans la pièce, il eut un mouvement de recul, puis alla confirmer à Chloé et Antoine que tous les examens postnataux étaient normaux, et le bébé en parfaite santé. Il s'éclipsa non sans avoir fait remarquer que cette petite devait sans doute être très célèbre pour attirer autant de monde le jour de sa naissance.

De retour dans son bureau, il ne put s'empêcher d'examiner à nouveau les dernières radiographies du cerveau de Chloé. Les cas de rémission totale étaient extrêmement rares, mais force était de constater qu'il en avait un sous les yeux. La jeune femme était partie mourante pour l'Amérique du sud et était revenue presque guérie. La tumeur s'était résorbée en quelques semaines à peine. Il n'y avait pas d'explication rationnelle à cette guérison spontanée. Les deux jeunes gens lui avaient bien parlé de ce guérisseur rencontré dans les Andes et de l'étrange rituel qu'il avait fait subir à Chloé, mais que penser de tout cela ? Le médecin classa définitivement le dossier en souriant, admettant que la science ne pouvait décidément pas toujours tout expliquer.

A l'étage, les amis d'Antoine et de Chloé les avaient laissés seuls avec l'enfant. Franck avait proposé de ramener Papy Léon et Mamie Jeanne à la ferme. La petite s'était éveillée et avait ouvert les yeux. Pendant quelques instants, elle avait fixé son papa, pour son plus grand bonheur. A présent, elle tétait avec avidité le sein de sa mère, promenant maladroitement de minuscules mains sur le drap. Chloé était en extase et avait du mal à réaliser que désormais, elle aussi était maman. Elle échangea un regard amoureux avec Antoine. Quoiqu'on en dise, la vie se déroulait sans doute comme elle le devait.

Mise en page : LEN

Achevé d'imprimer en mai 2013 par LEN S.A.S. – 92150 Suresnes
Dépôt légal : mai 2013
Imprimé en France

Printed in Poland
by Amazon Fulfillment
Poland Sp. z o.o., Wrocław

55780079R00233